HARRIET TYCE

BLOOD ORANGE

HARRIET TYCE

BLOOD ORANGE

WAS SIE NICHT WISSEN

THRILLER

Aus dem Englischen von Kerstin Winter

DIANA

FSC www.fsc.org
MIX
Papier aus verantwortungsvollen Quellen
FSC® C014496

Verlagsgruppe Random House FSC® N001967

Deutsche Erstausgabe 11/2019

Die Originalausgabe erschien 2019 unter dem Titel
Blood Orange bei Headline, London

in der Verlagsgruppe Random House GmbH,
Neumarkter Straße 28, 81673 München
Redaktion: Janine Malz
Umschlaggestaltung: Geviert, München
Umschlagmotiv: © shutterstock/ALEXSTAND
und shutterstock/David Greitzer
Satz: Leingärtner, Nabburg
Druck und Bindung: GGP Media GmbH, Pößneck

Printed in Germany
ISBN 978-3-453-42314-5

www.diana-verlag.de
Dieses Buch ist auch als E-Book lieferbar.

Für meine Familie

PROLOG

Zunächst zündest du dir eine Zigarette an. Der Rauch kräuselt sich und steigt zur Decke auf. Er fängt sich mit dem ersten Zug in deiner Kehle, ehe er in deine Lungen dringt und sich mit einem Kribbeln in dein Blut mengt. Du legst die Kippe im Aschenbecher ab und wendest dich um, um die Szenerie vorzubereiten. Du kniest dich aufs Sofa und beugst dich über die Lehne, um den Strick am Regal zu befestigen, während dir der Rauch ins Gesicht steigt und in den Augen brennt.

Als Nächstes schlingst du ein Seidentuch um den Strick, damit er sich nicht so rau anfühlt, und ziehst einmal, zweimal, um zu sehen, ob er hält. Du machst das hier nicht zum ersten Mal, du hast geübt, ausprobiert, das richtige Maß gefunden. Bis hierhin und nicht weiter. Kein Sturz. Erwünscht ist nur ein kleiner Tod.

Der Bildschirm ist eingeschaltet, der Film, den du ausgesucht hast, abspielbereit.

Zum Schluss die Orange auf dem Teller. Du nimmst das Messer, das scharfe mit dem hölzernen Griff und der Damaszenerklinge, und drückst es in die Frucht. Eine Hälfte, ein Viertel. Ein Achtel. Die Schale orange, die Fasern weiß, das Fleisch, das an den Rändern rot ausblutet, das ganze Spektrum des Sonnenuntergangs.

Das ist alles, was du brauchst. Der beißende Qualm in der Luft, die über den Bildschirm tanzenden Gestalten. Das weiche Seidenpolster um den rauen Strick. Das Pochen des Bluts in deinen Ohren, während du näher und näher kommst, die süße Zitrusexplosion auf deiner Zunge, um dich wieder ins Hier zu holen, ehe es kein Zurück mehr gibt.

Es funktioniert immer. Du bist allein, dir kann nichts geschehen, die Tür ist verschlossen.

Nur du und der berauschende Gipfel, den du erklimmen wirst.

Du bist fast da.

EINS

Grau spannt sich der Oktoberhimmel über der Stadt, und mein Rollkoffer ist schwer, doch ich warte auf den Bus und konzentriere mich auf die positiven Aspekte. Das Verfahren ist aufgrund unzureichender Beweise eingestellt worden. Es ist immer erhebend, die Anklage auszustechen, und mein Mandant ist überglücklich. Aber das größte Plus: Es ist Freitag. Wochenende. Familienzeit. Und diesmal habe ich mir fest vorgenommen, heute mache ich es anders. Ein Drink, höchstens zwei, dann bin ich weg. Der Bus kommt, und ich fahre über die Themse zurück.

Als ich in der Kanzlei ankomme, begebe ich mich direkt ins Sekretariat und warte darauf, dass man mich zwischen dem Dauerklingeln der Telefone und dem Surren der Kopierer wahrnimmt. Endlich blickt Mark auf.

»'n Abend, Miss. Der Rechtsbeistand hat schon angerufen – man ist erfreut, dass die Raubüberfallklage vom Tisch ist.«

»Danke, Mark«, antworte ich. »Der Beweis für die Täterschaft taugte nichts. Ich bin allerdings auch froh, dass wir damit durch sind.«

»Gutes Ergebnis. Für Montag steht nichts an, aber für Sie ist das hier gekommen.« Er deutet auf den flachen Papierstapel auf seinem Schreibtisch, der mit dem traditionellen rosafarbenen Band zusammengefasst ist. Sieht nach keinem sonderlich beeindruckenden Fall aus.

»Wunderbar, danke. Was ist das?«

»Ein Mord. Und Sie sollen ihn übernehmen.« Er reicht mir den Stapel mit einem Augenzwinkern. »Nicht schlecht, Miss.«

Er verlässt den Raum, ehe ich etwas erwidern kann. Mit den Unterlagen in den Händen stehe ich da, während Assistenten und Referendare im üblichen Freitagstrubel um mich herumhasten. Ein Mordfall. Ich soll meinen ersten Mordfall verhandeln. Seit ich meinen Beruf ergriffen habe, arbeite ich darauf hin!

»Alison. Alison!«

Nur mit Mühe richte ich meine Aufmerksamkeit auf die Stimmen. »Kommst du mit auf einen Drink? Wir wollen gerade los.« Sie gehören Sankar und Robert, zwei Prozessanwälten in den Dreißigern, die diverse Referendare im Schlepptau haben. »Wir treffen uns mit Patrick im Dock.«

Endlich dringen ihre Worte zu mir durch. »Patrick? Welcher Patrick? Bryars?«

»Nein, Saunders. Eddie hat gerade einen Fall mit ihm abgeschlossen, das wollen sie feiern. Diesen Betrug, weißt du? Sie sind damit endlich fertig.«

»Ah, okay. Ich bringe das nur schnell weg. Wir sehen uns dort.« Den Schriftsatz an die Brust gepresst, verlasse ich den Raum mit gesenktem Kopf. Das Blut steigt mir ins Gesicht, und ich will nicht, dass es jemand sieht.

In meinem Büro schließe ich schnell die Tür und überprüfe mein Aussehen. Lippenstift nachziehen, Puder gegen die Röte. Meine Hände sind zu zittrig für den Eyeliner, aber ich bürste mein Haar und sprühe neuen Duft auf. Ich muss ja nicht den Mief der Arrestzellen mit mir herumschleppen.

Ich schiebe den Blätterstapel ans Tischende und rücke das gerahmte Foto zurecht, das ich dabei angestupst hatte. Die üblichen Freitagabenddrinks. Ich gehe nur auf einen mit.

Heute wird es nach Plan laufen.

Unsere Truppe besetzt praktisch die Hälfte der schäbigen Kellerbar, in der sich wie üblich hauptsächlich Strafrechtler und ihre Assistenten tummeln. Robert winkt mit dem Glas, als ich die Treppe hinuntersteige, und ich setze mich neben ihn.

»Wein?«

»Unbedingt. Aber nur ein Glas. Ich will heute früh zu Hause sein.«

Keiner sagt etwas dazu. Patrick hat mich noch nicht begrüßt. Er sitzt am Tisch gegenüber und ist mit einer der Referendarinnen, dieser Alexia, ins Gespräch vertieft. Der Blick konzentriert, in seiner Hand ein Glas Rotwein. Distinguiert, attraktiv. Ich wende den Blick bewusst ab.

»Gut siehst du aus, Alison. Neue Frisur?«, fragt Sankar beschwingt. »Findet ihr nicht, dass sie gut aussieht? Robert, Patrick? Patrick?« Nachdrücklicher. Patrick schaut nicht auf. Robert, der sich mit einer der Nachwuchskräfte unterhält, nickt und hebt sein Bierglas in meine Richtung.

»Gute Sache mit dem Mordfall. Und dann leitest du ihn auch noch. Ehe du dich versiehst, bist du Kronanwältin. Hab ich's dir nicht gleich gesagt, als du vergangenes Jahr am Berufungsgericht geglänzt hast?«

»Wir wollen mal nicht gleich übertreiben«, sage ich. »Aber trotzdem danke. Und du? Und warum bist du so gut drauf?« Meine Stimme klingt fröhlich. Es ist mir egal, ob Patrick mich hat reinkommen sehen oder nicht.

»Es ist Freitag, und ich habe eine ganze Woche Suffolk vor mir. Du solltest es auch mal mit Urlaub versuchen.«

Ich nicke lächelnd. Ja, das sollte ich unbedingt. Vielleicht eine Woche an der Küste. Einen Moment lang sehe ich mich vor meinem inneren Auge wie auf einem Werbefoto durch die Gischt hüpfen und anschließend gegen die Oktoberkälte in eine warme Decke gehüllt am Strand Fish and Chips essen, ehe ich in mein hübsch eingerichtetes Cottage zurückkehre und ein Feuer im Holzofen mache.

Dann fallen mir die Aktenstapel auf meinem Schreibtisch ein.

Im Augenblick wohl nicht.

Robert schenkt mir Wein nach. Ich trinke ihn. Um mich herum wird sich angeregt unterhalten, Robert ruft Sankar und Patrick etwas zu, dann wieder mir, Höhen und Tiefen schlechter Scherze und Gelächter. Mehr Wein. Noch ein Glas. Weitere Anwälte gesellen sich zu uns, eine Zigarettenpackung geht um. Wir rauchen draußen, noch eine, *nein, nein, diesmal kaufe ich welche, ich schnorre mich immer bei euch durch*, die Suche nach Kleingeld und stolpernde Schritte auf dem Weg nach oben bis zur Theke, *keine Marlboro Lights, nur Camel, aber wen kümmert's, trinken wir noch ein Glas*, und noch eins und noch eins und dann irgendwas Klebriges, Dunkles in Schnapsgläsern und der Keller, die Stimmen und das Lachen wirbeln schneller und schneller um mich herum.

»Ich dachte, du wolltest früher nach Hause.« Konzentration. Patrick steht direkt vor mir. Im richtigen Winkel sieht er aus wie ein ergrauter Clive Owen. Auf der Suche danach neige ich den Kopf hierhin und dorthin.

»Herrgott, du bist blau.«

Ich greife nach seiner Hand, aber er fährt zurück und sieht sich um. Ich lasse mich wieder auf meinen Stuhl nieder und schiebe mir das Haar aus dem Gesicht. Die anderen sind weg. Wieso ist mir das nicht eher aufgefallen?

»Wo sind denn alle?«

»In einem Klub. Diesem Swish. Willst du hin?«

»Ich dachte, du unterhältst dich mit Alexia.«

»Du hast mich also doch bemerkt, als du reinkamst. Ich war mir nicht sicher.«

»Du warst doch derjenige, der mich ignoriert hat. Du hast nicht einmal Hallo gesagt.« Ich will meine Empörung verbergen, scheitere aber.

»Hey, kein Grund, dich aufzuregen. Ich habe ihr bloß ein paar Karrieretipps gegeben.«

»Ja, darauf würde ich wetten.« Nun gibt es kein Halten mehr, die Eifersucht quillt hervor. Wieso tut er mir das jedes Mal an?

Gemeinsam gehen wir zum Klub. Ich versuche ein-, zweimal seinen Arm zu nehmen, aber er entzieht sich mir, und ehe wir den Eingang erreichen, schubst er mich in eine dunkle Ecke zwischen zwei Bürohäusern und packt mein Kinn. »Lass die Hände von mir, wenn wir da reingehen.«

»Das tue ich immer.«

»Blödsinn, Alison. Als wir das letzte Mal im Klub waren, hast du versucht, mich zu begrapschen. Es war viel zu offensichtlich. Ich versuche nur, dich zu schützen.«

»Dich selbst zu schützen trifft es wohl eher. Du willst bloß nicht mit mir gesehen werden. Schon klar, ich bin zu alt …« Meine Stimme verklingt.

»Wenn du auf der Schiene weiterfahren willst, gehst du

besser nach Hause. Hier geht es um *deinen* Ruf. Das da drin sind alles Kollegen von dir.«

»Du willst doch nur Alexia abschleppen. Und mich aus dem Weg haben.« Tränen rinnen mir über die Wange, meine Würde ist mir längst egal.

»Lass es.« Sein Mund ist nah an meinem Ohr, seine Stimme ruhig. »Hör auf, mir eine Szene zu machen, oder ich rede nie wieder mit dir. Und jetzt lass mich in Ruhe.«

Er stößt mich von sich und biegt um die Ecke. Ich stolpere auf meinen hohen Absätzen und stütze mich an der Mauer ab, um nicht zu Boden zu gehen. Aber wo ich rauen Beton oder Backstein erwartet habe, fasse ich in etwas Feuchtes, Matschiges. Wieder im Gleichgewicht, rieche ich an meiner Hand und würge. Irgendein Spaßvogel hat die Mauer mit Scheiße beschmiert. Der Gestank ernüchtert mich effektiver als Patricks gezischte Worte.

Sollte ich das als Zeichen deuten, nach Hause zu gehen? O nein, ganz sicher nicht! Nie im Leben überlasse ich Patrick in diesem Klub sich selbst – nicht bei all den gierigen jungen Frauen, die bei einem der wichtigsten Auftragsvermittler der Kanzlei verzweifelt Eindruck schinden wollen. Ich reibe das Gröbste der ekeligen Schmiere auf ein Stück relativ saubere Wand, marschiere selbstbewusst aufs Swish zu und schenke dem Türsteher ein Lächeln. Wenn ich mir die Hände nur lang genug wasche, geht der Gestank schon weg. Niemand wird es je erfahren.

Tequila? Ja, Tequila. Noch einen. *Ja, noch einen dritten.* Die Musik wummert. Ich tanze mit Robert und Sankar, dann mit den Assistenten, zeige den Referendaren, wie man es macht, lache, greife ihre Hände, wirbele um meine Achse, tanze wieder allein, nehme die Arme hoch über den Kopf, bin wieder zwanzig und sorglos und lustig. Noch ein Drink, Gin Tonic diesmal, alles dreht sich, der Beat trägt mich, mein Haar fällt mir ins Gesicht.

Patrick muss hier irgendwo sein, aber es ist mir egal, ich suche ihn nicht und habe auch keine Ahnung, dass er ganz in der Nähe mit Alexia tanzt und ihr das Lächeln schenkt, das nur mir gehören sollte. Na und? Was er kann, kann ich auch. Hüftschwingend gehe ich zur Bar. Ich sehe gut aus, habe mir die dunklen Haare kunstvoll aus dem Gesicht gestrichen, bin fit für fast vierzig – ich kann's mit jedem der jungen Hühner hier aufnehmen. Auch mit Alexia. Vor allem mit Alexia. Patrick wird schon sehen, oh es wird ihm so leidtun, es wird ihm leidtun dass er das verpatzt dass er seine Chance vermasselt …

Ein neuer Song setzt ein, und zwei Männer rempeln mich auf dem Weg zur Tanzfläche an. Ich schwanke, bin nicht in der Lage, mich zu halten, und stürze; hart prallt mein Handy auf dem Boden auf. Im Fallen stoße ich gegen eine Frau mit einem Glas Rotwein in der Hand, dessen Inhalt sich komplett auf ihr gelbes Kleid und meine Schuhe ergießt. Empört und angewidert wendet die Frau sich ab. Ich knie in einer Pfütze aus Fusel und versuche, mich zu sammeln, um mich wieder aufzurappeln.

»Steh auf.«

Ich blicke auf, dann wieder herab. »Lass mich in Ruhe.«

»Nicht, wenn du in einem solchen Zustand bist. Komm schon.«

Patrick. Ich möchte weinen. »Du lachst mich aus.«

»Das tue ich nicht. Ich will nur, dass du aufstehst und verschwindest. Du hast genug für heute.«

»Warum hilfst du mir eigentlich?«

»Weil es irgendjemand tun muss. Die anderen aus deiner Kanzlei haben sich hinten einen Tisch gesucht und lassen sich mit Prosecco volllaufen. Niemand wird merken, wenn wir gehen.«

»Du kommst mit mir?«

»Wenn du tust, was ich sage.« Er hält mir die Hand hin und zieht mich hoch. »Geh jetzt raus. Ich komme nach.«

»Mein Handy …« Ich blicke mich um.

»Was ist damit?«

»Ist mir runtergefallen.« Ich entdecke es unter einem Tisch an der Tanzfläche. Das Display ist gesprungen, und es stinkt nach Bier. Ich wische es an meinem Rock ab und wanke aus dem Klub.

Er berührt mich nicht, während wir zur Kanzlei zurückkehren. Wir reden nicht, sprechen nicht drüber. Ich gebe beim dritten Versuch den Alarmcode richtig ein und schließe auf. Er folgt mir in mein Büro, zerrt an meinen Kleidern, ohne mich zu küssen, und drückt mich bäuchlings über den Schreibtisch. Ich richte mich wieder auf und sehe ihn an.

»Wir sollten das nicht tun.«

»Das sagst du jedes Mal.«

»Diesmal meine ich es ernst.«

»Das sagst du auch jedes Mal.« Er lacht, zieht mich an sich und küsst mich. Ich drehe meinen Kopf weg, aber er packt mein Gesicht und dreht es wieder zurück. Ich presse einen Moment lang die Lippen zusammen, doch sein Geruch, sein Geschmack bezwingen mich.

Härter. Schneller. Mein Kopf knallt gegen die Akten, als er von hinten in mich eindringt, einen Moment lang innehält, sich einrichtet.

»Ich hab gesagt, wir …«, beginne ich, aber er lacht und bringt mich mit einem »Schsch« zum Schweigen. Eine Hand packt mein Haar, die andere drückt mich auf den Tisch, und was ich sagen will, mündet in einen kehligen Laut, ein Keuchen. Wieder und wieder rammt er mich gegen den Tisch, und dann fallen die Akten und reißen den Bilderrahmen mit, und das Glas zerbricht, und es reicht jetzt, aber ich kann ihn nicht stoppen und ich will ihn nicht stoppen, doch ich tue es und wieder und wieder und nein, hör nicht auf, hör auf, du tust mir weh, nein, hör nicht auf, bis er stöhnt und fertig ist, sich aufrichtet, herauszieht und abwischt.

»Wir müssen damit aufhören, Patrick.« Ich rappele mich auf, ziehe Slip und Strumpfhose hoch und meinen Rock wieder ordentlich bis über die Knie herab. Er macht seine Hose zu und steckt das Hemd hinein. Ich versuche, mit zitternden Fingern meine Bluse zuzuknöpfen.

»Du hast mir einen Knopf abgerissen«, sage ich.

»Du kannst ihn bestimmt wieder annähen.«

»Aber nicht jetzt.«

»Das merkt doch keiner. Es ist niemand mehr hier. Oder wach. Es ist fast drei Uhr.«

Ich blicke mich um, entdecke den Knopf auf dem Boden. Schiebe meine Füße in die Pumps und taumele gegen den Schreibtisch. Der Raum dreht sich, das Denken wird schwer.

»Nein, wirklich, wir müssen damit aufhören.« Ich will jetzt nicht weinen.

»Wie ich bereits erwähnte – das sagst du immer.« Er sieht mich nicht an, während er sein Jackett überzieht.

Nun laufen die Tränen ungehindert. »Ich mache Schluss. Ich kann das nicht mehr.«

Er kommt zu mir und nimmt mein Gesicht in beide Hände.

»Alison, du bist betrunken. Du bist müde. Du weißt genau, dass du nicht Schluss machen willst. Und ich auch nicht.«

»Diesmal meine ich es ernst.« Ich weiche vor ihm zurück und versuche, meinem Blick Nachdruck zu verleihen.

»Wir werden sehen.« Er beugt sich vor und küsst mich auf die Stirn. »Ich gehe jetzt. Wir sprechen uns nächste Woche.«

Und ehe ich noch etwas sagen kann, ist Patrick weg. Ich lasse mich auf den Sessel in der Ecke fallen. Wenn ich nur nicht so viel getrunken hätte! Ich wische mir den Rotz und die Tränen mit dem Jackenärmel weg, bis mein Kopf auf meine Schulter sinkt und ich wegdämmere.

ZWEI

»Mummy, Mummy, Mummy!«

Meine Augen sind zu, ich liege im Bett, und mir ist angenehm warm. Wie schön, dass Matilda hier ist, um mir guten Morgen zu wünschen.

»Mummy! Du hast im Sessel geschlafen. Warum hast du das denn gemacht?«

Sessel. Nicht Bett. Sessel.

»Mach doch die Augen auf, Mummy. Daddy und ich sind hier.«

Und es ist auch kein Traum. Ich öffne ein Auge und schließe es wieder. »Es ist zu hell, viel zu hell. Bitte mach das Licht aus.«

»Wir haben gar kein Licht an, du Dummerchen. Es ist Tag.«

Ich schlage die Lider auf. Ich bin in meiner Kanzlei, an meinem Arbeitsplatz, in meinem Büro mit all den Akten, Unterlagen und den Spuren der Verwüstung der gestrigen Nacht. Es dürfte nicht sein, dass meine Tochter vor mir steht und mir ihre Hand aufs Knie legt. Sie sollte zu Hause im Bett liegen oder am Küchentisch sitzen und frühstücken. Sie ist jedoch hier. Ich lege meine Hand über ihre, ehe ich versuche, mich wenigstens ansatzweise in Ordnung zu bringen.

Ich liege seitlich zusammengerollt, und als ich mich aufrichte, spüre ich, dass mein linker Fuß eingeschlafen ist. Ich bewege die Beine und verziehe das Gesicht, als das Blut in meine Extremitäten zurückkehrt. Doch das ist nicht das Quälendste. Bilder aus der vergangenen Nacht blitzen vor meinem inneren Auge auf. Über Matildas Kopf sehe ich den Schreibtisch, und Schattenbilder von Patrick rammen sich in mich, als sie sich vorbeugt und ihre Ärmchen um mich schlingt. Ich ziehe sie an mich und atme tief ein. Ihr Duft beruhigt mein hämmerndes Herz ein wenig. Ich muss mir keine Sorgen machen. Ich habe einfach ein bisschen zu viel getrunken und bin danach in der Kanzlei eingeschlafen, das ist alles. Mehr ist nicht passiert. Und ich habe mit Patrick Schluss gemacht. Alles wird gut. Denke ich.

Endlich habe ich genug Kraft gesammelt, um Carl anzusehen. Er lehnt am Türrahmen, seine Miene Enttäuschung pur, deutlich treten die Falten um Nase und Mund hervor. Er trägt Jeans und Kapuzenpulli wie immer, aber die silbergrauen Strähnen in seinem Haar und sein strenger Ausdruck lassen ihn viel älter wirken, als er ist.

Ich räuspere mich. Mein Mund ist trocken. Ich suche nach Worten, die die Situation irgendwie bereinigen könnten.

»Ich bin vom Klub noch einmal hergekommen, um Unterlagen abzuholen, und wollte mich nur einen Moment setzen …«

Carl verzieht keine Miene. »Dachte ich mir.«

»Tut mir leid. Ich wollte wirklich früher zu Hause sein.«

»Ach, komm, ich kenne dich. Aber ich hätte mir gewünscht, dass du dich diesmal etwas erwachsener benehmen würdest.«

»Verzeih mir, ich wollte nicht …«

»Tja. Jedenfalls dachte ich mir, dass wir dich hier finden würden, also sind wir gekommen, um dich abzuholen.«

Matilda beginnt durch mein Büro zu schlendern. Ehe ich

begreife, was geschieht, kriecht sie unter den Tisch. Dann ein Aufschrei, ein hastiger Rückzug, und erschrocken kommt sie direkt zu mir.

»Mummy, guck mal, Mummy, meine Hand, das tut weh, das tut weh …« Ihr Schluchzen erstickt ihre Worte. Carl drängt sich zwischen uns, nimmt ihre Hand und tupft sie mit einem Taschentuch ab, das er mir vorwurfsvoll hinhält. Es ist Blut daran.

»Warum liegen Glasscherben auf dem Boden?« Seine Stimme ist gepresst, obwohl er gleichzeitig Matilda tröstet.

Ich stehe langsam auf, bücke mich und hebe das gerahmte Foto auf, das vergangene Nacht vom Tisch gefallen ist. Matilda lächelte mir hinter gesplittertem Glas entgegen.

»Mein Bild lag auf dem Boden! Warum?« Ihr Schluchzen wird noch lauter.

»Ich muss es versehentlich vom Tisch gestoßen haben. Es tut mir so leid, Spätzchen.«

Carl ist wütend. »Du musst unbedingt besser aufpassen.«

»Ich wusste doch nicht, dass ihr kommt.«

Er schüttelt den Kopf. »Es muss doch möglich sein, Matilda zu jeder beliebigen Zeit herbringen zu können.« Er hält einen Moment inne. »Ohnehin ist das nicht der Punkt. Wieso muss ich sie überhaupt herbringen? Du hättest gestern Abend nach Hause kommen sollen. Du bist ihre Mutter!«

Es gibt nichts, was ich darauf sagen könnte. Ich sammele die Scherben auf und wickele sie in alte Zeitung, bevor ich sie in den Papierkorb werfe. Das Foto selbst ist nicht beschädigt, also nehme ich es aus dem kaputten Rahmen und lehne es an meinen Computer. Dann stecke ich meine Bluse ordentlich in den Rock. Carl beobachtet mich grimmig, doch dann macht der Zorn tiefer Traurigkeit Platz. Mir wird die Kehle eng; Reue und Schuld sind stark genug, um den beißenden Geschmack des Katers zu übertünchen.

»Es tut mir leid. Ich hab's nicht mit Absicht getan.«

Er schweigt. Müdigkeit zeichnet sich in seinen Zügen ab.

»Du siehst erschöpft aus. Es tut mir so leid, Carl«, sage ich.

»Ich *bin* erschöpft. Ich war viel zu lange auf, um auf dich zu warten. Ich hätte wissen müssen, dass es keinen Sinn hat.«

»Du hättest anrufen können.«

»Hab ich. Du hast nicht abgenommen.«

Betroffen hole ich mein Handy aus meiner Tasche. Zwölf verpasste Anrufe. Fünfzehn Nachrichten. Ich tippe auf *Alle löschen*. Zu viele, zu spät. »Verzeih mir. Ich tu's nicht wieder.«

Er holt tief Luft. »Lass uns nicht vor Tilly streiten. Du bist ja hier, wir sind zusammen.« Er tritt zu mir und legt mir eine Hand auf die Schulter, und für einen Augenblick bedecke ich sie mit meiner. Dann packt er fester zu und schüttelt mich. »Lass uns nach Hause gehen.«

Sein Blick fällt auf mein Handy. Er nimmt es und begutachtet das gesplitterte Display. »Muss das sein, Alison? Wir haben das Glas doch erst vor ein paar Monaten reparieren lassen.« Er seufzt. »Tja, dann werde ich mich wohl erneut darum kümmern müssen.«

Ich wende nichts ein, sondern trotte nur hinter ihm her aus dem Gebäude.

Die Fahrt nach Archway verläuft zügig, Autos und Busse rauschen die leeren Straßen nur so entlang. Ich lege meinen Kopf ans Fenster und blicke hinaus auf die Verwüstung der Nacht zuvor. Burgerschachteln, leere Flaschen und hier und da kleine Straßenkehrwagen, deren Bürsten die Spuren des Freitagabends zu beseitigen versuchen.

Gray's Inn Road. Gusseiserne Zäune, die den Blick auf die Rasenflächen verdecken. Rosebery Avenue, das Sadler's Wells-Theater – mir kommen Bücher in den Sinn, die ich vor Ewigkeiten gelesen habe. *No Castanets at the Wells. Veronica at the Wells.* Wie hieß das andere? Ah ja: *Masquerade at the Wells.* Mit Maskeraden und Rollenwechsel kenne ich mich aus. Ich balle die Fäuste, die Knöchel treten weiß hervor. Ich will gar nicht wissen, wie Patrick den Rest der Nacht verbracht hat. Hat er ernst genommen, dass ich Schluss machen wollte? Ist er nach Hause gegangen oder zurück in den Klub, um sich Ersatz für mich zu suchen? Carl blickt vom Steuer zu mir herüber und legt seine Hand über meine.

»Du wirkst angespannt. Wir sind gleich zu Hause.«

»Es tut mir einfach nur so furchtbar leid. Und ich bin müde. Wir sind alle müde, ich weiß.«

Ich drehe mich noch ein Stück von ihm weg, um die Schuldgefühle im Zaum zu halten, und blicke stur aus dem Fenster. Es geht an Angel vorbei, an den Restaurants auf der Upper Street, die vielversprechend beginnen und furchtbar in einem Wetherspoons an der Highbury Corner enden. Die Blumenampeln an der Holloway Road, Studentenabsteigen über Currybuden und ausgefallenen Geschäften für Latexbekleidung, an der vermutlich auch Patrick Gefallen fände.

»Ist die Verhandlung gut verlaufen?«, unterbricht Carl das Schweigen, als wir den Hügel in Richtung zu Hause hinauffahren. Verblüfft stelle ich fest, dass er nahezu freundlich klingt. Vielleicht ist er ja gar nicht mehr sauer.

»Die Verhandlung?«

»An der du diese Woche gearbeitet hast. Der Raubüberfall.«

»Das Verfahren ist eingestellt worden …« Meine Worte

kommen wie aus weiter Ferne, wie durch meterdicke Wasserschichten, mein Kopf ist schwer und sinkt in die Tiefe hinab.

»Das heißt, du hast nächste Woche frei? Wäre schön, wenn du mal für Tilly Zeit hättest.«

Schluss mit der segensreichen Unterwasserstille. Ich werde ins Freie gerissen, wo ich prustend und spuckend um Atem ringe. Er ist noch immer sauer.

»Willst du mir etwas sagen?«

»Du bist in letzter Zeit viel beschäftigt.«

»Du weißt, wie wichtig das für mich ist. Für uns. Bitte mach mir das nicht zum Vorwurf.«

»Ich mache dir gar nichts zum Vorwurf, Alison. Ich sagte nur, dass es schön wäre, das ist alles.«

Der Verkehr verlangsamt sich am Ende der Holloway, dann biegen wir vor Archway ab. Zu Hause. *Home is where the heart is.* Ich schiebe meine Hand in die Tasche, um mich zu vergewissern, dass mein Handy noch da ist, kann mich aber davon abhalten, nachzusehen, ob Patrick mir geschrieben hat. Ich steige aus und drehe mich mit einem Lächeln zu Matilda um. Sie nimmt meine Hand, und wir gehen hinein.

Ich dusche, schrubbe mir Patricks Spuren ab und versuche zu verdrängen, wie er meinen Kopf auf den Tisch gedrückt und sich beharrlich in mich getrieben, wie sich die harte Tischkante in meine weiche Vorderseite gepresst hat. Ich esse das erkaltete, inzwischen knochenharte Bacon-Sandwich, das Carl auf der Küchenarbeitsplatte für mich hat stehen lassen, und konzentriere mich auf den Lärm aus dem Garten, wo Matilda herumrennt und durch die Blätter tobt, hin und her, ist sie da, ist sie weg. Sie ist wie ein Pendel zwischen dieser Realität und der anderen, die mir immer noch keine Nachricht geschrieben hat, so streng ich mir auch befehle, nicht aufs Display zu blicken. Ich schlage die Mordakte auf und klappe sie wieder zu. Die Versuchung, mich in diesem Schriftsatz zu vergraben, um mich nicht mit dem auseinandersetzen zu müssen, was ich Carl und Matilda antue, ist schier unwiderstehlich. Aber wenn ich jetzt zu arbeiten beginne, mache ich alles nur noch schlimmer. Das muss warten.

Freunde kommen zum Mittagessen vorbei, Carl kocht. Nur das Beste für diese Leute, die er seit seinem Studium kennt. Eine Lammkeule brutzelt im Ofen, Rosmaringeruch hängt dick in der Luft. Die Küche ist sauber geschrubbt, ein Rahmen, der auf das Bild wartet. Der Tisch ist schon gedeckt, die exakt gefalteten Servietten auf den Beilagentellern machen der großen Auswahl an Besteck den Platz streitig. Die Tafel in der Ecke ist sauber abgewischt: Wo sonst Einkaufslisten und die Termine für Matildas Schwimmkurs und Carls Männergruppen vermerkt sind, steht nun in Matildas gemalter Handschrift *Schönes Wochenende!*, darunter zwei Strichmännchen, die sich an den Händen halten, eins groß, eins klein. Die Arbeitsplatten sind freigeräumt, die Schranktüren geschlossen, ein Aufgebot weißer Oberflächen, das sich mir entgegenstellt. Ich versuche, die weißen Lilien, die Carl in die Vase gestellt hat, neu zu arrangieren, doch Klümpchen gelben Blütenstaubs plumpsen auf den Tisch. Ich wische sie mit meinem Ärmel weg und verlasse hastig die Küche.

Ich geselle mich zu Matilda im Garten, bewundere das Spinnennetz, das den Johannisbeerstrauch schmückt, und die Ansammlung kleiner Zweige, bei denen es sich bestimmt um ein Nest handelt. *Das sieht man doch, Mummy. Vielleicht wohnt da ja ein Rotkehlchen.* Vielleicht.

»Wir müssen dem Vogel was zu essen besorgen. Damit er seine Kinder füttern kann.«

»Gerne, Spätzchen. Holen wir ein paar Erdnüsse.«

»Nein, keine Erdnüsse. Das hab ich in der Schule gelernt. Vögel brauchen Fettkugeln mit was drin.«

»Das klingt aber ekelig. Was denn drin?«

»Weiß ich nicht. Samen oder Würmer vielleicht?«

»Wir fragen Daddy, Spätzchen, vielleicht weiß er ja etwas. Oder wir schauen nach.«

Carl ruft uns herein. Die Gäste sind da, und er holt das Lamm aus dem Ofen. Ich bewundere es und gehe zum Kühlschrank, um mich um die Getränke zu kümmern; automatisch fallen wir in unsere üblichen Gastgeberrollen. Schon bevor die Kinder auf der Welt waren, haben wir am Wochenende mit Dave und Louisa geluncht – Tage, die in Abende mündeten, während wir, vollgestopft mit Carls Köstlichkeiten, eine Flasche nach der anderen köpften. Ich schenke Flora, ihrer Tochter, ein Glas Saft ein, und entkorke den Wein.

»Dave muss noch fahren. Aber ich würde ein Gläschen nehmen.« Louisa streckt die Hand nach dem Glas aus, das ich gerade gefüllt habe.

»Du trinkst, Alison?« Carl stellt Chips auf den Tisch, nachdem er die Lammkeule mit Alufolie abgedeckt hat.

»Klar, warum nicht? Es ist Samstag.«

»Ich dachte nur, nach gestern …« Er lässt den Satz unvollendet.

»Nach gestern was?«

»Hättest du vielleicht genug gehabt. Na, war nur ein Gedanke. Hör nicht auf mich.«

»Tu ich auch nicht.« Ich schenke mir mit mehr Schwung

ein als geplant, sodass der Sauvignon Blanc aus dem Glas schwappt. Louisa legt neugierig den Kopf schief.

»Was ist denn gestern gewesen?«

Ich schaue ihr ins Gesicht und hoffe, dass ich mir den seltsamen Unterton nur einbilde. »Ach, nichts. Freitag halt …«

»Mummy war so müde, dass sie in ihrem Büro im Sessel eingeschlafen ist«, kräht Matilda. »Wir haben sie geweckt und abgeholt. Daddy hat gesagt, dass wir auf sie aufpassen müssen.« Ich lege mir die Hände auf das Gesicht und reibe mir die Augen.

»Mummy ist im Büro eingeschlafen? Dann muss sie aber wirklich sehr, sehr müde gewesen sein«, sagt Louisa. »Hör mal, willst du Flora nicht ein paar Chips bringen? Sie hat nämlich ganz großen Hunger.« Sie drückt Matilda ein Schälchen in die Hand und schiebt sie zur Tür.

Ja, ich bin müde. Hundemüde sogar.

»Du hast also endlich einen Mordfall bekommen? Das ist ja großartig. Was für Wahnsinnsgefallen hast du deinem Assistenten getan, dass er dir das Ding an Land gezogen hat?« Dave grinst.

»Sie hat ihn sich durch harte Arbeit verdient, Dave«, kontert Louisa. »Mit Sicherheit hat man ihr den Fall zu Recht übertragen.«

»Worum geht's denn? Um viel Blut und Hirnmasse? Komm schon, erzähl uns alle schmutzigen Details!«

»Dave. Nicht vor den Kindern«, mahnt Louisa.

»Um ehrlich zu sein, hatte ich noch keine Chance, mir die Akte genauer anzusehen. Ich fange morgen damit an, mir einen Überblick zu verschaffen, dann weiß ich mehr.« Ich hebe mein Glas in Louisas Richtung und trinke es aus.

»Ich dachte, wir könnten morgen alle einen Ausflug machen«, sagt Carl und senkt den Blick. »Nicht, Tilly? Hatten wir nicht gesagt, dass wir morgen etwas Tolles unternehmen?«

»Ja! Ich will in das Schloss mit dem Irrgarten. Du hast versprochen, dass wir alle zusammen hinfahren, Daddy.« Matilda sieht ihre Felle davonschwimmen und schiebt die Unterlippe vor.

»Es wäre schön gewesen, wenn du vorher gefragt hättest, was ich vorhabe …« Ich lasse den Satz verhallen. Ich kann auch immer noch arbeiten, wenn wir zurück sind und Matilda im Bett liegt. Es wird bestimmt lustig. Sie und ich werden im Labyrinth umherlaufen, links, rechts, links, rechts, bis wir uns hoffnungslos verirrt haben und lachend um Hilfe rufen müssen. »Natürlich fahren wir zu dem Schloss, Spätzchen.« Je öfter wir glückliche Familie spielen, umso eher kann es wahr werden.

Daves Arbeit. Lous Arbeit. Carls Patienten. Keine Namen und nur vage Details über seine neue wöchentliche Therapiegruppe für sexsüchtige Männer. Louisa und Dave lachen verlegen. Ich höre nur halb zu. Ich komme bei der Arbeit mit zu vielen Sexualdelikten in Berührung, um noch besonderes Interesse an solchen Dingen zu entwickeln. Mein Mord ist kein Thema mehr. Ich halte mein Glas am Stiel, trinke es aus und schenke mir nach, um die wachsende Beklemmung zu betäuben. Solange ich nicht weiß, worum sich der Mordfall dreht, kann ich nicht einschätzen, wie viel Zeit ich zur Vorbereitung brauche.

»Wie wär's mit Karaoke?«, schlage ich vor.

»Wollt ihr Käse? Ich habe Port eingekauft.« Carl, der

perfekte Gastgeber. Und besser im Haushalt, als ich es je sein könnte.

»Jemand Brie?«, frage ich, als ich ein Stück abschneide.

»Alison, schau nur, was du gemacht hast. Du hast die Spitze abgeschnitten«, sagt Carl.

Ich blicke auf den Brie, dann auf das Stück auf meinem Messer. Meine Kehle verengt sich. Ich lege den Käse zurück auf das Brett und schiebe die Stücke wieder zusammen. Ich höre Carl seufzen, bin jedoch zu müde, um mich damit auseinanderzusetzen.

»Aber im Ernst – hat denn keiner Lust auf Karaoke?« Singen hebt meine Laune immer. Ich will Adele imitieren.

»Wir müssen bald fahren«, sagt Dave. »Ist es nicht auch ein bisschen zu früh für Karaoke?«

»Gott, ihr seid immer so vernünftig. Geht ruhig. Ich singe auch allein.«

»Jetzt sei doch nicht gleich beleidigt – es ist fast sieben. Wir sind seit Stunden hier.«

Fast sieben? Das ist spät. Wieder hat sich die Zeit einfach in Nichts aufgelöst. Ich kann mich an die Hälfte dessen, worüber wir gesprochen haben, nicht erinnern. Ich stemme mich von meinem Stuhl hoch und trinke mein Glas in einem Zug aus. Dabei bin ich etwas zu schwungvoll, und zwei rote Rinnsale laufen aus meinen Mundwinkeln und tropfen auf mein weißes Top. Ich setze das Glas mit Nachdruck auf den Tisch ab und stolziere zur Tür.

»Also, ich gehe jetzt singen. Wenn ihr Langweiler sein wollt – von mir aus. Aber es ist Wochenende!«

Heute bin ich in Topform. Die Kinder staunen mit weit aufgerissenen Augen, als ich all die hohen Töne von »Wuthering Heights« punktgenau treffe, sie sind begeistert. Heathcliff würde mich mit Handkuss einlassen. Ich lasse mit Adele meine Tränen im Verborgenen laufen und steige mit Prince in die rote Corvette, ehe ich zu »There's a light that never goes out« ansetze. Jemand hat mal gesagt, ich würde bei dem Lied regelrecht sphärisch klingen, und es ist stets mein großes Finale. Kein »My Way« für mich, meine Art, mich zu verabschieden, ist dieser Song, und womöglich übertreffe ich sogar Morrissey selbst. Ich halte die letzte Note so lange ich kann und lasse mich dann ermattet aufs Sofa sinken. Ich bin fast erstaunt, als kein Applaus erklingt, so sicher bin ich mir gewesen, dass Dave, Louisa und Carl gebannt zuhören.

»... wie du das aushältst«, erklingt Louisas Stimme laut in der plötzlichen Stille nach dem Song. Dann ein »Schsch«. Reden die über mich? So schlecht bin ich nicht gewesen. Ich lehne mich auf dem crèmefarbenen Ledersofa zurück und schließe die Augen. Die Tür fällt zu, und ich fahre zusammen, aber dann lasse ich mich einfach wieder zurücksinken.

Wenig später komme ich erschrocken zu mir. Kein Geräusch im Haus. Ich gehe in die Küche und fange an, die restlichen Teller und Gläser abzuräumen. Carl hat die guten Gläser genommen, die schweren, die stabil wirken, aber sofort springen, wenn sie aneinanderstoßen. Ich trage eine Fuhre zur Spüle, dann hole ich die nächste.

Der Ausgang des Abends irritiert mich ein wenig; ich war so sicher, dass alle Lust haben würden, zu singen. In einem Winkel meines Bewusstseins lauert die Angst, dass ich es falsch angegangen bin, dass mein Verstand durch Alkohol vernebelt, mein Urteilsvermögen außer Kraft gesetzt war. Früher ist das nicht so gewesen. Als ich die Gläser an der Küchentür vorbeitrage, erhasche ich einen Blick auf den Druck der Temple Church, der im Korridor hängt. Carl schenkte ihn mir, als ich nach der Ausbildung zum ersten Mal selbstständig praktizieren durfte, und ich hatte mich riesig über diese aufmerksame Geste gefreut. Ich muss ihm gegenüber wirklich rücksichtsvoller sein. Sein Selbstbewusstsein hat durch die Arbeitslosigkeit gelitten, auch wenn seine Umschulung hervorragend funktioniert hat und seine Teilzeitpraxis als Psychotherapeut enorm gut läuft. Hausmann hat er jedoch nie sein wollen.

»Du sollst die Gläser doch nicht so tragen«, sagt Carl. »Wie oft habe ich dir das schon gesagt?« Ich zucke erschrocken zusammen und lasse die Gläser beinahe fallen. Sie klirren vernehmlich.

»Ich wollte doch nur helfen.«

»Lass es. Geh und setz dich. Hinterher machst du noch etwas kaputt.«

Es hat keinen Sinn, etwas einzuwenden. Verstohlen mustere ich ihn. Eine Ader tritt an seiner Schläfe hervor, sein Gesicht ist gerötet. Die Farbe verleiht ihm eine gewisse Frische und Jugendlichkeit, und vor mir steht plötzlich wieder der Junge mit dem dunklen, strubbeligen Haar und den Lachfalten in den Augen. Die Vision weicht mit dem Haaransatz zurück, und übrig bleibt die Realität: Ein mürrischer Mann in den Vierzigern mit ausgedünntem, ergrauendem Haar und dem Ausdruck von Ungeduld im Gesicht. Dennoch bleibt genug von der Erinnerung hängen, um ein Gefühl der Liebe in mir aufwallen zu lassen.

»Ich gehe hoch und lese Matilda etwas vor.«

»Lass es. Du regst sie nur auf.«

»Ich reg sie doch nicht auf«, sage ich indigniert. »Ich will ihr nur eine Geschichte vorlesen.« Die Liebe ebbt wieder ab.

»Sie weiß, dass du betrunken bist, und das mag sie nicht.«

»Ich bin nicht so betrunken. Mit mir ist alles okay.«

»Okay? Obwohl meine Freunde peinlich berührt vorzeitig die Flucht ergriffen haben? Obwohl ich dich heute Morgen in deinem Büro vom Boden abkratzen musste?«

»Ich saß auf dem Sessel. Und sie sind auch nicht viel früher gegangen als sonst.«

»Du weißt, was ich meine.«

Ja, ich weiß es. Aber ich bin nicht seiner Ansicht. »Ich finde das nicht fair. Sie sind nicht wegen mir gegangen. Sie hätten doch mitsingen können.«

»Herrgott, Alison … ich weiß nicht einmal, wo ich anfangen soll.«

»Das ist nicht fair.«

»Schrei mich nicht an. Ich hab keine Lust, mit dir zu reden, wenn du so bist.«

»Ich weiß, dass du sauer auf mich bist, und es tut mir leid. Aber wir hatten früher auch immer Spaß miteinander. Mir war nicht bewusst, dass alle plötzlich bierernst geworden sind. Ich gehe zu Tilly.« Ich verlasse die Küche, noch ehe Carl etwas sagen kann.

Matilda sitzt im Bett und liest ein Clarice-Bean-Buch. Sieben Jahre alt, aber noch immer mein Baby. Sie drückt mich und murmelt: »Gute Nacht, Mummy. Ich hab dich lieb.«

»Ich hab dich auch lieb«, antworte ich und stecke die geblümte Bettdecke um sie herum fest. Carl kommt dazu, als ich gerade das Licht ausmachen will, und einen Moment lang stehen wir vereint da und betrachten das Kind, das wir gezeugt haben. Ich wende mich ihm zu und halte ihm meine Hand hin. Zögernd streckt er mir seine halb entgegen, presst dann jedoch die Finger an die Innenfläche und weicht zurück.

»Ich hab dir einen Tee gemacht. Steht im Wohnzimmer.«

»Danke.« Er ist weg, ehe ich das Wort noch zu Ende gesprochen habe, aber es ist ein Anfang, ein winziger Schritt. Vielleicht kommt er ja doch wieder auf mich zu. Dabei habe ich es gar nicht verdient. Vor nur vierundzwanzig Stunden habe ich mir geschworen, nur ein Glas zu trinken und dann nach Hause zu fahren.

Einen Moment lang verspüre ich reine Verzweiflung. Ich kann mich nicht einmal auf einen Drink beschränken, um am Freitagabend zu meiner Familie zurückzukehren, wie es sich gehört. Eine lange Weile blicke ich voller Reue ins Leere, ehe ich mich aus der Erstarrung löse. Ich trinke den Tee und gehe aufgewühlt und zu Tode erschöpft ins Bett. Die Woche war lang. Aus der Küche dringt tröstliches Geschirrgeklapper und das Plätschern von Wasser. Carl wäscht ab. Wenigstens habe ich ihm Hilfe angeboten.

DREI

Als ich aufwache, sind sie schon fort, unterwegs zum Schloss, wie die knappe Nachricht von Carl besagt. *Ich hab's nicht geschafft, dich zu wecken, und wir mussten los. Aber du wolltest ja sowieso arbeiten. Der Spülkram ist erledigt.* Keine Küsschen darunter, keine Kreuzchen. Er ist sauer.

Aber das bin ich jetzt auch. Ich habe Matilda versprochen mitzufahren; sie hätten auf mich warten können. Noch im Bett versuche ich Carl anzurufen, aber sein Telefon ist ausgeschaltet. Ich starre an die Decke und lausche seiner Mailboxansage. *Leider kann ich den Anruf im Augenblick nicht entgegennehmen …*

Ich will nicht trifft es wohl eher.

Endlich komme ich durch. »Warum habt ihr mich denn nicht geweckt?«

»Das habe ich versucht. Du hast mich angefaucht, ich solle mich gefälligst verpissen. Da habe ich's gelassen.«

Daran kann ich mich überhaupt nicht erinnern. »Ich habe bis elf geschlafen! Das passiert mir sonst nie.«

»Du warst vom Abend vorher noch fix und fertig.«

»Trotzdem hättest du versuchen müssen, mich zu wecken. Oder auf mich warten können.«

»Ich *habe* es versucht, Alison. Es hat nichts genützt. Wir sind um neun gefahren. Noch später, und es hätte keinen Sinn mehr gehabt.«

»Na gut. Jedenfalls tut es mir wirklich leid. Ich hab's nicht mit Absicht gemacht. Kann ich mit Matilda reden?«

»Sie spielt gerade, und ich will sie nicht unterbrechen. Sie war ziemlich traurig, dass du nicht mitgekommen bist, aber jetzt geht's. Belassen wir's dabei.«

»Ich verstehe das gar nicht. Ich hab noch nie so lange geschlafen. Bitte sag ihr wenigstens, dass es mir leidtut.«

»Nun ist es eben so«, sagt er. Und wechselt das Thema dann so rigoros, dass ich nichts mehr einwenden kann. »Kriegst du etwas geschafft?«

»Ich will jetzt anfangen. Und ich koche uns zum Abendessen Eintopf.«

»Dann lass ich dich mal arbeiten.« Er legt auf, ohne dass ich eine Chance habe, mich zu verabschieden. Mein Finger schwebt einen Moment über dem Hörer-Icon, ehe ich die Hometaste drücke und den Vorgang abbreche. Wir sprechen später bei einem schönen Essen. Dann kann ich Tilly erklären, wie leid es mir tut und dass ich wirklich mitkommen wollte. Ich schüttele den Kopf, um ihn frei zu kriegen, steige aus dem Bett, ziehe mir einen Schlafanzug über und gehe zum Arbeiten hinunter.

Zwei Kaffee später öffne ich den Schriftsatz und blinzele durch den Nebel der Kopfschmerzen, die sich hinter meinem rechten Auge festgesetzt haben. Die Krone gegen Madeleine Smith. Der Central Criminal Court. Überwiesen vom Magistrates' Court in Camberwell Green, das dem Tatort nächstgelegene Gericht, einem reichen Wohngebiet im Süden Londons.

Mein Telefon piept. Ich greife hastig danach und hoffe, dass Carl bereit ist, einen Schritt auf mich zuzugehen.

Schon Ideen zu dem Fall?

Patrick. Freude durchströmt mich, dann Wut. Wie kann er es wagen, mir am Wochenende zu schreiben, zumal ich mit ihm Schluss gemacht habe? Dann erst dringt die Botschaft zu mir durch.

Welcher Fall?, schreibe ich zurück.

Madeleine Smith. Dein erster Mord, oder nicht?

Ich glaube nicht, dass ich ihn ihm gegenüber erwähnt habe. Dann dämmert es mir, und ich blicke auf den Schriftsatz auf dem Tisch. Und da, auf der Rückseite, steht es: Saunders & Co., Rechtsberater. Patricks Unternehmen ist der Auftraggeber. Einen Augenblick frage ich mich, was genau ich für diesen Fall getan habe, wie weit ich gegangen bin und wie oft. Wie hart, wie schnell. Doch natürlich weiß ich, dass das nicht der Grund für den Auftrag war. Patrick treibt mit seiner Arbeit kein Schindluder. Nur mit mir.

Noch ein Piepen.

Gern geschehen übrigens. Oh, jetzt wird er patzig.

Ich habe am Freitag mit dir Schluss gemacht. Ich komme mir vor wie eine Fünfzehnjährige.

Ja, ja, aber das hier ist die Arbeit. Nächste Woche Besprechung. Mandantin will dich ASAP treffen. Ich mach den Termin mit dem Sekr. aus.

Ende des Gesprächs. Nicht der Affäre. Nichts zu Freitag, nichts, worüber ich mir Sorgen machen müsste. Wenn er eine andere gevögelt hätte, hätte er es mir gesagt. Nicht dass es mich kümmern sollte. Ich blicke wieder auf die Nachricht. *Ich habe am Freitag mit dir Schluss gemacht.* Und lösche sie. Lösche die ganze Unterhaltung. Vielleicht sollte ich mich zum Wohl meiner Ehe weigern, mit Patrick zusammenzuarbeiten, aber einen solchen Fall strebe ich an, seit ich als Anwältin angefangen habe. Ich dränge Patrick aus meinen Gedanken, schlage die Akte auf und beginne zu lesen. Ich mache meine Arbeit, das ist alles.

Später lege ich den Ordner beiseite und fange an zu kochen. Bedächtig hacke ich eine Zwiebel. Die letzten Sonnenstrahlen fangen sich in der Klinge, und ich bewege das Messer hin und her, um das Licht über Wand und Decke tanzen zu lassen. Es ist eins der großen Küchenmesser, die wir zur Hochzeit bekommen haben, und ich weiß noch, wie ich meiner Schulfreundin Sandra, die es uns geschenkt hatte, rasch eine Münze in die Hand drückte, wie es der Aberglaube verlangt. »Um die Liebe nicht zu zerschneiden – dafür kennen wir uns zu lange«, sagte ich, während sie das Geld lächelnd einsteckte.

Madeleine Smith hat die Liebe nicht nur zerschnitten, sie hat sie regelrecht zerhackt, indem sie im Schlafzimmer ihres Hauses in Clapham wiederholt auf ihren Mann eingestochen hat. Mehrere der fünfzehn tiefen Stichwunden könnten seinen Tod verursacht haben, obwohl der Rechtsmediziner laut Bericht der Staatsanwaltschaft davon ausgeht, dass die Halswunde, bei der beinahe die Drosselvene durchtrennt wurde, die wahrscheinlichste ist. Die Flecken auf dem Bettlaken, auf dem die Leiche lag, sind lebhaft rot, wie sich auf den Bildern des Tatortfotografen sehr gut sehen lässt.

Ich nehme mir eine zweite Zwiebel und hacke sie klein.

Der Eintopf ist genau richtig gegart, als Carl und Matilda von ihrem Ausflug zurückkehren, aber Matilda wirft einen Blick in den Topf und sagt, dass sie zwar Hunger habe, aber kein Fleisch essen wolle.

»Du hast doch gestern das Lamm gegessen«, wende ich ein.

»Ich habe vorhin Daddy gefragt, wie Hühner totgemacht werden, und ich fand nicht schön, was er erzählt hat.«

»Aber viel Gemüse magst du auch nicht.«

»Ja, aber ich will nicht, dass Tiere sterben.«

Ich sehe Carl Hilfe suchend an, aber er zuckt nur die Achseln.

»Okay, Spätzchen, dann mache ich dir ein Omelett«, sage ich. »Aber vielleicht kannst du ja noch mal darüber nachdenken.« Sie nickt. Ich rühre den Eintopf um und halte Carl den Löffel hin. »Willst du was?«

Er nimmt den Löffel, betrachtet ihn, schnuppert. Dann verzieht er die Lippen und gibt mir den Löffel zurück. »Nein, lieber nicht. So großen Hunger habe ich doch nicht.«

»Hättest du mir das nicht sagen können … Bist du jetzt auch Vegetarier?« Ich versuche, nicht vorwurfsvoll zu klingen.

»Nein, das nicht«, antwortet er. »Es riecht bloß ein bisschen …«

»Ein bisschen wie?« Nun unterdrücke ich meine Verärgerung weniger.

»Ein bisschen … Ach, vergiss es. Du hast dir Mühe gegeben, nur darauf kommt es an. Und was Tilly betrifft, möchte ich sie in solch wichtigen Entscheidungen gerne unterstützen.« Carl lächelt Matilda an. »Das wird bestimmt lustig. Wir überlegen uns ganz tolle neue Gerichte.« Er tritt an den Herd und rührt im Eintopf. »Der Versuch war es wert, Alison, aber vielleicht überlässt du das Kochen besser mir, hm? Ich weiß, was Matilda gerne isst. Und das Omelett mache ich ihr am besten auch.«

Ich erwidere nichts, schiebe mich nur an ihm vorbei und ziehe den Topf vom Herd. Ich friere den Inhalt einfach in Portionen ein und nehme mir etwas zum Lunch ins Büro mit. Als ich den Deckel abnehme, damit der Eintopf auskühlt, schlägt mir der erstickend-süßliche Fleischgeruch entgegen. Die Karottenstücke, die ich so sorgfältig in dicke Stifte geschnitten habe, durchstoßen die Oberfläche der dickflüssigen

Tunke. Es sieht wie Erbrochenes aus. Mir wird schlecht. Mein Friedensangebot, nicht einmal angebrannt, ist zurückgewiesen worden.

Matilda kommt zu mir, und ich gehe in die Hocke und lege die Arme um sie.

»Es tut mir schrecklich leid, dass ich heute nicht mitgekommen bin, Spätzchen«, sage ich leise, weil die Worte nur für sie gedacht sind. Ich streichele ihre Wange und drücke sie fest an mich, und sie drückt fest zurück. Dann schiebe ich sie behutsam von mir und halte sie an den Schultern fest, um ihr in die Augen zu sehen. »Ich verspreche dir, dass wir beide ganz bald zusammen etwas unternehmen. Nur du und ich. Und wir gehen, wohin du willst. Okay?«

Sie nickt.

»Versprochen.« Dann ziehe ich sie wieder an mich. Sie entspannt sich in meinen Armen, und ihre Wärme strahlt auf mich ab. Ein dicker Knoten löst sich in mir.

Carl sieht zu, wie ich Matilda bade. Ich bürste ihr Haar und trockne es, lese ihr eine Geschichte vor und singe sie in den Schlaf. Nachdem wir die Tür zu ihrem Zimmer zugezogen haben, sagt er: »Man muss ein Versprechen, das man Kindern gibt, unbedingt einhalten. Das ist wichtig.«

»Ich hatte nicht vor, es zu brechen.«

»Dann sorg dafür, dass es nicht geschieht.«

»Kein Grund, mir zu drohen, Carl. Ich tue mein Bestes. Deine Kommentare bringen mich nicht weiter.«

»Treib es nicht zu weit, Alison. Ausgerechnet du kannst es dir im Augenblick nicht leisten, anderen Vorwürfe zu machen.«

Ärger steigt in mir auf und flaut wieder ab. »Ich weiß, tut mir leid. Es tut mir leid …«

Er streckt die Hand aus und fährt mir mit einem Finger über die Wange. Ich ergreife seine Hand und küsse sie, dann lege ich ihm meine andere in den Nacken und ziehe ihn zu mir. Doch ehe es noch zu einem Kuss kommen kann, macht er sich los.

»Tut mir leid, ich kann nicht.« Er geht ins Wohnzimmer und schließt die Tür. Ich bleibe einen Moment stehen, um zu warten, ob er seine Meinung ändert, dann gehe ich ins Arbeitszimmer und schließe meinerseits die Tür. Ich versuche zu arbeiten und mich mit Recht und Gesetz von der Zurückweisung abzulenken, doch der Eintopfgestank hängt schwer in der Luft.

Als ich später am Abend die abgekühlte Pampe in kleine Plastikbehälter umfülle, kommt Carl in die Küche und zieht die Tür hinter sich zu.

»Ich hab den ganzen Tag darüber nachgedacht, ob ich es dir zeige oder nicht«, sagt er.

»Ob du mir was zeigst oder nicht?« Etwas in seinem Tonfall lässt meine Hände zittern, und Soße schwappt über den Rand der Tupperdose.

»Nur so kannst du verstehen, warum wir uns manchmal so aufregen.«

»Was kann ich verstehen?« Ich lege den Schöpflöffel in den Topf zurück und mache die Dose zu.

Carl gibt keine Antwort. Stattdessen ist er mit seinem Handy beschäftigt. Ich öffne den Tiefkühlschrank, schiebe die halb vollen Tüten mit TK-Erbsen zur Seite und schichte die Plastikdosen säuberlich ein. Als die ersten Töne von »Rolling in the Deep« erklingen, muss ich unwillkürlich lächeln. Automatisch bereite ich mich darauf vor, im Geist mitzusingen. Doch während ich noch mental Luft hole, setzt mein Gesang bereits ein. Wenn man es denn Gesang nennen kann. Ich knalle die Tiefkühlschranktür zu und drehe mich zu Carl um. Er hält mir wortlos das Handy hin, und in seinen Augen glaube ich etwas wie Mitgefühl zu erkennen.

Gestern Abend habe ich gefunkelt und gesungen, als gäbe es kein Morgen. Dass die anderen nicht mitmachen wollten, hat mich nicht weiter gekümmert; selbst schuld – sie hatten keine Ahnung, was ihnen entging! Vergessen waren die Sticheleien des Nachmittags, denn ich war ein Star und ließ mich mit der Musik treiben. Heute jedoch sehe ich, was sie gesehen haben. Eine betrunkene Frau mit verlaufenem Make-up, deren BH aus dem derangierten Kleid lugt. Entsetzt sehe ich ihr zu. Ihre Stimme ist schrill, und während ich gestern jede einzelne Note getroffen habe, liegt sie meilenweit daneben. Sie ist nicht im Takt, sie wankt eher, als dass sie tanzt. Das Schlimmste aber sind die Blicke der Kinder, als sie versucht, sie zum Mitmachen zu bewegen. Nein, stimmt nicht, das Schlimmste sind die gedämpften Stimmen auf der Aufnahme. Sogar Gelächter ist zu hören. Dave, Louisa – Himmel, lacht Carl etwa auch?

»Warum hast du mich denn nicht davon abgehalten?«

»Ich hab's versucht, aber du wolltest nicht hören.«

»Stattdessen hast du dir gedacht, du filmst einfach, wie ich mich zum Deppen mache?«

»Ich hab es nicht gemacht, um dir eins auszuwischen. Ich wollte dir nur zeigen, was das Zusammenleben mit dir manchmal bedeutet. Nicht immer, aber wenn du in diesem Zustand bist, ist es manchmal kaum auszuhalten.«

Wieder blicke ich auf das Handy. Die Frau auf dem Display – *ich* auf dem Display – hat eindeutig vor, noch lange zu feiern. Sie stößt gegen das Sofa und lässt sich darauf fallen, um Prince zu singen. Dann das Finale, der Smiths-Song, auf dessen Darbietung ich so stolz war. Nicht schön anzuhören. Meine Hände, die das Telefon halten, sind kalt und zittern. Das Blut steigt mir in die Wangen, und die Scham beginnt sich in meiner Magengrube zu winden. Ich schließe die Augen, aber ich höre mich noch immer kreischen und lallen und über die Worte stolpern, die ich so makellos gesungen zu haben glaubte. In dem Versuch, das Beben meiner Hände zu kontrollieren, drücke ich auf Pause und will das Video gerade löschen, als Carl mir das Handy abnimmt.

»Ich wollte nur ein bisschen Spaß haben«, sage ich.

»Es ist kein Spaß, wenn man alle anderen vor den Kopf stößt«, entgegnet Carl mit gesenktem Blick.

»Mir war nicht klar, dass ich Leute vor den Kopf stoße.«

»Das ist es ja, Alison. Du merkst es einfach nicht.«

Er verlässt die Küche, und ich schaufele weiter Eintopf in Plastikbehälter. Als ich fertig bin, wische ich die Arbeitsfläche ab und stelle den Geschirrspüler an. Ich schalte das Licht aus und bleibe eine lange Weile im Dunkeln stehen, lausche dem Summen der Geräte und hoffe, dass es meinen Verstand beruhigt und meine eigene Stimme übertönt. Ich kann sie noch immer hören. Schrill und klirrend wie berstendes Glas.

VIER

Am Morgen bereitet Carl für Matilda das Frühstück zu und macht sie für die Schule fertig. Da ich heute nicht zum Gericht muss, hatte ich sie eigentlich hinbringen wollen, aber er ist so effizient, dass ich ihn nicht behindern will. Ich gehe in die Küche, um mir einen Kaffee zu holen.

»Wenn du mir dein Handy mitgibst, lasse ich es reparieren. Neben dem Therapiezentrum gibt es einen Laden«, sagt er.

Ich versuche, mir einen nonchalanten Anstrich zu geben, während ich im Kopf alle Risiken durchgehe. Aber ich bin immer vorsichtig. Sehr vorsichtig. Nachrichten, E-Mails – alle werden nach dem Lesen sofort gelöscht. Solange ich Patrick rechtzeitig warne … Ich zucke die Achseln. »Wenn es nicht zu viel Aufwand für dich ist. So wild ist es nicht.«

»Es ist immer besser, so was reparieren zu lassen, ehe es noch schlimmer wird. Hinterher musst du dir ein neues Handy kaufen.«

Ich weiß, dass er recht hat, aber das Kleinkarierte seiner Antwort schrammt mir über die Nerven. Natürlich lasse ich mir nichts anmerken. Immerhin will er mir einen Gefallen tun.

»Mach vorher ein Backup«, sagt er. »Es kann immer etwas schiefgehen.« Er setzt sich und wartet, während ich meine Daten drahtlos sichere, das Handy abwische und ihm reiche.

»Danke. Sehr nett von dir.« Er nimmt es mir aus der Hand und geht. Matilda umarmt mich kurz, ehe sie hinter ihm herläuft.

Sobald Carl aus der Tür ist, rufe ich Patricks Büro an, um ihn zu warnen, ehe er mein Handy anfunkt. Seine Geschäftspartnerin Chloe Sami geht an den Apparat und verbindet mich. Bevor ich zu Wort komme, sagt Patrick: »Ich habe die Besprechung für morgen angesetzt.«

»Den Schriftsatz habe ich mir bereits durchgelesen. Noch keine weiteren Unterlagen von der Anklage?« Meine Stimme ist kühl. Über Arbeit kann ich mit Patrick immer reden.

»Nein. Aber die Mandantin muss dich kennenlernen und Vertrauen aufbauen.«

»Okay.«

»Ich denke, du bist genau die Richtige hierfür«, fährt er fort. »Du wirst den Geschworenen die Sache aus ihrer Sicht darlegen; sie werden sich gänzlich mit dir identifizieren. Und rechtlich gesehen ist der Fall kompliziert, also ganz deine Stärke.« Patricks Stimme klingt nüchtern. Er gibt eine Einschätzung ab, will kein Kompliment machen. Dennoch durchfährt mich ein kleiner Wonneschauder. »Also. Die Besprechung findet morgen um zwei statt«, wiederholt er. »Wir treffen uns um halb eins an der Marylebone Station. Madeleine wohnt momentan bei ihrer Schwester in Beaconsfield.«

»Du hättest mir am Freitag sagen können, dass du derjenige bist, der mich für diesen Fall angefordert hat.«

»Ich wollte dich überraschen. Wie auch immer – ich muss jetzt Schluss machen.«

»Patrick, warte. Ruf mich heute bitte nicht auf dem Handy an und schick mir auch keine Nachricht. Ich habe es nicht bei mir.«

»Wir haben ja gerade miteinander gesprochen. Warum sollte ich mit dir in Kontakt treten wollen?« Er legt auf. Der Stachel hat gesessen, aber ich rufe kein zweites Mal an. Ich lege die Sache gedanklich ad acta und mache mich an die Arbeit.

Der Montag verstreicht, der Kater lässt nach und mit ihm die Angst. Größtenteils jedenfalls. Hinter meinem rechten Auge bleibt eine kleine empfindliche Stelle, wie um mich an den Schmerz zu erinnern, den ich mir und Carl und Tilly zugefügt habe. Nie wieder, denke ich und hoffe, dass die Worte nicht so hohl sind, wie sie klingen. Ich lese die Unterlagen, unterstreiche und mache mir Notizen. Carl bringt unsere Tochter in die Schule und holt sie ab, während ich, ganz in den Fall versunken, im Schlafanzug herumlungere. Am Abend gibt er mir mein repariertes Handy zurück. Es ist so gut wie neu.

Dienstagmorgen habe ich mich wieder aufgerappelt und verlasse gestiefelt und gespornt mit Matilda an meiner Seite das Haus. Sie tanzt auf dem Weg zur Schule neben mir her. Als wir ankommen, steckt eine Gruppe von Müttern, rank und schlank in ihrer Fitnesskluft, auffällig die Köpfe zusammen. Ich versuche, meine Paranoia abzuschütteln, lächele hier, winke dort und rufe zwei Vätern im Vorbeigehen ein Hallo zu. Schließlich lächeln auch die Frauen zurück, ehe sie wieder miteinander zu tuscheln beginnen. *Ach, die kommt auch mal? Erstaunlich, dass sie sich herablässt. Sonst macht das ja immer ihr armer Mann.* Verärgert über mich selbst, schüttele ich den Kopf. Natürlich reden sie nicht so – warum sollten sie? Matilda zieht an meiner Hand, und wir gehen die Treppe hinunter zu ihrer Klasse.

»Bis nachher, Spatz. Viel Spaß heute.« Ich bücke mich und umarme sie.

»Kommst du mich abholen?«

»Das macht Daddy heute. Ich muss zu einem Meeting.«

»Okay. Bis dann.«

Sie hängt ihren Mantel auf den Haken und läuft zu ihren Freunden. Ich bleibe stehen und sehe zu, wie die Kinder den Kreis erweitern, um ihr Platz zu machen. Ich winke ihr zum Abschied, und sie winkt zurück, dann gehe ich rasch hinaus und überquere mit gesenktem Kopf den Schulhof.

»Matilda ist sehr glücklich, Alison, und allein darauf kommt es an.« Das sagt Carl jedes Mal, wenn ich mich wegen der anderen Eltern aufrege, stets gefolgt von: »Zu mir sind sie immer sehr nett.« Klar, kann ich mir vorstellen, aber das sage ich natürlich nicht. »Gib dir einfach ein bisschen Mühe«, folgt unweigerlich zum Schluss, und das waren auch seine Worte am Morgen, während er Matildas Ranzen überprüfte und ihr Aufgabenbuch unterschrieb. Ich wandte nichts ein; vermutlich hatte er recht. »Ich hole sie heute Nachmittag ab. Mein letzter Patient kommt um zwei«, sagte er schließlich. Eine Sache weniger, um die ich mich kümmern muss.

Ich schaffe es gerade noch rechtzeitig zum Bus und quetsche mich, von Buggys umzingelt, auf einen Platz. In meinem schwarzen Rollkoffer befinden sich die Unterlagen zu meinem ersten Mordfall: Fotos und Fakten über eine brutale Tat, die ich in den nächsten Monaten genauer und umfassender begreifen muss als mich selbst, meine Ehe und mein Versagen als Mutter.

Ich kann's kaum erwarten.

In der Kanzlei angekommen, grüße ich die Assistenten, gehe in mein Büro und lege die Akte auf den Tisch. Dann setze ich mich und schaue blicklos aus dem Fenster. Fünfzehn Jahre Praxis, fünfzehn Jahre, die ich auf diesen Moment hingearbeitet habe: Mein erster Mordfall. Begonnen habe ich mit dem Üblichen: alkoholisierte Autofahrer, Junkie-Langfinger, rückfällige Vorbestrafte, erbärmliche Pädophile, die ihre schwitzigen Hände über unanständigen Fotos von Minderjährigen rangen – ein Aufstieg in der Verbrechenshierarchie von den Glücklosen über die Hilflosen bis zu jenen, denen nicht zu helfen war und bei denen sogar ich manchmal zugeben musste, dass man sie besser einsperrte und nie wieder hinausließ. Und immer, immer wieder derselbe Werdegang: Der Missbrauch in der Kindheit, der in Alkohol- und Drogenmissbrauch mündet, in Entbehrung und Verzweiflung, die sich manchmal in gewaltsamen Forderungen entladen: *Ich will das Handy, nein, du gibst mir das Scheiß-Handy jetzt, oder ich erstech dich/schlag dich zusammen/schubs dich von der Brücke/hier auf die Gleise vor den Zug.*

Jener Raubüberfall damals, vor ungefähr zehn Jahren, war einer meiner Lieblingsfälle. In den Prozess in Nottingham waren mehrere Angeklagte verwickelt, die sich alle gegenseitig beschuldigten und am Ende für fünf Jahre ins Gefängnis gingen. Unser Team an Anwälten war jedoch ziemlich gut, und wir tranken jeden Abend die Pubs um unser Hotel herum leer.

Also. Madeleine Smith. Ich blättere durch die Akte, bis ich die Zeitungsausschnitte finde, in denen mit Verweis auf eine gewisse Zurückhaltung der Presse bei anhängigen Verfahren über den Fall berichtet wurde. Der umfangreichste Bericht zeigt ein Foto von Madeleine, wie sie, die Hände mit

Handschellen vor dem Körper gefesselt, von zwei Polizisten abgeführt wird. Sie ist blond, dünn und wirkt müde.

Madeleine Smith, 45, wurde verhaftet, nachdem man die Leiche ihres Mannes, Edwin, Senior Partner der amerikanischen Kapitalanlagegesellschaft Minerva Holdings, erstochen im gemeinsamen Ehebett gefunden hatte. Entdeckt wurde die Leiche in dem 3,5 Millionen Pfund teuren Anwesen in Clapham, London, von der Reinigungskraft, die auch die Polizei rief. Zeugen zufolge saß die Verdächtige auf dem Boden neben der Leiche und ließ sich widerstandslos abführen. Die Nachbarn zeigten sich überrascht von den Geschehnissen. »So eine reizende Frau. Immer hat sie sich bei dem Straßenfest engagiert, das wir hier jedes Jahr veranstalten. Ich kann es einfach nicht glauben«, sagte ein Quelle, die nicht namentlich genannt werden möchte.

Ich halte inne und mache mir einen Kaffee mit der Espressomaschine, die ich Carl vergangenes Jahr zu Weihnachten geschenkt habe. Er hat sie nie benutzt, weil er der Meinung ist, dass die Kapseln zu viel Müll produzieren.

Das sind die Fakten, wie sie in der Anklage zusammengefasst werden: Am Montag, den 15. September, wird Edwin Smith von seiner Putzfrau tot in seinem Bett gefunden, seine Frau Madeleine sitzt neben ihm auf dem Boden. Er ist seit ungefähr zwölf Stunden tot, die Ursache ist Blutverlust durch fünfzehn Stichwunden in Hals und Oberkörper. Vermutlich ist er im Schlaf erstochen worden, da sich keinerlei Anzeichen für Gegenwehr finden lassen. Auf dem Bett neben der Leiche liegt ein Küchenmesser mit dreißig Zentimeter langer Klinge, die mit den Abmessungen der zuvor erwähnten Wunden übereinstimmt. Der Blutverlust ist immens; das Blut ist durch das Bett und die Bodendielen gesickert und von der

Decke des darunter liegenden Wohnzimmers getropft. Auch Madeleines Kleider sind von Blut durchtränkt.

Polizei und Krankenwagen treffen umgehend ein, doch für das Opfer kommt jede Hilfe zu spät. Madeleine lässt sich ohne Widerstand abführen. Sie gibt bei ihrer Verhaftung keine Stellungnahme ab, auch später nicht. Nachdem sie zunächst im Holloway-Gefängnis in Untersuchungshaft gesessen hat, wohnt sie nun seit zwei Wochen unter strengen Kautionsauflagen im Haus ihrer Schwester in Beaconsfield.

Wie es aussieht, kann ich mit Aussagen von Putzfrau, Polizei, Ambulanzbelegschaft, Rechtsmediziner und einem Nachbarn rechnen, der in der Nacht, in der Smith vermutlich zu Tode kam, aus dem Haus Schreie gehört haben will. Zweifellos wird die Staatsanwaltschaft diese Aussagen bald zur Verfügung stellen. Ich überlege, was ich an diesem Sonntagabend vor drei Wochen getan habe.

Wir waren von einem nur teilweise gelungenen Wochenende am Meer zurückgekehrt. Zwar hatte Matilda sich am Strand vergnügt, doch Carl und ich zankten uns und schliefen, ohne uns zu berühren, in einem Bett, das eindeutig für heiße Nächte, nicht für eisiges Schweigen entworfen worden war. Und da ich lieber nicht daran denken möchte, konzentriere ich mich wieder auf den Fall.

Patrick hat mir eine Aufstellung von Madeleines Aktivitäten an jenem Wochenende beigelegt. Sie sagt, ihr vierzehnjähriger Sohn James, der ein Internat besucht, sei an diesem Wochenende zu Hause gewesen, und sie und Edwin hätten ihn nach Paddington zum Zug gebracht, damit er noch rechtzeitig zum sonntäglichen Abendgottesdienst eintraf. Der Name des Jungen steht ebenfalls auf der Zeugenliste der Anklage, obwohl seine Aussage noch nicht eingereicht worden ist.

Madeleine hat ihren Anwälten gegenüber ein paar knappe Angaben zu ihrem Werdegang gemacht. Sie ist Anfang vierzig und ursprünglich aus Surrey, als Kind einer Diplomatenfamilie aber schon früh viel gereist. Sie hat eine Ausbildung als Buchhalterin, aber seit Jahren nicht mehr gearbeitet. Mit dreißig wurde sie Mutter. Sie und Edwin waren beinahe zwanzig Jahre zusammen, glücklich, und zu der fraglichen Nacht hat sie nichts zu sagen. Rein gar nichts.

Als ich an der Haltestelle ankomme, entdecke ich Patrick, ehe er mich sieht. Er lehnt an einer Mauer und blickt auf sein Handy, und bei seinem Anblick spüre ich einen Stich in meiner Brust. Der Trolley stößt mir gegen die Ferse, sodass ich stolpere, und er blickt auf und schenkt mir ein Lächeln, ein richtiges echtes Lächeln. Ich bin so froh, dass jemand sich offensichtlich freut, mich zu sehen, dass ich einen Moment lang sogar vergesse, mit ihm Schluss gemacht zu haben. Er berührt meine Wange, als ich bei ihm bin, und ich will ihm gerade sagen, was ich über den Fall denke, als sein Telefon klingelt und er sich von mir wegdreht, um den Anruf anzunehmen. Im Zug auf der Fahrt zum Treffen mit Madeleine reden wir nicht viel, obwohl er hin und wieder zwischen diversen E-Mails aufblickt und mein Bein tätschelt. Ich zwinge mich, ein wenig von ihm abzurücken, indem ich mir streng in Erinnerung rufe, dass es zwischen uns aus ist. Mag sein, dass er sich jetzt lieb und charmant verhält. Am Freitag und viele Male zuvor hat er das aber nicht getan. Er tut mir nicht gut, ich weiß das.

Beaconsfield ist eine hübsche Pendlerstadt mit ein paar Boutiquen und Bistros. Vom Bahnhof nehmen wir ein Taxi zu der Adresse, wo unsere Mandantin wohnt, und müssen vor dem automatischen Tor warten. Das riesige Haus steht in einem vergleichsweise kleinen Garten und ist umgeben von ebenso großen Häusern, die alle noch sehr neu aussehen.

Eine Frau streckt den Kopf aus der Haustür und mustert uns. Offenbar beruhigt durch das, was sie sieht, zieht sie sich wieder zurück, während sich das Tor langsam öffnet. Wir gehen über einen knirschenden Kiesweg zum Eingang. Abrupt wird die Tür aufgerissen. Patrick tritt einen Schritt vor und schüttelt der Frau die Hand.

»Francine, schön, Sie wiederzusehen. Alison, das ist Francine, Madeleines Schwester.« Er tritt zur Seite, und auch ich gebe ihr die Hand und spüre den festen Griff ihrer knochigen Finger. Sie winkt uns ins Haus, um uns zu Madeleine zu führen, die im Wohnzimmer auf dem Sofa sitzt und die Füße unter sich gezogen hat. Als wir eintreten, erhebt sie sich.

Sie ist dünn und groß, ihr Haar dick, glatt und gesträhnt, wenngleich die Farbe schon ein paar Zentimeter herausgewachsen ist. Die Sehnen an ihrem Hals treten hervor, bläulich schlägt ihr Puls an ihrer Schläfe. Francine ist ebenfalls dünn, doch geschmeidiger als Madeleine, und Haar und Haut glänzen gesund. Sie tritt nervös von einem Fuß auf den anderen und zupft am Saum ihres Cardigans. Verglichen mit den beiden fühle ich mich klein und stämmig, wie ein Arbeitspferd neben zwei Vollblütern. Beide tragen Grau, Taupe und Beige und zur Hose weichen Strick, eindeutig Kaschmir. Madeleines Schmuck ist dezent: Sie trägt Diamantstecker und -ringe und am vierten Finger der linken Hand einen funkelnden Eternity-Ring. Ich drehe das schmale weißgoldene Band an meinem Ringfinger und verberge den kleinen Diamantsolitär an meiner Handinnenfläche, wo er sich ins Fleisch bohrt.

»Ich möchte nicht mehr an Holloway denken. Es war ein Albtraum.« Madeleine zupft an der Nagelhaut ihrer Finger.

»Wir haben Sie so schnell rausgeholt, wie es uns möglich war«, sagt Patrick sanft. So habe ich ihn noch nie reden hören. Doch Madeleine strahlt eine Zerbrechlichkeit aus, die ruhige Stimmen und vorsichtige Formulierungen zu erfordern scheint.

»Darf ich Ihnen einen Tee anbieten?«, fragt Francine.

Ich nicke. »Milch, keinen Zucker. Danke.« Die Aufgabe beruhigt sie vielleicht ein bisschen, sodass die Spannung, die sie umgibt, nachlässt und wir versuchen können, Madeleine aus ihrem Schneckenhaus hervorzulocken.

Als Francine aus dem Raum eilt, löst Madeleine ihre verkrampfte Beinhaltung.

»Ständig dieses Gebrüll«, greift sie das Thema Gefängnis wieder auf. »Ich begreife gar nicht, wie man bei so einem Lärm überhaupt schlafen kann ... Es war furchtbar. Bei der Polizei konnte ich schlafen, da aber nicht. Fünf Nächte lang ...«

Sie bricht ab und lächelt ihrer Schwester entgegen, die mit einem Tablett mit Teebechern, Milch, Zucker und drei verschiedenen Kekssorten zurückkehrt.

»Kann ich Ihnen sonst noch etwas bringen?«, fragt Francine.

»Nein, alles wunderbar«, erwidere ich, und wir alle äußern unseren Dank.

»Mir geht's gut, Francine«, sagt Madeleine lächelnd. »Würdest du uns für einen Moment allein lassen?« Und endlich zieht ihre Schwester sich zurück und schließt die Tür hinter sich.

»Also. Fangen wir an.« Patrick schiebt das Teetablett zur Seite und deponiert die Akte aus seiner Tasche auf dem

Couchtisch. Ich hole Schriftsatz und Notizbuch aus meiner Handtasche. »Zunächst möchte ich Ihnen Alison Wood noch einmal offiziell vorstellen. Sie wird Sie vor Gericht vertreten.«

Ich nicke Madeleine zu.

»Alison praktiziert seit über fünfzehn Jahren. Sie hat sowohl am Strafgerichtshof als auch am Berufungsgericht viele komplizierte Fälle verhandelt.« Während Patrick spricht, deutet er auf mich, aber es kommt mir nicht vor, als würde er mich beschreiben. »Sie weiß, was für Ihren Fall am besten ist. Gemeinsam werden wir uns um Sie kümmern.«

Madeleine blickt auf ihre Hände. »Obwohl ich mir nicht vorstellen kann, was groß zu tun ist. Ich habe es getan, mehr gibt es dazu nicht zu sagen.«

»Immer langsam mit den jungen Pferden. Auf diese Dinge müssen wir noch gar nicht zu sprechen kommen. Erledigen wir zunächst die Präliminarien.« Endlich klingt er wieder wie der Patrick, den ich kenne – grob und ruppig. Und ich bin froh, dass er ihr über den Mund gefahren ist. Es gibt nichts Schlimmeres als Mandanten, die zu früh über die Straftat sprechen. Wir müssen zuerst die richtigen Fragen stellen. »Alison, würdest du Madeleine erklären, was als Nächstes geschieht?«

»Gern. Also, Madeleine, der Fall ist vom Magistrates' Court zum Old Bailey transferiert worden, und unser nächster Auftritt vor Gericht ist eine vorbereitende Anhörung, bei der Sie sich zur Anklage schuldig oder nicht schuldig bekennen.«

»Das ist aber erst in ein paar Wochen, oder?«

»Ja, nicht vor Ende November, in vier Wochen also. Wir haben bisher noch nicht viele Beweise von der Anklage, aber sie werden uns bald mehr liefern. Hoffe ich zumindest.« Ich beobachte Madeleine, während ich spreche, aber sie blickt noch immer auf ihre Hände. Ihre Fingernägel sind bis auf die

Kuppe abgekaut, der einzige Riss in ihrer makellos gepflegten Fassade. Sie nickt, und ich fahre fort.

»Vor der Anhörung müssen wir alle Beweise sichten. Wie ich bereits sagte, bekennen Sie sich dabei zur Sachlage, und wenn Sie auf nicht schuldig plädieren, wird der Termin für den Prozess angesetzt.«

»Und wenn ich mich schuldig bekenne?«

»Dann wird die Sache sofort bis zum Urteil vertagt.«

»Dann will ich das machen.« An dieser Stelle blickt sie auf und sieht mir direkt in die Augen. Sie wirkt entschlossen, viel zu entschlossen. Unwillkürlich frage ich mich, was sie zu verbergen versucht.

»Madeleine, ich würde Ihnen dringend raten, abzuwarten, bis wir das Beweismaterial gesichtet haben, ehe Sie eine so weitreichende Entscheidung treffen. Sich jetzt schon auf ein bestimmtes Vorgehen zu versteifen ist vielleicht nicht die beste Strategie.«

Stur hat sie ihre Kiefer zusammengepresst, aber zumindest hört sie mir zu. »Ich weiß, was ich getan habe.«

»Ich nicht. Und auch in dieser Hinsicht gibt es gewisse juristische Aspekte zu bedenken. Könnten wir also bitte einen Schritt nach dem anderen gehen?« Aus dem Augenwinkel sehe ich Patrick zustimmend nicken.

Madeleine erhebt sich, geht zum Fenster und kehrt zurück. Einen Moment lang glaube ich, dass sie sich zu mir auf das dick gepolsterte Ledersofa setzen will, doch im letzten Moment wendet sie sich ab und tritt erneut ans Fenster. »Sie hätten mich gar nicht erst auf Kaution herausholen sollen. Ich gehöre eingesperrt.«

Patrick überlegt einen Moment, ehe er antwortet. »Sie haben keinerlei Vorstrafen. Sie haben noch nie in Schwierigkeiten gesteckt. Das Gericht hat eingesehen, dass Sie für niemanden eine Gefahr darstellen. Und um Ihre Verteidigung vorzubereiten, ist es so sehr viel besser.«

Madeleine seufzt, wendet aber nichts mehr ein. Sie kehrt zum Sofa zurück und setzt sich.

Ich räuspere mich. »Jede Unterhaltung, die Sie mit uns, Ihren Anwälten, führen, ist bevorrechtigt. Das bedeutet, sie ist absolut vertraulich, und niemand kann uns dazu zwingen, wiederzugeben, was Sie uns gesagt haben. Das birgt jedoch auch gewisse Schwierigkeiten, falls Sie uns in einer Besprechung etwas erzählen, dann aber beschließen, während des Verfahrens vor Gericht etwas anderes zu sagen. Wir können keine Aussage Ihrerseits mit einer Lüge decken, und falls Sie uns in ein solches Dilemma bringen, können wir Sie möglicherweise nicht weiter vertreten. Haben Sie das verstanden?«

»Ja«, antwortet Madeleine.

Ich nehme Stift und Notizblock zur Hand. »Können Sie uns sagen, was an diesem Wochenende geschehen ist? Beginnen wir mit dem Samstag.«

»James ist zum Wochenende nach Hause gekommen. Sein Zug kam kurz vor dem Lunch in London an, und ich habe Käsetoast und Salat gemacht. Am Abend sind wir in ein Steakhouse am Clapham Common gegangen. Anschließend ist James nach Kensington zu einer Party von einem Schulfreund gefahren, und Edwin und ich haben uns ein Taxi nach Hause genommen.« Sie hält inne, um Luft zu holen. Ich notiere mir die Informationen und nicke ihr zu fortzufahren.

»Zu Hause haben wir uns noch einen Film angesehen und sind dann ins Bett gegangen.«

»Was für einen Film?«, frage ich.

»Spielt das eine Rolle?« Sie zuckt die Achseln. »*Goodfellas*. Edwin liebt solche Filme.«

Als sie merkt, was sie gesagt hat, weiten ihre Augen sich. »Liebte.« Sie lässt den Kopf in die Hände sinken, atmet ein, aus. »Als er zu Ende war, sind wir ins Bett gegangen. James muss um Mitternacht nach Hause gekommen sein. Allerdings habe ich ihn nicht hereinkommen hören – ich war sehr müde.«

Aus dem ersten Impuls heraus will ich fragen, wieso ein Vierzehnjähriger um zwölf Uhr nachts noch allein in London herumstreifen darf, beherrsche mich aber dann. Vielleicht ist das heutzutage völlig normal. »Geht er oft noch spät auf Partys?«

»Wenn es denn welche gibt. Schwer zu sagen. Manchmal tut er es, manchmal nicht. Es ist nicht leicht, den Überblick zu behalten.«

Ich denke an Matilda. Nie und nimmer werde ich zulassen, dass sie in dem Alter auf eigene Faust unterwegs ist. Nie und nimmer.

Madeleine fährt fort. »Am nächsten Morgen sind wir erst spät aufgestanden. Ich habe ein Brathähnchen gemacht. Später haben wir James nach Paddington gebracht und ihn dort am Bahnhof abgesetzt. Als wir wieder nach Hause kamen, sagte Edwin, er müsse mit mir sprechen. Er würde mich verlassen.«

Meine Hand mit dem Kugelschreiber zuckt über die Seite. Das hatte ich nicht erwartet. Ich öffne den Mund, um etwas zu fragen, aber sie spricht schon weiter.

»Ich habe fast eine ganze Flasche Gin getrunken und muss das Bewusstsein verloren haben. Aufgewacht bin ich von dem Geschrei unserer Putzfrau. Als ich aufblickte, sah ich Edwin tot neben mir, das Messer zu meinen Füßen.« Ihre Stimme ist nun so leise, dass ich sie kaum noch verstehen kann. »Ich wollte das nicht. Ich kann mich nicht einmal erinnern. Es tut mir leid ...« Madeleine ist blass, doch gegen Ende ihrer Geschichte steigt ihr eine fleckige Röte ins Gesicht.

»Erzählen Sie mir etwas über James«, sage ich behutsam, ganz behutsam. Vermutlich bekomme ich über dieses Thema eher Zugang zu ihr, als wenn ich direkt mit ihrer Beziehung zu Edwin beginne.

Die Röte klingt ab, und sie entspannt sich ein wenig. »Was wollen Sie wissen?«

»Wie ist er so? Geht er gern zur Schule? Seit wann ist er schon im Internat?«

»Er ist jetzt im zweiten Jahr. Kurz vor seinem dreizehnten Geburtstag hat er gewechselt. Er ist wirklich gerne dort.«

»Ist es schwer für Sie? Dass Ihr Sohn weg ist, meine ich?«

»Am Anfang war es das, ja, aber man gewöhnt sich dran. Es wäre eine immense Zeitverschwendung für ihn gewesen, jeden Tag zur Schule und wieder zurück zu fahren. Er macht so viel Sport, wissen Sie? Dann wäre er immer erst so spät nach Hause gekommen. Es ist nicht so, dass ich ihn nicht hier haben wollte. Edwin fand ...« Madeleines Stimme verklingt.

»Edwin fand was?«, hake ich vorsichtig nach, um sie nicht zu verschrecken.

»Edwin fand, dass es ihm guttäte, wenn er auf eigenen Füßen stünde. Er war der Ansicht, ich würde James zu viel abnehmen. Er sollte lernen, eigenständiger zu werden.«

»Waren Sie Edwins Meinung?«

Madeleine nimmt plötzlich die Schultern zurück und schiebt das Kinn vor. »Selbstverständlich war ich seiner

Meinung. Er hatte recht. Wie man mit Jungen umgeht, weiß er schließlich … wusste er schließlich am besten.«

»Okay. Sie sagten, James gehe gerne ins Internat. Was gefällt ihm besonders?«

»Nun, auf jeden Fall der Sport. Und vieles dort ist Routine. James liebt Routinen. Er war immer am glücklichsten, wenn bei uns alles seine Ordnung hatte, wenn ich entspannt war, das Essen pünktlich auf den Tisch kam und so weiter.«

Ich mache mir eine Notiz. »Sie waren nicht immer entspannt?«

»Niemand ist immer entspannt. Und manchmal wachsen mir die Dinge über den Kopf.« Madeleine verschränkte ihre Hände krampfhaft ineinander. »Auch aus diesem Grund hielt Edwin es für besser, wenn James ins Internat ging. Dadurch hatte ich mehr Zeit, in Ruhe zu erledigen, was zu tun war, sodass wir wirklich etwas voneinander hatten, wenn wir dann alle zusammen waren.«

Ich schreibe ihre Antwort auf. »Und wie haben Sie das empfunden?«

»Auch hierbei hatte Edwin wahrscheinlich recht. Ich bin immer sehr beschäftigt – es ist nicht leicht, alles zusammenzuhalten.« Ihre Stimme bebt.

»Womit sind Sie denn beschäftigt? Was tun Sie?« Ich achte darauf, meine Stimme neutral zu halten.

»Nun, Fitnesstraining und Pilates und Spendenaktionen für die Galerie … Ich will mich nicht gehen lassen, wissen Sie? Edwin würde das nicht …« Wieder lässt sie den Satz verklingen.

Ich zupfe am Bund meines Rocks, der mir unangenehm in die Seite schneidet. Nicht genug Zeit für Pilates, was definitiv ein Problem *meiner* Ehe ist.

Rasch gehe ich meine Notizen durch. Es ist an der Zeit, ans Eingemachte zu gehen. »Madeleine, was können Sie mir über die Beziehung mit Edwin vor dem Wochenende seines Todes sagen?«

»Was meinen Sie damit?«

»Wie sind Sie miteinander ausgekommen? Haben Sie viel Zeit miteinander verbracht? Wie war der Alltag? Ist er viel gereist?«

»Sicher ist er viel gereist. Er war jede Woche in New York.«

»Jede Woche? Das kommt mir wirklich viel vor«, sage ich.

»Sie kennen wohl nicht allzu viele Leute aus der Finanzbranche? In einer solchen Position ist das ziemlich normal.« Ihre Stimme klingt plötzlich frostig, und sie hat sich zu voller Größe aufgerichtet.

Unwillkürlich ziehe ich den Kragen zusammen gegen die Kälte, die mir entgegenschlägt. Mein Kostüm ist von Hobbs und nicht vom Designer, aber wenigstens habe ich es selbst bezahlt. Zum ersten Mal hat uns Madeleine Härte gezeigt, und vor meinem inneren Auge erscheint das Bild von ihr, wie sie mit dem Messer in der Hand über dem leblosen Körper ihres Mannes steht. Dann seufzt sie, fällt wieder in sich zusammen, und das Bild löst sich auf.

»Was haben Sie gemacht, wenn er weg war?«, frage ich.

»Dasselbe. Was ich Ihnen schon gesagt habe. Ich habe ein Dinner für die Galerie organisiert – das war viel Arbeit.«

»Was für eine Galerie?«

»Fitzherbert in Chelsea«, antwortet sie. »Die Regierung stellt nicht mehr so viele Gelder zur Verfügung, daher sind sie auf private Spenden angewiesen. Die Arbeit ist sehr wichtig.« Wieder hat sich Madeleines Gesicht gerötet.

»Sie engagieren sich also nicht so gerne für Menschen?«, frage ich, weil ich es mir nicht verkneifen kann.

Patrick unterbricht. »Ich bin mir nicht sicher, ob ich die Relevanz dieser Frage verstehe.«

Ich schenke erst ihm, dann Madeleine ein Lächeln. »Ich will mir einfach nur ein Bild machen, das ist alles. Madeleine, würden Sie sagen, dass Sie und Edwin vor diesem Wochenende eine gute Beziehung hatten?«

»Das dachte ich. Deswegen war ich so schockiert, als er sagte, er wolle die Scheidung.« Madeleine blickt wieder auf ihre Hände, die sie in ihrem Schoß ringt.

»Und warum, denken Sie, wollte er sie?«

»Ich weiß es einfach nicht.« Wieder schlägt sie die Hände vors Gesicht, ihr Kopf sinkt zwischen ihre Schultern, und sie beginnt zu schluchzen.

Ich würde gerne fragen, ob sie glaubt, dass Edwin eine Affäre gehabt hat, doch ihr Schluchzen wird lauter, herzzerreißender und kommt tief aus dem Bauch heraus.

»Und nun ist er tot, und ich werde nie erfahren, ob er es wirklich so gemeint hat oder ich es wieder in Ordnung hätte bringen können. Es ist alles meine Schuld, nur meine Schuld, nur meine Schuld …«

Selbst Patrick scheint sich nun unbehaglich zu fühlen, denn er rutscht unruhig auf seinem Stuhl herum. Fast erwarte ich, dass er ihr einen Arm um die Schultern legt, doch stattdessen hält er den Blick gesenkt, schiebt die Unterlagen zusammen und arrangiert die Post-it-Zettelchen neu. Ohne anzuklopfen, stürmt Madeleines Schwester herein. »Sie müssen jetzt gehen. Sie merken doch, dass es zu viel für sie ist.«

»Wir haben noch ein paar Fragen«, protestiere ich der

Form halber, weiß aber bereits, dass sie uns dennoch vor die Tür setzen wird.

Und tatsächlich. »Das ist mir egal. Stellen Sie sie ein andermal. Für heute ist es genug.«

Ich schiebe mein Notizbuch in meine Handtasche und komme auf die Füße. Patrick tut es mir nach.

Er hüstelt. »Wir werden bald wiederkommen müssen – nächste Woche spätestens. Um Madeleine vor Gericht vertreten zu können, müssen wir genau wissen, was geschehen ist. Und was vorher war.«

»Ja, natürlich. Das verstehe ich. Nur nicht mehr heute. Ich werde Stunden brauchen, sie wieder zu beruhigen, und ich habe gar keine Zeit …« Francine legt eine Hand auf Madeleines Schulter und schüttelt sie sanft. »Madeleine, schsch. Die Kinder kommen bald nach Hause.«

Patrick und ich verlassen das Haus. Draußen rufen wir uns einen Mietwagen und fahren schweigend zum Bahnhof, wo wir nur wenige Minuten warten müssen, bis der Zug nach London einfährt.

FÜNF

»Ich besorge mir einen Drink. Willst du auch einen? Gin?«

Ich nicke, und Patrick macht sich auf die Suche nach dem Speisewagen. Ich fühle mich ausgelaugt. Noch immer kann ich Madeleines Schluchzen hören. Wir waren höchstens eineinhalb Stunden bei ihr, aber es fühlt sich viel länger an. Tilly wird jetzt aus der Schule kommen und freudig hinausrennen, wo Carl mit anderen Eltern wartet und plaudert. Vielleicht gehen sie noch in ein Café, um Kakao mit Sahne zu trinken. Oder vielleicht fährt Carl Matilda zu einer Freundin und trinkt Tee mit der Mutter ihrer Spielkameradin, während die beiden Mädchen Verkleiden spielen. Fast rieche ich Matildas Haar, das sich an meiner Wange seidig anfühlt, und spüre ihren warmen Kopf an meinem Gesicht. Furcht durchfährt mich, als sie vor meinem inneren Auge verschwindet, aber dann kommt Patrick mit den Drinks zurück, und ich vertreibe meine Angst mit Schnaps. Es war ein schwieriger Nachmittag, das ist alles. Patrick beugt sich vor, schiebt mir grob eine Hand zwischen die Beine und flüstert: »Da drüben ist eine Toilette. Außer uns ist niemand in diesem Waggon.«

Mir ist bewusst, dass ich ablehnen und ihn daran erinnern sollte, dass ich unsere Beziehung beendet habe. Ich tue es aber nicht. Ich spüre das Drängen seiner Hand und sehe ihn einen Moment lang an. Dann kippe ich den Rest Gin herunter, erhebe mich, um ihm zu folgen, und packe im letzten Moment noch meine Handtasche.

Er verriegelt die Klotür und dreht sich zu mir. Ich halte den Atem an und warte darauf, dass er mich an sich zieht und wie vorhin vielleicht mit einer gewissen Zärtlichkeit meine Wange berührt. Meine Nerven sind überspannt und strapaziert, doch hiermit kann ich sie beruhigen. Wir sehen einander an und, ja, tatsächlich küsst er mich nun und zwängt seine Hand in den engen Bund und in mein Höschen, und der Tag löst sich auf …

Ich seufze, und er drückt mich behutsam auf die Knie und zieht seinen Reißverschluss auf. Es geht doch nichts über ein Quid pro quo. In dem Versuch, eine Urinpfütze zu meiden, rutsche ich ein Stück auf ihn zu und halte ihn fest, während meine andere Hand sich am Waschbecken abstützt, an dem er lehnt. Er packt meinen Kopf, zieht mich an sich, und ich schließe die Augen.

Als er fertig ist, schlucke ich, dann spüle ich mir den Mund mit Wasser aus und spucke es in Richtung Spiegel. Ich bin müde. Meine Wimperntusche ist verschmiert, der Lippenstift schon längst verschwunden, und je weiter das Wohlgefühl zurückweicht, umso stärker kehrt die unbestimmte Angst zurück. Diese Unzufriedenheit spiegelt sich in der Miene der Frau, die mit dem Kleinkind an der Hand vor dem Klo wartet und indigniert mit der Zunge schnalzt, als Patrick und ich an ihr vorbei zu unseren Plätzen zurückkehren. Ich habe meine Handtasche vergessen, und sie ruft mich und hält sie mir mit ausgestrecktem Arm hin, als wolle sie jeden potenziellen Hautkontakt zu mir vermeiden.

Patrick lässt sich inzwischen auf seinen Platz fallen und widmet sich schon seinem Blackberry, als ich zurückkehre, und jeder Tastendruck vergrößert die Distanz zwischen uns. Ich blicke aus dem Fenster und versuche, den abgestandenen

Uringeruch zu ignorieren, der irgendwo in meiner Nähe aufsteigt. Ich war sicher, der Pisse auf dem Boden aus dem Weg gegangen zu sein. Schließlich nehme ich meine Tasche, rieche an einer Ecke und berühre sie mit einem Finger. Sie ist feucht. Ich habe zwar meine Knie geschützt, nicht aber die Mulberry-Tasche, die ich mir von der Provision meines ersten großen Verfahrens geleistet habe. Patrick sieht, was ich tue, und verzieht angewidert das Gesicht, ehe er sich wieder seinen E-Mails widmet.

Mein Telefon klingelt, als ich die letzten Gegenstände aus der Tasche in den Trolley räume. Mir rutscht das Herz in die Hose, als ich auf dem Display die Nummer von Matildas Schule erkenne, und straffe die Schultern, ehe ich antworte, um mich mental von Patrick zu lösen und auf die familiären Verantwortlichkeiten zu konzentrieren. Kaum habe ich mich gemeldet, als die Lehrerin mir auch schon mitteilt, dass ich zu spät komme, um Matilda abzuholen.

»Mein Mann wollte sie heute abholen. So lautete die Abmachung.« Ich versuche, ruhig zu bleiben und den geschäftsmäßigen Tonfall der Lehrerin am anderen Ende der Leitung nachzuahmen.

»Laut seiner Aussage nicht. Er ist davon ausgegangen, dass Sie heute dran sind.«

»Er hat mir gesagt, dass sein letzter Patient um zwei käme.« Die Panik rückt näher.

»Ehrlich gesagt. Mrs. Bailey, ist es mir vollkommen egal, wer was gesagt hat. Es ist fünf nach vier, und Matilda wartet noch immer. Wir können sie noch bis Viertel vor fünf in die Spätbetreuung geben, aber wir müssen wissen, wann Sie sie abzuholen gedenken.«

Mrs. *Bailey*. Ich blicke aus dem Fenster. Wir sind schon fast in Marylebone, aber ich muss vom Bahnhof immer noch ganz nach Highgate hoch.

»Könnten Sie nicht meinen Mann anrufen?«

»Sein Handy ist aus.«

»Ich komme, so schnell ich kann. Ich sitze gerade im Zug.«

»Wir sehen uns um sechzehn Uhr fünfundvierzig.« Keine Bitte, sondern eine Feststellung, dann ist die Leitung tot.

Mein Herz beginnt zu rasen, Panik schnürt mir die Kehle zu. Die arme Tilly – als Letzte übrig zu bleiben und niemand, der sie abholt! Dabei war ich sicher, dass … Nun, das ist jetzt müßig. Ich muss sie abholen, und das so schnell wie möglich. Ich hole einen Spiegel aus meiner Tasche und vergewissere mich, dass mir keine Spur von Patrick mehr anhaftet.

Endlich blickt auch Patrick von seinem Display auf. »Was ist los?«

»Ich war sicher, dass Matilda abgeholt wird. Wurde sie aber nicht. Und jetzt komme ich zu spät.«

»Ach, die werden es überleben.« Eindeutig nicht weiter interessiert, schaut er wieder auf sein Smartphone herab. Ich will noch etwas dazu sagen, beiße mir aber auf die Zunge. Wozu soll es gut sein? Dann blickt er plötzlich erneut auf. »Heißt das, wir können, wenn wir zurück sind, nicht ausgiebig über den Fall sprechen?«

»Ich fürchte, das heißt es. Ich muss meine Tochter abholen.«

»Kann das nicht ein anderer machen?« Er klingt ungeduldig.

»Es ist kein anderer da. Sie haben ihren Vater nicht erreicht, also muss ich hinfahren.«

»Hast du denn schon versucht, ihn anzurufen?« Zum ersten Mal, seit wir uns wieder gesetzt haben, ist Patrick ganz bei der Sache.

Ich schüttele den Kopf und wähle Carls Nummer. Der Anruf wird direkt an die Mailbox weitergeleitet.

»Ausgeschaltet. Wie die Schule schon sagte. Es hat keinen Sinn. Er geht nie ans Telefon, wenn er eine Sitzung hat.« Ich widme mich wieder meiner urindurchweichten Tasche, um zu retten, was zu retten ist.

»Wir müssen aber über den Fall sprechen. Das ist wichtiger, als den Babysitter zu spielen. Dein Mann sollte das übernehmen. Versuch, ihn an die Strippe zu kriegen.«

Ich rufe erneut an. Wieder lande ich ohne Umwege auf dem Anrufbeantworter. »Ich hab's dir doch gleich gesagt. Und ich spiele nicht den Babysitter. Hier geht es um meine Tochter, und ich bin dafür verantwortlich, dass sie abgeholt wird.« Ich werfe einen letzten Blick in die leere Handtasche, rolle sie zusammen und schiebe sie in die Gepäckablage über den Sitzen. Wenn jemand sie haben will – bitte schön. Der Zug rollt in den Bahnhof, und ich ziehe mir meinen Mantel über und mache mich auf den Weg zur Tür, um sofort aussteigen zu können. »Ich melde mich später.«

Er wendet nichts mehr ein, verzieht jedoch das Gesicht und streckt die Hand nach meiner aus, aber ich ziehe sie zurück. Ich bin gedanklich zu beschäftigt mit Matilda, als dass mir seine Berührung willkommen wäre.

»Wir werden Ihnen dafür eine Geldbuße auferlegen müssen. Zwanzig Pfund macht das.« Die Lehrerin – Mrs. Adams, ich bin fast sicher, dass sie Mrs. Adams heißt – notiert etwas in einem Buch und klappt es dann resolut zu. Ihre rot lackierten

Nägel klicken auf dem Buchdeckel. Ich beiße mir auf die Lippe und bin mir überaus bewusst, dass ich wohl nicht auf ihrer schwarzen Liste stehen würde, wenn ich nicht so eifrig darum bemüht gewesen wäre, ganz oben auf Patricks Favoritenliste zu stehen.

»Entschuldigen Sie. Ich hatte einen wichtigen Termin außerhalb der Stadt und war sicher, dass mein Mann es rechtzeitig schaffen würde. Tut mir wirklich leid.«

»Ihr Mann hat uns gestern noch gesagt, dass Sie heute kämen. Matilda hat sich so gefreut, dass Sie in die Schule kommen würden, um sie abzuholen.« Sie fügt kein *ausnahmsweise* hinzu, aber das ist auch nicht nötig. Ich gebe mir Mühe, den Subtext zu ignorieren.

»Ich muss da etwas durcheinandergebracht haben. Wie gesagt, es tut mir leid, aber manchmal passieren solche Dinge eben. Nun bin ich ja hier. Komm, Matilda, lass uns gehen.« Ich strecke den Arm aus, um ihr den Ranzen abzunehmen.

»Ich muss die zwanzig Pfund jetzt kassieren«, sagt die Lehrerin bestimmt und baut sich so vor mir auf, dass sie eine solide Barriere graubrauner Strickware zwischen mir und meiner Tochter bildet. Also schön. Vielleicht komme ich nur auf persönlicher Ebene weiter.

»Mrs. Adams, die Verspätung tut mir wirklich sehr leid, aber ich fürchte, ich habe keine zwanzig Pfund mehr bei mir. Ich habe mein letztes Bargeld für das Taxi vom Bahnhof hierher ausgegeben. Sie wollten, dass ich um Viertel vor hier bin, und das habe ich gerade noch rechtzeitig geschafft. Wir werden Ihnen das Geld morgen früh geben, Mrs. …«

»Miss. Nicht Mrs.«, unterbricht sie mich.

»Dann also Miss Adams, verzeihen Sie. Morgen. Komm, Matilda.« Ich weiche zur Seite aus und halte Matilda die Hand hin, doch die Barriere bewegt sich mit mir – erstaunlich flink übrigens für jemanden von ihrem Umfang.

»Anderson. Ich heiße Anderson. Ich bin verantwortlich für die Nachmittagsbetreuung und die Einhaltung der Zeiten. Wenn Sie erst morgen zahlen, erhöht sich die Gebühr auf dreißig Pfund.« Ihr Kinn ist nach oben gestreckt, ihr Gesicht gerötet. Sie wirkt, als sei das hier der beste Moment ihres Tages.

Ich blicke auf meine Uhr. Unser Gespräch hat bereits zehn Minuten gedauert – ob sie mir das auch berechnet? »Ich werden Ihnen morgen früh als allererstes zwanzig Pfund vorbeibringen. In bar. In einem Briefumschlag. Mit Ihrem Namen drauf, Miss Anderson. Ich entschuldige mich vielmals für jegliche Unannehmlichkeit, die ich verursacht haben mag. Aber jetzt bringe ich meine Tochter nach Hause.«

Blitzschnell greife ich nach Matilda, und geduckt huscht sie durch die Lücke zwischen Miss Anderson und der Wand, ehe die Lehrerin sie daran hindern kann. Ich richte mich kerzengerade auf und sehe der Frau ins Gesicht, und sie begegnet meinem Blick, ohne mit der Wimper zu zucken. Wortlos wende ich mich um und ziehe Tochter und Trolley in Richtung Ausgang. Miss Anderson murmelt noch etwas von morgen früh, aber mir reicht es. Bevor die Frau womöglich noch ein Kraftfeld heraufbeschwört, das uns an der Grundstücksgrenze in den Bann ihres finsteren Blicks zurückschleudert, eilen wir über den Schulhof, treten durchs Tor und halten erst, als wir um die nächste Ecke und außer Sicht sind.

Ich nehme meine Tochter in den Arm und drücke sie an mich. »Tut mir leid, Liebes. Ich dachte, wir kommen da nie raus.«

»Sie war so sauer«, sagt Matilda an meiner Schulter, und es klingt teils aufgeregt, teils entsetzt.

»Ja, ich weiß, es tut mir leid. Komm, lass uns auf den Schreck irgendwo etwas Süßes besorgen. Das haben wir uns jetzt verdient.« Matilda lacht, und wir betreten den nächstbesten Laden, wo ich ihr zwei Tütchen Kaubonbonkügelchen und einen Chupa-Chup-Lolli kaufe.

Gemächlich schlendern wir den Hügel hinab auf Archway zu, vor meinen Augen verschwimmt die Londoner Skyline, aus der das Shard-Gebäude scharf herausragt, und nur widerstrebend gestehe ich mir ein, dass Tränen diesen Schleier verursachen. Wenigstens ist Matilda mit ihren Süßigkeiten glücklich. Ich wische mir mit dem Ärmel über die Augen. Ich habe es so satt, den Rollkoffer mit mir herumzuschleppen, und kämpfe gegen den Drang an, ihn zwischen Burgerpapier und Hundekotbeuteln tief in den nächsten Mülleimer zu stopfen, bis ich von dieser modernen Sträflingskugel, Markenzeichen mobiler Anwälte, nichts mehr sehen muss. Endlich versiegen die Tränen, und ich reibe mir mit dem Ärmel ein letztes Mal durch das Gesicht.

»Ich verspreche dir, dass mir so was nie wieder passiert«, sage ich.

Matilda denkt einen Moment lang darüber nach, dann lächelt sie. »Du hast das ja nicht extra gemacht. Also nicht so schlimm.«

Ich erwidere ihr Lächeln, und sie drückt mich an sich. Ich richte mich wieder auf, und schweigend legen wir den Rest der Strecke untermalt vom Quietschen der Trolleyräder und Matildas Knuspern zurück.

»Ich kann nicht einmal mehr wütend auf dich sein, Alison. Das muss aufhören. Du musst dich unbedingt besser organisieren.« Carls Stimme ist ruhig. Geschrei ist auch nicht nötig.

»Ich muss etwas durcheinandergebracht haben. Ich dachte, du hättest gesagt …«

»Du weißt doch, dass ich dienstags immer noch spät Patienten habe.« Er schüttelt den Kopf und wendet sich wieder der Tomatensoße auf dem Herd zu.

»Ich muss es falsch verstanden haben.« Es gibt nichts, was ich sonst sagen könnte.

»Ja, so ist das wohl. Und dann füllst du sie noch rasch mit Süßigkeiten ab. Jetzt wird sie garantiert nichts Vernünftiges mehr essen.«

Ich warte, ob Carl noch etwas anderes zu sagen hat, doch er schüttet nur heißes Wasser aus dem Wasserkocher in einen Stieltopf und gibt zwei Handvoll Nudeln hinein. Als er beginnt, Parmesan zu reiben, ziehe ich mich lautlos aus der Küche zurück. Das Schweigen liegt mir schwerer im Magen als jeder Vorwurf. Ich muss mich bessern.

SECHS

Eine Woche später hat der Oktober begonnen, und ich vertrete am Basildon Crown Court einen Fußballer einer unteren Liga, der angeklagt wird, an einer Minderjährigen sexuelle Handlungen vorgenommen zu haben. Der Prozess ist, um es vorsichtig auszudrücken, kein durchschlagender Erfolg, was nicht zuletzt an seinem jämmerlichen Betragen auf der Anklagebank liegt, und selbst als seine Anwältin fällt es mir schwer, Mitgefühl für ihn zu empfinden, als er zu fünf Jahren Haft verurteilt wird. Nach dem Urteil gehe ich hinunter zu den Arrestzellen, um mit ihm zu sprechen.

Während ich vor der Tür zum Zellentrakt warte, überprüfe ich meine Nachrichten und E-Mails. Spam, Spam, diverse Verfahrensentwicklungen, Patrick. *Patrick.* Mein Herz hämmert, als ich die E-Mail öffne. Ich habe ihn vergangene Woche nur einmal gesehen, am späten Donnerstagnachmittag in seiner Wohnung. Er hatte mich per SMS gefragt, ob ich Zeit hätte, und ich war zu ihm gefahren. Das Licht schwand, als ich bei ihm eintraf, und ich sah vom Bett aus zu, wie es jenseits der Jalousien dunkel wurde, während Bob Dylan mir riet, nicht so viel nachzudenken. *Don't think twice, it's alright.* Und es *war* in Ordnung, weil zweisam und nah.

Nächster Termin mit Madeleine Smith auf Freitag angesetzt. Anschließend Besprechung. Plan das in deine Kinderbetreuung ein.

Ich schneide meinem Handy eine Grimasse. Zurück zur üblichen Spöttelei. Es ist, als sei der Nachmittag gar nicht geschehen. Dabei war er unvergesslich: Er atmete in meinem Haar, und unsere Herzen stellten sich aufeinander ein, bis sie im Gleichtakt schlugen. Wir küssten uns, als wir beide kamen. Ein einzigartiger Nachmittag, nannte er es. Alles stimmte. Aus Angst, die Perfektion zu stören, wagte ich kaum, mich zu regen. Doch als ich mich anzog, wandte er sich ab und schaute schon wieder auf sein Handy. Hob kaum den Kopf, um mich zu verabschieden, obwohl ich ihn zu küssen versuchte.

»Miss. Miss! Zu wem wollen Sie?« Die gedämpfte Stimme aus der Sprechanlage zum Zellentrakt holt mich ins Hier und Jetzt zurück.

»Peter Royle.«

»Moment.«

Die Besprechung verläuft genauso unangenehm, wie ich es erwartet habe. Royle, die Kippe im Mundwinkel, ist wütend über seine fünf Jahre. Manch ein Sportler hält sich im Gefängnis fit, Royle wird wohl nicht dazugehören; er ist ein verzogener Rotzbengel, wie er im Buche steht. Als Stürmer für Basildon United regelrecht vergöttert und jenseits des Spielfelds umjubelt bei den wenigen Malen, die er sich bei seiner Arbeitsstelle als Automechaniker blicken ließ, ist der Kerl ausgesprochen schlecht gerüstet, um zu begreifen, dass es rechtswidrig ist, eine Fünfzehnjährige anzumachen und anzufassen, selbst wenn sie absolut willig zu sein scheint. Ganz abgesehen davon, sie wiederholt zu bestimmten Handlungen zu drängen, bis sie schließlich nach einem besonders hartnäckigen Versuch, sie zu einem Blowjob zu überreden, ihrer Mutter Bescheid gab, die sich postwendend an die Polizei wandte. Ich erkläre ihm, dass es wenig, wenn nicht gar keine Grundlage für eine Berufung sowohl gegen die Verurteilung an sich als auch das Strafmaß gäbe, ich aber alles gründlich überprüfen und mich alsbald melden würde. Er macht keinerlei Anstalten, meine Hand zu ergreifen, als ich sie ihm hinhalte, und alles in allem bin ich heilfroh, als ich wieder in der Bahn nach London sitze.

Der Zug zuckelt durch den Osten der Stadt, dann vorbei an Reihen um Reihen identischer Häuser, deren Gärten bis an die Schienen reichen. Die Bahndämme sind voll mit Schutt, leeren Dosen und weggeworfenen Kleidern, und zerfetzte Plastiktüten flattern in den struppigen Büschen und Bäumen. Ich frage mich, ob je einer über den Zaun klettert, um im Gras zu vögeln und sich im Rhythmus des Zehn-Uhr-Achters von Basildon zum Bahnhof Fenchurch Street einen kurzen Ekstase-Kick zu verschaffen. Fenchurch Street steht auf dem Monopoly-Brett, wenn ich mich recht entsinne. Wenigstens bin ich umsonst aus dem Gefängnis freigekommen. Peter Royle hatte das Glück nicht. Ich höre in mich hinein, ob ich wenigstens ansatzweise Mitleid mit ihm empfinde, aber da ist nichts. Er ist jetzt genau da, wo er hingehört, und ich kann nur hoffen, dass es für sein Opfer und dessen Familie einen gewissen Trost bedeutet.

Es wird mir guttun, mich wieder auf Madeleines Fall zu konzentrieren. Ich schließe die Augen und lege meinen Kopf zurück an das zerschrammte Polster der Rückenlehne. Gedanken an Patrick wirbeln durch meinen Verstand, doch Carls Gesicht lauert dahinter, und die Bilder schieben sich übereinander und verschmelzen, als ich in einen unruhigen Schlaf falle und erst bei der Einfahrt in Fenchurch Street mit einem Ruck erwache.

Patrick und ich treffen uns zwei Tage später in Marylebone und steigen gemeinsam in den Zug. Er ist nicht gerade redselig, und nach ein paar Versuchen, ein Gespräch mit ihm anzufangen, gebe ich es auf.

»Wir müssen mehr über ihr Verhältnis zu ihrem Ehemann herausfinden«, sagt er, während wir darauf warten, dass die schweren Eisentore aufschwingen.

Francine lässt uns ein. »Die Reporter sind endlich weg«, sagt sie, als sie uns die Tür öffnet. »Ich dachte, dass sie niemals aufgeben, aber schließlich geht sie ja nie vor die Tür. Es war wohl einfach nichts zu holen.« Sie deutet auf Madeleine, die steif im Durchgang zwischen Flur und Küche steht. »Ich lasse Sie allein. Aber bitte regen Sie sie nicht wieder auf wie beim letzten Mal. Sie hat kaum noch Kraft.«

Dem würde ich zustimmen. Francine ist das lebhafte Original, Madeleine eine blasse, verwaschene Kopie. Wenn sie noch weniger wird, ist sie bald gänzlich fort, wie das Blut ihres Mannes, das man aus dem Teppich geschrubbt hat.

Wir setzen uns in Francines Küche, die weit sauberer ist, als meine es je werden kann. Dosen und Geschirrtücher sind in einem gedämpften Blassgrün farblich aufeinander abgestimmt. Madeleine sieht gepflegter aus als beim letzten Mal; der herausgewachsene Haaransatz verbirgt sich wieder hinter karamell- und honigfarbenen Strähnchen. Ich streiche mir meine Haare hinter die Ohren. Patrick setzt sich ans Tischende und schlägt sein blaues Notizbuch vor uns beiden auf.

»Die Vorbereitungsanhörung wird in zwei Wochen stattfinden«, sage ich. »Normalerweise wird erwartet, dass Sie sich schuldig oder nicht schuldig bekennen, aber in diesem Fall …«

»Ich will mich schuldig bekennen.« Madeleine verzieht gepeinigt das Gesicht, als sie mich unterbricht, spricht jedoch so leise, dass ich mich anstrengen muss, um sie zu verstehen. »Ich will, dass das alles vorbei ist.«

»Ich verstehe das, Madeleine, aber Sie sollten erst Ihre Optionen kennen«, erwidere ich, und im Vergleich zu ihrem Flüstern klingt meine Stimme polternd.

»Es gibt zwei Optionen, schuldig und nicht schuldig, und ich werde auf schuldig plädieren. Ich habe es getan, ich habe ihn umgebracht, und mehr ist dazu nicht zu sagen.« Ihre Stimme wird lauter, und sie schlägt mit der Hand auf den Tisch.

»An dieser Stelle haben wir auch noch eine dritte Option – nämlich gar kein Bekenntnis abzugeben. Damit hängen einige Aspekte zusammen, die wir genauer in Augenschein nehmen sollten. Zumal wir im Moment nur die staatsanwaltliche Akte zum Sachverhalt vorliegen haben. Sie könnten eine gewisse Strafminderung verspielen.«

»Was soll das heißen?« Madeleine sieht mich unverwandt an.

»Sie kriegen eine geringere Freiheitsstrafe, wenn Sie sich bei der ersten Gelegenheit schuldig bekennen, doch in diesem Fall würde ich zu Geduld raten, bis wir weitere Informationen erhalten haben.«

»Ich werde doch sowieso ›lebenslänglich‹ bekommen. Welchen Unterschied macht es also?«

»Einen großen. Es gibt auch bei ›lebenslänglich‹ unterschiedliche Stufen. Und selbst wenn Sie sich schuldig bekennen, brauchen wir alles, was wir in Erfahrung bringen können, um das potenzielle Urteil abzumildern. Ich würde wirklich davon abraten, sich schon bei der ersten Anhörung schuldig zu bekennen.«

»Und was soll ich stattdessen tun?«, fragt sie.

»Gar kein Bekenntnis abgeben. Dann bekommen wir noch weitere Unterlagen wie Zeugenaussagen oder Untersuchungsergebnisse der Staatsanwaltschaft und haben außerdem Gelegenheit, uns noch genauer mit den Umständen zu befassen.«

Madeleine nickt. »Na gut, das klingt vernünftig. Obwohl ich immer noch denke, dass ich mich letztendlich schuldig bekennen muss.«

»Das sehen wir dann. Also. Letztes Mal hatten wir begonnen, über Ihre Beziehung zu Edwin zu sprechen.« Ich versuche, ruhig zu klingen und sie nicht zu verschrecken. »Wir müssen verstehen, wie Sie miteinander umgegangen sind, ehe wir mit unserer Arbeit fortfahren.«

»Wozu denn? Er ist tot, und ich habe ihn umgebracht.« Sie spricht nun durch ihre Hände, die sie übers Gesicht gelegt hat. Francine öffnet die Küchentür und tritt neben Madeleine. Sie sieht mich fragend an, und ich nicke. Vielleicht wirkt sich ihre Anwesenheit beruhigend auf ihre Schwester aus.

»Ich brauche ein klares Bild der Situation«, fahre ich fort. »Es ist meine Aufgabe, Sie zu verteidigen und Ihnen zu raten, was in Ihrer Situation am besten ist. Das kann ich aber nur, wenn Sie mir alles sagen.«

Madeleine holt tief und bebend Luft und richtet sich auf. Francine setzt sich mir gegenüber neben sie und legt ihr eine Hand auf den Arm.

»Möchten Sie, dass Francine während unserer Unterhaltung hierbleibt?«

Madeleine schüttelt den Kopf, hält inne, nickt dann.

»Sie sagten zuvor, dass Ihr Mann Ihnen in dem letzten Gespräch, das Sie miteinander geführt haben, mitteilte, er wolle sich von Ihnen trennen. Ist das richtig?«

Noch ein Nicken.

»Und mein Eindruck war, dass es für Sie sozusagen aus heiterem Himmel kam.«

»Ja. Natürlich hatten wir auch mal schlechtere Zeiten, aber ich hätte nie gedacht, dass wir uns trennen würden. Dass er mich gehen ließe.« Madeleine hat zu weinen aufgehört, spricht aber noch immer sehr leise.

»Vielleicht sollten wir ein wenig zurückgehen. Zeitlich, meine ich. Wo haben Sie sich kennengelernt?«

Madeleine lächelt und blickt über meine Schulter in eine Ferne, die ich nicht erreichen kann. »Er war so gut aussehend. Und ich auch, auch wenn Sie mir das vielleicht nicht glauben werden. Man nannte uns das goldene Paar. Alle wollten mit uns befreundet sein und hofften, dass das Leuchten auf sie abfärben würde. Das sagte man uns jedenfalls immer. Kannst du dich erinnern, Francine? Die ersten Jahre?«

Francine nickt. »Aber sicher. Ihr zwei wart so glücklich.« Ihr Tonfall ist alles andere als glücklich. Ich mustere sie, doch ihre Miene ist neutral und zeigt nichts von der Bitterkeit, die sich in ihre Stimme geschlichen hat.

»O ja, das waren wir. Wir lernten uns am College kennen. Ich war ein Jahr weiter als er, aber das spielte keine Rolle. Es war Liebe auf den ersten Blick, als er zum ersten Mal die Bar betrat. Alles passte auf Anhieb. Ich wohnte damals in einer WG abseits vom Campus, und innerhalb weniger Tage zog er ein. Ab da waren wir unzertrennlich.«

Ich schreibe eifrig mit. »Das klingt sehr romantisch.« War je irgendjemand auf die Idee gekommen, Carl und mich als goldenes Paar zu bezeichnen? Ich denke nicht. Aber auch wir waren einmal glücklich. Als wir jung und unkompliziert waren, die Wochenenden noch im Bett verbrachten und sich niemand gegen billigen Wein sträubte – Hauptsache, wir hatten etwas, mit dem wir uns betrinken konnten. Wir trafen uns nach der Arbeit in den Bars um Waterloo, lange Zeit am liebsten in einer kubanischen, bis wir nach Havanna reisten und eine waschechte erlebten. In diesem Urlaub hatten wir uns vorgenommen, jeden Tag zu vögeln, bis wir eines Nachts am Strand einschliefen, von den Mücken fast aufgefressen wurden und mir anschließend jede Berührung wehtat, sodass wir aufgeben mussten. Gelacht haben wir trotzdem – und wie. Heute haben wir nicht einmal ein Lächeln füreinander übrig.

»Ständig bemühte er sich um mich. Machte mir Geschenke, gestand mir immer wieder seine Liebe. Wir zogen in eine kleine Wohnung, nur er und ich. Wir brauchten nicht viel. Es war eine wunderschöne Zeit.« Madeleine lächelt noch immer.

»Dennoch hast du das Fach gewechselt, weißt du noch?«, unterbricht Francine sie. Madeleine zieht ein Gesicht, das ich nicht zu deuten weiß.

»Ja. Na ja … ich hätte niemals mit Jura anfangen sollen. Es war mir zu viel. Ich wollte nicht die ganze Zeit in der Bibliothek verbringen.«

»Und was haben Sie stattdessen gemacht?« Ich kann sie verstehen. Ich erinnere mich noch gut an die Juristen auf dem College, die maulwurfartig jeden Morgen blinzelnd ins Licht traten, nachdem sie die ganze Nacht lang über Fallbeschreibungen gebrütet hatten. Ich selbst hatte mich nach einem Abschluss in Geschichte juristisch weiterbilden lassen; ich redete mir ein, dass ich durch das erste Studium ein vertieftes Hintergrundwissen besaß, obwohl ich insgeheim fürchtete, dass andere fachlich weit mehr draufhatten als ich.

»Buchhaltung. Noch immer viel Arbeit, aber nicht ganz so lernintensiv. Und Edwin war der Meinung, dass man damit mehr anfangen könnte.«

»Als mit Jura?«, frage ich, ohne mein Erstaunen verbergen zu können.

»Nun ja, er war der Ansicht, dass mir das Zeug zu einer guten Anwältin fehlte. Ich sei zu ruhig, meinte er. Und ich mag keine Konfrontationen. Grundsätzlich nicht.«

»Gefiel Ihnen die Buchhaltung denn?«

»Es war nicht schlecht. Ich musste zwar auch etwas dafür tun, aber es ging. Ich war öfter zu Hause. Wenn er nicht arbeitete, verbrachten wir unsere Zeit gemeinsam.«

»Welches Fach studierte Ihr Mann?«

»Wirtschaft. Er wollte von Anfang an an den Geldmarkt. Die wenigsten Leute wissen, wie ihre Zukunft aussehen soll, aber Edwin hatte eine sehr klare Vorstellung davon. Das fand ich sehr anziehend.« Madeleine lächelt wieder. Ich werfe ihrer Schwester einen Blick zu, doch ihr Gesicht ist ausdruckslos.

»Und wie kamen Sie mit ihm zurecht, Francine?« Sie wirkt verblüfft über meine Frage und nimmt sich einen Moment Zeit für ihre Antwort.

»Gut. Wir kamen gut miteinander aus. Mein Mann und ich lebten zu der Zeit in Singapur, bekamen die beiden also nicht so oft zu sehen. Maddie schrieb uns natürlich hin und wieder, später gab es dann E-Mails. Und sie schickte Bilder. Sehr viele sogar. So lernten wir ihn eigentlich kennen. Und konnten sehen, wie gut es zwischen ihnen lief.« Ich mache mir eine weitere Notiz.

»Haben Sie die Fotos noch?«

»Ja.« Wieder scheint sie überrascht von meiner Frage.

»Könnten wir vielleicht einen Blick drauf werfen?«

»Wozu soll denn das gut sein?«, fragt Madeleine ungeduldig. Ich wende mich ihr zu.

»Es könnte mir dabei helfen, mir ein Bild von Ihrer anfänglichen Beziehung zu machen. Wann haben Sie geheiratet?«

»Vor neunzehn Jahren. Dieses Jahr wären es zwanzig Jahre gewesen.« Diese Erkenntnis bringt die Blase der Erinnerung zum Platzen, und erschüttert senkt Madeleine den Kopf. Ich notiere mir einige Dinge, damit sie Zeit hat, sich wieder etwas zu sammeln.

»Sie waren also schon eine Weile verheiratet, ehe Ihr Sohn zur Welt kam?«

»Ja. Ich wollte sofort Kinder, und wir versuchten es, aber zwei Jahre lang passierte nichts. Dann ließ sich auch Edwin darauf ein, und ich bekam James. Ich war überglücklich.«

»Wie meinen Sie das, dann ließ sich auch Edwin darauf ein?«

»Er hielt ein Kind anfangs für keine gute Idee. Er musste an seine Karriere denken, und ich sollte erst eine Weile arbeiten. Weil er aber keinen Streit anfangen wollte und wusste, dass ich mich weigern würde, die Pille zu nehmen, nahm er die Sache selbst in die Hand.« Sie trällert nun fast. Francine rutscht unruhig auf ihrem Platz umher und presst die Lippen zusammen.

»Und wie hat er die Sache selbst in die Hand genommen, Madeleine? Was hat er gemacht?«

»Er ließ sich die Pille von einem befreundeten Arzt geben und löste sie in dem Tee auf, den er mir jeden Morgen brachte. Weil ich immer recht viel Zucker nehme, fiel mir nichts auf. Es war aber wirklich am besten so. Es wäre gar nicht gut gewesen, so früh schon ein Kind zu kriegen und sich damit alles zu verderben.«

Mir fällt die Kinnlade herab. »Er hat Ihnen ohne Ihr Wissen eine gesundheitsschädliche Substanz verabreicht? Das ist illegal. Eine Straftat, die …«

Sie unterbricht mich. »So war das nicht. So war das überhaupt nicht. Warum müssen die Leute alles immer gleich in den Schmutz ziehen? Er wollte nur das Beste für mich. Für unsere Beziehung. Ich war im Begriff, eine Dummheit zu begehen, also hat er sich darum gekümmert.«

Ich mache mir noch ein paar Notizen, aber ich kann mich nicht mehr richtig konzentrieren. Ich bin viel zu schockiert. Ich weiß sehr gut, wie es ist, wenn man sich ein Kind wünscht und nicht schwanger wird, wie viel Kraft das Auf und Ab der Emotionen kostet, mit wie viel Hoffnung man es jeden Monat aufs Neue probiert und wie niederschmetternd es ist, wenn dann doch die Periode einsetzt. Bei Matilda funktionierte es schnell, doch ein zweites Mal hatten wir ein solches Glück nicht. Inzwischen bin ich einigermaßen darüber hinweg, aber ab und zu sickern die Gefühle wieder durch. Und wenn ich mir vorstelle, dass Madeleine das nur deshalb durchmachen musste, weil ihr Mann ihr eigenmächtig ein Medikament verabreicht hat … Meine Hand krampft sich um den Stift. Patrick räuspert sich, und ich zucke zusammen. Ich hätte fast vergessen, dass er auch noch da ist.

»Ich denke, wir sollten jetzt durchgehen, welche gesetzlichen Möglichkeiten wir bei Mord haben, meinst du nicht, Alison?« Seine Stimme klingt kontrolliert, aber die Falten um den Mund verraten mir, dass er genauso entsetzt über Madeleines Enthüllung ist wie ich.

»Ich brauche eine Minute, ich muss nur kurz …« Madeleine

beendet den Satz nicht, sondern erhebt sich und verlässt die Küche. Francine macht Anstalten, ihr zu folgen, setzt sich dann aber wieder und schüttelt den Kopf.

»Ich habe vermutet, dass einiges im Argen lag«, murmelt sie, als spräche sie zu sich selbst. »Aber von dieser Sache wusste ich nichts. Also auch damals schon …«

»Also auch schon damals was?«, hake ich so behutsam wie möglich nach. Sie scheint sich uns gegenüber zu öffnen, aber ich will sie nicht bedrängen.

»Ich hielt sie für so glücklich. Anfangs war ich regelrecht neidisch auf die beiden. Aber jetzt … Sie wollten die Fotos sehen. Ich werde sie suchen.« Immer wieder schwindet ihre Stimme, und sie wirkt, als könne sie jeden Moment in Tränen ausbrechen. Ich will gerade weitere Fragen stellen, als mein Telefon piept und ich automatisch in meine Tasche greife. Eine Nachricht von einem anonymen Absender.

Ich weiß, was du tust, du miese Schlampe

Ich blinzele und öffne die Nachricht in der Hoffnung, mehr über den Absender zu erfahren. Nichts. Ich verstehe nicht. Ich schaue zu Patrick, dann wieder auf mein Display. Aber nun kehrt Madeleine zurück, und ich muss mich konzentrieren. Ich schalte das Telefon aus und versenke es mit zitternden Händen und hämmerndem Herzen in der Tiefe meiner Tasche.

Die kargen Buchstaben der SMS tanzen vor meinem inneren Auge, während Madeleine sich wieder setzt. Patrick bedeutet mir ungeduldig fortzufahren, aber meine Sätze kommen in unzusammenhängenden Schüben, und schließlich übernimmt er.

»Also, Madeleine, lassen Sie uns durchsprechen, was die Anklage, die auf Sie zukommen wird, eigentlich bedeutet. Man spricht von einem Mord, wenn eine Person im Vollbesitz ihrer geistigen Kräfte eine andere Person vorsätzlich und widerrechtlich tötet. Wenn Sie also nicht geisteskrank sind, nicht in Notwehr handeln und keinem Kontrollverlust erliegen, sind Sie«, er legt eine Kunstpause ein, »des Mordes schuldig.«

Sie nickt. Ich fasse mich langsam wieder. Die rechtlichen Definitionen beruhigen mich und holen mich in eine Welt zurück, deren Regeln ich verstehe. Patrick räuspert sich und fährt fort.

»Gehen wir aber genauer darauf ein, wird es komplizierter. Es gibt eine Reihe von Strafausschließungsgründen, aber ich glaube nicht, dass sie sich in diesem Fall anwenden lassen oder wir genügend Beweise finden werden, um sie zu stützen. Da es keinerlei Anzeichen dafür gibt, dass sich das Opfer gewehrt hat, können wir nicht mit Notwehr argumentieren.« Madeleine gibt einen Laut von sich, als wollte sie widersprechen, aber Patrick hält die Hand hoch und redet weiter. »Bliebe also die Frage, ob Sie im Vollbesitz Ihrer geistigen Kräfte sind oder eventuell eine psychische Erkrankung oder eine andere geistig-seelische Störung vorliegt.« Francine will unterbrechen, doch Patrick lässt sich nicht beirren. »Oder wir hätten noch die sogenannte Teileinrede, mit der die Mordanklage auf Totschlag reduziert werden kann, indem wir uns auf verminderte Zurechnungsfähigkeit oder Kontrollverlust berufen. Einen fehlgeschlagenen Suizidpakt können wir wohl ausschließen.« Madeleine öffnet den Mund, doch es kommt kein Ton heraus. »Stimmst du mir zu, Alison?«

»Ja, tue ich.« Meine Anwaltsperücke sitzt wieder. »Meiner Meinung nach sollten wir unbedingt einen Termin beim Psychiater ausmachen, Madeleine, damit wir eine Vorstellung davon bekommen, wie es um Ihren geistigen Zustand bestellt ist und – wenn möglich – wie es zum Zeitpunkt der Tat damit bestellt war. Und sei es nur, um diese Möglichkeit auszuschließen.«

»Ich will nicht verrückt sein. Ich denke wirklich nicht, dass ich verrückt bin.« Sie spricht leise, doch jedes Wort ist so klar zu vernehmen wie einzelne Kiesel, die ins Wasser fallen.

»Das wollten wir damit auch nicht sagen. Dennoch müssen wir jeden Aspekt untersuchen.«

»Was hat es mit dem Kontrollverlust auf sich? Wie ließe sich der auf die Situation anwenden?«, fragt Francine.

»Unterschiedlich«, antwortet Patrick. »Aber ich möchte eigentlich noch nicht darauf eingehen, ehe wir uns nicht ein sehr genaues Bild von Madeleines und Edwins Beziehung gemacht haben. Außerdem brauchen wir eine detaillierte Aufstellung der Ereignisse vom Tatwochenende. Ich bin allerdings ebenfalls der Ansicht, dass wir so bald als möglich eine unabhängige psychiatrische Einschätzung veranlassen sollten.«

»Ich war eine Weile in Therapie. Das heißt, eigentlich bin ich nur zweimal hingegangen, bis Edwin davon erfahren hat.« Ich muss mich immer noch anstrengen, um Madeleine zu hören.

»Und was geschah, als Edwin davon erfuhr?«, frage ich.

»Er sagte, es sei Geldverschwendung, ich bräuchte nicht mit anderen Leuten zu reden. Und falls ich das Bedürfnis dazu hätte, wäre er immerhin auch noch da.«

»Und wie dachten Sie darüber?«

»Mir war es egal. Eigentlich mochte ich den Therapeuten nicht, und es setzte mir zu, alles offenzulegen.«

»Warum hatten Sie sich überhaupt dazu entschlossen, eine Therapie zu machen?«

»Es ging um die Trinkerei. Ich wollte meinen Alkoholkonsum in den Griff kriegen.« Madeleine seufzt und blickt an mir vorbei aus dem Fenster.

»Wann war das?« Ich ziehe einen Pfeil von der unteren Zeile der Seite bis nach oben und halte den Stift in Erwartung ihrer Antwort bereit. Ich hätte sie nicht für eine Trinkerin gehalten – dazu wirkt sie zu verklemmt.

»Vor fünf Jahren.« Sie dreht sich wieder mir zu und wendet den Blick von der Wand des Nachbarhauses ab, die sie äußerst spannend zu finden scheint.

»Was mochten Sie an dem Therapeuten nicht?«, unterbricht Patrick, als ich gerade meine nächste Frage stellen will.

»Er sagte, wenn ich je betrunken zu ihm käme, würde er gar nicht erst mit mir reden. Das hat mich geärgert, denn darum ging es gar nicht. Es war nicht so, dass ich ständig trinken musste – ich trank nur manchmal zu viel. Eigentlich hatte ich das Gefühl, dass er mir nicht richtig zuhörte. Außerdem hatte er etwas Gruseliges an sich.«

Ich notiere mir ihre Antwort und nicke.

»Was genau empfanden Sie als gruselig?«

»Na ja, er … er saß immer ein bisschen zu nah bei mir, fand ich. Oder hielt meine Hand ein bisschen zu lang fest, wenn wir uns begrüßten. Nichts, was ich wirklich hätte benennen können, aber es war mir irgendwie unangenehm.«

Ich nicke wieder. »Sie sagten, Edwin ›fand heraus‹, dass Sie eine Therapie machten. Wie denn?«

»Er fand eine Quittung in meiner Tasche. Ich dachte, ich

hätte sie weggeworfen, aber wohl nicht.« Ihr Mund verzieht sich.

»Und was passierte, als er die Quittung sah?«, frage ich ruhig.

»Er wollte wissen, wofür sie sei und wieso ich überhaupt fünfzig Pfund zum Ausgeben gehabt hätte. Und da ich keinen falschen Verdacht wecken wollte, sagte ich ihm die Wahrheit. Ich hatte es ja für ihn getan; er mochte es gar nicht, wenn ich trank. Und letztlich hat er es verstanden.«

»Und wie haben Sie ihm das mit dem Geld erklärt?«, frage ich.

»Ich hatte es mir von meinem Haushaltsgeld abgespart. Zuerst war er verärgert, aber als ihm klar wurde, dass letztlich er davon profitiert hätte, fand er es nicht mehr schlimm.«

Die Pille, Taschendurchsuchungen, Haushaltsgeld, Verhöre wegen Quittungen. Ich versuche alles, was sie uns sagt, zu einem Bild zusammenzusetzen, möglichst ohne dabei an mein eigenes Privatleben zu denken.

»Sie haben über Ihre Trinkgewohnheiten gesagt, das Problem hätte eher mit Mäßigung als mit Suchtverhalten zu tun gehabt. Seit wann hatten Sie dieses Problem bereits?«

»Seit der Uni, schätze ich, mal mehr, mal weniger«, antwortet Madeleine. »In letzter Zeit fand ich die Abendessen sehr anstrengend.«

»Abendessen?«

»Die Arbeitsessen. Edwin legte großen Wert darauf. Ich sollte als Gastgeberin glänzen. Oder als perfekter Gast. Aber ich war nicht gut in dieser Rolle, was ihm missfiel. Einmal war ich krank …« Sie lässt den Satz offen, und ich blicke auf. Sie ist sehr blass und schirmt mit einer Hand die Augen ab.

»Geht's Ihnen gut?«

»Ja. Es ist nur nicht einfach, das ist alles. Ich habe schreckliche Kopfschmerzen.«

»Wir haben noch eine Menge zu besprechen – lassen wir es im Augenblick gut sein. Wären Sie denn in der Zwischenzeit gewillt, mit einem Psychotherapeuten zu reden? Uns würde eine fachliche Meinung sehr weiterhelfen.« Während ich spreche, versehe ich meine Notizen mit Fragezeichen und blättere dann zur nächsten Seite.

»Ich glaube zwar kaum, dass es einen großen Unterschied macht, aber wenn Sie es wollen, mache ich es.«

Madeleines Stimme klingt nun kräftiger als während der ganzen Befragung zuvor, und ich schreibe in deutlichen Buchstaben oben auf meine Seite: *Mandantin stimmt psychiatrischem Bericht zu.* Die Atmosphäre in der Küche ist plötzlich entspannter. Patrick richtet sich auf, schiebt die Papiere auf dem Tisch zu einem Stapel zusammen und steckt diesen zurück in seine Aktentasche. Francine erhebt sich, murmelt etwas von den Fotos und verlässt die Küche. Ich stecke mein Notizbuch zurück in die Tasche und stoße dabei mit den Fingerspitzen gegen mein Handy. Wieder kommt mir die SMS in den Sinn. Aber ich bin noch nicht fertig mit Madeleine.

»Wir machen Ihnen so bald wie möglich einen Termin«, sage ich und gehe im Kopf bereits die Liste von Experten durch.

»Danke.« Sie erhebt sich und streckt mir über dem Tisch die Hand entgegen. Ihr Händedruck ist jetzt fester als zuvor. Sie wirkt frischer und erholter, und ich mache mir im Geist eine Notiz, der Sache auf den Grund zu gehen und herauszuarbeiten, was an dieser Besprechung sie wohl zuversichtlicher gestimmt hat, als sie es das letzte Mal war. Liegt es daran, dass wir nicht über die Tat selbst gesprochen haben?

Nun, dann würde es sich natürlich nur um eine vorübergehende Atempause handeln.

Francine kehrt mit einem großen braunen, prallvollen Umschlag in die Küche zurück. Sie hält ihn mir hin. »Hier. Die Fotos von Edwin und Madeleine.«

Ich nehme ihn und nicke zum Dank. »Würde es Ihnen etwas ausmachen, wenn ich sie mitnehme? Ich gehe selbstverständlich sehr vorsichtig damit um.« Francine und Madeleine nicken beide. Also stecke ich den Umschlag ebenfalls in meine Tasche und ziehe den Reißverschluss zu. Diesmal passe ich auf; ich werde mir nicht noch eine Tasche durch Urinflecken verderben.

Francine ruft uns ein Privattaxi und geht mit uns hinaus, als es eintrifft.

»Es ist sehr freundlich von Ihnen, sich so um Ihre Schwester zu kümmern«, sagt Patrick.

»Es ist nicht leicht …«, antwortet Francine, doch schon beginnt sich das elektrische Tor zu schließen, und sie kehrt ins Haus zurück. Patrick und ich steigen ins Taxi und lassen uns zum Bahnhof zurückbringen.

SIEBEN

Der Zug hat Verspätung. Ich wandere von einer Seite des Bahnsteigs zur anderen und versuche mich zu entscheiden, ob ich mich nach Muffin und Milchkaffee wohl besser fühlen werde oder schlechter. Patrick dagegen geht ohne Umschweife zum Kiosk, besorgt sich einen schwarzen Kaffee, holt einen Flachmann aus seiner Aktentasche und gießt etwas daraus in den Becher. Er bietet mir nichts an, und sein Gesichtsausdruck hält mich davon ab, ihn darauf anzusprechen, selbst als er sich dreist direkt gegenüber des *Rauchen-verboten*-Schilds eine Zigarette anzündet. Mir schwirrt der Kopf; beinahe hoffe ich, dass er mich anfasst, in irgendeine Ecke zerrt, mich mit dem Gesicht zuerst gegen die Mauer drückt und sich in mich rammt. Meine Gedanken kehren zu der SMS zurück. Ich hole mein Telefon aus der Tasche und lese sie erneut.

Ich weiß, was du tust, du miese Schlampe

Es kann nicht *das* bedeuten. Davon weiß niemand. Wir waren immer extrem vorsichtig. Bestimmt ist mir die Nachricht versehentlich zugesandt worden.

»Und was hältst du davon?« Patrick steht plötzlich neben mir, und ich fahre erschrocken zusammen.

»Wovon?« Ich stecke mein Handy in meine Jackentasche. Ich mag jetzt nicht drüber reden. Wenn ich die Nachricht nicht erwähne, verschwindet sie vielleicht.

»Von der Besprechung eben. Wovon denn sonst?«

Ich zucke die Achseln. Patrick spricht klar und deutlich, aber nun bemerke ich, dass seine Augen blutunterlaufen sind.

»Du siehst müde aus. Du schlägst dir wohl die Nächte um die Ohren?«, frage ich.

»Was? Ich habe dich gefragt, was du von ihren Aussagen hältst.« Er wendet sich von mir ab und blickt über den Bahnsteig.

»Ich denke, in der Beziehung zwischen den beiden stimmte etwas nicht. Und darum ging es.«

»Sie hat ihren Mann niedergemetzelt. Ich bin wirklich froh über deinen fachlichen Tiefblick.« Seine Stimme ist ätzend, aber ich denke nicht daran, mich ärgern zu lassen, und zucke nur erneut die Achseln. Er holt wieder seine Zigarettenpackung hervor, und diesmal nehme ich sie ihm ab. Ich zünde mir eine an und inhaliere tief.

»Ja, sicher hat sie auf ihn eingestochen«, fahre ich schließlich fort. »Eine andere Erklärung gibt es ja nicht. Aber da ist noch vieles, was sie für sich behält. Allein diese Geschichte mit der Pille, die er ihr ohne ihr Wissen verabreicht hat. So was ist doch nicht normal.«

»Aber eine prima Idee, wenn du mich fragst. Erspart einem jede Menge Ärger.«

Seine Vehemenz überrascht mich. »Ist das dein Ernst? Inwiefern hast du denn schon mal Ärger mit weiblicher Fruchtbarkeit gehabt?«

»Das geht dich gar nichts an. Es gibt einiges, was du nicht über mich weißt – nicht dass du je danach gefragt hättest. Und kauf dir verdammt noch mal endlich eigene Kippen!«

»Keine Fragen, hast du gesagt«, fauche ich zurück, ohne auf den letzten Satz einzugehen. »Und zwar direkt zu Anfang, noch ehe zwischen uns irgendetwas war.« Seine Bemerkung empört mich wirklich. An jenes Gespräch vor ungefähr einem Jahr kann ich mich noch in aller Deutlichkeit erinnern. Wir standen vor einem Pub auf dem Kingsway und waren beide schon ziemlich blau. Er war als notorischer Schürzenjäger bekannt, und jeder wusste, dass es in seiner Vita eine kaputte Ehe und diverse gebrochene Herzen gab, aber das konnte mich nicht aufhalten. Als er mich ansah, durchfuhr es mich wie ein Blitzschlag, und ich war mir sicher, dass er mich sah, wie ich wirklich war; dass er mich begehrte. Ich knabberte an seinem Ohr, und im Gegenzug packte er mich am Hals, drückte mich gegen die Mauer und zischte: »Kein Knabbern, keine Fragen. Wir ficken, sonst nichts.« Und ich werde jetzt nicht damit anfangen, seine Regeln zu brechen.

Er kippt den Rest aus seinem Becher auf die Schienen und wendet sich wieder mir zu. »Klar, keine Fragen. Wie konnte ich das vergessen?« Er holt tief Luft und scheint sich zu beruhigen. »Ja, ich stimme dir zu. In dieser Beziehung hat es definitiv einen Kontrollaspekt gegeben.«

Ich nicke. »Es könnte also auch noch mehr dahinterstecken, etwas Schlimmeres, das sie uns nicht verraten will … oder noch nicht. Wenn es keine psychischen Probleme gibt, könnte das die einzig umsetzbare Verteidigungsstrategie sein. Kontrollverlust, verursacht durch häusliche Gewalt. Von den reinen Fakten her sieht es nicht allzu gut für sie aus.« Meine Stimme verklingt, als ich wieder an die Stichwunden der Leiche und die Blutflecken auf Madeleines Kleidung denke.

Bevor Patrick noch etwas sagen kann, fährt der Zug auf den Bahnsteig. Wir steigen schweigend ein und setzen uns einander gegenüber. Ich bin bereit, und in Erwartung, dass er nach mir greift, nehme ich die Zungenspitze an die Lippen.

Beim letzten Mal hat er mir seine Erektion so tief in den Mund geschoben, dass ich würgen musste. Wie heißt es immer so schön in Frauenzeitschriften und Pornos? *Rachen öffnen und einfach entspannen.* Das klappt wahrscheinlich bestens, wenn man ein Bier herunterkippen will, weniger gut aber, wenn man durch Schamhaar atmen und gleichzeitig zwischen Urinpfützen das Gleichgewicht halten muss. Warum also bin ich so scharf darauf, die kleine Einlage zu wiederholen? Warum sitze ich auf der Kante der Bank und warte darauf, dass er sich vorbeugt und mich anfasst? Himmel, das Abteil ist menschenleer, wir könnten es wahrscheinlich gleich hier tun. Die Nachricht kommt mir wieder in den Sinn – *Ich weiß, was du tust* –, aber ich sperre die Worte aus. Niemand weiß etwas, niemand hat je etwas gesehen. Dessen bin ich mir sicher.

Ich lege meine Hand auf sein Knie und schiebe sie sein Bein hinauf. Er stößt sie so hart weg, dass es sich wie ein Schlag anfühlt. Ich fahre zurück, als hätte ich mich verbrannt.

»Was machst du denn da?«, fährt er mich an.

»Ich dachte …«

»Du hast falsch gedacht. Denk lieber an den Fall. Und zwar ausschließlich.«

»Wollten wir den Fall nicht besprechen, wenn wir wieder in der Stadt sind?« Ich will nicht im Zug darüber reden.

»Ich habe nicht genug Zeit; ich bin zum Essen verabredet. Aber von mir aus können wir für Anfang nächster Woche einen Termin ausmachen.«

»Und mit wem gehst du essen?«, frage ich so beiläufig wie möglich, aber er lässt sich nicht täuschen.

»Das geht dich nichts an.«

Ich lege meinen Kopf an die Scheibe und blicke hinaus auf die vorüberziehenden Häuser. Als der Zug das Tempo verringert, entdecke ich in einem Garten ein sich küssendes Paar. Ob die beiden mich sehen und sich fragen, wer die Frau am Fenster ist und warum sie sich Tränen aus den Augen wischt? Als wir Marylebone erreichen, warte ich, bis Patrick aus dem Zug gestiegen ist, ehe ich mich vom Fenster abwende und meine Sachen zusammenklaube.

Die Bakerloo Line ist schnell. Ehe ich mich versehe, habe ich Embankment erreicht, steige aus und ziehe mein Rollköfferchen die Essex Street hinauf, passiere Cairn's Wine Bar und die Royal Courts of Justice und komme schließlich im Sekretariat unserer Kanzlei zum Stehen. Mark gibt mir den Schriftsatz für den kommenden Tag, einen wuchtigen Stapel Papiere, die mehr schlecht als recht mit rosa Band zusammengebunden sind, sodass einzelne Blätter und Fotos herauszurutschen drohen.

»Was ist denn hiermit passiert?«, frage ich verärgert.

»Das ist von einer Kanzlei zurückgekommen. 27 King's Bench Way. Die schicken immer so eine Schlamperei.«

»Na, toll.« Ich blicke auf den Rücktitel. Der Strafgerichtshof von Wood Green. Wenigstens in der Stadt. Gewissermaßen jedenfalls.

»Das Verfahren ist auf fünf, sechs Tage angesetzt«, erklärt Mark.

»Okay.« Ich löse das Band und schaue mir die Anklagepunkte an. Siebenfache versuchte schwere Körperverletzung, plus Gefährdung des Straßenverkehrs. Ich nicke. Mit der Vorbereitung werde ich den größten Teil des Abends beschäftigt sein. »Danke«, sage ich, drücke die Unterlagen an die Brust und navigiere meinen Trolley rückwärts hinaus.

Ich lasse Tasche und Mantel neben meinen Schreibtisch fallen und lege den Stapel Papiere vor mich. Bevor ich mir die Fotos, die Francine uns gegeben hat, ansehe, wähle ich Carls Nummer. Er ist mit Matilda beim Schwimmen.

»Hallo? Ich kann dich kaum hören.« Carls Stimme klingt weit entfernt.

»Hi, ich bin's. Wie macht sie sich?«, brülle ich.

»Gut, sehr gut.« Plötzlich ist die Leitung frei, und seine letzten Worte dröhnen laut in meinen Ohren.

»Ich wusste es. Hör mal, man hat mir in letzter Minute noch einen Prozess aufs Auge gedrückt. Ich bin bald zu Hause, werde aber heute Abend arbeiten müssen.«

Ein langes Schweigen. Dann: »Okay. Ich habe Matilda versprochen, mit ihr Pizza essen zu gehen, nachdem sie so große Fortschritte gemacht hat.«

Ich blicke auf meine Uhr. Fünf. Ich habe noch Stunden. Pizza essen gehen dauert ja nicht lange. »Sollen wir uns dort treffen? Ich kann danach ja noch arbeiten.«

Wieder ein langes Schweigen. »Dann bist du gedanklich woanders, ich kenne dich doch. Lass nur. Bleib in der Kanzlei und erledige, was zu tun ist. Wir kommen klar.« Es klingt nach einer beschlossenen Sache.

»Essen muss ich auch. Wirklich, wir können uns in der Pizzeria treffen, und ich bringe anschließend Matilda ins Bett. Danach habe ich immer noch Zeit zu arbeiten.« Ich will eigentlich nicht betteln, aber plötzlich habe ich das dringende Bedürfnis, meine Tochter zu sehen.

»Ehrlich, mach dir keinen Kopf. Komm einfach, wenn du fertig bist. Und denk dran, dass heute bei uns die Männergruppe stattfindet. So früh kannst du also gar nicht nach Hause kommen.«

Ich will noch etwas sagen, aber Carl beendet das Gespräch. Unentschlossen schaue ich auf mein Handy. Vielleicht gehen sie mit einer von Matildas Freundinnen vom Schwimmkurs essen. Ich war nie dabei, ich habe keine Ahnung, was für Eltern dort verkehren. Vielleicht lächelt Carl gerade einer anderen Mutter zu, deren blondes Haar noch feucht ist von den Bahnen, die sie nebenan geschwommen ist, während ihre Tochter und Matilda, schlank und durchtrainiert von den Schmetterlingszügen, die ich auch in hundert Jahren nicht beherrschen würde, die Rollwende perfektionieren. Vielleicht lachen und scherzen die beiden gerade, und er erklärt, dass sie sich keine Sorgen zu machen bräuchte, seine Frau käme sowieso nie mit zum Schwimmen, weil sie immer anderes zu tun hat und arbeiten muss, also komm, packen wir die Kinder ins Auto und feiern mit einem Gläschen Wein …

Ich schüttele den Kopf, um ihn zu klären, und bin selbst verblüfft, wie lebhaft mir die Szene vor Augen steht. Carl würde keiner anderen schöne Augen machen; er ist mit Matilda dort und würde niemals riskieren, dass sie sich Sorgen macht. Außerdem trödelt Carl nicht. Er wird zeitig zu Hause sein, um für die Männergruppe das Wohnzimmer aufzuräumen, die Stühle aus der Küche zu holen und die beiden Schachteln mit Taschentüchern bereitzustellen, falls einer seiner Patienten emotional wird. Zumindest stelle ich mir das immer so vor; natürlich erzählt Carl mir nicht, was dort geschieht. Es sei absolut vertraulich, sagt er, die Gruppe müsse sich schließlich hundertprozentig auf seine Diskretion verlassen können. Ich nicke dann meistens nur. Ich bin mir meiner eigenen Lügen zu sehr bewusst, um hartnäckiger nachzufragen.

Ich schlage den Schriftsatz für den morgigen Prozess auf und lese mich zunächst ein. Es ist nicht so schlimm, wie ich zuerst gedacht habe. Fahren mit Gefährdung anderer und versuchter Mord … Der Angeklagte wurde auf einem Supermarktparkplatz von ein paar Jugendlichen beschimpft, drehte durch, stieg in den Wagen und fuhr damit über den Gehweg auf sie zu. Er rammte niemanden, der Motor erstarb. Es gibt ungefähr zwanzig Zeugen, die das Geschehen gesehen haben wollen, was erklärt, warum das Verfahren auf eine Woche angesetzt ist. Im Grunde genommen spricht der Fall für sich.

Obwohl ich die Anklage vertrete, tut mir der Angeklagte leid. Im Polizeibericht steht, dass er lern- und körperbehindert ist und einen speziell angefertigten Wagen besitzt. Ich liege wohl nicht falsch, wenn ich daraus schließe, dass ihm das Leben von diesen Jugendlichen regelmäßig zur Hölle gemacht wird, und ich kann ihm nicht verübeln, dass er ausgerastet ist. Nicht dass es meine Aufgabe wäre, darauf hinzuweisen. Ich mache mir ein paar Notizen für die Eröffnungsrede und hoffe, dass er gut vertreten wird. Ich schaue nach, welche Anwälte die Verteidigung übernommen haben, und seufze. Ich kenne die Kanzlei gut. Ein Haufen Rechtsverdreher aus Harrow – sie haben mir noch nie eine anständige Anweisung zugeschickt, wenn ich für sie aufgetreten bin; wenn man Glück hat, bekommt man einen Namen auf einem Post-it-Zettelchen. Sie bereiten nur das Allernötigste vor und suchen sich die billigsten Anwälte, die sie kriegen können. Nachdem ich noch ein paar Abschnitte mehr gelesen habe, ziehe ich einen mentalen Strich unter den Prozess. Mit ein bisschen Glück fällt er in sich zusammen. Sie werden mir irgendein Schuldbekenntnis anbieten, ich schachere um eine ernste Anklage, und ehe der Tag rum ist, haben wir das Ding unter Dach und Fach.

Ich mache mir noch ein paar weitere vorbereitende Notizen, schiebe die Unterlagen zu einem ordentlichen Stapel zusammen und binde ihn mit dem rosa Band säuberlich zu; er sieht nun weit besser aus als zuvor. Inzwischen ist es nach sieben. Ich schreibe Carl, um ihn zu fragen, ob die Pizza gut geschmeckt hat, und sitze einen Moment lang nur da und blicke auf mein Display. Dann schreibe ich Patrick.

Alles okay bei dir?

Er war merkwürdig heute Nachmittag. Ich habe ihn noch nie aus einem Flachmann trinken sehen. Oder erlebt, dass er einen Quickie zurückweist. Vielleicht hat er endlich erkannt, wie fruchtlos die Sache zwischen uns ist, und beschlossen, es sein zu lassen. Vielleicht ist seine Verabredung zum Abendessen eine bessere Wahl, eine jüngere, fittere Gespielin ohne Mann und Kind. Und vielleicht wäre es gut, die Affäre zu beenden. Keine Schuldgefühle, kein Selbsthass mehr. Niemand, der mich von der Familie fernhält. Ich könnte sogar wieder Zeit für Freunde finden.

Ein Piepen kündigt eine eingehende Nachricht an, und ich zucke erschreckt zusammen. Carl. *Pizza gut. Matilda duscht. Alles o.k.* Ich schicke ihm den Daumen hoch. Einem Lakonier Worte abringen zu wollen ist sinnlos. Ich schalte mein Telefon ab und hole die Fotos von Madeleine und Edwin Smith aus meiner Tasche.

Es sind geschätzte vierzig. Ich versuche, sie anhand ihres offenkundigen Alters und Edwins zurückweichendem Haaransatz in eine gewisse Reihenfolge zu bringen. Madeleine hatte gesagt, dass sie und Edwin sich an der Universität kennengelernt hatten, und diese Fotos fallen auf. Sie jung und hübsch in gestreifter Latzhose, er in einem schlichteren Pulli lächelnd hinter ihr. In den Semesterferien folgen sie den üblichen ausgetretenen Pfaden junger Reisender: Zunächst sind sie offenbar als Rucksacktouristen in Europa unterwegs, posieren vor dem Kolosseum und dem Trevi-Brunnen, der gläsernen Pyramide des Louvre und Gaudís Eidechse. Nun geht es weiter in die Ferne, im Hintergrund Reisfelder und ein Vulkan – Indonesien vielleicht? –, dann Petra.

Wir waren auch dort, Carl und ich, und lachten uns kaputt über ein Kamel, das wegen eines fettleibigen Touristen auf seinem Rücken nicht aufstehen konnte, während sein Besitzer es anschrie. Heute schaudere ich, wenn ich an das arme Tier denke. Es dürfte längst tot sein, so tot wie das, was Carl und mich antrieb, Hand in Hand den langen Weg bis zum Katharinenkloster hinaufzuwandern. Tot wie der Mann mit den freundlichen Augen und dem schüchternen Lächeln, der mir von den Fotos auf meinem Tisch entgegenblickt.

Vielleicht waren wir ja zur gleichen Zeit in Jordanien? Unmöglich zu sagen. Ich mustere die Fotos genauer auf der Suche nach irgendeinem Hinweis auf das Jahr, in dem sie aufgenommen worden sind, aber da ist nichts. Bis auf das eine, auf dessen Rückseite handschriftlich *Sie hat Ja gesagt* steht. Ich drehe es um. Die Studentenzeiten sind offenbar vorbei: Madeleine trägt ein blaues Etuikleid und sitzt lächelnd an einem Restauranttisch, Edwin ausnahmsweise daneben, anstatt wie üblich hinter ihr zu stehen. Vermutlich hat ein Kellner das Foto aufgenommen. Sektflöten stehen auf dem Tisch; vielleicht hat Edwin den Ring in einer versteckt und darauf gewartet, dass sie ihn findet. Vielleicht hatte er aber auch ganz klassisch ein Schmuckkästchen im Jackett, auf dessen Tasche er hin und wieder klopfte, um sich zu vergewissern, dass es noch da war.

Hatte Madeleine den Antrag erwartet? War sie glücklich?

Auf dem Bild lächelt sie. Edwins Arm liegt um ihre Schultern, der Ellenbogen an ihrem Hals – fühlte es sich gut an? Ist es ein Schatten von Anspannung, den ich in ihren Augen zu sehen glaube, ein winziger Vorbehalt in der Freude des Augenblicks? Die Schrift auf der Rückseite ist zuversichtlich, bestimmt. Müsste nicht ein Ausrufungszeichen dahinter stehen, um dem Anlass gerecht zu werden?

Wir hatten keine Kamera dabei, als Carl mir einen Antrag machte. Es gab auch keinen Champagner. Wir hatten gerade überlegt, ob wir es uns leisten konnten, irgendwo hinzuziehen, wo es uns besser gefiel als in Bow, dem Stadtteil, wo wir damals wohnten, und als ich vorschlug, wir könnten ja über einen Kauf nachdenken, sagte er: »In diesem Fall sollten wir heiraten.« Ich nickte, und er fügte hinzu: »Eigentlich, finde ich, sollten wir das sowieso machen.« Eingehender sprachen wir nicht darüber, bis er mir ein paar Wochen später sagte, er habe beim Standesamt das Aufgebot bestellt, Termin in vierzehn Tagen – ich sah keinen Grund, warum nicht. Seine Mutter kam und meine beste Freundin Evie, und vermutlich habe ich irgendwann auch so freudestrahlend ausgesehen, auch wenn mir kein Fotobeweis davon vorliegt. Immerhin steht mir kein Prozess bevor, weil ich Carl umgebracht habe, es hätte also wohl durchaus schlimmer kommen können.

Auf vielen Bildern sehen Edwin und Madeleine wie jedes andere Paar auch aus. Wie Carl und ich zum Beispiel. Nichts deutet darauf hin, dass sie ihn fünfzehn Jahre später erstechen wird.

Hier ein Hochzeitsfoto, ein hübsches Calla-Bouquet. Da die schwangere Madeleine neben einem Hauseingang, der von Blauregen eingerahmt ist. Hier hält sie ein Baby auf dem Arm und Edwin neben ihr, der sie an sich zieht. Auf jedem einzelnen Bild lächelt sie fröhlich. Ich verschwende nur meine Zeit. Die beiden zeigen sich nach außen hin als perfektes Paar, als unbezwingbare Einheit. Genauso wenig könnte ich alte Fotos von Carl und mir durchsehen und festlegen, wann sich der Riss in unserer Beziehung gebildet hat. Ich seufze und schalte mein Telefon wieder ein.

Es piept augenblicklich. Eine Nachricht von Patrick.

Bin im Cairn's. Komm, wenn du willst.

Ich schreibe zurück: *Dachte, du wärst zum Essen verabredet.*

War ich, erwidert er.

Ich schaue auf die Uhr. Das war kein langes Essen. Kein Date also. Meine Schultern entspannen sich etwas. Ich habe jetzt fast eine Stunde auf Fotos gestarrt, ohne dass es mir viel gebracht hätte, ich kann ebenso gut aufhören. Ich schiebe sie zurück in den Umschlag und lege ihn in die Schreibtischschublade. Dann packe ich die Unterlagen für den morgigen Prozess in meine Tasche und schalte das Licht aus. In der Kanzlei ist inzwischen niemand mehr, das Gebäude ist still. Es ist noch nicht spät, nicht einmal neun, aber es könnte ebenso gut Mitternacht sein. Schatten von den Ästen der Bäume vor den Fenstern tanzen über die Wand im Sekretariat, als ich den Alarm scharf stelle, das Haus abschließe und gehe.

ACHT

Ich betrete die Bar und sehe mich nach Patrick um. Ich hatte erwartet, ihn irgendwo allein sitzen zu sehen, entdecke ihn zu meiner Überraschung jedoch an einem langen Tisch, umgeben von der üblichen Clique aus der Kanzlei. Dabei ist es ein ganz normaler Mittwochabend. Ich setze mich zwischen Sankar und Robert.

»Gibt's noch einen Schluck Wein für mich?«

Keiner von beiden antwortet. Es ist laut, die Musik dröhnt aus den Lautsprechern über unseren Köpfen. Ich richte mich in meiner Ecke ein und beobachte Patrick. Das hier ist seine Domäne, hier ist er in seinem Element. Er erzählt gerade eine Geschichte, die die Leute um ihn herum zum Lachen bringt, während die, die weiter entfernt sitzen, angestrengt die Ohren spitzen. Alexia sitzt lächelnd an der Peripherie. Das ist nicht der ruhige Drink mit ihm, den ich erwartet hatte, aber ich werde wohl damit klarkommen müssen. Er hat mich gebeten zu kommen, und diese Tatsache erzeugt eine kleine Flamme Wärme in mir. Ich versetze Robert einen Klaps auf den Arm, und er dreht sich um. Er scheint überrascht, mich zu sehen.

Gleichzeitig setzen wir zum Sprechen an.

»Gibt's noch einen Schluck Wein für mich?«

»Du brauchst was zu trinken.«

Ich muss lachen. Er greift über den Tisch und schenkt Rotwein in das Glas neben sich. Ich denke den Bruchteil einer

Sekunde über Hygiene nach, entscheide dann aber, dass es mir egal ist, und trinke das Glas aus. Robert füllt nach.

»Langer Tag?«, fragt er.

»Jep. Ich habe bis eben gearbeitet. Und wie war's bei dir?«

»Ich bin schon seit vier Uhr hier. Meine Frau bringt mich um. Dabei wollte ich mir eigentlich nur einen Drink genehmigen …« Er lallt schon beträchtlich.

»Wollen wir das nicht alle immer nur?« Ich trinke das Glas zur Hälfte aus und stelle es wieder ab. Zarte Ranken der Ruhe dringen in meinen Verstand, und das dämmrige Licht der Bar nimmt einen Goldton an. Alles ist gut, ich darf hier sein. Carl kann mich zu Hause nicht gebrauchen, er therapiert seine Männertruppe. Matilda ist wohlauf, mit Pizza gesättigt, und wird wahrscheinlich schon fest schlafen. Ich habe meine Arbeit erledigt und mir einen Drink verdient. Ich nehme noch einen Schluck und sehe wieder zu Patrick hinüber. Er sitzt zwischen Mark und, wie ich erst jetzt sehe, einer hübschen Frau, die ich nicht kenne. Sie scheint alles, was er sagt, ausgesprochen lustig zu finden, und die Ruhe, die ich eben noch empfunden habe, verflüchtigt sich. Mir wird kalt.

Ich stoße Robert an. »Wer ist das?«

»Wen meinst du?«

»Die da. Die Frau neben Patrick.« Ich versuche, desinteressiert zu klingen.

»Keine Ahnung, irgendeine Frau. Sie ist mit ihm gekommen.«

»Wann war er hier?«

»Weiß ich nicht. Eine ganze Weile nach mir jedenfalls.« Robert dreht sich um und sieht mich direkt an. »Sind wir ein bisschen eifersüchtig?«

»Quatsch.« Ich trinke mein Glas aus und greife nach der Flasche, aber sie ist leer. »Ich hol uns eine neue.«

Ich schiebe mich durch die Menschenmenge bis zur Theke. Es ist rappelvoll, der Mittwoch scheint der neue Freitag zu sein. Ich vermeide es, Patrick anzusehen, als ich an ihm vorbeigehe, obwohl ich aus dem Augenwinkel erkennen kann, dass die Frau ihre Hand auf seinen Arm gelegt hat. Ich hebe mein Kinn und gehe weiter.

Es dauert gute zehn Minuten, bis ich bedient werde. Ich bestelle gleich zwei Flaschen Rioja, damit ich später nicht erneut lange warten muss. Robert sitzt auf meinem Stuhl, als ich zurückkomme, macht mir aber Platz. Ich schenke ihm und Sankar nach und schwenke die Flasche für die Leute auf der anderen Tischseite, doch die trinken alle Weißen. Patricks Aufmerksamkeit zu erregen versuche ich gar nicht erst.

Während ich trinke, erzählt Sankar mir von seinem heutigen Fall. »Man hätte meinen sollen, sie merkt, dass er ihr jede Nacht 'ne Möhre in den Hintern schiebt – aber Rohypnol ist verdammt starkes Zeug.« Ich trinke weiter. Die Zeit verstreicht, es ist zehn, dann halb elf, Hunger und Müdigkeit lassen nach, während der Wein sich festsetzt. Ich schaue aufs Handy. Nichts. Robert und ich gehen hinaus, um von seinen Zigaretten zu rauchen.

Auf dem Rückweg hinein vergewissere ich mich, dass niemand etwas sieht, und schicke Patrick eine SMS. *Schneller Fick gefällig?* Er zuckt nicht einmal mit der Wimper. Sein Telefon muss abgeschaltet sein. Warum sollte er mich ignorieren, wenn er mich vorher herbestellt? Er ist noch immer versunken in seine Unterhaltung mit der Frau neben ihm. Sankar weiß auch nicht, wer sie ist, und ich will niemand anderen fragen. Stattdessen versinke ich tiefer und tiefer in meinem Glas. Wir haben die zwei Flaschen geleert, und Robert kämpft sich zur Theke durch, um Nachschub zu holen. Langsam lichtet sich die Gruppe. Waren es vorher ungefähr zwanzig Personen, sind es jetzt nur noch vielleicht zehn. Lächelnd plaudere ich mit den Frauen auf der anderen Tischseite, die den Weißen trinken. Alexia und eine andere Referendarin, an deren Namen ich mich nicht erinnern kann. Sie sind in Begleitung einer Anwältin namens Pauline, die sich normalerweise mir gegenüber immer etwas missbilligend verhält. Heute Abend allerdings weniger; weinselig wie sie ist, plaudern wir über meinen Mordfall.

»Irgendwie komisch, sich die privaten Fotos anderer anzusehen. Wir denken immer, wir sind einzigartig, und dann machen wir doch alle dasselbe, reisen an dieselben Orte, essen dieselben Gerichte …« Ich schwafele nur noch; keine Ahnung, worauf ich eigentlich hinauswollte.

Pauline nickt. »Ich weiß, was du meinst. Wie bei Facebook. Alles austauschbar.«

»Genau. Gerade hat man noch händchenhaltend vor dem Parthenon posiert und, zack! ersticht man sich schon. Eigentlich könnte es jedem von uns passieren, wenn man einmal darüber nachdenkt.«

»Absolut«, sagt Pauline nickend, und beeindruckt von der Tiefe unserer Unterhaltung nicke ich mit.

»Was hältst du von ihm?«, fragt sie, und der Themenwechsel kommt so abrupt, dass ich einen Moment lang keine Ahnung habe, worum es geht. Ich blicke sie ausdruckslos an. Sie deutet auf Patrick.

»Was ist mit ihm?«, frage ich.

»Klar, er ist ein guter Anwalt«, sagt sie und neigt sich mir verschwörerisch zu. »Aber es sind gewisse Gerüchte im Umlauf …«

»Gerüchte?« Ich gebe mir Mühe, meiner Stimme nichts anmerken zu lassen.

»Na ja, nur dass es da jemanden gibt, mit dem er besser nicht angebandelt hätte, aber ich weiß nicht recht …« Ihre Stimme verklingt.

Ich fühle mich von Sekunde zu Sekunde nüchterner, all meine Sinne sind in Alarmbereitschaft. Ich habe keine Ahnung, worauf sie hinauswill – kann sie mich meinen? Und ist sie vielleicht diejenige gewesen, die mir die SMS geschickt hat? »Ich habe noch nichts dergleichen gehört«, sage ich. »Und so etwas zu verbreiten kann ausgesprochen schädigend sein.«

Entsetzt zieht sie den Kopf zurück. »Hey, ich will niemandem Ärger machen. Ich hab es auch nur gehört. Wahrscheinlich ist sowieso nichts dran.«

Ich nicke.

»Ich hole mir noch was zu trinken. Soll ich dir was mitbringen?«

»Danke, ich habe alles«, antworte ich. »Ich muss sowieso langsam gehen.« Sie zieht ab, und ich beobachte, wie sie sich durch die Menge zur Bar schiebt.

Als plötzlich jemand kreischt und Glas zerschellt, fahre ich so heftig zusammen, dass ich mir den Rotwein über das T-Shirt gieße. Ich blicke auf und entdecke die Quelle der Aufregung sofort. Patrick hat noch mehr Rotwein abbekommen als ich: Er tropft von seinem Gesicht. Die Frau, die ich nicht kenne, ragt neben ihm auf und hält das kaputte Weinglas am Stiel, auf dem Tisch und am Boden funkeln Scherben. Sie schreit etwas, aber ich verstehe kein einziges Wort. Ich erhebe mich, doch ehe ich mich noch um den Tisch schieben kann, ist Pauline zurück, stellt sich vor die Frau und streckt ihr die Hände entgegen. Fast befürchte ich, dass die Frau mit dem kaputten Glas auf Pauline einstechen wird, doch sie steht einen Augenblick lang nur vollkommen reglos da, dann lässt sie das Glas einfach zu Boden fallen. Pauline legt ihr die Hände auf die Schultern, doch sie widersetzt sich, schüttelt Pauline ab, hebt eine schwarze Handtasche vom Boden auf und stolziert hocherhobenen Hauptes hinaus.

Patrick wischt sich mit einer Serviette den Rotwein aus dem Gesicht. Sein Hemd ist vollkommen durchweicht; das Glas muss randvoll gewesen sein.

»Was war los?«, rufe ich ihm zu, aber er reagiert nicht. Ich versuche es lauter: »Was zum Teufel war das?«

Der letzte Satz fällt mit einer Pause in der Musik zusammen, und jeder, der noch nicht durch die Szene zuvor auf unseren Tisch aufmerksam geworden ist, wendet uns nun den Kopf zu. Patrick tupft sein Hemd ab, faltet die Serviette und legt sie auf den Tisch. Erst dann hebt er den Kopf und sieht mich an. Er sagt etwas, aber die Musik setzt wieder ein, und ich kann ihn nicht verstehen.

»Was?«

»Sie mochte mein Hemd nicht.« Er grinst.

»Herrgott noch mal.« Ich hab's satt. Ich bin stocksauer. Ich stehe auf und greife nach meiner eigenen Tasche. Was immer hier gerade passiert ist – dafür habe ich jetzt nicht die Nerven. Pauline betrachtet mich mit fragendem Gesichtsausdruck, aber auch dafür habe ich keine Nerven. Ich rausche hinaus und nehme die untere Tür, damit ich nicht wieder an Patrick vorbei muss. Mir langt's. Offenbar hat er mich nur herbestellt, um mich mit einer anderen Frau zu demütigen, und das mache ich nicht mehr mit.

Ich bin erst wenige Schritte gegangen, als ich ein freies Taxi sehe und halte es dankbar an und steige ein. Ich bin betrunken, aber nicht sehr; ich kann die Schilder auf dem Weg nach Archway klar anvisieren. Ich hole mein Handy aus der Tasche und schreibe Robert, um mich für mein Verschwinden damit zu entschuldigen, ich hätte morgen früh eine Verhandlung. Er wird es mir nicht übel nehmen. Wahrscheinlich hat er es nicht einmal bemerkt. Was Patrick betrifft, werde ich morgen darüber nachdenken. Er wird es mir erklären oder nicht. Ich schließe die Augen und lehne meinen Kopf an die Scheibe. Ich verstehe nicht, was hier läuft.

Als ich zu Hause ankomme, stelle ich überrascht fest, dass die Gruppensitzung noch im vollen Gang ist; normalerweise macht Carl spätestens um neun Schluss. Als ich das Haus betrete, hört es sich an, als würden sie etwas im Fernsehen schauen, doch als ich die Eingangstür zuwerfe, verstummen die Geräusche. Carl eilt aus dem Wohnzimmer.

»Du bist schon zurück? Wir hatten gerade eine Art Durchbruch.«

»Muss morgen früh raus.« Ich halte den Kopf gesenkt, damit er nicht bemerkt, dass ich getrunken habe.

»Dann geh ins Bett. Wir sind bald fertig.«

Er zieht sich ins Wohnzimmer zurück und macht die Tür rasch hinter sich zu, damit ich nicht sehe, wer sich darin befindet. Am liebsten würde ich brüllen, *Wessen Haus ist das hier eigentlich? Wer zahlt die verfluchte Hypothek?* Aber ich lasse es. Der Ärger flaut ab, und ich poltere hinauf. Das Schlafzimmer liegt im Dunkeln; nur ein Hauch orangefarbenes Licht von der Straßenlaterne vor dem Fenster dringt durch die Vorhänge. Ohne die Deckenlampe einzuschalten, ziehe ich mich aus. Mein T-Shirt klebt vom Wein, und ich dusche mich rasch ab, ohne mein Haar nass zu machen. Ich ziehe ein Nachthemd über und putze mir die Zähne, wobei ich darauf achte, jedem Quadranten die erforderlichen dreißig Sekunden zuzugestehen.

Als ich zuversichtlich bin, nicht mehr nach Wein und Zigaretten zu stinken, schlüpfe ich in meinen Morgenmantel und betrete Matildas Zimmer. Sie schläft tief und fest mit ihrem pinken Elefanten im Arm. Ich küsse sie auf die Stirn und ziehe ihr die Decke hoch bis zu den Schultern, bevor ich mich auf den Boden neben sie setze und sie ansehe. Sie seufzt und dreht sich zu mir auf die Seite. Mir wird die Kehle eng. Sie ist es – sie! –, die ich betrüge. Sicher, Carl bedeutet mir etwas. Aber Tilly bedeutet mir noch viel, viel mehr. Nicht sie hat mich zurückgewiesen oder fortgestoßen. Sie hat etwas Besseres verdient als eine Mutter, die nicht in der Lage ist, sich zu entscheiden. Ich liebe sie mehr, als ich in Worte fassen kann, aber wohl nicht genug, um mich von Patrick abzuwenden. Zumindest nicht gänzlich. Ich berühre ihre Wange und verspreche ihr stumm, dass ich mich verstärkt darum bemühen werde, der Mensch zu werden, den sie verdient hat, und beinahe glaube ich mir.

Ich kehre ins Schlafzimmer zurück und gehe ins Bett. Das Handy lege ich zum Aufladen auf meinen Nachttisch. Ich nehme es in die Hand, um die Weckfunktion einzustellen; inzwischen bin ich so müde, dass ich jede Unterstützung gebrauchen kann, wenn ich morgen früh wach werden will.

Zwei Nachrichten. Eine von Patrick: *In deiner Kanzlei. Wo zum Henker bist du?*

Langsam streiche ich mit einem Finger über die Worte, ehe ich die Nachricht meinem Vorsatz gemäß entschlossen lösche.

Dann sehe ich mir die andere Nachricht an. Absender anonym.

Ich beobachte dich, du miese Schlampe. Ich weiß, was du tust.

Die Buchstaben tanzen vor meinen Augen. Weiß jemand von Patrick und mir? Was sollte es sonst bedeuten? Aber ich habe keine Ahnung, von wem die Nachricht sein könnte. Ich versuche die aufsteigende Angst niederzukämpfen und lösche den Text. Jetzt ist er weg. Er ist nie da gewesen. Es muss sich um einen Irrtum handeln; der Absender hat vielleicht einen Zahlendreher in der Nummer und bemerkt es gar nicht. Ich stelle den Wecker auf halb sieben, rolle mich auf die Seite und schließe die Augen. Doch meine Gedanken rasen. So sehr ich mir einreden möchte, dass die Nachrichten nicht existieren, so wenig kann ich ihnen entkommen. Nun sind es schon zwei, und ich muss mir bewusst machen, dass eine Gefahr besteht. Jemand hat mich ins Visier genommen. Jemand weiß angeblich, was ich tue, und mag es nicht. Ich ziehe die Knie an, mache mich klein und umklammere die Decke unter meinem Kinn. Mir ist kalt.

Später höre ich die Stimmen der Männer, die sich verabschieden, dann wird die Tür zugedrückt. Noch ein Weilchen später kommt Carl in unser Schlafzimmer und macht sich leise fertig. Ich rege mich nicht und atme tief und gleichmäßig. Bald darauf beginnt er zu schnarchen.

Es dauert lange, bis ich einschlafe, und ich träume, dass ich mit dem abgebrochenen Stiel eines Weinglases aufwärts auf meine Oberschenkel einsteche, bis ich die Stelle zwischen meinen Beinen erreiche und mich damit selbst vögele.

Schaudernd wache ich auf. Es ist noch dunkel, und ich rutsche näher an Carl heran und lege einen Arm um ihn. Im Schlaf entzieht er sich mir nicht, und vorübergehend sind unsere Konflikte beigelegt. Er ist meine vertraute Basis, der Vater meiner Tochter. Wir haben gemeinsam die Welt bereist und uns ein Zuhause aufgebaut. Es ist an der Zeit, die Dinge wieder hinzubiegen, für Matilda, für uns. Meinen Kopf an seiner Schulter, schlafe ich ein.

Carls Bettseite ist leer, das Kissen kalt, als mein Handywecker mich um halb sieben weckt. Ich werde ihm einen Wochenendtrip vorschlagen. Wir bitten seine Mutter, auf Matilda aufzupassen, und übernachten in irgendeinem hübschen Hotel. Wir gehen nett essen, trinken guten Wein, küssen uns vielleicht sogar und halten Händchen. Und vielleicht, nur ganz vielleicht, lieben wir uns, wie wir es früher getan haben. Patricks Gesicht erscheint vor meinem inneren Auge, doch ich verbanne es. Ich will das nicht mehr, ich will kein schlechtes Gewissen mehr haben. So schambehaftet, wie diese Affäre ist, hat sie nichts, das es wert wäre. Ich kann mir seiner nicht einmal sicher sein. Nie weiß ich, ob er an mich denkt oder an irgendeine andere …

Die Nachrichten waren ein echter Weckruf. Denn eigentlich waren wir bisher gar nicht so diskret: Jeder aus der Kanzlei hätte uns sehen können, wenn wir uns auf der Straße geküsst haben oder in einer Bar ein kleines bisschen zu nah beieinanderstanden, jeder hätte mir die SMS schicken können. Aber ich mache das nicht mehr mit. Noch immer kann ich das Geschrei und das Klirren von Glas von gestern Abend hören, und ich will nicht einmal mehr wissen, was Patrick getan oder gesagt hat, um diese Frau so wütend zu machen.

»Kaffee?« Carl ist mit einem Becher in der Hand ins Schlafzimmer zurückgekehrt und stellt ihn nun auf meinen Nachttisch.

»Danke. Das ist aber lieb.« Ich freue mich wirklich. Er hat mir seit mindestens zwei Jahren keinen Kaffee mehr ans Bett gebracht. Früher war es seine Angewohnheit, und der allmorgendliche Duft, der durchs Haus zog, war ein wunderbarer, anheimelnder Start in den Tag. Ich betrachte die Geste als gutes Zeichen. »Weißt du, ich habe überlegt, ob wir nicht mal wieder wegfahren sollten. Nur eine Nacht. Wir könnten deine Mutter bitten, auf Matilda aufzupassen.«

Carl sieht mich überrascht an. »Wie kommt's?«

»Ich fände es schön, etwas zu zweit zu unternehmen. Nur du und ich.«

»Ich lasse Matilda nicht gerne allein«, sagt er zögernd.

»Ja, ich weiß, das hast du immer schon gesagt, aber sie ist inzwischen ja nicht mehr ganz so klein. Und für eine Nacht, mit deiner Mutter …«

»Ich weiß nicht. Ob Mum das nicht zu viel ist?«

»Ach was. Warum denn? Sie muss nicht viel tun, Matilda ist doch schon groß. Deine Mutter freut sich bestimmt. Und die beiden müssen nicht einmal das Haus verlassen, wenn du dich dann besser fühlst. Ich kaufe einfach alles ein, was sie brauchen könnten.« Ich strecke meine Hand nach ihm aus. Er betrachtet sie einen Moment lang, dann nimmt er sie. Sein Griff ist sacht und unpersönlich, aber es ist ein Anfang. Ich muss seine Bedenken in Bezug auf Matilda zerstreuen. Bisher hatte ich keinen Grund, ihn dazu zu drängen, aber jetzt muss es sein.

»Ich rede mit ihr«, sagt Carl. »Dann sehen wir weiter. Eine Übernachtung ist wahrscheinlich machbar.«

»Das denke ich auch. Und täte bestimmt beiden gut. Deine Mutter sagt doch immer, sie würde Tilly gerne öfter sehen.« Carl zieht eine Augenbraue hoch, aber ich rede unbeirrt weiter. »Vor ein paar Jahren hat sie das wirklich einmal zu mir gesagt. Und für uns beide wäre es auch wichtig, denkst du nicht? Wenn wir zusammen auskommen, profitiert auch Tilly davon.«

»Wir können es versuchen«, sagt er.

»Mit Sicherheit ist das der Rat, den du auch deinen Patienten gibst. Beschäftigt euch miteinander, redet.«

Er nickt und greift meine Hand fester. Ich überlege, ob ich ihn zu mir ziehen und küssen soll, aber im selben Moment kommt Tilly herein und springt aufs Bett.

»Du hast mich gar nicht geweckt.« Ihre Haare stehen am Hinterkopf hoch, und sie ist noch schlafwarm. Ich schlinge meine Arme um sie. Sie lässt sich einen Moment halten, dann rutscht sie weg und umarmt Carl. Mit ihr in den Armen setzt er sich auf die Bettkante, und ich sehe genau vor mir, wie wir als Familie sein sollten. Und dahin kommen wir! Ich sorge dafür!

Ich dusche und ziehe mich an, und mir ist so leicht ums Herz wie schon seit Monaten nicht mehr. Als ich nach unten gehe und die Küche betrete, hat Carl Rührei nicht nur für Matilda gemacht, sondern auch für mich, und wir sitzen alle drei am Tisch und frühstücken. Ein wenig später ziehe ich beschwingt meinen Trolley durch die Tür hinaus und bin bereit, es mit allem aufzunehmen, was der Strafgerichtshof von Wood Green für mich bereithält.

NEUN

Eine weitere Woche verstreicht. Der Prozess in Wood Green läuft reibungslos, ein Jugendlicher nach dem anderen sagt im Zeugenstand aus, wie bedroht er sich durch die Amokfahrt des Angeklagten gefühlt hat. Der Angeklagte selbst ist kaum zu verstehen, als er seine Aussage macht, seine Verteidigerin ist nicht viel besser. Wie ich befürchtet habe, wird er von einer Anwältin vertreten, die aussieht, als habe sie die juristische Fakultät erst vor Wochen verlassen. Ich gehe so weit runter, wie ich kann, und letztendlich wird seine Strafe auf Bewährung ausgesetzt. Das Urteil ist fast ein salomonisches, denke ich, sage es dem Richter aber natürlich nicht, als ich am Schluss der Verhandlung meinen Antrag auf Beteiligung des Verurteilten an den Prozesskosten stelle.

Patrick schickt mir ein paar Nachrichten, die aber alle ausschließlich mit Madeleines Fall zu tun haben; das Datum der Voruntersuchung rückt näher, und die Anklage hält sich noch immer stark zurück mit Informationen. Patrick erwähnt die Ereignisse im Cairn's mit keiner Silbe, und ich tue das auch nicht – die Genugtuung gebe ich ihm ganz sicher nicht. Ich habe keine Lust auf seine Machtspiele. Unsere Beziehung – oder besser: unsere ehemalige Beziehung – wird nicht thematisiert.

Den Freitagabend verbringe ich zu Hause bei meiner Familie, mit Carl und Matilda. Der Fall von sexueller Nötigung, mit dem ich mich Anfang nächster Woche beschäftigen muss, erfordert nicht viel Vorbereitung. Ich stehe extra früh auf, damit ich uns damit das Wochenende nicht verderbe. Anschließend fahren wir nach Hampstead Heath, wo Matilda am Tor zum Kenwood House auf die Bäume klettert. Carl hat sich nicht dazu geäußert, ob er wegen Matilda schon mit seiner Mutter gesprochen hat, aber ich will ihn nicht drängen; ich weiß, dass er sich erst mit der Idee anfreunden muss. Zumindest kann er sehen, wie ernst es mir ist – wie sehr ich mich um unsere Beziehung bemühe.

Und so halte ich mich zurück, um mich nicht mit ihm zu streiten, obwohl er Matilda selbst von den niedrigsten Ästen sofort wieder herunterholt. Sie ist noch nicht alt genug, und er will ja nur nicht, dass sie sich etwas tut. Wir sammeln orangefarbene und braune Blätter, und ich stecke sie in meine Manteltasche.

»Heute Mittag koche ich«, sage ich, als wir nach Hause fahren.

»Sicher?«, fragt Carl. »Es geht schneller, wenn ich es mache.«

»Ich würde aber gerne«, antworte ich. »Tilly, was möchtest du essen?«

»Hummus und Pita-Brot. Und Möhren. Darf ich Schinken haben?«

»Klar darfst du«, sage ich. »Kein Problem.«

Carl seufzt. »Wir haben keinen Schinken im Haus. Wenn du den Samstagseinkauf machen würdest …«

Ich bin wild entschlossen, keinen Krach anzufangen. »Dann eben nur Pita und Hummus, Tilly, okay?«

»Okay.«

Nachdem sie gegessen hat, möchte sie eine Orange zum Nachtisch. Ich gebe ihr eine, dazu ein Besteckmesser. »Mach erst eine Kerbe in die Schale«, sage ich ihr. »Dann kannst du sie leichter abziehen.«

Sie versucht, in die Orange zu schneiden, hält sie aber nicht richtig fest, und das Messer rutscht ab. Sie schreit auf. Ich bin mit wenigen Schritten bei ihr, doch Carl, der aus einem anderen Zimmer hereingerannt kommt, ist schneller.

»Wie kannst du nur so dumm sein und ihr ein Messer geben?« Er hält mir anklagend ihren Finger hin. Ich betrachte ihn genau. Ein winziger Kratzer. An einem Ende bildet sich ein kleiner Blutstropfen.

»Das brennt!«, schreit sie.

»Das liegt wahrscheinlich am Saft der Orange«, antworte ich. »Komm her, wir halten den Finger unter den Wasserhahn. Ein tapferes Mädchen bist du.«

Carl lässt sie nur widerstrebend los, aber schließlich kommt sie zu mir. Ich nehme sie in den Arm, dann spüle ich ihre Hand ab und wickele den Finger in ein Stück Küchenpapier.

»Soll ich den Rest für dich schneiden?«

»Ja, bitte.«

Wir setzen uns zusammen an den Tisch, und ich schäle die Orange zu Ende. An einem Stück weißer Haut klebt ein Hauch Blut, und ich starre es an. War es wirklich falsch, Matilda das Obst selbst schneiden zu lassen? Aber es war doch nur ein stumpfes Tafelmesser, die geriffelte Schneide hat die Haut bloß geritzt.

»Wirklich, Alison, denk doch in Zukunft ein bisschen mehr mit«, sagt Carl.

Ich sammle die Schalen ein und werfe sie weg.

Der Sonntag läuft besser. Etwas jedenfalls. Ich bereite einen Eintopf zu, ohne dass es etwas zu beanstanden gibt. Matilda isst ihre Portion auf, aber Carl lässt den größten Teil auf dem Teller und schabt ihn anschließend geräuschvoll in den Mülleimer.

»Du brauchst bloß etwas mehr Übung, das ist alles«, bemerkt er und klopft mir auf die Schulter, ehe er sich einen Eiweißriegel aus dem Schrank nimmt. Mein erster Impuls ist es, mich zu verteidigen und ihm klarzumachen, dass ich im Augenblick alles gebe, aber ich schlucke es herunter. Es bedarf eben etwas mehr, um ihn davon zu überzeugen, dass ich mich zu ändern versuche, aber mit der Zeit wird es mir schon gelingen. Ich nicke.

Später am Abend hole ich die Blätter aus meiner Manteltasche und stecke sie als Erinnerung an den Ausflug nach Heath fächerartig an die Pinnwand in der Küche. Ich kann mich bessern, das weiß ich.

Keine weiteren anonymen Textnachrichten.

Während ich am Montag auf dem Weg zum Gericht bin, bekomme ich eine SMS von Patrick.

Vermisse dich.

Ich antworte nicht, und er schreibt mir kein weiteres Mal, dennoch spüre ich, wie sich in mir eine Anspannung löst, deren Existenz ich mir bisher nicht eingestehen wollte. Die beiden Worte bleiben in meinem Gedächtnis haften, direkt hinter den Bildern vom Wochenende mit Carl und Matilda.

Der Prozess bricht innerhalb von zwei Tagen in sich zusammen – die Hauptzeugin der Anklage knickt bei jedem noch so harmlosen Kreuzverhör ein. Ihre Erinnerung ist in den vielen Jahren, die seit dem vermeintlichen Missbrauch vergangen sind, durcheinandergeraten; sie verwechselt Daten, Zeiten und Orte. Der Fall gelangt nicht einmal vor ein Schwurgericht. Eingedenk meines Erfolgs von neulich, stelle ich am Ende der Verhandlung den Antrag auf Einstellung des Verfahrens, und wieder wird ihm stattgegeben. Mein Mandant, ein müder, ehemaliger Klavierlehrer Mitte sechzig, ist dankbar. Die Anklage hat ihm übel mitgespielt; die Anschuldigungen hätten ihn beinahe ruiniert. Dabei musste ich gar nicht viel tun – die Strafverfolgungsbehörde sollte sich schämen, einen derart schwachen Fall vor Gericht zuzulassen.

Ich höre das Schluchzen der Klägerin, als ich das Gerichtsgebäude verlasse, aber ich halte den Kopf gesenkt. Ich erledige nur meine Arbeit, und die besteht darin, meinem Mandanten die bestmögliche Verteidigung zu verschaffen. Wenn das, was die Frau behauptet, der Wahrheit entspricht, wäre es natürlich schrecklich für sie, doch die Beweislage muss so stark sein, dass sie ein Schwurgericht überzeugen kann, und dieser Fall hätte nicht einmal bis zu dieser Instanz kommen dürfen. Draußen vor dem Gebäude verabschiede ich mich von meinem Mandanten, der mir die Hand schüttelt. Seine Frau, klein und unruhig, weicht nicht von seiner Seite. Immer wieder schaut sie sich nervös um, und ich führe sie schnell die Straße entlang, ehe die Klägerin ebenfalls hinaustritt.

Das Sekretariat hat mir auf die Mailbox gesprochen, dass Unterlagen zu dem Madeleine-Smith-Fall abgeliefert worden seien, also mache ich mich auf den Weg in die Kanzlei. Ich bin neugierig, mit was die Anklage im Vorfeld der ersten Anhörung aufwartet. Ich weiß noch immer nicht, auf was Madeleine plädieren wird. Schuldig bekennen sollte sie sich jedenfalls nicht – noch nicht. Meiner Meinung nach müsste ihre Beziehung zu Edwin noch sehr viel genauer unter die Lupe genommen werden. Während ich darüber nachdenke, klingelt mein Telefon. Patricks Büro. Ich hebe mein Kinn und wappne mich, hätte es mir jedoch sparen können, denn seine Partnerin Chloe ist dran.

»Hi, Alison. Du hast die Unterlagen erhalten, ja? Wir müssen einen weiteren Termin mit Madeleine machen. Könntest du vielleicht schon morgen?«

»Ja, kein Problem«, sage ich. »Mein Prozess ist vorbei.«

»Wunderbar. Und Patrick lässt fragen, ob er nachher rasch in der Kanzlei vorbeikommen kann, um vor dem Termin noch ein paar Kleinigkeiten zu besprechen.«

»Ich habe mir die Unterlagen noch nicht ansehen können«, versuche ich auszuweichen.

»Ich denke, es ist ihm wirklich wichtig. Ihr könnt die Papiere ja zusammen durchgehen«, sagt sie in einem Tonfall, der keinen Widerspruch duldet. Wir verstehen uns gut, Chloe und ich, und ich tue in der Regel, was sie sagt. Patrick steht höher in der Hierarchie, aber sie ist das Kraftwerk des Unternehmens und hat ein enzyklopädisches Wissen, was die Fälle der Firma betrifft.

»Also gut, ich bin da.«

»Schön. Ich gebe es weiter.« Und schon ist die Leitung tot.

Ich schreibe Carl eine Nachricht. *Meeting im Mordfall. Gegen halb neun zurück. XX.* Das zweite Küsschen soll Glück bringen. Wegen der Verhandlung erwartet er mich gar nicht früh zu Hause, also sollte es kein Problem geben. Nur gut, dass ich ihm nicht gesagt habe, wie früh ich bei Gericht schon fertig war. Dann rufe ich mich selbst zur Ordnung. Warum denke ich überhaupt, ich müsse ihn anlügen?

Auf meinem Tisch liegt der Bericht der Rechtsmedizin mit allen Einzelheiten zu den Stichwunden, die Edwin Smith den Garaus gemacht haben. Ich lese ihn aufmerksam durch. Wir haben insgesamt fünfzehn Wunden von unterschiedlicher Tiefe. Fotos liegen bei. Eine Weile betrachte ich den Schlitz in der Kehle, das Lächeln unterm Kinn. Die Laken unter ihm sind blutgetränkt. In der Anklageschrift, von der ich bereits ein Exemplar gelesen habe, stand, dass die Kleidungsstücke von Madeleine Smith deutlich blutbesudelt gewesen waren, und ich durchsuche den neuen Stapel Unterlagen nach Untersuchungsergebnissen dazu. Noch immer nichts. Ich nehme mir wieder den Bericht der Rechtsmedizin vor. Keine Verletzungen, die auf Gegenwehr hinweisen. Die Wunden befinden sich alle am Hals und Oberkörper. Die Leiche wurde auf dem Rücken liegend gefunden, und so hat man sie auch fotografiert – einmal von oben als Gesamtaufnahme, dann alle Verletzungen einzeln. Außerdem ist ein Schaubild beigefügt worden: Man sieht die Umrisse einer menschlichen Gestalt, auf der die Verteilung der Verletzungen markiert ist.

Wieder blättere ich durch den Stapel und finde das Foto des Messers, das vermutlich die Tatwaffe ist. Ein Global. Ich betrachte es genauer und versuche, unter dem Blut Abnutzungsspuren zu entdecken. Meins ist nach vielen Jahren Gebrauch stumpf geworden. Doch je schärfer die Klinge, umso weniger Kraft hätte man natürlich aufwenden müssen, es in Edwins Körper zu stoßen.

Ich stecke das Foto des Messers ganz hinten in den Stapel und widme mich der toxikologischen Analyse. Der Alkoholspiegel ist viermal höher als das erlaubte Limit im Straßenverkehr. Weitere Ergebnisse gibt es nicht, aber ich weiß, dass solche Laboruntersuchungen meistens länger dauern.

Eigentlich bin ich schon erstaunt über das, was vor mir liegt. In jedem Fall ist die Menge an Alkohol eine Erklärung für den Mangel an Gegenwehr; möglicherweise war Edwin schlichtweg bewusstlos.

Darüber hinaus enthält der Stapel Unterlagen nichts Substanzielles. Eine Zusammenfassung des Verhörs erbringt nur, dass Madeleine sich nicht zu der Tat geäußert hat, eine Mitschrift der Fragen fehlt. Bisher zumindest. Ich überprüfe die Termine; bis Ende November sollte alles da sein.

»Wir brauchen eigentlich nicht mehr viel. Der Richter kann durchaus der Meinung sein, dass wir genug haben, um bei der Anhörung nächste Woche auf schuldig oder nicht schuldig zu plädieren«, sage ich zu Patrick, sobald er sich im Konferenzraum niedergelassen hat. Ich versuche, ihn nicht allzu eingehend zu betrachten, um nicht jede Bewegung seiner Hände zu registrieren.

»Ja, aber sie hat uns noch keinen Einredegrund geliefert«, wendet er ein. Er hat die Fotos der Stichwunden, große und kleine, vor sich ausgebreitet.

»Wir sind uns doch einig, dass die Sache mit der heimlich verabreichten Pille und die Überwachung ihres Haushaltsgeldes auf eine Missbrauchsbeziehung hinweisen, oder?«

»Ja, selbstverständlich. Aber das allein reicht nicht, um von der Mordanklage runterzukommen. Für eine Tötung im Affekt brauchen wir mehr.«

»Es hängt alles davon ab, ob sie sich uns gegenüber öffnet«, sage ich. »Bisher haben wir praktisch nichts in der Hand. Keinen Hinweis auf einen Auslöser, nichts. Nur eine Flasche Gin und einen Filmriss. Obwohl ich finde, dass das, was sie erzählt hat, nicht stimmig ist. Jedenfalls nicht ganz.«

»Du hast recht. Sie ist sehr verschlossen. Vielleicht solltest du unter vier Augen mit dir reden. Kann sein, dass sie von Frau zu Frau eher auftaut.«

Der Vorschlag behagt mir nicht. »Ist das denn angebracht?«

»Ich wüsste nicht, was dagegen spricht. Du bist gut darin, Leute zum Reden zu bringen.«

Ich werfe ihm einen Blick zu. Er betrachtet die Fotos, nicht mich, und ich schaue rasch wieder weg. »Na gut, wenn du meinst, mach ich es. Auf jeden Fall müssen wir vor der Anhörung mehr aus ihr herauskriegen. Es wäre besser, wenn sie sich zur Anklage äußert.« Ich gebe mir Mühe, nicht offen auf seine vorherige Bemerkung zu reagieren. Die Wärme in seiner Stimme findet sich in der Röte wieder, die mir in die Wangen steigt.

»Ich kümmere mich darum. Außerdem habe ich mit unserem Psychiater gesprochen. Bis morgen hat er den vorläufigen Bericht zusammen. Wenn wir unser Meeting auf den Nachmittag verlegen, schaffst du es dann noch, ihn am Vormittag zu lesen? Du bist morgen nicht bei Gericht, oder?«

»Nein, das kann ich schaffen. Und du hast recht, sie ist vielleicht weniger hysterisch, wenn nur ich allein mit ihr rede.«

»Dann bitte ich Chloe, einen Termin zu arrangieren.«

Patrick nickt bekräftigend und nimmt sein Handy, um eine Nachricht einzugeben. Ich will etwas sagen, aber er unterbricht mich. »Alison, ich würde dich gerne zu mir nach Hause einladen und dir etwas kochen. Meinst du, das wäre möglich?«

»Das ist, glaube ich, keine so gute Idee«, antworte ich, empfinde jedoch etwas vollkommen anderes. Ihn wiederzusehen hat in mir vor allem wieder den Wunsch geweckt, ihn zu küssen. Während ich noch versuche, das Gefühl zu unterdrücken, höre ich plötzlich glasklar das Schrappen der Gabel auf dem Teller, als Carl gestern Abend das Essen, das ich zubereitet hatte, in den Mülleimer warf.

Patrick versucht es noch einmal. »Ich fände es wirklich schön. Ich weiß, die vergangenen Wochen waren nicht leicht. Wir haben noch nicht miteinander gesprochen, und ich … na ja, ich hab dich vermisst. Also? Darf ich dich zum Essen einladen?« Er streckt mir seine Hand entgegen, Handfläche nach oben. »Bitte sag Ja.«

Ich versuche mich an den Gedanken an Carl und Matilda zu klammern, die zu Hause auf mich warten. Noch stärker versuche ich, mir die Buchstaben der zwei anonymen Nachrichten vor Augen zu halten. Jemand weiß von uns und verurteilt uns. Verurteilt mich. Hasst mich. Dann löst sich alles auf. Staub zu Staub.

»Ja, sehr gerne.«

Wir halten ein Taxi auf der Fleet Street an. Patrick verlässt die Kanzlei zuerst und wartet unter dem Bogen am Zugang zum Temple-Komplex. Aber es ist ohnehin niemand da, der uns zusammen hätte sehen können. Im Taxi nimmt er meine Hand und hält sie. Ich lehne mich bei ihm an. Er wendet mir den Kopf zu und küsst mich auf den Scheitel.

»Geht's zu irgendwas Schönem?«, fragt der Taxifahrer. Er hält uns für ein Paar.

»Nur nach Hause zum Essen«, antwortet Patrick. »Ein gemütlicher Abend daheim.«

Ich sage nichts. Das Taxi hat St. Clement Danes umrundet und fährt nun über die Strand zurück, vorbei an den Royal

Courts of Justice und der Chancery Lane. Die Fetter Lane ist eine Chance, Patrick zu sagen, dass er aussteigen soll, weil ich nach Hause fahren will, aber ich lasse sie verstreichen. Ich könnte ihm auch am Ludgate Circus sagen, er solle aussteigen, und den Fahrer anweisen, links in die Blackfriars Road in Richtung Islington abzubiegen, aber auch das tue ich nicht. Wir nehmen einen Abzweig rechts und fahren in südlicher Richtung über den Fluss zu seiner Dachwohnung an der Tower Bridge. Ich bin erst einmal dort gewesen, an jenem Nachmittag vor einigen Wochen, als wir zusahen, wie das Licht, das durch die Jalousien drang, immer schwächer wurde. Er zahlt das Taxi und öffnet mir die Tür. Ich ziehe den Trolley aus dem Fußraum und gehe schweigend neben ihm ins Gebäude, und wir betreten den Fahrstuhl. Drinnen lege ich ihm meinen Finger an die Lippen, und er lächelt.

»Da sind wir«, sagt er, als der Fahrstuhl oben ankommt.

Er schließt die Tür auf, und ich lasse Mantel und Tasche drinnen fallen. Er schenkt mir ein Glas Rotwein ein, und ich trete an die hohen Fenster, die zum Fluss hinausgehen. Die Lichter aus tausend Wohnungen leuchten in der Dämmerung. Es ist erst halb acht, aber schon fast dunkel. Ich trinke mein Glas mit einem großen Schluck halb aus.

»Was kochst du denn?« Ich kehre zurück in die Küche, die zum Wohnzimmer hin offen ist. Patrick hat sein Jackett ausgezogen und zerkleinert etwas auf einem Holzbrett. Ich sehe mir das Messer genauer an – kein Global. Eins mit einem Holzgriff. Wahrscheinlich japanisch. Die Küche ist makellos und poliert, die Töpfe stehen nach Größen aufgereiht im Regal hinter ihm.

»Lamm und Harissa-Kebab. Dazu Couscous«, antwortet er.

»Nett.« Ich bin beeindruckt. »Ich wusste nicht, dass du kochen kannst.«

»Jetzt weißt du es.« Er widmet sich wieder der Zwiebel und hackt sie geschickt.

»Sieht ganz so aus, als hättest du das alles hier geplant. Oder bist du im letzten Moment versetzt worden?« Ich bereue meine Bemerkung, sobald ich sie gemacht habe, und spüle mir den Mund mit dem Rest Wein aus.

»Lass es, Alison, wirklich. Hast du übrigens zu Hause Bescheid gesagt, dass es später wird?« Er nimmt eine zweite Zwiebel und halbiert sie. Laut klackt das Messer auf dem Holz.

Ich hebe meine Hand. Touché.

»Ich finde es immer wieder merkwürdig, dass du nicht verheiratet bist«, sage ich.

»In meinem Alter, meinst du? Ich bin noch keine fünfzig, ich habe noch Zeit.«

»Das wollte ich damit gar nicht sagen. Ich …«

Er lacht. »Schon gut, ich weiß, was du meinst. Ich war verheiratet. Mit Anfang zwanzig. Eine Weile war es großartig. Dann lief sie mit einem anderen weg. Aber eigentlich war es nur gut so.«

Sein Tonfall ist locker, aber ich betrachte ihn prüfend, ob Spuren einer Verletzung zurückgeblieben sind.

»Bist du sicher?«

»Definitiv. Ich habe es lieber so. Ich für meinen Teil sehe in der Ehe keine großen Vorteile. Das hier dagegen …« Er schenkt mir ein Lächeln.

Auf der Arbeitsplatte liegen Zigaretten neben einem Aschenbecher, und ich deute fragend darauf.

»Kaufst du dir eigentlich jemals selbst welche?«, fragt er, nickt aber.

»Auf diese Art rauche ich nicht zu viel«, antworte ich. »Zu Hause tue ich es sowieso nicht.«

»Dachte ich mir.« Er schaltet die Dunstabzugshaube ein, als hätte ich ihn daran erinnert, den Geruch zu beseitigen. Es ist ein besonders genussvoller Moment, mit Wein und Zigarette in einer warmen Küche zu sitzen. Ich kann mich gar nicht daran erinnern, wann ich das letzte Mal drinnen geraucht habe.

Als ich die Kippe ausgedrückt habe, stelle ich mein leeres Glas auf die Kücheninsel neben dem Herd, gehe zum weißen Ledersofa und hole mein Handy aus der Tasche. Es ist erst Viertel nach acht – noch nicht spät. Aber ich weiß, dass es spät werden wird.

Konferenz zieht sich in die Länge, sorry. Ich bin ganz leise, wenn ich heimkomme. Xx

Dann stecke ich mein Handy zurück. Nichts von dem hier geschieht wirklich, es ist nicht real. Und wenn es nicht real ist, bin ich es auch nicht, und was ich tue, ist es auch nicht. Der Wein nistet sich als warmes Gefühl der Leichtigkeit in meinem Verstand ein. Ich lasse auch den letzten Anker los, wende mich zu Patrick um und schenke mir noch ein Glas ein.

Das Lamm ist zart, der Wein samtig, und Patricks Hände sind sanft, so sanft, und ich reagiere auf jede noch so kleine Berührung. Wir bewegen uns im perfekten Einklang, und er seufzt in meinem Haar und zieht mich an sich.

»Warum kann es nicht immer so sein?«, frage ich.

»Das weißt du. Hör auf, dir immer über alles Sorgen zu machen, und genieß einfach.«

»Du hast recht.« Ich schließe meine Augen.

Dieses Mal legt er Schubert auf, die Klaviersonaten. Die Musik beruhigt mich, und ich beginne einzudösen. Dann dringt ein lautes Piepen durch die Ruhe. Patrick lässt mich los und greift nach seinem Telefon, während ich gleichzeitig nach meinem greife. Er beginnt fast sofort zu tippen, und ich aktiviere meins. Eine Nachricht ist eingegangen, von Carl.

Mum kann im November einen Tag auf Matilda aufpassen. Ich buch uns ein Hotel. Bis nachher. Xx

Die Wirklichkeit gießt mir einen Eimer Eiswasser über den Kopf. Ich rücke weiter von Patrick ab und setze mich auf.

»Ich muss gehen. Es ist nach elf«, sage ich.

»Wie du willst. Das war übrigens Chloe. Sie hat das Meeting mit Madeleine auf morgen Nachmittag angesetzt. Es bleibt für dich doch dabei, oder?«

»Ja, kein Problem.« Ich stehe auf, gehe ins Bad und dusche schnell. Unter Patricks Blick ziehe ich mich an. Dann setze ich mich auf seine Bettkante, lege ihm die Hand auf die Brust, beuge mich vor und küsse ihn.

»Das war ein schöner Abend.«

»Ja, das fand ich auch. Du siehst, es geht, wenn du es nur zulässt.« Er setzt sich auf und zieht mich in seine Arme. Ich schmiege mich an ihn, stehe dann jedoch auf.

»Ich melde mich nach dem Meeting.«

»Viel Glück.« Er winkt und widmet sich wieder seinem Handy.

Obwohl es zu regnen begonnen hat, finde ich schnell ein Taxi. Ich sitze in der Stille und blicke aus dem Fenster. Patrick, Carl, Patrick, Carl erklingt es in meinen Gedanken im

Rhythmus der Scheibenwischer. Obwohl die Situation verfahren wie immer ist, muss ich lächeln, und ich koste das warme Gefühl aus, das den harten Knoten in meiner Brust ausnahmsweise ein wenig lockert. Alles ist gut. Wenigstens heute Abend.

Während sich das Taxi auf Archway zubewegt, blicke ich auf mein Handy. Patrick hat geschrieben.

Gute Nacht, Liebling. Schlaf gut. Das war ein wunderschöner Abend.

Lächelnd fahre ich mit einem Finger über die Nachricht. Die netteste, die er mir je geschrieben hat – ich schließe den Gedanken in meinem Herzen ein. Der Bildschirm wird dunkel, leuchtet dann erneut auf. Eine weitere Nachricht. Ohne Absender.

Halt dich verdammt noch mal von ihm fern.

Meine Hände zittern, als ich beide SMS lösche. Das hier verschwindet nicht einfach von allein – ich werde es Patrick sagen müssen. Mein Handy, das feindliche Auge in meine Welt. Ich schalte es ab.

Das Haus ist dunkel, als ich aufschließe und die Treppe hinaufschleiche. Carl schläft. Er rückt näher, als ich ins Bett krieche, und ich spüre die Wärme seines Rückens. Hellwach liege ich neben ihm und frage mich, ob Patrick noch allein ist. Und wer da draußen auf der Lauer liegt.

Aber ist es Patrick, der beobachtet wird – oder ich?

ZEHN

Ich erwache, als Carl mir den Kaffee bringt. Schon das zweite Mal in einer Woche – ein Rekord, zumindest seit ungefähr zwei Jahren. Da ich erst gegen vier oder fünf habe einschlafen können, bin ich noch benommen, als Carl sich auf meine Bettkante setzt.

»Wie war das Meeting gestern? Läuft der Mordfall gut?«, fragt er.

»Ja, eigentlich schon. Tut mir leid, dass es so spät geworden ist.« Sein Interesse überrascht mich, aber ich versuche, mir nichts anmerken zu lassen.

»Macht nichts. Matilda ging es gut, und ich habe gearbeitet. Ich habe etwas zu einer Tagung über Sexsucht und Internet gefunden – das könnte interessant sein.«

»Bestimmt. Geht es bei deiner Männergruppe nicht eigentlich auch darum?« Ich trinke einen Schluck Kaffee. Nicht nur er kann Interesse zeigen.

»Unter anderem. Wie auch immer – ich habe dir ja geschrieben, dass ich mit meiner Mutter gesprochen habe. Sie kann an diesem einen Novemberwochenende. Es ist nur eine Übernachtung, aber wir suchen uns etwas Schönes aus.«

»An was hast du gedacht?«, frage ich.

»Brighton vielleicht? Irgendwo am Meer? Ich schau mal.«

»Wunderbar.« In diesem Moment kommt Matilda herein, und wieder sind wir drei zusammen auf dem Bett – unser Familientriptychon. Ich ziehe sie in meine Arme, Carl gesellt sich dazu, und einen Moment lang ist alles perfekt, bis ich huste und den Bann breche. Matilda läuft zurück in ihr Zimmer, um sich anzuziehen, und ich dusche, wasche mir die Haare und spüle ab, was noch von Patrick übrig geblieben sein mag. Lange, lange stehe ich unter dem Wasserstrahl, bis Carl gegen die Tür hämmert und ich mich hastig abtrockne, um ihm das Badezimmer zu überlassen.

Angezogen gehe ich hinunter und mache noch einen Kaffee. Matilda sitzt inzwischen am Küchentisch und isst Cornflakes. Ich küsse sie auf den Scheitel und gehe ins Wohnzimmer. Es ist aufgeräumt, die Bücher stehen in ihrer gewohnten Ordnung auf den Regalen, und die Zeitschriften, die Carl unbedingt behalten will, stapeln sich säuberlich unter dem Fernseher. Dennoch kommt mir irgendetwas seltsam vor, wie eine einzige kleine Note, die nicht wirklich zur Tonart passt. Ich stehe in der Tür und blicke mich um. Und dann weiß ich es.

»Hat jemand hier geraucht?«, rufe ich.

»Was?« Carl ist noch oben.

Ich trete an den Fuß der Treppe. »Hat gestern Abend jemand hier geraucht? Es riecht so.«

»Nein, tut es nicht.« In ein Handtuch gewickelt, kommt er hinunter.

»Doch. Hier im Wohnzimmer.« Ich schnuppere. Es riecht wirklich so, ich bin mir sicher. Nach abgestandenem Rauch wie damals in meiner Studentenbude, als man noch hemmungslos drinnen qualmte. Wie es gestern auch in Patricks Wohnung roch, obwohl er offensichtlich versucht, die Luft mit dem Abzug frisch zu halten. Ich denke einen Moment lang an den wunderbaren Luxus zurück, sich dort eine Zigarette anzünden zu dürfen – in meinem eigenen Haus gestehe ich mir das schon seit gut zehn Jahren nicht mehr zu. Den

Geruch vermisse ich allerdings nicht. Carl betritt das Wohnzimmer und schnuppert ebenfalls.

»Ganz sicher nicht. Das bildest du dir ein.«

»Nein, das glaub ich nicht.« Doch leise Zweifel schleichen sich ein.

Carl kommt zu mir und schnuppert an meiner Jacke. »Du bist das. Dein Kostüm stinkt. Weil du dauernd im Zellentrakt bist. Und im Pub.«

Ich ziehe meinen Kragen zur Nase und rieche daran. Doch ich nehme nur Parfum und einen Hauch Frittierfett wahr. Aber wenn er sagt, dass es so ist … Immerhin hatte ich die Jacke an, als ich gestern Abend geraucht habe. Ich verlasse das Wohnzimmer, kehre in die Küche zurück und atme tief ein.

»Hier riecht es auch ein bisschen«, sage ich.

»Wie ich schon sagte – das bist du.« Carl steht direkt hinter mir und zupft an meiner Jacke, um seine Aussage zu unterstreichen.

»Mummy, bitte nicht rauchen. Das ist eklig, und man kann daran sterben.« Matildas Gesicht drückt pures Entsetzen aus, und einen Moment lang fürchte ich, dass sie in Tränen ausbricht. Ich trete zu ihr und will sie an mich ziehen, aber sie rückt hastig ab. »Du riechst nach Rauch, Mummy, das mag ich nicht.«

»Alison, lass sie.« Carl schiebt mich zur Seite und nimmt Matilda auf den Arm. Er hält sie eng an sich gedrückt und wendet sich mir zu, um mich über ihre Schulter hinweg anzusehen. »Wirklich – denk doch einmal nach!«

»Aber ich …«, beginne ich, doch er lässt mich nicht ausreden.

»Es ist nicht nötig, Matilda diesen Schadstoffen auszusetzen.«

»Das tue ich ja auch gar nicht. Ich glaube nicht, dass ich das bin. Hier im Haus riecht es nach Rauch …« Meine Stimme verklingt.

»Ganz eindeutig nicht. Niemand darf hier rauchen, das weißt du genau. Bring dein Kostüm in die Reinigung und sag deinen Mandanten demnächst, dass sie sich in deiner Gegenwart zurückhalten sollen. Nimm ein bisschen Rücksicht auf deine Tochter.«

Ich zucke die Achseln und nicke. Vielleicht hat er recht. Vielleicht dünste ich den Geruch aus. Ich könnte schwören, dass er im Haus hängt, aber ich könnte nicht beschwören, dass ich es *nicht* bin. Wahrscheinlich umgibt mich der Rauch aller Zigaretten, die ich und meine Mandanten je geraucht haben, in einer Wolke, an die ich mich bereits so sehr gewöhnt habe, dass ich sie gar nicht wahrnehme. Ich gehe hinauf, um meine Sachen zu holen.

Ich bin abfahrbereit, als Carl und Matilda hinaufkommen, damit sie sich die Zähne putzen kann. Ich strecke meinen Kopf durch die Tür, um mich zu verabschieden. Matilda schrubbt so eifrig, dass sie mich zuerst gar nicht bemerkt, doch dann sieht sie mich. Ich puste ihr ein Küsschen zu, und sie pustet zurück.

Draußen sehe ich mich als Erstes um, ob vielleicht irgendwo jemand steht und mich beobachtet. Die Sonne scheint hell, und das Gefühl der Bedrohung von gestern Nacht ist verblasst. Ein oder zwei Mal blicke ich über die Schulter, doch alles scheint so normal, dass sich meine Sorgen aufzulösen beginnen. Doch sobald ich im Bus sitze, stelle ich mich dem Unvermeidlichen und schalte mein Telefon wieder ein. Es piept, und die Nachrichten trudeln nach und nach ein. Die erste ist von Chloe, und ich öffne sie.

Madeleine heute in London. Meeting um zwölf im Büro, o.k? C.

Ich will gerade antworten, als ich sehe, dass noch zwei weitere eingegangen sind, beide aus anonymer Quelle.

Ich weiß, dass du es noch immer tust, du Schlampe.

Die zweite besteht aus Emojis. Mann und Frau, die sich an der Hand halten, ein wütendes Gesicht, eine gelbe Frau, die die Arme vor sich kreuzt, und ein Schädel.

Obwohl mir die Hände noch von der ersten Nachricht zittern, muss ich bei der zweiten unwillkürlich lachen. Es ist wie bei Scooby-Doo, wenn dem schrecklichen Monster die Maske heruntergerissen wird. Ich kann es hier doch nur mit einem Teenager zu tun haben. Kein Erpresser, der etwas auf sich hält, würde Emojis benutzen. Ich empfinde eine gewisse Erleichterung und checke meine E-Mails. Da ist nichts Unangenehmes, nur eine Bestätigung aus dem Sekretariat, dass der psychiatrische Bericht zu Madeleine Smith in der Kanzlei eingetroffen ist. Höchste Zeit, mich auf den Fall zu konzentrieren.

Dennoch lässt mich die zweite Nachricht nicht los. Ein Totenschädel. Nur weil es irgendwie lustig ist, muss es noch lange kein Scherz sein. Ich schreibe Patrick.

Man schickt mir anonyme Nachrichten. Jemand scheint von uns zu wissen.

Ich halte mein Handy in der Hand und warte auf seine Antwort, bis der Bus in der Fleet Street ankommt.

Er hat noch immer nicht geantwortet, als ich die Kanzlei betrete. Ich begrüße die Assistenten und nehme den Bericht des Psychiaters mit in mein Büro. Wieder blicke ich auf mein Handy – immer noch nichts. Ich setze mich und fange an zu lesen. Als ich den psychiatrischen Bericht ungefähr zur Hälfte durchhabe, meldet mein Handy eine eingehende SMS.

Was für anonyme Nachrichten?

Ich leite sie ihm weiter und füge eine Frage von mir hinzu:

Was denkst du darüber?

Er antwortet prompt.

Okay, ein bisschen schräg, aber kein Grund, paranoid zu werden.

Nun ich wieder:

Es klingt, als wüsste jemand über uns Bescheid. Und ich denke, es ist eine Sie. Das eine Emoji war eine Frau.

Mach dir keine Sorgen. Wir sprechen später darüber. Muss ins Gericht.

Ja, vielleicht reagiere ich über. Jemand will mir Angst einjagen, aber es muss nichts mit Patrick zu tun haben. Er hat recht, ich bin paranoid. Viele ehemalige Mandanten könnten mir aus irgendeinem Grund etwas Böses wollen. Ich lege das Handy weg, schlage die Akte vor mir auf und versuche, mich auf die Arbeit zu konzentrieren. Ich lese, aber die Wörter dringen nicht zu mir durch. Mein Verstand springt von einer Erklärung zur anderen. Es muss etwas mit Patrick zu tun haben. Vielleicht vögelt er noch eine andere, und die beiden machen sich einen Spaß auf meine Kosten, vielleicht hat er ihr alles über mich erzählt, und sie hat daraufhin beschlossen mir Nachrichten zu schicken, Oh, *das wird bestimmt lustig, die dumme Kuh, die immer nach Hause zu ihrem Mann rennt*, und er weiß es ganz genau und billigt es …

Nein.

Nein. Das kann nicht sein. Das würde er mir nicht antun, er würde nicht lieb und nett tun und mich gleichzeitig hinter meinem Rücken auslachen. Ich stehe auf, gehe auf und ab und versuche mich zu beruhigen, aber der Gedanke hat sich in meinem Kopf festgesetzt und geht nicht mehr von allein weg. Ich weiß, dass er im Gericht ist, aber ich muss ihn fragen, muss mit ihm sprechen.

Ich hole mein Telefon hervor und rufe ihn an, lande aber direkt auf der Mailbox. »Ich muss dich fragen, Patrick. Schläfst du noch mit einer anderen? Ich weiß einfach nicht mehr, was ich denken soll.« Ich lege auf. Wenige Augenblicke später bereue ich es schon, aber es ist zu spät. Ich kann die Nachricht nicht zurückholen, ich kann sie nicht löschen. Meine innere Unruhe wächst.

Ich will gerade erneut anrufen, als Mark an die Tür klopft und den Kopf hereinstreckt. Ich setze eine neutrale Miene auf. »Ja?«

»Eine Nachricht von Chloe von Saunders & Co. Man fragt an, ob Ihnen klar ist, dass Sie heute Nachmittag nicht nach Beaconsfield fahren müssen, weil die Mandantin ins Büro kommen wird.« Nichts deutet darauf hin, dass er etwas von meiner Nachricht gehört hat.

»Ja, sie hat mir vorhin geschrieben«, sage ich und gebe Ruhe vor. »Offenbar habe ich versäumt zu antworten. Um zwölf Uhr, richtig?«

»Davon war die Rede.« Er geht wieder und zieht die Tür hinter sich zu, und ich zwinge meinen Verstand zurück zu Madeleines Fall, der in Akten vor mir ausgebreitet liegt.

Verminderte Schuldfähigkeit scheidet als Verteidigungsstrategie aus, das zumindest ergibt sich aus dem psychiatrischen Bericht eindeutig, auch wenn Madeleine darin als ausgesprochen verschlossen und zurückhaltend beschrieben wird. Ihre Kindheit war offenbar normal und ohne traumatische Erlebnisse, und ihre Pubertät und auch die frühe Mutterschaft verliefen ohne große Schwierigkeiten. Kurz nach Geburt ihres Sohnes gab es eine kurze Phase der Depression mit Beklemmungen und Angstzuständen, doch die ließ sich recht schnell mit dem entsprechenden Medikament eindämmen. Ich überprüfe den Namen des Medikaments und stelle fest, dass ich dasselbe genommen habe, als ich um die zwanzig war. Ich weiß noch, dass ich es von heute auf morgen eigenmächtig absetzte, weil ich dem Arzt, der es mir verschrieben hatte, nicht mehr traute. Als sich die Wirkstoffe langsam aus meinem Körper zurückzogen, fühlte sich mein Hirn manchmal an, als würden freigelegte Nervenenden knistern und Funken sprühen. Doch ich erinnere mich auch daran, welche Erleichterung mir die Pille anfangs verschaffte. Laut Bericht hat der Psychiater Madeleine gefragt, ob ihr Medikamente zum jetzigen Zeitpunkt helfen würden, doch sie hat das verneint.

Ungeachtet dessen, was sie uns während der zweiten Besprechung erzählt hat, wollte sie ihr Alkoholproblem offenbar nicht zum Thema machen, auch wenn der Psychiater notiert hat, sie habe behauptet, so betrunken gewesen zu sein, dass sie sich nicht an die Ereignisse aus der Tatnacht erinnern könne. Ich frage mich, ob sie wohl bei dieser Geschichte bleibt, wenn ich sie intensiver dazu befrage.

Inzwischen gibt es auch eine Zeugenaussage der Putzfrau, einer Ilma Cooper, die als Erste am Tatort gewesen war, wodurch die sparsamen Informationen aus dem Bericht der Anklage endlich etwas mehr Substanz erhalten. Cooper war ihrer Aussage zufolge bei ihrer Ankunft am Morgen nach der Tat zunächst erstaunt über das Verhalten des Familienhundes gewesen. Der crèmefarbene Labradoodle, normalerweise ein gutmütiges, ruhiges Tier, bellte an diesem Morgen wie verrückt, als sie die Tür öffnete, und rannte aufgeregt hin und her, ohne sich beruhigen zu lassen. Außerdem schlug ihr sofort der Gestank von Hundekot entgegen; der Hund hatte in den Flur gemacht, was ebenfalls ungewöhnlich war. Cooper zog sich ihren Mantel aus und ging besorgt die Treppe hinauf. Die Tür zum Schlafzimmer stand offen, und als sie eintrat, entdeckte sie Edwins Leiche auf dem Bett und Madeleine auf dem Boden daneben.

In ihrer Aussage verweist sie außerdem auf den starken Alkoholgeruch, der von Madeleine ausging, und die halb leere Flasche Hendrick's Gin auf dem Boden neben ihr. Selbst in der Not greift meine Mandantin auf das gute Zeug zurück. Wir haben zu Hause nur Gordons, aber ich nehme mir vor, Hendrick's zu besorgen. Mit Gurke und Tonic ist das der stilvollere Weg ins Vergessen. Laut Cooper war Madeleine, die am Boden saß und ihre an die Brust gezogenen Knie umklammerte, zunächst vollkommen apathisch. Cooper schüttelte sie vorsichtig an der Schulter, bis sie sie wahrzunehmen schien. Cooper erklärte ihr daraufhin, sie müsse Polizei und Krankenwagen rufen, und da Madeleine kein Wort sagte, wählte Cooper mit ihrem Handy aus dem Schlafzimmer den

Notruf. Als die Polizei eintraf, ließ sie Madeleine, die noch immer in derselben Position am Boden saß, allein, um unten die Tür zu öffnen. Madeleine wurde von der Polizei abgeführt, wobei sie laut Cooper fast unheimlich ruhig war.

Ich überlege, wie ich wohl reagieren würde, wenn ich soeben Carl umgebracht hätte – schockiert? Würde ich mich weigern, anzuerkennen, was ich getan habe? War sie wirklich schon vorher alkoholisiert, oder hat sie die Tat begangen und sich dann betrunken? Auf jeden Fall hat sie nicht versucht, sich mit dem Vollrausch herauszureden – nicht dass diese Strategie in diesem Fall Erfolg haben könnte. Dennoch ist die Situation interessant. Die beiden streiten sich, er trinkt sich ins Koma, sie ersticht ihn im Schlaf … Jedenfalls fällt es mir schwer, diese Madeleine mit der in Einklang zu bringen, die ich in Beaconsfield kennengelernt habe. Nervös, ja. Emotional, ganz sicher, aber dennoch der Inbegriff der Contenance. Auf keinen Fall eine Frau, die die Kontrolle über sich verliert.

Ich lese den letzten Abschnitt der Aussage noch einmal. Darin beschreibt Cooper Madeleines Erscheinung, nachdem die Polizei sie aus dem Schlafzimmer geholt und nach unten gebracht hat.

Sie trägt immer Kleidung in Beige oder Crème, daher war das ganze Blut deutlich zu sehen, als sie die Treppe herunterkam: An den Ärmelrändern, wie wenn man sich beim Abwaschen nass macht, und überall vorne auf dem Pullover – so viel Blut. Und der Hund! Ich bade ihn jede Woche. Bei dem Fell sieht man das kleinste bisschen Dreck, die Farbe ist sehr unpraktisch. Aber wie er so aufgeregt hin und her rannte, ist es mir erst gar nicht aufgefallen. Erst nachher hab ich's gesehen. Die Schnauze war voller rotbrauner Flecken, das ganze Gesicht, und mir wurde ganz anders, ich dachte, ich muss mich übergeben. Dreimal hab ich das arme Tier einschäumen müssen, bevor das Fell sauber war.

Der Hund, das Blut, der Kotgeruch im Korridor. Vor meinem inneren Auge sehe ich den Hund in der Wanne stehen, das Fell klatschnass am Körper, während Cooper ihn mit einem Schwamm abschrubbt und das rostfarbene Wasser im Ausguss wirbelt, bis es schließlich klar wird. Ich umklammere meine Hände und spüre mein eigenes Blut langsam und regelmäßig durch meine Adern strömen. Dann schüttele ich den Kopf, um ihn frei zu bekommen. Es reicht. Man kann immer nur ein gewisses Maß an Realität ertragen. Um mich mit kühlem Verstand dem Fall widmen zu können, muss ich die Gräuel zurückkämpfen. Ich bin nicht hier, um den Gestank des Todes zu riechen, sondern um dieses Chaos in einzelne Bestandteile zu zerlegen, die sich a) einem Gesetz und b) einer Verteidigungseinrede, die im Common Law gültig ist, zuordnen lassen.

Das Telefon klingelt. Unser Sekretariat erinnert mich daran, dass ich los muss. Ich schiebe die Unterlagen wieder zusammen, lege sie in das Regal neben dem Schreibtisch und hoffe, dass das Bild des blutbeschmierten Hundes mich bald wieder loslässt.

ELF

Auf dem Weg versuche ich, Patrick zu erreichen, aber wieder lande ich ohne Umwege auf der Mailbox. Ich hinterlasse ihm eine weitere Nachricht. »Tut mir leid, meine Voicemail eben war keine Glanzleistung. Aber die Sache macht mich wirklich verdammt nervös, und ich muss mit dir reden.« Wenigstens ist keine neue anonyme SMS eingegangen. Die Chancery Lane ist voll mit Leuten, die zum Lunch gehen oder mit Takeaway-Mahlzeiten zurück in ihre Büros hasten und dabei konzentriert auf ihre Mobiltelefone blicken. Ich füge mich mit meinem dunklen Kostüm, schwarzen Pumps und der Zielstrebigkeit nahtlos in die Menge ein.

Chloe sitzt im Vorzimmer, als ich ankomme, und winkt mir zur Begrüßung zu. Sie deutet auf Patricks Büro.

»Ich habe sie schon hineingeführt«, sagt sie. Sie spricht leise, und ich muss nah an sie herantreten, um sie zu verstehen. »Ich glaube, sie ist ziemlich nervös.« Eine Pause. »Aber das wäre wohl jeder.« Wobei Chloe niemand ist, der je Nerven zeigen würde.

»Danke«, sage ich. »Ich gehe direkt zu ihr.«

Madeleine ist tadellos zurechtgemacht, ihr Haar liegt in perfekten Wellen über ihren Schultern. Zu diesem Anlass trägt sie ein Jackett, keinen Strick, doch wieder in einem dezenten Crèmeton, der mit Beige durchwirkt ist. Könnte Tweed sein. Der Ärmelbund stößt an ihren Handrücken, und ich versuche, das Bild abzuschütteln, wie er sich mit Blut vollsaugt.

Sie sitzt auf der Mandantenseite von Patricks Tisch, also gehe ich an ihr vorbei auf die andere Seite. Das Licht ist dämmrig, da die Jalousien wie üblich halb geschlossen sind; noch nie habe ich den Raum bei Helligkeit gesehen, zu welcher Tageszeit ich auch hier gewesen bin. Ich setze mich, hole die Akte heraus und schalte die Schreibtischlampe an. Das Licht ist gelblich und wenig effektiv.

»Denken Sie, dass wir etwas essen gehen könnten?«, fragt sie. »Ich merke erst jetzt, wie hungrig ich bin. Ich möchte Sie wirklich nicht aufhalten, aber vielleicht können wir uns ja beim Lunch unterhalten.«

Das habe ich nicht erwartet. Im ersten Impuls will ich Nein sagen, doch dann betrachte ich sie eingehender und erkenne, wie unwohl sie sich fühlt. Sie sitzt auf der Stuhlkante, die Beine angespannt übereinandergeschlagen, und kratzt an ihren Händen. Ich mache mir bewusst, welchen Zweck diese Befragung erfüllen soll: Ich will mit ihr allein reden, damit sie sich etwas mehr öffnet und mir die Informationen gibt, die ich für eine effektive Verteidigung brauche.

»Nun, sofern wir einen ruhigen Ort finden, spricht nichts dagegen«, sage ich. »Nicht weit von hier gibt es ein Weinlokal, in dem jetzt nicht allzu viel los sein dürfte.«

Wir verlassen Patricks Büro, und ich strecke den Kopf in Chloes Zimmer. »Wir gehen etwas essen.«

Sie zieht eine Braue hoch, also trete ich ein und senke meine Stimme. »Du hattest recht, sie wirkt sehr nervös. Vielleicht fühlt sie sich in einer weniger formellen Umgebung etwas wohler.«

Chloe nickt. »Das könnte sein.« Sie blickt wieder auf die Akte, in der sie liest. »Jedenfalls schön, dich mal wieder gesehen zu haben.«

Wir gehen zu Jasper's, eine Kellerbar auf der High Holborn. Wie erhofft, ist es nicht besonders voll. Ich frage nach, ob wir einen Tisch in der Ecke bekommen können, und Madeleine setzt sich auf die Sitzbank und ich mich auf den Stuhl ihr gegenüber mit dem Rücken zum Lokal.

»Möchten Sie Wasser für den Tisch?«, fragt die Bedienung. »Still oder mit Kohlensäure?«

»Mit Kohlensäure?«, antwortet Madeleine mit Blick zu mir. Ich nicke.

»Möchten Sie auch Wein?«

Ich will gerade sagen, dass Wasser reicht, als Madeleine sich wieder zu Wort meldet. »Ich hätte gern ein Glas. Was meinen Sie?« Wieder sieht sie mich fragend an. Ich sollte nicht, denn das hier ist ein Arbeitsessen, aber andererseits besteht der Zweck ja darin, ihr die Nervosität zu nehmen.

»Ein kleines«, antworte ich.

Sie wendet sich an die Bedienung. »Zwei kleine Gläser Sauvignon Blanc, bitte.«

Ich schiebe Messer und Gabel zur Seite und lege mein blaues Notizbuch vor mich hin. Dann ziehe ich die Kappe meines Stifts ab, schreibe auf eine neue Seite *Besprechung Madeleine Smith, Mittwoch, 11. Oktober*, und unterstreiche die Wörter. Ich will gerade meine erste Frage stellen, als der Wein kommt. Der Kellner stellt die Gläser so ungeschickt auf den Tisch, dass Wein überschwappt und auf meinen Block kleckert. Verärgert tupfe ich ihn mit der Serviette ab. Diese Seite ist hinüber.

»Zum Wohl.« Madeleine hält mir ihr Glas hin, und ich verziehe das Gesicht, nehme aber nach einem Augenblick ebenfalls mein Glas und stoße mit ihr an. Es kommt mir absolut unangemessen vor.

»Zum Wohl.«

Sie nimmt einen Schluck, seufzt und lächelt, dann schaut sie sich um. »Ich danke Ihnen, dass Sie sich bereit erklärt haben, mit mir hierherzukommen. Hier ist es viel netter als im Büro. Es fühlt sich fast normal an. Ich war nicht mehr aus, seit das alles passiert ist.«

Mir wird schlagartig bewusst, dass *das alles* sich auf die blutige Szene bezieht, über die ich vorhin noch gelesen habe. Ich mustere Madeleine verstohlen auf irgendeine Spur von Emotionen, doch sie blickt konzentriert in die Karte. Wir wirken wahrscheinlich wie zwei Freundinnen, die sich zum Lunch verabredet haben, nicht wie Anwältin und mutmaßliche Mörderin. »Das muss sehr schwer für Sie sein«, sage ich so neutral wie möglich und versuche zu verdrängen, wie eigenartig diese Situation doch ist.

»Das ist es wirklich.« Sie nippt an ihrem Wein. »Also, was sollen wir essen?«

Ich blicke automatisch in die Karte. Aber lieber noch möchte ich direkt anfangen. »Wir haben eine ganze Menge Themen, über die wir reden müssen«, versuche ich auf den Punkt zu kommen.

Sie ist so versunken, dass sie nicht einmal aufblickt. Also schaue ich auch wieder in die Karte. Steak. Ich nehme ein Steak. Meine Gedanken verhaspeln sich kurz, als ich unwillkürlich überlege, wer das hier wohl zahlt, aber dann trinke ich noch einen Schluck und stelle fest, dass es mir im Grunde egal ist.

»Was nehmen Sie?«, fragt Madeleine.

»Das Steak, denke ich. Unkompliziert.«

»Sehe ich auch so. Gute Idee. Dazu passt ein Roter.« Sie wendet sich wieder der Karte zu.

Ich blättere die mit Wein bekleckerte Seite in meinem Notizbuch um und beschrifte die nächste mit demselben Titel.

»Madeleine, Sie wissen, dass wir hier sind, um über Ihren Fall zu sprechen. Wir müssen uns darauf einigen, auf was Sie nächste Woche plädieren sollten.«

Sie nickt, blickt aber noch einen Moment lang konzentriert in die Karte, ehe sie dem Kellner winkt.

»Eine Flasche Châteauneuf-du-Pape«, sagt sie, als er am Tisch steht, und deutet auf die Liste der Rotweine vor ihr.

Beeindruckt notiert er die Bestellung. Wieder frage ich mich, wer das Essen hier zahlt, verdränge den Gedanken aber mit einem großen Schluck Sauvignon. Der verschafft mir prompt frischen Mut, und ich mache mir klar, dass das hier meine Besprechung ist; ich darf nicht zulassen, dass Madeleine mir das Zepter aus der Hand nimmt. Jetzt übernehme ich wieder.

»Madeleine, ich muss Ihnen ein paar Fragen stellen. Wir müssen die Beziehung zwischen Ihnen und Ihrem Mann verstehen.«

Der gut gelaunte Gesichtsausdruck fällt in sich zusammen. Sie presst sich die Finger auf den Mund, und das Blut steigt ihr in die Wangen.

»Es tut mir wirklich leid, aber es geht nicht anders. Sie sagten, von jenem Samstagabend sei Ihre letzte Erinnerung, dass Ihr Mann Ihnen mitteilte, er wolle Sie verlassen. Ist das richtig?«

Sie will gerade antworten, als der Kellner mit dem Rotwein kommt, den sie bestellt hat. Er geht durch das ganze Prozedere von Zeigen, Benennen und Einschenken, und wieder gefasst hebt Madeleine das frische Glas, schwenkt den Wein, schnuppert daran und nickt dem Kellner schließlich zu. Er schenkt mir ein, dann füllt er ihr Glas auf. Ich öffne den Mund, um zu sagen, dass ich nichts mehr trinken möchte, als auch schon der nächste Kellner mit einem Notizblock kommt und nach unserer Essensbestellung fragt.

»Wir nehmen beide das Steak«, sagt Madeleine. »Medium rare. Und einen grünen Salat. Einverstanden, Alison?«

Ich nicke lächelnd. Das hier scheint ja eine tolle Befragung zu werden – trotz meiner Bemühungen hat Madeleine schon wieder das Steuer übernommen. Sie deutet auf den Wein, als wolle sie fragen, was ich davon halte, und geschlagen probiere ich ihn. Er schmeckt köstlich, viel besser als der Sauvignon, den wir gerade hatten, samtiger, voller. Das Tannin besänftigt meine Sinne, und obwohl ich verärgert bin, weil wir nicht weiterkommen, fällt es mir schwer, kein Mitleid mit ihr zu haben. Sie wirkt viel zu dünn. Sie trägt zwar Designerkleidung, aber ihre Jacke hängt zu locker auf ihren Schultern, und der Schal um ihren Hals ist verrutscht, sodass ich sehen kann, wie sehnig ihr Hals aussieht. Im Spiegel hinter ihr wirkt mein Gesicht doppelt so breit wie ihres und voll wie der Mond. Ich schenke mir nach.

»Ich würde mir wünschen, dass wir nicht darüber reden müssten, Alison«, sagt sie. »Am liebsten würde ich einfach nur das Essen genießen.«

»Ich weiß. Aber als Ihre Anwältin brauche ich Informationen, wenn ich Sie in diesem Fall beraten soll. Ihnen droht lebenslänglich, Madeleine.« Ich beuge mich vor, um meinen Worten Nachdruck zu verleihen. »Vielleicht können wir etwas tun, um das Urteil abzumildern und ein geringeres Strafmaß zu erreichen, aber dazu müssen Sie mir erzählen, was geschehen ist.«

Sie schlägt die Hände vors Gesicht und verharrt einen Moment lang, dann nimmt sie sie herunter und hebt das

Kinn. Doch ehe sie etwas sagen kann, bringt der Kellner die Steaks. Er stellt sie vor uns auf den Tisch, verschwindet und kehrt dann mit dem Salat und zwei scharfen Messern zurück. Ich schneide in mein Steak, und der Fleischsaft tritt aus und sammelt sich auf dem Teller. Es ist nicht medium rare, es ist praktisch roh, und das Fleisch glitzert dunkelrot im dämmrigen Licht, während das Fett unter der schwärzlichen Oberfläche gelb hervortritt. Ich nehme einen Bissen, kaue, schlucke. Madeleine hat ihr Fleisch nicht einmal angesehen. Sie trinkt ihr Glas leer und füllt es auf. Ich will etwas sagen, irgendetwas, damit sie wieder zu reden beginnt, aber wieder kommt sie mir zuvor.

»Ich weiß nicht, wann alles aus dem Ruder zu laufen begann. Mir ist klar, was Sie über die Sache mit der Pille denken. Das war Ihnen deutlich anzusehen.«

»Tut mir leid, ich wollte nicht …«

»Selbstverständlich nicht. Aber wie ich ja schon sagte, man muss es am eigenen Leib erfahren, um es zu verstehen. Edwin wusste eigentlich immer, was zu tun war. Zumindest am Anfang …« Sie wendet den Blick von mir ab und lässt ihn ins Leere gehen. Ich schneide, kaue, schlucke weiter, um sie nicht aus der Ruhe zu bringen.

»Er ist zu weit gegangen. Er hat alle Entscheidungen getroffen. Für uns. Für mich. Und ich habe ihn nicht daran gehindert. Es war eine Erleichterung, es jemand anderem zu überlassen. Ich liebte ihn so sehr, ich wollte nur, dass er glücklich war. Dabei ist es mir nicht besonders gut gelungen, ihn glücklich zu machen. Ich habe viel Mist gebaut.« Sie hält inne, trinkt einen Schluck.

»Mist gebaut in welcher Hinsicht?«, hake ich nach, als sie nicht von sich aus wieder anfängt.

»Ich konnte nicht gut genug kochen, ich kümmerte mich nicht gut genug um seine Kunden. Ich präsentierte mich nicht gut genug. Ich war wahrscheinlich zu jung, um zu verstehen, worin meine Aufgabe bestand und dass meine Rolle genauso eine Arbeit war wie seine. Im Prinzip war ich eine Erweiterung seiner Person, und wenn ich mich nicht anstrengte, war es, als ließe ich ihn im Stich. Dann war er enttäuscht.«

»Und wie reagierte er, wenn er enttäuscht war?«, frage ich.

»Er wurde furchtbar wütend … Aber auch das war mein Fehler. Ich trieb ihn in den Wahnsinn, servierte das falsche Essen, zog mich falsch an. Mich überrascht nicht, dass er so sauer wurde. Das wäre ich an seiner Stelle wohl auch geworden.«

»Madeleine, wenn er wütend wurde … was tat er dann?« Meine Stimme bleibt ruhig und ebenmäßig.

Sie hält mir ihre linke Hand hin, die Innenfläche nach oben. Ich blicke einen Moment lang ratlos darauf, bis mir klar wird, was sie mir zeigt. Der kleine Finger ist wie eine Klaue gekrümmt.

»Ich kann den Finger nicht mehr strecken. Nicht mehr, seit …« Ihre Stimme verklingt.

»Seit?«, frage ich leise.

»Ich hatte das Fleisch verbrannt. Wir gaben ein Essen für seinen wichtigsten Kunden und seine Frau. Er hatte mich vorgewarnt, dass sie sehr wählerisch seien und normalerweise nur in den teuersten Trendläden essen würden. Ich schlug vor, dass wir uns an einen Caterer wenden sollten, aber er wollte ihnen ein authentisches Essen in einem englischen Haushalt bieten.«

»Und?«

»Ich habe es verdorben. Weil ich zu viel getrunken hatte.« Sie blickt in ihr Glas und lacht. Nimmt einen tiefen Schluck. »Das Fleisch brannte an, mir wurde schlecht. Wir ließen uns etwas kommen, und ich dachte, alles wäre okay. Doch als sie weg waren ... Ich hatte so viel getrunken, dass es zuerst gar nicht so wehtat. Aber die nächsten Tage dann ...«

»Was hat er gemacht, Madeleine?«

Sie hält inne und holt tief Luft. »Er hat meine Hand genommen und den kleinen Finger zurückgebogen, bis er gebrochen ist.«

Ich umklammere meine Hände, das Steak ist vergessen. »Sind Sie ins Krankenhaus gefahren?« Es kostet mich Mühe, meiner Stimme nichts anhören zu lassen.

»Ich durfte nicht. Ich schätze, der Knochen war mehrfach gebrochen, weswegen er nicht richtig zusammenwuchs. Ich habe versucht, ihn zu schienen, aber es gelang mir nicht. Verstehen Sie jetzt, warum ich nicht gerne darüber rede?«

»Ja, das verstehe ich. Hören Sie, ich habe den psychiatrischen Bericht gelesen, und darin wird nichts dergleichen erwähnt. Sie hätten eine ganz normale Beziehung geführt, heißt es da im Gegenteil.«

»Er hat keine Frage gestellt, die in diese Richtung ging«, antwortet sie. »Und von mir aus wollte ich das Thema nicht anschneiden.«

»Ich sehe ein, dass Ihnen das ungeheuer schwerfällt, Madeleine, aber wir müssen solche Dinge wissen – unbedingt. Reden Sie noch einmal mit dem Psychiater und erzählen Sie ihm alles.«

»Ihm nicht. Ich mochte den Mann nicht.«

»Na gut, dann suchen wir uns einen anderen«, sage ich. »Aber Sie müssen mit einem reden, ob es Ihnen nun gefällt oder nicht. Es ist wichtig. Dadurch können wir vielleicht von Mord auf Totschlag heruntergehen. Und das macht für das Strafmaß einen enormen Unterschied.«

Irgendetwas verschiebt sich plötzlich in der Atmosphäre um uns herum; der Widerstand, den ich vorhin gespürt habe, schwindet und löst sich auf. Madeleine seufzt, als habe sie nur darauf gewartet, als habe man ihr eine Last von den Schultern genommen. Und auch ich bin erleichtert, dass ich das unorthodoxe Vorgehen, mit meiner Mandantin essen zu gehen und Wein zu trinken, nun rechtfertigen kann. Ich glaube, dass es mir gelungen ist, diesen Fall zu knacken.

»Haben wir noch Zeit?«

»Wir haben noch Zeit, keine Sorge. Wir werden jetzt erst essen, und dann erzählen Sie. Ich notiere mir alles, und nachher wissen wir, wo wir stehen.«

»Also gut. Und ich höre auf, widerspenstig zu sein.« Sie lacht, wieder humorlos, und beginnt ihr Steak mit einer Präzision zu essen, die zu ihrem beherrschten Auftreten passt.

Wir leeren die Weinflasche, bestellen jedoch keine neue, sondern wechseln zu Kaffee über und bleiben den Rest des Nachmittags dabei. Am Ende der Sitzung habe ich seitenweise Notizen gemacht und weiß genau, was wir tun müssen. Als die Rechnung kommt, zahle ich ohne mit der Wimper zu zucken – das hier war der Durchbruch, den ich gebraucht habe. Ich bringe Madeleine zur U-Bahn-Station und gehe den Kingsway zurück, während meine Gedanken wirbeln.

Patrick ruft mich gegen fünf zurück.

»Was war denn das für eine Nachricht?«

»Ich habe mich in einer anderen dafür entschuldigt«, sage ich.

»Ja, ich weiß, aber ich begreife nicht, worum es hier geht.«

»Ich versuche mir nur darüber klar zu werden, warum mir diese Nachrichten geschickt werden. Und ob sie eher mit dir oder mit mir zu tun haben.«

»Aber es kann sich doch auch um irgendeinen ehemaligen Mandanten handeln oder um einen Bekannten deines Mannes. Wieso soll ich damit gemeint sein?«

»Du kannst es jedenfalls nicht ausschließen. Sie sind bisher immer eingetrudelt, nachdem wir zusammen waren.«

»Was reiner Zufall sein mag«, sagt er. »Du solltest dich nicht so darüber aufregen.«

»Was sollte ich denn sonst deiner Ansicht nach tun?«

»Viel kannst du nicht unternehmen. Warte ab, ob noch etwas anderes passiert. Du bist ja nicht direkt bedroht worden. Falls es doch geschieht, schaltest du sofort die Polizei ein.«

Er hat recht. Das will ich ihm gerade sagen, als er auch schon weiterspricht.

»Und ehrlich gesagt geht es dich überhaupt nichts an, ob ich noch mit einer anderen ins Bett gehe oder nicht. Du bist diejenige, die verheiratet ist, oder hast du das schon vergessen?«

»Nein, hab ich nicht. Du hast recht.« Was soll ich dagegen schon vorbringen? »Tut mir leid. Es war blöd, das so zu sagen. Ich war einfach ein bisschen durch den Wind.«

»Na schön. Hat die Sitzung mit Madeleine etwas gebracht? Chloe sagte, ihr seid zu Jasper's gegangen – ich hoffe, du bist nüchtern geblieben.«

Er scherzt. Er muss scherzen. Sollen wir uns darüber jetzt streiten? Hinter meinem rechten Auge pocht es dumpf, als ich an den Wein denke, den wir getrunken haben.

»Ich war absolut nüchtern, vielen Dank auch«, sage ich

und bemühe mich um einen würdevollen Tonfall. »Es war eine Besprechung, selbst wenn sie zufällig in einem Weinlokal stattgefunden hat, und sie hat mir sehr viele nützliche Informationen gegeben.«

»Dann wollen wir nur hoffen, dass du nicht zu blau warst, um dich daran zu erinnern«, sagt Patrick.

Als würde ich mich mit Carl unterhalten. Ich hole tief Luft. Und noch einmal. »Ich schreibe dir meine Notizen ab. Dann kannst du sie selbst lesen.« Und damit lege ich auf.

Sobald ich Madeleines Aussagen abgetippt und meine Schlussfolgerung angefügt habe, maile ich sie Patrick. Ich habe einen Aktionsplan entwickelt, die Zeugen benannt, die er vorladen muss, und die Beweise aufgelistet, die wir brauchen werden. Mein Tonfall ist so sachlich und professionell, wie es sich dem anweisenden Rechtsberater gegenüber gehört, und ich bin zufrieden mit meiner Arbeit. Sobald die E-Mail raus ist, logge ich mich aus und schalte den Computer ab. Feierabend. Ich will nach Hause.

Es ist dunkel, als ich meinen Trolley durch den Fountain Court ziehe. Die Laternen sind bereits an, und es liegt ein Hauch Nebel in der Luft, sodass die Atmosphäre genau den Dickens-Touch hat, den die Touristen an Temple so lieben. Ich passiere eine Gruppe, die ihrer Fremdenführerin lauscht, und würde mich am liebsten klammheimlich dazugesellen und so tun, als wüsste ich nichts von dem, was wirklich hinter den altehrwürdigen Mauern geschieht. Wie gerne würde ich die Klischeeperspektive einnehmen und mir vorstellen, dass das Innere dem Äußeren entsprechend mit prächtigen Kaminen und funkelnden Kronleuchtern statt mit Aktenschränken und schlecht platzierten Rigipswänden aufwartet. Wahrscheinlich stellen sie sich auch uns Anwälte romantisch verklärt mit wehenden Roben und Pferdehaarperücken als unermüdliche Kämpfer für Recht und Gerechtigkeit vor. Manchmal denke ich genauso – trotz der Realität, in der man von Amtsgericht zu Amtsgericht tingelt und sich der kurze Triumph eines Sieges am Berufungsgericht nur allzu schnell im Frust verliert, wenn man an einem Freitagabend als Letzter auf der Liste in Wood Green steht. Dennoch ist nichts vergleichbar mit der Hochstimmung, die einen packt, wenn man spürt, dass man die Geschworenen mit schlüssigen Argumenten für sich gewinnt.

Ich durchquere den Devereux Court, passiere Freemans' Arms und sehe durch die Fenster all die Loser mit den roten Nasen, die umgeben von eifrig nickenden Referendaren davon prahlen, wie sie einst mit ihrer brillanten Einrede einen hoffnungslosen Fall gewonnen haben. Auch ich war damals bereit, mir jeden Quatsch anzuhören, nur um die Karriereleiter ein Stückchen emporzuklettern, um bemerkt zu werden, um die Rechtsbeistände auf mich aufmerksam zu machen oder die Assistenten dazu zu bewegen, mir Aufträge und Schriftsätze zuzuschustern. Ich trank mich von Montag bis Freitag durch die Woche und nickte und lachte stets an den richtigen Stellen.

Robert aus der Kanzlei steht vor dem Cairn's und raucht. Ich bleibe neben ihm stehen und nehme einen Zug, ehe mir wieder die Auseinandersetzung von heute Morgen und Matildas herzerweichendes Flehen einfällt, doch bitte nicht zu rauchen. Verdammt! Ich winke Robert zum Abschied und steuere den Eckladen gegenüber von den Royal Courts of Justice an. Er hat noch geöffnet, und ich kaufe Pfefferminz und Wasser, spüle meinen Mund aus und futtere die Bonbons gleich händevoll. Heute Abend kann ich keinen Krach mehr gebrauchen.

»Alison. Alison!« Jemand ruft mich. Ich gehe weiter. Die

Rufe werden lauter, und dann steht er vor mir. »Ich hab dich vorbeigehen sehen – ich bin im Cairn's. Ich muss mit dir reden.«

»Ich will nach Hause, Patrick.«

»Alles in Ordnung?« Er kommt noch näher.

»Ja, mir geht's gut.«

»Tut mir leid, falls es sich so anhörte, als hätte ich Zweifel, dass du deinen Job richtig machst«, sagt er.

»Wir haben ein Glas Wein zum Essen bestellt«, erwidere ich. »Wir haben uns nicht betrunken.«

»Das ist mir klar, tut mir wirklich leid. Schließlich war auch ich derjenige, der vorgeschlagen hat, Madeleine ein bisschen aufzulockern. Und, hör mal – soll ich wegen der SMS mit dir zur Polizei gehen? Ich kann verstehen, dass du sie als beängstigend empfindest.«

Ich stelle mir die Reaktion der Polizei vor. Normalerweise wird nicht einmal mehr bei Diebstahl ermittelt. Was soll man mit fünf aneinandergereihten Emojis aus einer anonymen Quelle anstellen? Ich habe ja nichts Konkretes.

»Ich glaube nicht, dass es viel bringt. Im Moment zumindest nicht. Aber gefallen tut es mir trotzdem nicht.«

»Verständlich«, sagt er. »Aber hör zu, Alison, dass du dich aufregst, weil ich mich mit anderen treffen könnte, ist unfair. So können wir nicht arbeiten.« Seine Miene ist ernst.

»Eigentlich will ich das ja auch nicht. Aber manchmal ist es schwer.«

»Ich weiß. Aber für mich ist es auch nicht leicht, wenn du bei deiner Familie bist. Du kannst nicht verlangen, dass ich allein zu Hause bleibe.«

Ich seufze. Er hat ja recht. »Aber bitte nicht direkt vor meiner Nase. Wie neulich im Cairn's.«

»Okay, damit kann ich leben«, sagt er. »Ich achte darauf, versprochen.«

»Und wenn ich noch eine SMS kriege?«

»Dann löschst du sie und vergisst sie, falls du damit nicht zur Polizei gehen willst. Solange es bei solchen Nachrichten bleibt, hast du nichts zu befürchten.« Sein Tonfall soll mich beruhigen, und zu gerne würde ich mich darauf einlassen. Doch etwas hält mich zurück; es fühlt sich an, als würde ein Schatten direkt hinter mir lauern.

»Aber was, wenn …«

»Hör auf, dir über ungelegte Eier Gedanken zu machen«, unterbricht er mich. »Schließlich haben wir genug andere Sorgen. Also. Gehen wir etwas trinken? Ich habe eingekauft, wir könnten auch bei mir zu Hause essen.«

Er streckt die Hand nach meiner aus, doch als ich sie gerade nehmen will, piept mein Handy.

Hab uns ein Hotel in Brighton gebucht. Strand im Winter! Hat uns beim letzten Mal gefallen, könnte also gut werden. Bis gleich – hab ein Huhn im Ofen. xx PS Matilda grüßt

Carl. Mit Selfie von ihm und Matilda, in die Kamera lächelnd, die Köpfe dicht zusammen. Ich schalte das Display ab, weil ich nicht will, dass Patrick es sieht.

»Ich muss nach Hause«, sage ich. »Ich hab's versprochen. Die beiden haben für mich gekocht.«

Seine Miene verschließt sich. »Entzückend. Die Familie ruft. Dann will ich dich nicht aufhalten.«

»Patrick, ich muss wirklich gehen. Und was machst du jetzt?« Ich wollte nicht fragen, aber die Worte entschlüpfen mir.

»Ich gehe einen trinken.«

»Ich kann ja auf einen mitkommen«, biete ich ihm an. »Falls dir das was nützt.«

»Ich bin kein Fall für die Wohlfahrt. Fahr nach Hause.« Er macht kehrt und geht die Essex Street zurück.

Ich öffne den Mund, um ihm etwas hinterherzurufen, klappe ihn aber wieder zu, wende mich um und überquere den Zebrastreifen vor den Royal Courts of Justice. Ich stelle mich an die Bushaltestelle und erwarte fast, dass er noch einmal aus dem Dunkeln hervortritt, doch der Vierer kommt beinahe sofort, und ich steige ein.

Ich schreibe Carl.

Im Bus xx

Nichts von Patrick. Auch nichts Anonymes. Auf nach Hause.

Küsschen von Carl und Matilda, als ich durch die Eingangstür trete. Das Haus duftet nach gebratenem Hähnchen. Carl macht mir einen Gin Tonic, und Matilda erzählt mir von ihrem Tag. Ihre beste Freundin ist gemein zu ihr gewesen, aber »dann hab ich ihr gesagt, dass mir das wehtut, Mummy, und sie hat aufgehört«. Sie sitzt auf meinen Knien, während ich ihr eine Geschichte über einen Jungen vorlese, der sich für einen Tag in eine Katze verwandelt. Carl sitzt dabei und hört mit einem kleinen Lächeln zu. Er berührt meinen Arm, beugt sich vor und küsst mich auf die Wange.

»Schön, dich zu Hause zu haben, Alison«, sagt er.

»Ich war doch nicht lange weg«, antworte ich lachend.

»Nein, ich weiß. Aber es ist einfach schön, wenn du hier bist. Nicht wahr, Tilly?« Er zieht Matilda von meinem Schoß auf seine Knie, und ich muss dem Drang widerstehen, sie festzuhalten. Stattdessen neige ich mich ihm zu. Das Triptychon von heute Morgen ist wiederhergestellt.

Wir essen zusammen in der Küche, das Fleisch ist zart. Gemeinsam plaudern wir mit Matilda, während sie in der Wanne sitzt, und gemeinsam bringen wir sie ins Bett, singen ihr Schlaflieder vor und halten ihre Hand, bis sie die Augen zumacht. Dann gehen wir wieder hinunter, und Carl schenkt uns noch ein Glas Wein aus der Flasche ein, die wir zum Hähnchen geöffnet haben. Mit den Gläsern setzen wir uns auf die Couch ins Wohnzimmer.

»Du hast dich also für Brighton entschieden?«, frage ich.

»Ja. Nah genug, viel zu sehen. Und ein Winterstrand nur für dich allein.« Er klappt den Laptop auf, der neben ihm auf der Couch steht, und klickt sich durch unterschiedliche Fenster, bis er das richtige gefunden hat. Er reicht mir den Laptop. »Das ist das Hotel.«

Es sieht gut aus. Seeblick, weiße Bettwäsche und Bademäntel aus Waffelpiqué. Ich lächele gerührt. Er hat sich für mich Gedanken gemacht. Ich bewege den Cursor über das Menü, um herauszufinden, wo genau das Hotel liegt, als Carl mir den Rechner aus der Hand reißt und zuklappt.

»Hey, was sollte das denn?«

»Vielleicht plane ich ja noch eine andere Überraschung«, sagt er, beugt sich vor, legt seine Hände an mein Gesicht und küsst mich. Seine Zunge dringt in meinen Mund, und einen Moment lang habe ich das starke Bedürfnis, zuzubeißen, seine Zunge hinauszudrängen und ihn von mir zu stoßen. Ich kann es mir selbst nicht erklären, aber er kommt mir fast vor wie ein Fremder. Doch dann ist er wieder Carl, der Carl, den ich kenne, und der Drang vergeht und wird durch einen anderen ersetzt.

»Was ist mit Matilda?«, frage ich schließlich.

Er antwortet nicht, sondern greift über mich hinweg, um die Tür zuzudrücken. Dann hält er erneut meinen Kopf fest, um mich zu küssen, ehe seine Hände abwärts zu wandern beginnen, immer weiter und weiter abwärts …

Matilda stört uns nicht. Wir schlafen alle gut in dieser Nacht.

ZWÖLF

Die ganze kommende Woche verläuft die Kommunikation mit Patrick knapp und sachlich. Er macht die Zeugen ausfindig, nimmt ihre Aussagen auf und wägt ihre Beweiskraft ab. Madeleine hat in einer Woche, nur zwei Tage vor der Anhörung, einen Termin bei einer anderen Psychiaterin. Ich kenne die Frau, sie ist gut und schnell. Der Bericht wird noch rechtzeitig fertig werden. Im Übrigen habe ich auch schon jetzt fast genug für eine Stellungnahme. Wenn nicht noch etwas Wesentliches dazwischenkommt, wird Madeleine sich vor dem Richter im Old Bailey des Mordes »nicht schuldig« bekennen, sodass wir alles vorbereiten können, um auf Totschlag aufgrund von Kontrollverlust zu plädieren. Falls die Anklage das akzeptiert, liegt das Urteil im Ermessen des Richters. Mit anderen Worten: nicht lebenslänglich. Nicht berauschend, aber das Äußerste, was wir erreichen können.

Und da dies so weit geregelt ist, kann ich mich auch wieder auf die anderen Fälle konzentrieren, auf das übliche Jonglieren mit Anfahrten und Last-Minute-Anweisungen, fehlenden Unterlagen und abstürzenden Gerichtscomputern. In einem Raubfall gibt es ein Schuldbekenntnis, und der Täter wandert für fünf Jahre in den Knast – eigentlich kein schlechtes Ergebnis. Am nächsten Tag vertrete ich die Anklage bei der Erstanhörung in einem schwierigen Vergewaltigungsfall, bei dem Aussage gegen Aussage steht und Videoaufnahmen dem Paar bis zur Hoteltür folgen. Schade, dass nicht auch noch durchs Schlüsselloch gefilmt wurde. Es ist immer schwer, bei Vergewaltigung einen Schuldspruch durchzusetzen, auch ohne zahlreiche Bilder der Frau, die mit dem Kerl in diversen Hauseingängen um den Bourough Market und auf dem Weg zum Premier Inn an der Tower Bridge herumknutscht. Die Geschworenen können es in der Regel nicht leiden, wenn sie auf diese Art verwirrt werden. Sie möchten von Anfang an klare Verhältnisse.

Ich hasse solche Fälle. Aus der Sicht des Opfers hat sich das, was als angeheiterter Spaß begonnen hat, in etwas zutiefst Erschreckendes verwandelt, und das Trauma ist selbst in der nüchternen Zeugenaussage jeden Augenblick spürbar. Der Angeklagte trägt die ganze Anhörung über ein schmieriges Grinsen zur Schau, das ich ihm am liebsten aus der Visage schlagen würde. Ich zweifle keine Sekunde daran, dass er von Anfang an das Ziel gehabt hatte, sich zu holen, was ihm seiner Ansicht nach zustand, ohne sich dabei um die Bedeutung des Wortes »Nein« zu kümmern. Hoffentlich lassen sich die Geschworenen durch den ärztlichen Bericht davon überzeugen, dass dieser Geschlechtsverkehr nicht einvernehmlich war. Auch wenn ich schon ruppigen Sex erlebt habe, so musste ich anschließend doch noch nie genäht werden! Aus der Stellungnahme der Verteidigung geht ziemlich klar hervor, dass er behaupten wird, sie seien beide zu betrunken gewesen, um überhaupt zu bemerken, dass sie verletzt war; ich werde im Gegenzug argumentieren, dass jemand, der zu betrunken ist, einen massiven Analriss zu bemerken, ganz sicher zu betrunken ist, um in sexuelle Handlungen einzuwilligen. Immer vorausgesetzt, die Geschworenen glauben nicht von Anfang an an das klare Nein der Frau, sondern unterstellen ihr, sie würde im Nachhinein lügen, weil sie die Nacht bereut.

So oder so – ich werde den Mistkerl schon festnageln.

Das Wochenende vergeht wie im Flug. Carl ist auf einer Konferenz, nicht die über Sexsucht, über die er gesprochen hat, sondern eine, die sich mit Internetpornografie befasst. Der Teilnehmerplatz ist im letzten Moment frei geworden. Ich mache Fotos von Matilda, die auf dem Spielplatz schaukelt und im Parkcafé heiße Schokolade trinkt, und schicke sie ihm als Bollwerk der Unschuld gegen die Scheußlichkeiten, mit denen er sich gerade auseinandersetzen muss. Seine Mutter ruft an, und wir plaudern darüber, worauf sie achten muss, wenn sie am kommenden Wochenende auf Matilda aufpasst.

»Ich sorge dafür, dass der Kühlschrank voll ist, und lass dir einen Essensplan hier, damit du dir nicht den Kopf zerbrechen musst«, sage ich.

»Lass nur, ich kann durchaus für uns beide kochen. Soll ich sie irgendwo hinbringen? Hat sie am Wochenende etwas vor? Ich habe immer Schwierigkeiten, mir all eure Termine zu merken.«

»Ach, wenn sie mal etwas ausfallen lässt, ist, das auch nicht schlimm«, sage ich. »Machen wir es so simpel wie möglich.« Carl wird das nicht gefallen, aber seine Mutter mit Matilda zum Schwimmen zu schicken ist auch keine elegante Lösung.

»Danke. Das ist einfacher für mich.«

»Definitiv. Ich drücke mich auch gerne vor dem Schwimmen«, sage ich lachend.

»Ja, Carl hat's mir schon erzählt.« Sie stimmt nicht in mein Lachen ein, und ich beende das Gespräch schnell. Es ist besser, wenn Carl die Einzelheiten mit ihr durchgeht und alles so arrangiert, dass sie sich wohlfühlt.

Der Montag verstreicht, der Dienstag ebenfalls, die Tage

sind gut gefüllt. Ich sitze in einem fünftägigen Verfahren, wieder ein Raub mit mehreren Tätern. Patrick schickt mir weitere Unterlagen zu, und ich bin vorsichtig optimistisch, was die Aussichten für Madeleines Fall betreffen – wir bekommen mehr Informationen, als ich mir erhofft hatte.

Die Geschworenen kommen am Freitag so schnell zu einem Urteil (vier Jahre, hätte schlimmer kommen können), dass ich trotz eines abschließenden Gesprächs mit dem Mandanten um drei fertig bin. Robert und Sankar haben beide per SMS angefragt, ob ich Lust auf einen Drink hätte, aber ich bin froh, Nein sagen zu können. Ich fahre nach Hause. Ich möchte den Freitagabend mit Matilda verbringen.

Pizza und ein Film über einen moppeligen Panda, der in Kampfkünsten ausgebildet wird – mehr braucht sie nicht, um glücklich zu sein, und ich bin es ehrlich gesagt auch. Eine ganze Woche ist verstrichen, ohne dass ich mit Patrick über etwas anderes als Arbeit gesprochen habe. Ich muss mir beim Duschen keinen anderen Mann abspülen, und mich lenken keine unziemlichen Gedanken von meiner Familie ab. Ich habe mir meine Integrität zurückerobert. Und das ist nicht die einzige Belohnung. Mein Telefon ist die ganze Woche über stumm geblieben, keine anonymen SMS, keine Anschuldigungen, keine Drohungen. Was immer Patrick glaubt – ich bin mir sicher, dass es etwas mit ihm zu tun hat. Und wer immer die Nachrichten schickt, hat sein Ziel erreicht, wenn auch indirekt: Ich halte mich von ihm fern. In dieser Woche zumindest.

Sobald Matilda im Bett ist, packe ich die Sachen für unseren Kurztrip ein. Carl ist vorhin von einem Patienten angerufen worden und trifft sich mit ihm zu einer Notfallsitzung in dem Therapieraum, den er in einer Klinik für alternative

Medizin in Tufnell Park angemietet hat. Carl teilt sich den Raum mit anderen Therapeuten, weswegen seine beruflichen Diplome einstweilen bei uns zu Hause hängen. In seinen Augen hat er es erst geschafft, wenn er die Diplome an seinem Arbeitsplatz aufhängen kann, und diese Haltung kann ich gut nachvollziehen; meinen eigenen Schreibtisch in der Kanzlei zu bekommen war eine große Sache, und als mein Name später draußen auf dem Schild als vollwertiges Mitglied der Bürogemeinschaft stand, war das Hochgefühl anfangs berauschend.

Ich gehe durch die Kleider in meinem Schrank und hole ein Wickelkleid heraus, das ich schon immer mochte. Carls Favorit ist es nicht – es hat etwas mit der Länge zu tun –, aber ich finde, es steht mir. Ich falte es und lege es in die Tasche, die auf dem Bett steht. Aber der Gedanke an meine Freude, als ich endlich richtig zur Kanzlei gehörte, will mir nicht aus dem Kopf gehen. Ich habe das erreicht, Carl nicht. Er musste mit Arbeitslosigkeit zurechtkommen und sich wider Willen in die Rolle des Hausmanns einfinden, während ich stetig meine Karriere verfolgen konnte. Und obwohl sein Patientenstamm kontinuierlich anwächst und die Männergruppe ein wichtiger Entwicklungsschritt für seine Praxis ist, muss er sich die Räumlichkeiten noch immer mit einem Aromatherapeuten und einem Reiki-Heiler teilen, während seine beruflichen Errungenschaften nur unsere Küchenwand schmücken.

Ich ziehe das Wickelkleid wieder aus der Tasche und hänge es in den Schrank zurück. Dann hole ich ein Kleid hervor, das er mir vor zwei Jahren zu Weihnachten geschenkt hat, woraufhin wir uns nach dem Essen stundenlang angeschrien haben. »Wie kommst du bloß auf die Idee, dass ich so was anziehen würde?«, hatte ich gebrüllt. »Kennst du mich denn gar nicht?« Hauteng, rot und enorm kurz war es ein Affront für meine durch Mutterschaft geprägte Figur und würde jeden noch so kleinen Makel betonen, dessen war ich mir sicher.

»Das steht dir bestimmt«, erwiderte er, überrascht von der Vehemenz meiner Ablehnung. »Du musst doch mal etwas Neues ausprobieren.«

»Sag mir ja nicht, was ich zu tun habe«, schrie ich zurück und brach in Tränen aus, und der Abend war gelaufen.

Ich betaste den Stoff und halte mir das Kleid an; ich hatte mir damals nicht einmal die Mühe gemacht, das Etikett abzutrennen. Ein Kleid, wie Patrick es wahrscheinlich gerne an mir sehen würde, denke ich abwesend, aber nun sollte es nicht um Patrick gehen. Sondern um Carl. Das ist genau die aufmerksame Geste, die ich mir von ihm wünschen würde – mir zu zeigen, dass er etwas zu schätzen weiß, was ich ihm geschenkt oder für ihn getan habe. Ich ziehe mich aus, streife das Kleid über und verziehe das Gesicht. Es ist wirklich verflixt eng. Aber auch definitiv nicht so schlecht, wie ich dachte. Der Schnitt betont genau die richtigen Stellen, während das glänzende rote Material von den unvorteilhaften ablenkt. Ich drehe und wende mich vor dem Spiegel – es ist okay. Ich ziehe es aus, packe es in die Tasche und ziehe mir einen Schlafanzug an.

Es ist inzwischen fast zehn, und ich schreibe Carl, um zu fragen, wann er kommt.

Dauert noch, sorry. Ein echter Notfall, ziemlich dramatisch. Warte nicht auf mich xx

Ich schreibe zurück.

Okay, gute Nacht xx

Solange er bis morgen fertig ist, soll es mir egal sein. Ich lese noch eine Weile in einem Thriller über eine erkaltete Ehe, in der alles zusammenbricht, und lächle. Wir sind das nicht, nicht mehr. Wir unternehmen einen Wochenendtrip, nur wir zwei. Lächelnd schlafe ich ein und spüre noch, wie mir das Buch aus den Fingern rutscht.

»Ich würde ja lieber mit dem Auto fahren«, sagt Carl am folgenden Morgen, während wir noch im Bett liegen.

»Warum? Im Zug geht es doch viel schneller.« Ich habe keine Lust, mich durch den dichten Verkehr zu quälen, denn darauf läuft es garantiert hinaus.

»Mir wär's lieber. Mehr Quality Time mit dir.« Er beugt sich zu mir und küsst mich.

»Im Stau stehen würde ich nicht als Quality Time bezeichnen.«

»Vielleicht gibt es ja gar keinen Stau. Und wir können uns abwechseln.«

»Tja, könnten wir.« Ich habe wirklich überhaupt keine Lust dazu, aber andererseits möchte ich mir dieses Wochenende besondere Mühe geben.

»Komm schon. Ich bin auch bestimmt nicht zu müde zum Fahren«, fügt er hinzu.

»Wann bist du denn nach Hause gekommen?«

»Nach eins. Er war in wirklich elender Verfassung. Ich hatte Angst, dass er sich umbringen würde, und wollte ihn nicht allein lassen.« Carls Miene wirkt aufgewühlt.

Ich finde den Gedanken furchtbar, und das sage ich ihm auch.

»Es ist furchtbar, Alison, wirklich. Ich glaube nicht, dass ich mich je daran gewöhnen kann.«

»Ich hoffe, das musst du gar nicht. Wenigstens hast du ihm helfen können.«

»Falls dem so ist. Man weiß es nicht. Jedenfalls mache ich mir große Sorgen um ihn.«

»Du hast getan, was du konntest, und ich bin sicher, dass du verdammt viel tun konntest«, sage ich, weil ich langsam zu fürchten beginne, er könne das geplante Wochenende absagen.

Er seufzt. »Er hat meine Nummer. Und als wir die Sitzung beendeten, ging es ihm zumindest etwas besser.«

»Gut. Er schafft das. Bestimmt.«

Statt zu antworten, rollt er sich zu mir herum und zieht mich in seine Arme. Einen Moment lang liegen wir nur da, bis mir einfällt, dass seine Mutter jeden Moment eintreffen wird. Wir stehen auf und duschen und machen Matilda Frühstück. Ich lasse das Thema Bahn ruhen. Als seine Mutter eintrifft, gebe ich ihr ein Küsschen auf die Wange und gehe ins Wohnzimmer, damit Carl sie instruieren kann. Es ist nicht so, dass wir uns nicht verstehen, aber ich halte es für besser, wenn solche Dinge von ihm kommen. Also warte ich, bis alles besprochen ist und sie sich zu mir gesellen. Matilda läuft hinter ihnen her und springt auf die Knie ihrer Großmutter.

»Vorsicht, Liebling. Nicht so fest.« Sie lächelt, aber das Lächeln erreicht ihre Augen nicht.

»Entschuldige, Granny.« Matilda rutscht herunter und rennt zu Carl, der sie herumschwingt und dann neben sich setzt.

»Also, Matilda, du wirst für deine Granny ganz besonders brav sein«, sagt er. »Du isst, was sie für dich kocht, und gehst genau dann ins Bett, wenn sie es dir sagt, ja?«

Sie nickt, beißt sich auf die Lippen, stellt die Frage dann aber doch: »Wie lange seid ihr weg?«

»Nur eine Nacht. Hab ich dir doch schon gesagt.« Beruhigend.

»Kann ich denn mit euch sprechen?«

»Sicher. Du kannst uns anrufen, wann immer du willst. Frag einfach Granny.«

Kurz danach fahren wir. Es hat wenig Sinn, es noch länger hinauszuzögern. Carls Mutter wird zunehmend unruhiger, richtet da ein Kissen, zieht hier einen Vorhang glatt. Als ich aus dem Wohnzimmer gehe, ordnet sie gerade die Nippesfiguren auf dem Kaminsims nach Größe. Matilda bringt uns zur Tür und drückt uns beide fest. Nur mit Mühe unterdrücke ich den Impuls, die Sekunden mitzuzählen, denn ganz sicher bilde ich mir nur ein, dass sie sich viel länger an Carl klammert als an mich. Jedenfalls ist es gut für sie, rede ich mir ein. Kinder sollten auch zu anderen Familienmitgliedern Nähe entwickeln können, und so schlimm ist Carls Mutter ja nicht. Ja, ein paar Geschichten, die er mir erzählt hat, sind etwas … besorgniserregend, aber wenn er es in Ordnung findet, dass Matilda bei ihr bleibt, dann tue ich das auch.

»Die zwei kommen schon klar, oder?«, sage ich, als ich blinke und den Wagen auf die Straße lenke.

»Das hoffe ich. Jetzt sag bloß nicht, dass du es dir anders überlegst.«

»Nein. Nein, gar nicht. Nur …«

»Das war deine Idee.« Seine Stimme klingt scharf.

»Das weiß ich ja. Aber …«

»Nein, hören wir auf damit. Sie werden schon miteinander auskommen«, sagt er, etwas sanfter diesmal. »Ich bin ja auch halbwegs gut geraten – so schlecht kann sie als Mutter nicht sein.«

Ich erwidere nichts. Der Verkehr verdichtet sich, je näher wir der Ringstraße im Norden kommen, und ich muss mich konzentrieren. Sobald wir das Schlimmste hinter uns haben, wende ich mich ihm zu, um ihn nach der Tagung von vergangener Woche zu fragen, doch er hat einen zusammengeknüllten Schal als Kissen an die Scheibe gedrückt und schläft schon. Einerseits bin ich froh darüber, denn er muss den Schlaf schließlich nachholen. Andererseits werde ich immer ärgerlicher, je länger wir unterwegs sind. Ich will ihn nicht stören und hoffe, dass er von alleine aufwacht und mich ablöst, doch er rührt sich nicht, obwohl wir bei dem Verkehr über drei Stunden brauchen, bis wir endlich da sind.

»Du hättest mich wecken sollen«, sagt er, als er aussteigt.

»Ich wollte, dass du dich ausruhst«, entgegne ich lächelnd und hoffe, dass meine großzügige Tat sich auszahlt. Doch er marschiert vorneweg zum Hotel, ohne noch etwas dazu zu sagen oder sich gar bei mir zu bedanken. Ich folge ihm mit meiner Tasche.

»Ich brauche einen Drink.« Sobald wir eingecheckt und unser Zimmer haben, steuere ich die Minibar an. »Meine Güte, da ist ja nur Wasser drin. Ist das ein Witz?« Ich durchwühle den kleinen Kühlschrank erneut, falls ich etwas übersehen haben sollte, aber nein. Mineralwasser. Mit und ohne Kohlensäure. Und eine Dose Fanta. »Na toll.«

»Reg dich ab. Du brauchst keinen Drink. Es ist erst zwei – viel zu früh.« Carl spricht beruhigend und sanft, als würde er mit einer hysterischen Matilda sprechen. Am liebsten würde ich ihm eine kleben.

»Ich brauche vielleicht keinen Drink, aber ich will einen.

Die Fahrt war grässlich. Dass du frisch bist, wundert mich nicht. Du hast ja die ganze Zeit geschlafen.« Ich werde mit jedem Satz lauter.

»Ich habe das Hotel gebeten, den Alkohol aus der Minibar zu entfernen. Wir müssen nicht trinken, um eine schöne Zeit zu verbringen.«

»Hast du das gerade wirklich gesagt? Du scheinheiliger Mistkerl.«

»Ich lasse dir jetzt ein schönes, heißes Bad einlaufen und mache dir einen Tee. Danach fühlst du dich gleich besser, wetten?« Er steht auf und geht ins Bad. Ich höre das Rauschen des Wassers und nehme kurz darauf einen blumigen Duft wahr. Dann kehrt er wieder ins Zimmer zurück und hantiert mit dem Wasserkessel. Ich bin sprachlos. Eine kurze Weile jedenfalls.

»Du hast das Personal gebeten, den Alkohol aus der Bar zu entfernen?«, versuche ich es erneut, diesmal mit ruhiger Stimme. »Ernsthaft?«

»Ja. Komm schon, Alison, du weißt, wie es läuft, wenn du schon am Nachmittag zu trinken anfängst. Und ich will nicht, dass das hier schiefgeht. Lass uns ein bisschen entspannen und heute Abend zum Essen ein Glas Wein trinken.«

Er kommt zu mir und hält mir seine Hand hin. Nach einem kurzen Moment nehme ich sie und lasse mich steif in seine Umarmung ziehen. Bei jeder anderen Gelegenheit hätte ich ihn dafür erwürgt, aber ich will uns das Wochenende nicht verderben. Auch wenn ich innerlich ein wenig auf Distanz gehe.

Nach dem Bad und einer Tasse Tee entscheide ich mich für ein Nickerchen. Ich weiß, dass da draußen die Lanes und der Royal Pavilion warten, aber ich bin so erschöpft von der Fahrt und der vergangenen Woche, dass ich mich richtiggehend erschlagen fühle. Carl döst trotz der verschlafenen Autofahrt im Bett, und ich krieche zu ihm, lege mich halb auf seine Brust und dämmere weg. Das Licht ist bereits geschwunden, als ich mit vom Schlaf schwerem Kopf erwache. Carl ist bereits auf und hält mir ein Glas Wasser hin, das ich leere. Ich bin erstaunlich durstig. Carl lächelt.

»Fast Zeit, um essen zu gehen. Wir sollten uns fertig machen.«

Ich schiebe die Decke weg und stehe auf. Der Meerblick war an mir heute vollkommen verschwendet, obwohl es schön ist, die Lichter am Pier zu sehen. Vielleicht haben wir Glück, und morgen früh scheint die Sonne. Ich würde gerne auf dem knirschenden Kies spazieren gehen, während die Möwen über unseren Köpfen kreischen. Ich habe von ein paar Verrückten gelesen, die täglich am Pier schwimmen, ob es stürmt oder schneit, und wenn wir früh genug aufstehen, sehen wir sie ja vielleicht. Wie es wohl sein mag, im tiefen, dunklen Wasser zu schwimmen, wenn Kälte und Strömung an einem zerren? Zumal man niemals wissen kann, was unter einem liegt …

Ich dusche und ziehe mich an, während Carl sich im Bad fertig macht. Je länger ich mich in dem Kleid, das er mir geschenkt hat, betrachte, umso besser gefällt es mir. Eigentlich passt es nicht zu meinem Kleidungsstil, aber gerade das macht den Reiz aus. Beinahe kommt es mir übergriffig vor, mich so zu betrachten, wie er mich sieht, nicht als Mutter seiner Tochter, sondern als Vollweib, das sich nicht scheut, sich in rote Seide zu hüllen und Hintern und Möpse ins rechte Licht zu rücken. Ich habe die passende Wäsche eingepackt: einen schwarzen Push-up-BH, einen schwarzen Slip, der viel knapper und schmaler geschnitten ist, als ich gewöhnlich tragen würde, und sogar Strümpfe und Halter. Das volle Programm. Wenn er ein Klischee will, dann soll er es bekommen. Ich sehe zwar nicht aus wie ich, aber ich sehe gut aus.

Er bemerkt mich nicht sofort, als er aus dem Badezimmer kommt. Ich stehe direkt vor dem Spiegel und umrande meine Augen mit Kajal. Als ich den Kopf etwas zurückziehe, um zu überprüfen, ob der Lidstrich in beiden Augenwinkeln gleichmäßig ausläuft, erhasche ich seinen Blick.

»Das willst du anziehen?« Fast höre ich, wie sich ein Riss durch den Spiegel zieht.

»Ich dachte, du magst es. Du hast es mir doch geschenkt.« Ich drehe mich zu ihm um.

»Und ich dachte, du kannst es nicht leiden«, kontert er. Er hat ein Handtuch um seine Hüften geschlungen und löst es nun, um sich damit die Haare zu trocknen.

»Ich habe meine Meinung geändert. Gefällt es dir nicht?« In meiner Brust hat sich etwas Hartes festgesetzt, hart und groß, und es erschwert mir das Atmen.

»Doch, klar, ganz okay. Aber du hast recht gehabt. Ich sollte besser keine Kleider für dich aussuchen. Hast du noch etwas anderes mit?« Er setzt sich aufs Bett, um seine Socken anzuziehen.

Ich will nicht weinen. Ich habe den Amy-Winehouse-Lidstrich hinbekommen, Herrgott noch mal. Aber es kostet mich einiges an Anstrengung. »So schlimm?«

»Quatsch, alles okay. Ich dachte bloß, dass du dich in einem anderen Outfit vielleicht wohler fühlst. Aber wenn du nichts anderes dabeihast, geht's schon.« Auf Socken tritt er an seine Tasche, holt eine Unterhose heraus, zieht sie an. Als nächstes Jeans, ein blaues Hemd. Betont seine blauen Augen, wie er mir immer augenzwinkernd sagt, wenn ich vorschlage, es mit einer anderen Farbe zu versuchen.

Er kommt zu mir und stellt sich neben mich. Unsere Spiegelbilder blicken uns entgegen, ein adrett gekleideter, frisch aussehender Mann und eine total aufgedonnerte Frau. Ich zupfe an dem Kleid – es trägt wirklich ziemlich auf –, und er legt einen Arm um mich und drückt mich an sich. »Du siehst vielleicht aus wie ein Flittchen, Alison, aber du bist mein Flittchen.« Er küsst mich auf die Wange. »Okay, auf in die Stadt. Du wolltest einen Drink?«

Er ist schon durch die Tür, ehe ich die Kinnlade wieder zuklappen kann. Das hat gesessen. Doch wie der Abend nun verläuft, liegt an mir. Entweder gebe ich mich überempfindlich und sage ihm, wie mies er sich verhält, oder ich nehme es mit Humor und höre auf, mir selbst leidzutun. Vielleicht gefalle ich ihm nicht, aber er hat mir den verdammten Fummel schließlich gekauft, und ich finde, dass ich gut darin aussehe, was auch immer er sagt. Ich schnappe mir meinen Mantel und folge ihm hinaus. Er schließt die Tür ab, und wir gehen gemeinsam die Treppe hinunter.

Den Hügel hinauf und um die Ecke und durch die Lanes wandern wir. Er hat einen Tisch in einer Tapasbar reserviert – »sehr gute Kritik im *Guardian*, Alison« –, und sie ist wirklich nett, die Stühle sind nahezu bequem und die Tische beinahe weit genug auseinander. Ich bin die einzige Person hier im Kleid, aber ich bin entschlossen, es mit Stil auszugleichen, und verstohlen reibe ich mir mit dem Finger über die Zähne, um zu verhindern, dass sich Lippenstift dort festsetzt. Der Kellner kommt, und ich bestelle einen Gin Tonic. Er fragt nach Gin-Präferenzen, und in Gedenken an Madeleine verlange ich Hendrick's. Carl brütet über der Cocktailkarte und bittet den Kellner um eine Empfehlung, nur um schließlich endlos die Vor- und Nachteile eines Dark and Stormy im Vergleich zu einem Old Fashioned abzuwägen. In meinem Inneren zieht ebenfalls ein dunkler Sturm auf, als er sich schließlich für einen simplen Dirty Martini entscheidet. Vielleicht ist das ein Hinweis darauf, wie dieser Abend verlaufen wird. Im Augenblick benimmt er sich unmöglich, aber ein Drink könnte uns beide entspannen.

»Weißt du schon, was du essen willst?«, fragt er.

Ich blicke in die Karte, und alles klingt gut. »Ist mir eigentlich egal. Bestell ruhig, was du magst.«

Er nickt, und als der Kellner zurückkommt, rasselt er eine Liste von Tapas herunter. Ich höre gar nicht richtig hin, sondern genieße, wie der Gin durch meine Kehle läuft und meine Schultern sich prompt zu lockern beginnen. Als Carl die Bestellung aufgegeben hat, bitte ich um einen weiteren Gin und schlage die Weinkarte auf.

»Weiß oder rot?«

»Weiß, denke ich. Kann man auch glasweise bestellen?«, fragt Carl.

»Lass uns eine Flasche nehmen. Okay, also weiß.« Ich schaue mir die Weine an, entdecke einen Sauvignon, widerstehe aber der Versuchung. Weiter unten steht ein weißer Rioja, und ich winke dem Kellner und zeige darauf. Er serviert den Wein gleichzeitig mit den ersten Gerichten. Carl hat viel bestellt: Patatas bravas, Fleischkroketten, Tortilla, etwas mit Tintenfisch, andere Kroketten und, besonders edel, mit Honig beträufelter Ziegenkäse. Keiner von uns nimmt sich die Zeit zum Reden, wir inhalieren das Essen förmlich. Selbst zum Trinken komme ich kaum, doch als wir so gut wie alles vertilgt haben, lehne ich mich zurück und greife nach meinem Glas.

»Puh, das tat gut. Ich war halb verhungert.«

»Wir haben tatsächlich alles aufgegessen. Ich dachte schon, ich hätte zu viel bestellt.«

»Es war genau richtig.« Ich leere mein Glas, fülle es nach und schiebe ihm die Flasche über den Tisch, damit er sich selbst nachschenkt. »Was machen wir gleich?«

Er blickt auf die Uhr. »Es ist schon ziemlich spät. Wie wär's mit einem Drink im Hotel?«

Ich ziehe ein Gesicht. »Ich dachte, wir könnten tanzen gehen.«

»Du weißt, dass ich nicht tanze.« Es klingt endgültig.

»Ja, tue ich wohl.« Nach einem weiteren Glas erhebe ich mich, um zur Toilette zu gehen. Ich stehe stabil auf den Füßen, mein Kopf ist klar. Manchmal ist es von Vorteil, so viel zu essen; man bleibt länger nüchtern. »Bin gleich zurück.«

Wir bleiben noch eine Weile im Restaurant, leeren die Flasche und trinken noch einen Digestif, obwohl mein Gin Tonic streng genommen ja keiner ist. Carl diskutiert auch dieses Mal mit dem Kellner und bestellt schließlich einen Armagnac. Ich nippe am Glas und schaudere – das Zeug ist mir zu stark.

Es ist fast halb elf, als wir das Restaurant verlassen. Draußen ist es dunkel, die Luft frisch und klar. Brighton bereitet sich auf den Winter vor, falls er nicht schon längst angekommen ist. Ich sehe Sterne am Himmel, die in London nicht mehr sichtbar sind, weil der orangefarbene Dunst, an den wir so gewöhnt sind, alles schluckt. Einmal bleibt mein Absatz im Straßenpflaster hängen. Ich stolpere und klammere mich instinktiv an Carls Arm, um nicht zu fallen, und einen Moment lang scheint er widerstrebend, kommt mir dann jedoch entgegen. Oben auf dem Hügel auf dem Weg zum Hotel bleiben wir stehen, und er küsst mich.

»Tut mir leid, dass ich vorhin so ein Mistkerl war. Du sahst toll aus heute Abend«, sagt er, als er sich von mir löst.

Mein Verstand ist vernebelt. Der Abend verschwimmt zu einem Dunst, aus dem sich nur vereinzelte Elemente herausschälen. Die Croquetas – an die kann ich mich besonders deutlich erinnern, sie waren sehr gut. Und Carl sagt, er sei ein Mistkerl gewesen – war er das denn? Ich kann mich gar nicht erinnern, wann oder in welchem Zusammenhang, aber wenn er es sagt … Er hält mich fest und küsst mich wieder, und das gefällt mir zunehmend. Ich schlinge meine Arme um seinen Nacken und ziehe seinen Kopf zu mir, und wir küssen uns wieder, länger diesmal, und die Wärme zwischen uns steigt an. Keine Ahnung, ob es daran liegt, woanders zu sein, oder ob die spezielle Atmosphäre Brightons mich gepackt hat, aber ich will es unbedingt. Ich bin scharf, wie ich es sonst nur auf Patrick bin.

»Komm, gehen wir zum Hotel zurück«, sage ich und zupfe an seiner Hand. Er lässt sich ziehen. Ich stolpere wieder, und seine Arme schließen sich hart um mich, um meinen Sturz abzufangen. Wir küssen uns unten an der Straße und wieder vor dem Eingang zum Hotel. »Noch einen Drink«, sagt er, und wir küssen uns in der Bar.

Dann Blackout.

Er sitzt auf dem Stuhl und beobachtet mich. Ich liege quer über dem Bett, noch halb angezogen. Es ist Morgen, das Licht ist kühl. Ein dunkler Bartschatten umgibt sein Kinn, dunkle Ringe seine Augen. Ich fühle etwas feuchtes Klebriges unter mir, taste mit der Hand und hebe sie an meine Augen. Meine Finger sind rot. Ich wälze mich zur Seite und blicke hinab. Unter mir ein großer roter Fleck. Ich trage meine Unterwäsche, Strümpfe und Strapse, Höschen und BH. Eine gewisse Furcht packt mich, und ich schaue zu Carl auf.

»Was ist passiert?«

»Das weißt du genau.«

»Ich habe keine Ahnung. Ich weiß noch, dass wir in die Bar gegangen sind, danach nichts mehr.« Die eine Angst ebbt ab, doch eine andere, mir völlig unbekannte, steigt in mir auf.

»Deswegen wollte ich nicht, dass wir trinken«, sagt er müde. Jetzt erst wird mir bewusst, dass er noch dieselben Sachen trägt wie gestern Abend.

»Hast du auf dem Stuhl geschlafen?«

»Alison, ich habe gar nicht geschlafen. Ich habe mir die ganze Nacht den Kopf zerbrochen, was ich falsch mache und warum du so unglücklich bist, dass du dich immer wieder betrinken musst.« Einen Moment lang denke ich, dass er Anstalten macht, aufzustehen und vielleicht zu mir zu kommen, doch er verändert nur seine Position und lehnt sich wieder zurück.

»Aber ich habe doch gar nicht so viel getrunken«, sage ich und überschlage im Kopf. Zwei Gin Tonic, eine halbe Flasche Wein, höchstens noch ein weiterer Gin. Ganz sicher nicht genug für einen Filmriss. »Tut mir leid, ich habe wirklich versucht, nicht über die Stränge zu schlagen.«

»Dann hättest du dir besser mehr Mühe gegeben. Ich kann es nicht mehr ertragen, Alison. Du kannst ja nicht einmal mehr auf dich selbst achten.« Mit einer verächtlichen Geste deutet er auf mich. »Ich konnte dich nur aufs Bett schaffen und dir das Kleid ausziehen, damit du es bequemer hast. Du warst sogar zu voll, um zu bemerken, dass du deine Tage gekriegt hast. Schau dich doch nur an!«

Das tue ich. Ich sehe es. Und ich weiß, dass es ein bisschen gruselig ist. Dennoch ist er der Mann, der mir nach Matildas Geburt all das Wesentliche besorgt hat: Nippelcrème, Hämorridensalbe, die super-duper saugfähigen Binden in Windelgröße. Ich habe unter der Geburt vor seinen Augen gekackt. Seit wann findet er mich abstoßend?

»Wie sind wir nur an diesen Punkt gekommen?«, sage ich, setze mich auf und ziehe meine Knie an die Brust. Die Bewegung erzeugt Schwindel, und ich schlucke die aufsteigende Übelkeit herunter.

»Du hast zu viel gesoffen, so sind wir an den Punkt gekommen.«

»Ich meinte nicht jetzt, das hier. Sondern überhaupt …« Der Drang, mich zu übergeben, wird stärker.

»Du …«, beginnt er, doch ich höre nichts mehr. Es klingelt in meinen Ohren, und Sternchen tanzen vor meinen Augen, als die Säure in meine Kehle steigt und in den Mund dringt. Ich springe auf und renne los, doch ich verfange mich im Kleid, das auf dem Boden liegt, und sacke auf die Knie, und die Kotze drängt hinaus und hinaus und ergießt sich im Schwall durch das Zimmer, läuft an mir herab und platscht um mich herum zu Boden, eine Mischung aus Wein und unverdauten Resten der gestrigen Tapas. Carl erhebt sich und geht angewidert um die Schweinerei herum.

»Ich kann nicht einmal …« Er bricht ab, schüttelt den Kopf, schaut mich an, wieder weg, schaut mich wieder an. »Alison, hiermit setze ich mich nicht auseinander. Das machst du, und zwar allein. Jede Tat hat Konsequenzen, und das hier löst sich nicht von allein in Wohlgefallen auf. Ich gehe jetzt.

Ich buche das Zimmer für eine weitere Nacht, sodass du hier sauber machen kannst, aber ich fahre nach Hause. Und komm erst zurück, wenn man dich auch auf deine Tochter loslassen kann.« Ich protestiere, lamentiere, flehe ihn an zu bleiben, aber mir geht es wirklich dreckig, und die Magensäure scheint mir die Speiseröhre wegzuätzen. Ich bleibe auf dem Boden in meiner eigenen Kotze sitzen und fühle mich so erbärmlich, dass ich mich nicht einmal entschuldigen kann. Er geht, und als er die Tür hinter sich zuzieht, überkommt mich die nächste Welle Übelkeit, doch diesmal schaffe ich es bis ins Bad. Eine halbe Ewigkeit erbreche ich mich in die Kloschüssel, bis nur noch ein dünner Faden Galle aus mir herauskommt. Erst dann schaffe ich es, aufzustehen und ins Bett zurückzukehren, wo ich immer wieder wegdämmere, bis der Gestank zu beißend wird und die Sonne schon tief am Himmel steht.

DREIZEHN

Ich bin wieder in London und verdränge resolut die Erinnerung an das Wochenende und meine beschämende Abreise unter den indignierten Blicken des Hotelpersonals. Wenigstens ein Gutes hat das Ganze: Da Carl das Zimmer gebucht und bezahlt hat, kennt man dort nur seinen Namen, nicht meinen. Jeden Abend in dieser Woche versuche ich, mich mit ihm zusammenzusetzen, um darüber zu reden, was eigentlich passiert ist, aber er weicht mir in aller Zuvorkommenheit aus und kontert jede Bemerkung von mir so, dass sie ins Leere läuft. Darüber hinaus geht er mir aus dem Weg, indem er lange arbeitet oder früh ins Bett geht, und schließlich sehe ich ein, dass es keinen Sinn hat. Ich schiebe die Geschichte noch weiter in den Hintergrund, während ich mich verstärkt auf Madeleines Fall konzentriere, deren erste Anhörung am Donnerstag stattfindet. Nacheinander trudeln die Zeugenaussagen ein, die ich angefordert habe, und die neuen Einzelheiten unterfüttern unsere Verteidigungsstrategie. Carl mag nicht reden wollen, die potenziellen Zeugen aber wenigstens umso mehr.

Es überrascht mich, dass das nicht schon eher passiert ist. Sie hat so viel einstecken müssen. Manchmal habe ich die blauen Flecken auf ihren Armen und im Gesicht gesehen. Im Sommer 2014 hatte sie drei Zigarettenbrandwunden auf ihrem Handrücken – ich war total entsetzt. Sie hat mir nicht gesagt, woher sie stammten, aber nach Versehen sah das nicht aus.

Diese Aussage stammt von ihrer Freundin Maud, der Mutter eines Mitschülers von James. Sie ist Floristin – aber nicht irgendeine. Sie hat eine Adresse in Mayfair und verdient sich ein nettes Zubrot durch Abendkurse. Ich habe auch einmal mit dem Gedanken gespielt, mich bei einem anzumelden.

Und dann das eine Mal, als ich miterlebte, wie er mit ihr sprach. Ein schrecklicher Tonfall, so ungeheuer wütend. James, ihr Sohn, war oft krank, und Edwin konnte deswegen sehr ungehalten werden. Ich glaube, seiner Meinung nach verhätschelte Madeleine ihn. Aber dieses eine Mal brüllte er Madeleine an, weil sie James früher nach Hause geholt hatte. »Unfassbar, dass du das getan hast. Das nehme ich nicht mehr hin.« Seine Stimme machte mir regelrecht Angst.

So weit unterstützen die Aussagen Madeleines eigene Beschreibung ihrer Ehe und sollten sich nahtlos in meine Verteidigungsstrategie verminderter Schuldfähigkeit durch Kontrollverlust einfügen, sodass wir das Urteil von Mord auf Totschlag drücken können, wie ich ihr gesagt habe. Wir müssen nachvollziehbar darlegen, dass Madeleine zu Hause permanent Drohungen und Gewalt ausgesetzt war, damit deutlich wird, dass Edwins Verhalten an jenem Abend das Fass zum Überlaufen gebracht hat.

Die nächste Aussage. Ihr Arzt.

Madeleine Smith ist seit 2006 Patientin meiner Praxis in der Wigmore Street. Ich habe sie im Laufe der Jahre regelmäßig wegen diverser Verletzungen behandelt, die meisten geringfügig, einige jedoch so schwer, dass sie einen Krankenhausaufenthalt notwendig machten. Ich berufe mich hierbei auf meine Notizen, die ich meiner Aussage als Anlage 1 beifüge. Zwei Ereignisse jedoch haben sich mir besonders eingeprägt. Eines trug sich im Sommer 2007 zu. Madeleines Sohn, der ebenfalls von mir behandelt wurde, war damals fünf. Er war sehr krank, hatte starken Durchfall und erbrach sich ununterbrochen, sodass er ins

Krankenhaus gebracht werden musste, wo man ihn wegen Dehydrierung an den Tropf hängte. Am nächsten Tag kam Madeleine wegen einer schlimmen Verbrühung auf ihrem rechten Oberschenkel zu mir. Laut ihrer Aussage war sie wegen James' Einweisung ins Krankenhaus so besorgt gewesen, dass ihr versehentlich ein Kessel mit kochendem Wasser aus der Hand gerutscht war. Etwas an ihrem Verhalten kam mir seltsam vor, aber ich schrieb es damals ihrer ganz natürlichen Angst um ihren Sohn zu. Die zweite Situation ist noch nicht so lange her; es war 2015. Sie kam sehr aufgeregt zu ihrem Termin. Als sie zu weinen aufgehört hatte, zeigte sie mir ihre linke Hand mit drei runden Brandwunden, die aussahen, als hätte man Zigaretten auf der Haut ausgedrückt. Als ich fragte, woher die Wunden stammten, brach sie erneut in Tränen aus und erklärte mir, dass ihr Mann ihren Sohn ins Internat schicken wollte und sie sehr unglücklich darüber war. Als ich ihre Brandwunden versorgte, bemerkte ich zum ersten Mal, dass ihr kleiner Finger krumm war, als sei er einmal gebrochen gewesen und falsch zusammengewachsen. Ich fragte sie auch danach, aber vergeblich. Sie ging, ohne meine Fragen zu beantworten, und seitdem habe ich sie nicht wiedergesehen.

Ich lese die angehängten ärztlichen Notizen, eine Ansammlung von Prellungen, Verbrennungen, Platz-, Schnitt- und Schürfwunden. Aus der Aufstellung ergeben sich zwei bis drei Vorfälle pro Jahr mit den zwei Spitzen 2007 und 2015. Was der Arzt da beschreibt, sind wahrscheinlich die schlimmsten Verletzungen, obwohl er bei einer anderen Gelegenheit einen Schnitt nähen muss – Kommentar der Patientin: *Ich bin furchtbar ungeschickt.* In dem Bericht wimmelt es von solchen Bemerkungen, doch dass der Arzt ernsthaft versucht hätte, aus Madeleine eine Erklärung herauszubekommen, erschließt sich mir nicht, obwohl es am Schluss seiner Aussage heißt: *Ich hatte den Eindruck, dass sie nicht mehr in meine Praxis käme, wenn ich ihr zu aufdringliche Fragen stellte. Zumindest konnte ich auf diese Art alle Verletzungen aufnehmen und schriftlich festhalten, sodass es eine lückenlose Dokumentation gäbe, falls sie sich doch eines Tages zu einer Anzeige entschließen würde.*

Die Aussage des Arztes wird Madeleine jedenfalls weiterhelfen, wenn nicht sogar den Ausschlag geben. Wirklich Gold wert aber ist in meinen Augen die Aussage von Peter Harrison, einem Französischlehrer, der in den Ferien ins Haus kam, um James Privatstunden zu geben. Seine Aussage bezieht sich hauptsächlich auf die allgemeine Atmosphäre innerhalb der Familie: Ging Edwin arbeiten, herrschte im Haus eine relativ ruhige und entspannte Stimmung, war er aber daheim, waren Madeleine und James stets beide auf der Hut. Harrison berichtet außerdem von einem Vorfall, der sich vor rund sechs Monaten ereignete, als er mit James in der Küche lernte.

James zog sich seinen Pulli über den Kopf, um ihn auszuziehen, und dabei rutschte das T-Shirt mit hoch, und ich sah seine Brust. Ich war total schockiert. Überall blaue Flecken, lila und grünlich. Als er sah, dass ich hinstarrte, sagte er »Rugby«, und ich hakte nicht nach, obwohl ich mir wünschte, ich hätte es getan. Der Punkt ist nämlich, dass die Schulen im Sommerhalbjahr normalerweise kein Rugby spielen. Sondern Cricket.

Ich muss einen Moment lang innehalten, nachdem ich das gelesen habe. Obwohl ich durch Madeleines Erzählungen auf so etwas vorbereitet bin, wird es mir dennoch eng in der Brust.

Die Kurzfassung des neuen psychiatrischen Berichts ist ebenfalls schon eingegangen und so nützlich, wie wir es uns erhofft haben. In circa zwei Wochen bekommen wir den vollen Bericht, und ich bin gespannt. Bisher stützt alles, was wir haben, unsere Verteidigungsstrategie. Ich bin sehr zuversichtlich, was die Anhörung angeht.

Ich treffe Madeleine und Patrick im Old Bailey, wo sie bereits vor Kammer 7 warten. Madeleines Schwester Francine ist ebenfalls anwesend, hält aber Abstand zu uns. Meine Kopfhaut juckt unter der Perücke, und die schwere Robe zerrt an meinen Schultern, und obwohl ich diese Empfindungen normalerweise ignorieren kann, macht mich Patricks Anblick plötzlich hyperempfindlich, und mir wird unangenehm warm. Ich kompensiere meine Unsicherheit, indem ich auf die formelle Rede zurückgreife, um Madeleine das Prozedere der heutigen Anhörung zu erklären.

»Sie werden leider auf die Anklagebank müssen. Dort fordert man Sie zunächst auf, Namen und Adresse zu nennen. Anschließend verliest der Gerichtsdiener die Anklage und fragt Sie, ob Sie auf schuldig oder nicht schuldig plädieren.«

»Und Sie meinen wirklich, ich solle mich ›nicht schuldig‹ bekennen?«

»Auf der Basis Ihrer Aussage, ja. Es wäre sträflich, Ihnen etwas anderes zu raten. Wenn wir die restlichen Beweise kennen, reden wir über die Möglichkeit, auf Totschlag zu plädieren, wie ich Ihnen bereits erklärt habe. Ich erwähne das jetzt, aber heute wird es noch nicht dazu kommen.« Ich wende mich an Patrick und blicke ihm zum ersten Mal, seit ich angekommen bin, in die Augen. So gut es geht, ignoriere ich den Stromstoß, der mich prompt durchfährt.

»Sie hat recht«, sagt er zu Madeleine. »Wir haben alles gründlich durchgesprochen. Und die Aussagen der Zeugen, deren Namen Sie uns genannt haben, unterfüttern alle diversen Aspekte Ihrer Stellungnahme.«

»Nur Aspekte?«, fragt Madeleine. »Mehr nicht?«

»Außer Ihnen war in der fraglichen Nacht ja niemand da«, erwidere ich. »Die Aussagen der anderen bekräftigen jedoch, was Sie uns darüber hinaus erzählt haben.«

Sie beginnt zu lachen, und unwillkürlich lächle ich mit, doch mein Lächeln erstirbt schnell, denn ein hysterischer Ton schleicht sich ein, und sie hört nicht mehr auf. Patrick packt ihren Arm und schüttelt sie leicht.

»Madeleine, beruhigen Sie sich. Bitte. Sie müssen sich beruhigen.«

Sie holt tief und bebend Luft. »Entschuldigen Sie. Ich dachte nur gerade, dass Edwin doch da gewesen ist. Aber er kann uns natürlich nichts mehr sagen …« Nun fängt sie an zu weinen.

Mit der Absicht, sie zu trösten, mache ich einen Schritt auf sie zu, als ich den Vertreter der Gegenseite entdecke, der just durch den Flur auf uns zumarschiert. Jeremy Flynn, ein Anwalt, wie ihn sich jeder Angeklagte wünscht. Groß, selbstbewusst elitär und stets im Dreiteiler, der nur maßgeschneidert sein kann, ist er das fleischgewordene Klischee, und obwohl er nicht einmal besonders clever ist, überzeugt er die Geschworenen jedes Mal. Als ich seinen Namen als Anklagevertretung auf der Akte sah, hatte ich gehofft, dass er zu beschäftigt sein würde, doch offenbar haben wir da kein Glück. Aber vielleicht hat er bis zur eigentlichen Verhandlung ein interessanteres Betätigungsfeld gefunden.

»Alison, hallo. Auf ein Wort?«

»Sicher.« Ich schenke ihm ein Lächeln und wende mich an Patrick und Madeleine. »Ich brauche nicht lange. Nur ein paar Präliminarien.«

Wir wandern den Flur entlang zu einer Mauernische. »Ist es Ihr Ernst, dass das heute auf ein ›nicht schuldig‹ hinauslaufen soll?«, fragt er, und die Wörter triefen vor Geringschätzung. »Soweit ich weiß, ist es verdammt illegal, jemanden mit dem Messer zu traktieren, so stichhaltig die Argumente für eine Rechtfertigung auch sein mögen. Falls Sie mir das kleine Wortspiel verzeihen.«

Na, toll. Ein juristischer Vortrag von einem Volldeppen mit Oberschichtakzent, der sich auch noch für witzig hält. Mein Lächeln sitzt.

»Ich meine, kommen Sie schon, Allie. Was wollen Sie hier denn beweisen? Sie verschwenden nur Zeit und Geld des Gerichts. Ich verstehe ja, dass man sich unter Frauen unterstützen will, aber ich gebe Ihnen einen guten Rat: Sie tun Ihrer Mandantin keinen Gefallen damit.« Er hat die Stimme gesenkt und den Kopf schief gelegt, und ich vermute, dass er aufrichtig auszusehen versucht.

»Sie werden zu gegebener Zeit unsere schriftliche Stellungnahme erhalten«, sage ich, ohne dass mein Lächeln verblasst. »Und obwohl Ihre Haltung nicht gerade dazu einlädt, möchte ich Sie davon in Kenntnis setzen, dass wir anstreben, auf Totschlag aufgrund von Kontrollverlust zu plädieren. In der Zwischenzeit erhoffe ich mir volle Akteneinsicht, da mir noch immer verschiedene Unterlagen der Staatsanwaltschaft fehlen.«

Er seufzt. »Versuchen kann man es ja. Ach, Allie, was für eine Verschwendung von Talent und Kapazitäten. Immer kriegen Sie diese schwachen Fälle. Nun, ich schätze, so wie die Dinge stehen, traut man Ihnen einfach nicht zu, sich wirklich auf Ihre Arbeit konzentrieren zu können.«

»Was wollen Sie ...« Ich breche ab. Verdammt noch mal,

fast hätte er es geschafft, mich zu provozieren. Doch darauf lasse ich mich nicht ein. Ich nicke ihm zu, drehe mich wortlos um und kehre zu Patrick und Madeleine zurück. Was Flynn nicht ahnt, ist, dass ich ihm mental so fest gegen die Perücke getreten habe, dass Hirnmasse und Knochen hervorquellen.

»Hat er irgendetwas Brauchbares gesagt?«, fragt Patrick.

»Nö«, antworte ich.

»Was für ein Arschloch«, sagt Patrick, und wir sehen uns in vollkommener Einigkeit an.

Mehr oder weniger pünktlich betreten wir die Kammer, und innerhalb von zwanzig Minuten sind wir auch schon fertig. Es mag das gravierendste Verbrechen sein, mit dem ich beruflich je zu tun hatte, doch nun, da wir vor Gericht stehen, fühlt es sich an wie jedes andere Verfahren auch. Die Anklage ist verlesen worden, Madeleine hat sich »nicht schuldig« bekannt. Die Kautionsbedingungen sind noch einmal überprüft und erneuert und Termine für den Austausch diverser Unterlagen zwischen Anklage und Verteidigung festgelegt worden. Ich muss innerhalb der nächsten zwei Wochen eine Verteidigungsschrift einreichen, um der Gegenseite im Vorfeld mitzuteilen, was genau wir zu Madeleines Verteidigung vorzubringen gedenken, außerdem müssen wir das neue psychiatrische Gutachten offenlegen.

Die Anklage dagegen muss mir sämtliche Aussagen und das bisher ungenutzte Material zusenden, das, wenn schon nicht für sie, zumindest für uns von Nutzen sein mag. Wie ich Madeleine bereits sagte, hängt alles davon ab, dass die Geschworenen ihre Darstellung ihrer Ehe mit Edwin akzeptieren.

Sie zupft an meiner Robe, als wir den Gerichtssaal verlassen.

»Werden sie mir glauben?«, fragt sie.

»Wer?«

»Die Geschworenen. Werden sie mir glauben?«

»Das kann ich nicht versprechen. Aber wir werden unser Bestes geben, damit sie es tun«, antworte ich und tätschele ihren Arm. Sie wirkt nicht wirklich beruhigt, zieht aber mit Francine ab, ohne sich noch einmal umzudrehen.

»Wird unser Bestes ausreichen?«, fragt Patrick, der dicht bei mir steht.

»Ich weiß es nicht. Es steht und fällt mit der Aussage des Sohnes. Wissen wir schon, wann wir sie bekommen?«

»Ich warte noch darauf, dass die Anklage rückmeldet, ob sie ihn als Zeugen vorladen oder nicht«, sagt er. »Im Grunde genommen dürfte der Junge nicht viel zu sagen haben, was sich verwenden lässt, daher kann ich es mir eigentlich nicht vorstellen.« Ich nicke zustimmend. Niemand würde freiwillig einen Jugendlichen in einem Prozess vorladen, in dem die Mutter angeklagt wird, den Vater ermordet zu haben, aber möglicherweise ist er der Zeuge, der das Zünglein an der Waage bedeutet …

»Warten wir es ab. Ärgerlich, dass wir ausgerechnet diesen Wichser Flynn erwischt haben, der wird uns wohl kaum helfen. Fragen kann ich ihn natürlich. Und wenn es so aussieht, als würde ich etwas anderes herauszufinden versuchen, klappt es vielleicht sogar. Jedenfalls ziehe ich mich jetzt besser um«, füge ich hinzu und mache mich auf den Weg zur Ankleide.

»Hast du Lust auf einen Kaffee?«, fragt Patrick beiläufig. Er blickt überall hin, nur nicht zu mir.

Ich bleibe stehen. Denke nach. »Ja«, sage ich schließlich und wende mich wieder ab. Als ich meine Robe weggehängt habe, wartet er draußen auf mich, und wir schlendern nebeneinander her zu einem Café am Ludgate Circus.

Wir sprechen über Madeleine, den Vergewaltigungsfall und einen großen Drogenprozess von Patrick, der bald beginnt. Das Schweigen lauert in der Nähe, und wir beide geben alles, um es von unserem Tisch fernzuhalten. Falls wir zu reden aufhören, die Geräusche einstellen und zulassen, dass unsere Blicke sich mehr als nur eine Millisekunde begegnen – wer weiß, was dann geschieht. Vielleicht beuge ich mich vor und berühre seine Wange, oder er nimmt meine Hand und küsst sie, vielleicht stehen wir aber auch gemeinsam auf, verlassen das Café und gehen direkt in seine Wohnung, wo wir vögeln werden, ohne aufzuhören, um uns zu fragen, warum wir je versucht haben, damit aufzuhören. Atemlosigkeit steckt in meiner Kehle, und ich trinke Wasser in kleinen Schlucken, um sie zu ignorieren. Er steckt mitten in einer langen Anekdote um einen Waffenprozess, der nächste Woche in Nottingham stattfinden wird, als mein Telefon »Pling« macht. Und jetzt verstummen wir beide und sehen uns an, und die Auseinandersetzung, die wir zehn Tage zuvor gehabt haben, droht ihr Recht einzufordern.

»Willst du nicht nachsehen?«, fragt er.

Ich zögere. Wenn es etwas Unangenehmes ist, will ich es nicht wissen. Wir kommen doch gerade beinahe miteinander aus. Andererseits könnte es wichtig sein. Vielleicht ist etwas mit Matilda. Ich hole mein Telefon hervor und blicke aufs Display. Eine Nachricht von Carl.

Meine Mutter will, dass wir für ein paar Tage zu ihr kommen. Unter den Umständen wohl das Beste. Sind nächste Woche zurück.

Ich blinzele und antworte.

Und die Schule? Es ist erst Donnerstag.

Es kommt keine prompte Antwort, aber ich sehe die drei animierten Pünktchen, die mir sagen, dass er gerade schreibt. Dann kommt sie.

Ein Fehltag wird ihr nicht schaden. Dafür tut es ihr gut, ihre Großmutter zu sehen.

Ärger packt mich. Ich beginne, eine Antwort zu schreiben, doch … Stopp! Das bringt nichts. Hat Carl einmal eine solche Entscheidung getroffen, ist sie endgültig. Ich lösche den Text und beginne neu.

Du hast recht. Habt Spaß, ihr drei. Hoffe, wir können miteinander reden, wenn ihr zurück seid. Liebe euch beide.

Ich weiß, dass du das glaubst. Bis Sonntagabend.

Das verschlägt mir den Atem; mit einem solchen Hieb habe ich nicht gerechnet. Einen Moment starre ich aufs Display, dann schalte ich das Handy aus. Es gibt nichts mehr zu sagen.

Während ich mich mit Carl auseinandergesetzt habe, hat Patrick einen Anruf angenommen. Mir ist zwar der Anfang entgangen, aber sobald mein Handy abgeschaltet ist, registriere ich, was er sagt.

»Nein, ganz und gar nicht … Ein Missverständnis … Nun, tut mir leid, dass sie das so gesehen hat …« Seine Miene ist angespannt, sein Blick fixiert etwas an der Wand hinter mir, doch als ich mich umschaue, sehe ich nichts. »Definitiv ein Missverständnis … Ja. So was würde doch nicht … Nein, nein, das ist nicht der Fall … Okay, ich rede mit ihr und schaffe das aus der Welt.«

Er legt auf, ohne sich zu verabschieden. Fest presst er die Kiefer zusammen.

»Alles in Ordnung?«, frage ich.

Er sieht mich an, als wäre er ganz woanders, dann klärt sich sein Blick. »Ja. Alles wunderbar. Eine Mandantin von mir ist sauer. Ich habe ihr geraten, sich schuldig zu bekennen, und darüber ist sie gar nicht glücklich. Nun, egal – und bei dir auch alles in Ordnung? Keine anonyme Nachricht?«

»Nein, das war mein Mann. Von den anonymen Nachrichten habe ich schon länger keine mehr bekommen. Tatsächlich nicht mehr, seit wir das letzte Mal miteinander gesprochen haben.«

»Das ist gut. Tut mir leid, wenn ich dir dabei … keine große Stütze war.« Er wählt seine Worte mit Bedacht.

»Macht nichts. Mich hat einfach zwischendurch die Angst gepackt, das war alles.«

»Kein Wunder. Hör mal, Alison. Sollen wir es nicht noch einmal versuchen? Was auch immer zwischen uns ist?«

Einen Moment lang bin ich hin- und hergerissen. Dann beschwöre ich vor meinem geistigen Auge das Bild von Carl und Matilda herauf, wie sie Schläfe an Schläfe in die Handykamera grinsen, und falte es sehr langsam und bewusst mental immer weiter zusammen, bis es ein kleines Rechteck ist, das ich in die hinterste Ecke meines Bewusstseins schiebe. Ich halte Patrick meine Hand hin, und er nimmt sie.

»Arbeitest du heute Nachmittag noch?«, frage ich.

»Jetzt nicht mehr«, sagt er und zieht mich an sich.

VIERZEHN

»Geh nicht«, sagt Patrick und hält meinen Arm fest. Ich sitze auf der Bettkante, um ihm zum Abschied einen Kuss zu geben.

»Ich muss. Ich will kein Risiko eingehen.«

»Was für ein Risiko denn? Du hast gesagt, dass sie weggefahren sind.« Er setzt sich im Bett auf und ergreift auch meinen anderen Arm. Ich mache mich los.

»Es ist dennoch besser, wenn ich gehe. Wir können uns ja morgen treffen.«

»Kann sein, dass ich zu viel zu tun habe.« Schmollt er etwa?

»Das musst du wissen.« Ich erhebe mich. Ich möchte nicht gehen, aber es ist fast elf. Seit wir um zwei Uhr heute Nachmittag bei ihm zu Hause eingetroffen sind, waren wir im Bett und sind nur aufgestanden, um ins Bad zu gehen oder aus der Küche Wein und dünn geschnittene Scheiben Ibérico-Schinken zu holen. Ich trete zum Spiegel, streiche mir übers Haar und reibe mir die Wimperntusche weg, die sich in den Fältchen unter den Augen festgesetzt hat.

»Das war ein Scherz«, sagt er. »Natürlich habe ich nicht zu viel zu tun. Wie wär's, wenn du mich zum Essen einlädst? Bei dir zu Hause?«

Verblüfft drehe ich mich zu ihm um. Noch nie zuvor hat er Interesse an meinem anderen Leben gezeigt; dieses Bild von mir hat er vermutlich ebenso weit von sich geschoben, wie ich es heute mit meiner Familie getan habe. Nicht einmal eine Bemerkung zu meinen Schwangerschaftsstreifen ist ihm je über die Lippen gekommen, so vollkommen klammern wir das Thema gewöhnlich aus.

»Zum Essen? Bei mir zu Hause?« Ich kann nur dumpf wiederholen.

»Klar. Ich habe für dich gekocht, jetzt bist du dran. Bei euch ist doch niemand, was spricht also dagegen?«

Mir fallen so viele Gründe ein, dass ich nicht einmal weiß, wo ich anfangen soll. Eine Koexistenz von Carl und Patrick ist eine Sache, ein unmittelbarer Vergleich aber eine ganz andere. Die Vorstellung, dass Patrick an unserem Tisch sitzt und von unseren Tellern isst, dass er die Bilder von Matilda sieht, das Hochzeitsfoto aus der Zeit, in der Carl und ich uns noch ertragen konnten … Ich spüre, wie sich die Härchen auf meinen Armen aufrichten. Um Zeit zu schinden, wende ich mich wieder dem Spiegel zu und tue so, als überprüfte ich mein Gesicht.

»Ich weiß nicht, ob das so eine gute Idee ist«, sage ich schließlich, und mir ist bewusst, wie schwach sich meine Antwort anhört.

»Es ist sogar eine hervorragende Idee. Du hast mich in meiner Wohnung erlebt, ich möchte dich in deiner erleben. Ich will dich besser kennenlernen, Alison – Gott, ich weiß nicht einmal, ob du überhaupt kochen *kannst*. Wir gehen seit über einem Jahr miteinander ins Bett, und du hast mir noch nicht einmal ein Ei gekocht.« Er steht auf und tritt hinter mich, um seine Arme um mich zu legen.

»Ich bin mir nicht sicher, ob Eierkochen viel mit uns zu tun hat«, sage ich.

»Aber vielleicht möchte ich das ja.«

Sein Gesicht ist neben meinem, sein Kinn ruht auf meiner Schulter. Sein Spiegelbild lächelt mich an, und die Versuchung ist zu groß. Die Wärme in seinem Blick steht in so starkem Kontrast zu der Verachtung, die ich in letzter Zeit in Carls Augen sehe, dass ich nicht widerstehen kann. Ich würde furchtbar gerne jemanden bekochen, der mein Essen nicht in den Mülleimer schabt.

»Solange sie wirklich weg sind. Kann ich dir morgen Bescheid sagen?«

Er dreht mich um und zieht mich an sich. »Natürlich. Du sagst mir wann und wo. Und ich esse alles.«

»Freu dich nicht zu früh – ich bin keine besonders gute Köchin.«

»Lass mich das doch beurteilen.« Er küsst mich, und ich erwidere den Kuss, bis deutlich wird, dass wir auf diese Art wieder im Bett landen werden. Ich mache mich los.

»Ich gehe jetzt. Ich ruf dich morgen an.«

»Ich freu mich drauf.« Noch einmal küsst er mich, doch dann lässt er mich gehen.

Das Haus ist leer, als ich eintreffe. Es ist das erste Mal seit Matildas Geburt, dass ich über Nacht allein bin. Ich lege meinen Mantel über das Treppengeländer und lasse meinen Rollkoffer an der Haustür stehen. Dann gehe ich hinauf, um mich umzuziehen, und betrete Matildas Zimmer, wo ich mich auf ihr kleines Bett setze. Sie hat ihren heiß geliebten rosa Elefanten vergessen, den ich ihr in der Woche nach ihrer Geburt gekauft habe. Nie geht sie ohne ihn aus dem Haus. Nun – bis jetzt offenbar. Bei näherer Betrachtung erkenne ich, dass der Plüsch abgewetzt, die Füllung klumpig geworden ist. Ich halte das Stofftier an mein Gesicht und würge fast, als ich den

Geruch wahrnehme. Wie sauer gewordene Milch. Ich bin versucht, Matildas Abwesenheit zu nutzen und das Spielzeug in die Waschmaschine zu stopfen, aber ich lasse es dann doch. Unser Verhältnis ist im Augenblick schon fragil genug, auch ohne dass ich ihrem heiß geliebten Elefanten seine Seele raube. Ich setze ihn auf das Kissen zurück.

Nachdem ich im ganzen Haus die Vorhänge zugezogen habe, schalte ich die Lichter aus und vergewissere mich, dass die Hintertür abgeschlossen ist. Das ist normalerweise Carls Aufgabe. Ich fühle mich instabil wie ein unrund laufendes Gefährt, dem man die Bremsen abmontiert hat. Doch der Gedanke, Patrick zu zeigen, wie ich wohne, ist aufregend. Ich möchte, dass es ihm hier gefällt, dass er die Buchtitel studiert und mich dadurch besser kennenlernt. Ich räume ein wenig um, schiebe die *Biss-zum*-Romane in eine hintere Reihe und hole stattdessen einige von Pelecanos und Diaz nach vorne, Barbara Vines *Die im Dunkeln sieht man doch*. Eine Weile mustere ich unser Hochzeitsfoto; es ist okay, es kann bleiben, auch wenn mein Kinn nicht gerade von seiner Schokoladenseite aufgenommen worden ist.

Mir fällt das Foto von Carl und mir mit der breit grinsenden Matilda zwischen uns ins Auge, und ich nehme es aus dem Regal und betrachte es einen Moment lang. Wir sehen so glücklich aus, wie stolze Eltern, und so viel jünger als heute. Ich wandere durchs Haus und sammle alle Fotos von Matilda ein, um sie im Wohnzimmerschrank zu verstauen. Ich will Patrick zeigen, wer ich bin, doch noch nicht vollständig. Vielleicht ist es irgendwann so weit, aber an dem Punkt sind wir noch nicht. Das hier ist ohnehin bereits ein großer Schritt, und wer weiß, wohin der uns führen mag.

Inzwischen ist es nach Mitternacht, und ich gehe ins Bett

und strecke mich in der Mitte aus. Ohne Carl, dem ich ausweichen muss, schlafe ich tief und fest und erwache erst, als der Wecker um sieben Uhr schrillt.

Als Erstes schreibe ich Carl.

Vermisse euch beide. Wie geht's euch? X

Es dauert ein wenig, bis er antwortet, aber schließlich kommt etwas.

Gut. Gehen heute zum Strand, morgen in ein Schloss.

Die Knappheit der Antwort kränkt mich, aber wenigstens scheint er nicht die Absicht zu haben, verfrüht zurückzukommen. Ich schicke ein *Viel Spaß euch* zurück und verbanne ihn aus meinen Gedanken. Nicht jedoch Matilda. Ich mache mir bewusst, dass ich sie gewissermaßen aus ihrem eigenen Haus geräumt habe, und ein Klumpen steigt mir in die Kehle. Das hat sie nicht verdient. Ich habe kein Recht darauf, ihr Zuhause so zu verändern, als existiere sie gar nicht. Ich greife nach meinem Handy und rufe Carl an, weil ich unbedingt mit ihr reden will. Er geht nicht dran. Ich versuche es wieder, aber er nimmt einfach nicht ab.

Ich hab doch gesagt, dass wir unterwegs sind. Was willst du?

Matilda sprechen.

Geht jetzt nicht. Außerdem regst du sie damit nur auf. Sei nicht immer so egoistisch.

Am liebsten würde ich wieder anrufen und darauf bestehen, dass er ihr das Handy gibt, aber es stimmt, ich will sie nicht aufregen. Mit ihrem Daddy und ihrer Großmutter zusammen zu sein wird ihr Spaß machen; bloß kein Gewese darum machen, dass sie weg ist. Morgen Abend sind die beiden zurück, und ich kann sie in den Arm nehmen und mir genau erzählen lassen, was sie alles unternommen haben. Ich reibe mir das Gesicht, um mein schlechtes Gewissen zu vertreiben. Ich muss zum Gericht und planen, was ich heute Abend kochen will.

Im Bus hinunter nach Holborn und hinauf zum Old Bailey denke ich darüber nach. Patrick hat Lamm zubereitet, als ich bei ihm war. Also kann ich nicht auch Lamm machen. Ich googele wie eine Irre auf der Suche nach einem einfach zuzubereitenden Gericht, mit dem ich ihn beeindrucken und vielleicht sogar verführen kann, und der Gerichtsdiener muss mich dreimal rufen, ehe ich registriere, dass ich gebraucht werde. Der Antrag auf Freilassung gegen Kaution, den ich für einen verhinderten Kollegen stelle, ist nicht gerade meine beste Einlassung, dennoch wird ihm stattgegeben, und ich denke sogar daran, die Richterin M'*Lady* zu nennen. Schnell bin ich wieder draußen, bringe die Akte in die Kanzlei zurück, nehme die Unterlagen für den Prozess nächste Woche mit und habe den Rest des Tages frei, um ein Essen zu planen, die Zutaten einzukaufen und es zuzubereiten.

Ich nehme die Picadilly-Line, steige an der Holloway Road aus und gehe zu Waitrose. Carl erledigt normalerweise den Einkauf, und er ist Vollprofi: Mit seiner Einkaufsliste, die den Standort der Waren berücksichtigt, düst er mit ungeheurer Effizienz durch die Gänge. Ich nicht. Ich brauche dreimal länger. Zuerst gehe ich zur Fleischtheke und begutachte die blutigen Stücke in der Auslage. Sie erinnern mich an meinen Lunch mit Madeleine, aber da das Essen gut war, betrachte ich es als Inspiration. Ich nehme zwei verpackte Steaks und kehre zurück zur Gemüseabteilung, wo ich Spargel und Erdbeeren in den Wagen packe. Saisonal einkaufen? Mir doch egal. Als Nächstes hole ich in der Tiefkühlabteilung Pommes frites, und weil ich mich nicht mehr erinnern kann, ob wir Mayonnaise im Haus haben, hole ich auch davon noch eine Tube. Zum guten Schluss kehre ich wieder zur Kühltheke zurück und kaufe Mousse au Chocolat in Portionsbechern. Irgendwie kann ich mir nicht vorstellen, dass Patrick von mir erwartet, Pudding zu kochen.

»Du hättest dir nicht solche Mühe machen sollen«, sagt Patrick, als ich ihm die Tür öffne.

»Hab ich nicht.«

»Was du nicht sagst.« Aber er lacht, dann beugt er sich vor und küsst mich. Nach dem vergangenen Wochenende sehe ich nicht mehr ein, mich für irgendjemanden in Schale zu werfen. Kontraproduktiv. Der beste Sex, den ich als Studentin je hatte, fand statt, als ich mir nicht einmal die Beine rasiert hatte und eine uralte, schlabberige Hose trug. Daran hätte ich denken sollen, ehe ich mich in das Kleid quetschte, das Carl an mir offenbar nicht hatte sehen wollen. Daher trage ich eine Jogginghose und ein altes T-Shirt, in dessen weitem Halsausschnitt ein BH-Träger aufblitzt. Zugegeben, es hat einige Zeit und so gut wie jedes Beauty-Produkt in meinem Besitz gebraucht, um meinem Gesicht ein frisches, natürliches Make-up-freies Aussehen zu verleihen.

Patrick schubst mich durch die Tür und schließt sie hinter sich. Er zerrt am Ausschnitt meines T-Shirts, reißt es mir herunter und lässt es zu Boden fallen. Dann dreht er mich mit dem Gesicht zur Wand und zieht mir die Jogginghose herunter. Während er mich mit einer Hand am Rücken gegen die Wand drückt, macht er seine Hose auf, spuckt sich auf die Hand und reibt sich selbst, ehe er in mich eindringt, und vor Schmerz schnappe ich nach Luft. Wenige Momente später ist es schon vorbei. Er zieht sich aus mir heraus, dreht mich um und küsst mich.

»Das wollte ich schon den ganzen Tag tun«, sagt er, während ich noch um Atem ringe.

Ich bin mir nicht sicher, wie ich das, was gerade passiert ist, finden soll, aber ich sage nichts, zumal mir bewusst wird, dass mein Slip um meine Knöchel liegt. Ich bücke mich hastig und ziehe ihn hoch, dann meine Jogginghose. Schließlich pflücke ich das T-Shirt vom Boden, aber das ist nicht mehr zu retten. Wenigstens trage ich noch meinen BH.

»Ich dachte, du bist zum Essen gekommen«, sage ich.

»Bin ich ja auch. Und zum Nachtisch. Sowie zur Vorspeise.«

»Ich ziehe mir rasch ein Top an«, sage ich und weiche zurück. Dabei trete ich auf etwas Spitzes und hebe es auf; ein kleiner Legobaustein, den ich beim Aufräumen übersehen habe. Ich schaue ihn an und denke an Tilly. Die Rolle der Geliebten im Zuhause meiner Tochter zu spielen gefällt mir immer weniger. Und dass Patrick beharrlich versucht, Besitzansprüche geltend zu machen, schon gar nicht.

»Tu das nicht. Ich mag dich so.« Er zieht die Jogginghose erneut herunter, lässt mir aber den Slip an.

»Naked Chef oder was? Ist das nicht ein bisschen viel Klischee?« Ich schiebe ihn weg, lasse aber meine Jogginghose auf dem Boden liegen.

»Ein bisschen Klischee hat noch nie geschadet. Komm, trinken wir was.« Er reicht mir Flaschen in einer Plastiktüte, die ich bisher noch gar nicht bemerkt habe.

Mit der Tüte und ihm im Schlepptau gehe ich in die Küche. Ich bin mir meiner spärlichen Bekleidung überaus bewusst, versuche aber so zu tun, als wäre nichts. Seit Matildas Geburt habe ich das Thema Nacktheit abgehakt. Ihre Gegenwart in Verbindung mit den Verwüstungen von Alter und Schwangerschaft haben dafür gesorgt, dass ich nur noch ungern ohne die schützende Hülle von lappiger Schlafanzughose und einem voluminösem Fleecepulli, den ich vor Jahren Carl geklaut habe, durchs Haus wandele. In der Küche sind die Lichter an, und mir wird klar, dass die Nachbarn, falls sie denn aus dem Fenster schauen, einen hervorragenden Blick auf meine Darbietung haben. Okay, das hier ist London, man redet praktisch nicht miteinander, aber was, wenn Carl doch eines Morgens auf diese kleine Showeinlage angesprochen wird? Wahrscheinlich würde es ihn gar nicht kümmern, aber dennoch. Ich nehme eine Schürze vom Haken und binde sie mir um.

»Angsthase«, sagt Patrick.

»Ich brate Steaks. Ich will keine heißen Fettspritzer abkriegen«, erwidere ich würdevoll, während ich zu den Fenstertüren gehe und die Schleifen an den Vorhängen löse. Normalerweise ziehen wir sie nie zu. Staub und tote Motten fallen herab, aber wenigstens bin ich jetzt vor Blicken geschützt.

Patrick hat inzwischen in Schubladen gewühlt, und als ich mich wieder zu ihm umdrehe, hat er einen Korkenzieher gefunden und öffnet eine Flasche Wein. Ich nehme Gläser aus dem Schrank und reiche sie ihm, damit er einschenkt.

»Prost«, sagt er, als wir anstoßen. »Was gibt es zu essen? Außer Steak?«

»Gemüse und Ofen-Pommes-frites. Ich habe dich ja gewarnt, dass ich keine besonders gute Köchin bin.«

»Es wird bestimmt lecker.« Immerhin kann er sich benehmen. Zumindest, wenn er dazu Lust hat.

Er schlendert durchs Wohnzimmer, während ich den Ofen einschalte und die Pommes frites auf einem Backblech ausbreite. Mit dem Hochzeitsfoto in der Hand kehrt er in die Küche zurück.

»Das ist dein Mann?«

»Ja. Offensichtlich.« Plötzlich liegt etwas in seiner Stimme, was vorher noch nicht da gewesen ist. Wir sehen einander einen Moment lang wortlos an, dann bringt er das Bild zurück. Ich höre das Klacken, als er es ins Regal stellt.

»Du wusstest von Anfang an, dass ich verheiratet bin«, sage ich.

»Stimmt.«

»Du hast mich angefahren, weil es mir nicht gefällt, wenn du mit anderen ausgehst.« Eigentlich wollte ich das Thema nicht mehr aufbringen, aber jetzt muss es gesagt werden.

Er seufzt. »Lass es uns nicht noch einmal durchkauen. Ich wollte uns die Stimmung nicht verderben. Denken wir einfach nicht mehr dran. Aus den Augen, aus dem Sinn – okay?«

Du hast leicht reden, denke ich, behalte es aber für mich. Ich schiebe das Backblech in den Ofen und schneide die Enden vom Spargel ab.

Wein. Steak. Noch mehr Wein. Zu stark gebräunte Pommes frites ungegessen am Tellerrand. Mehr Wein. Wir liegen gemeinsam auf dem Sofa und füttern uns gegenseitig mit Mousse au Chocolat. Er schiebt mich behutsam zu Boden, und diesmal nimmt er sich Zeit und arbeitet sich an meinem Körper hinab. Ich versuche mich zu entspannen, bin mir aber hyperbewusst, dass er mit der Mousse, die er mir überall auf die Haut schmiert, im schlimmsten Fall eine Schweinerei auf dem Teppich veranstaltet, die ich Carl nur schwer werde erklären können.

»Hey, relax«, sagt er und hebt den Kopf. »Ich dachte, du genießt das.« Sein Gesicht ist voller Schokolade, und am liebsten würde ich laut lachen, unterdrücke es aber, und es kommt als Schnauben heraus. Er lächelt.

»Eben«, sagt er zufrieden und macht weiter, wo er eben aufgehört hat.

Ich schließe die Augen und möchte mich fallen lassen. Doch der Teppich kratzt mir im Rücken, und die Mousse liegt mir schwer im Magen. Ich schlage die Augen auf und sehe mich im Wohnzimmer um. Die Stand-by-Lämpchen von Fernseher und Video glühen rot. Ich will ihn nicht vor den Kopf stoßen, und ich weiß, dass ich diejenige bin, die auf Touren kommen muss, aber ich schaffe es einfach nicht, Lust zu entwickeln. Ich schiebe ihn weg.

»Ich bin einfach nicht in der Stimmung dafür«, sage ich. »Tut mir leid, aber ich kann mich nicht entspannen.«

Er stemmt sich grinsend hoch. »Ich bring dich schon dazu – du musst mich nur lassen.« Wieder setzt er an, aber wieder drücke ich seinen Kopf weg. Er greift nach oben, packt meine Handgelenke, presst meine Arme hart auf den Boden und hält sie so fest, dass ich den Zug schmerzhaft bis in die Schultern spüre. Ich fange an, mich zu winden, um mich zu befreien, aber er legt sich über meine Beine, sodass ich mich kaum noch bewegen kann. Sein Mund, seine Zähne, seine

Zunge bedrängen mich, bearbeiten mich, und es tut weh, und ich kann mich nicht bewegen, fange an zu zappeln, aber er hält mich fest und hört einfach nicht auf.

Er hebt den Kopf. »Halt still. Das wird dir gefallen.«

»Hör auf«, keuche ich und winde mich immer mehr, doch es nützt nichts, er leckt mich fester und fester, ehe er plötzlich meine Hand loslässt, um seine Finger in mich zu rammen, und das tut noch mehr weh.

»Stopp!«, schreie ich, vergesse Sofa, Teppich und Schokolade und schaffe es endlich, mich unter ihm hervorzuwinden. Ich rolle mich zur Seite, stoße gegen den Couchtisch und komme hastig auf die Füße. Bein und Schulter tun mir weh. Auch er kommt auf die Füße, und einen Moment lang glaube ich, dass er nach mir greifen wird, doch dann hebt er die Hände, wie um sich zu ergeben.

»Verzeih mir, Alison. Ich dachte, du magst das.«

»Dann hast du dich geirrt.« Über der Sessellehne hängt eine Decke, und ich nehme sie und hülle mich damit ein. Dann schalte ich das Licht ein und begutachte den Schaden. Auf dem Teppich prangt ein langer brauner Schokoladenstreifen. Schwer lasse ich mich auf das Sofa plumpsen.

»Entschuldige. Ich wollte nicht verklemmt rüberkommen. Vielleicht liegt es daran, dass wir in unserem Haus sind.«

»Du musst dich nicht entschuldigen«, erwidert er. »Ich hätte sofort aufhören müssen, als du es verlangt hast. Aber im Eifer des Gefechts …« Er setzt sich neben mich auf das Sofa und hält mir die Hand hin, Innenfläche nach oben. Nach einem Augenblick lege ich meine hinein. »Du hast mir noch nie gesagt, dass ich aufhören soll.«

»Es gab ja auch nie einen Anlass dafür. Aber heute fühlte es sich einfach nicht richtig an.«

»Verzeih mir«, sagt er wieder, und eine Weile sitzen wir nur da und halten Händchen.

Das Piepen meines Handys in der Küche unterbricht die Stille.

»Ich schau besser nach. Vielleicht ist es ja …« Ich lasse den Satz offen und stehe auf, um mein Handy zu holen. Eine Nachricht. Anonym. Genau das, was ich brauchte, um den Abend rund zu machen.

Du miese Hure.

Ganz wunderbar. Ich halte ihm mein Handy hin, und er liest vom Display ab.

»Herrgott. Du wirst diesen Mist doch wohl nicht ernst nehmen, oder?«

»Was soll denn das heißen?«, frage ich. »Wie ich das nehme, ist doch ganz egal. Ich hab's satt.«

Er liest die Nachricht erneut, löscht sie dann, schaltet mein Telefon aus und legt es auf den Tisch.

»Können wir heute Abend bitte nicht darüber nachdenken? Wer immer das schreibt, zählt nicht. Das hat keine Bedeutung. Weißes Rauschen, mehr nicht.«

Ich setze mich ihm gegenüber auf den Sessel und stecke die Decke um meine Beine fest. Mir wird langsam kalt.

»Das hat sehr wohl Bedeutung. Und ich kann es auch nicht einfach ignorieren.«

»Doch«, erwidert er. »Du musst es nur wollen. Das Ziel dieser Nachrichten ist doch, dass du reagierst. Du solltest dem Absender diese Genugtuung nicht auch noch geben.«

»Du klingst, als würdest du mit einem Kind reden, das auf dem Schulhof gemobbt wird.«

»Na und? Ich will uns den Abend nicht verderben.«

»Dazu ist es, fürchte ich, zu spät.« Mein Blick geht unwillkürlich zu dem Fleck im Teppich.

»Auch hier wieder: Nur, wenn du es zulässt. Ich habe dir schon gesagt, wie leid es mir tut. Es hat mich irgendwie gepackt.«

»Keine besonders gute Entschuldigung.«

»Eine bessere kann ich dir nicht anbieten.« Er steht auf, kniet sich neben mich auf den Boden und schlingt seine Arme um mich, und endlich gebe ich nach und schmiege mich an ihn. Einen Moment lang hängt es in der Schwebe, aber ich kann jetzt keinen Streit ertragen, und schließlich *hat* er ja am Ende aufgehört. Vielleicht war ich wirklich nur zu verspannt.

»Komm, fangen wir noch einmal an. Ich hole uns noch ein Glas Wein.«

Er verschwindet in die Küche, und ich schalte mein Handy wieder ein. Carl hat mir in der Zwischenzeit ein Foto geschickt. Matilda und seine Mutter, die zusammen Kuchen backen. Matilda hat mehlige Hände und Schokolade im Gesicht und sieht sehr vergnügt aus. Eine Woge der Sehnsucht überspült mich, und als die Wucht der Emotion ein wenig nachlässt, fühle ich mich leer und allem beraubt, was gut und rein ist. Ich sitze praktisch nackt in meinem Wohnzimmer, in dem Tilly normalerweise spielt und fernsieht, und warte auf einen Mann, der nicht begreifen will, dass ich für heute genug habe. Wenn ich meine Freundin wäre, würde ich mich anschreien, mich gefälligst nicht wie ein egoistisches Miststück zu benehmen. Wenn ich schon eine Schweinerei mit Schokolade veranstalte, dann beim Backen mit meiner Tochter. Ein Klumpen bildet sich in meiner Kehle, und ich presse die Lippen zusammen, als Tränen in meinen Augen brennen.

Patrick kommt mit zwei Gläsern Wein ins Wohnzimmer zurück und setzt sich neben mich aufs Sofa. Ich stehe auf und lasse mich auf dem Sessel nieder.

»Verdammt noch mal, Alison. Wie oft soll ich denn noch sagen, dass es mir leidtut?« Er trinkt sein Glas in einem Zug aus.

»Das ist es nicht«, sage ich.

»Sag bloß nicht, dass du wieder Schuldgefühle hast.«

»Hör zu, es ist kompliziert«, beginne ich, doch er geht hinaus und kehrt mit der Flasche zurück. Er schenkt sich nach, und Wein schwappt über den Rand auf den Teppich zu den anderen Flecken.

Ich nehme ebenfalls mein Glas und trinke. Das Schweigen dehnt sich zwischen uns aus. Plötzlich kommt es mir vor, als hocke ich irgendwo oben in einem Zimmerwinkel und sähe zu, wie sich zwei Menschen einander entfremden. Patrick atmet tief ein.

»Willst du eine Kippe?«, fragt er. »Ich habe welche dabei.«

»Nein. Danke.«

Eine lange Pause.

»Ich sollte wohl besser gehen.«

Ich ziehe die Decke enger um mich.

»Oder?«, fragt er. »Soll ich bleiben?«

»Patrick …«

»Du magst es normalerweise grob«, sagt er und klingt beinahe trotzig.

»Es muss daran liegen, dass wir hier im Haus sind«, erwidere ich. »Entschuldige. Es war nicht meine Absicht, uns den Abend zu verderben.«

Er streckt den Arm aus, um mein Knie zu berühren. Ich gebe mir Mühe, nicht auszuweichen.

»Es war auf jeden Fall zu viel für dich. Ich gehe.« Er steht auf. »Es tut mir leid, Alison. Es war ein Fehler herzukommen. Das hier ist dein Zuhause – und das Zuhause deiner Tochter. Ich habe hier nichts zu suchen.«

Ich folge ihm durch die untere Etage, während er seine Sachen zusammensucht. Als er alles hat, zieht er sich an, und in meine Decke gewickelt, sehe ich ihm zu. Ich kämpfe die Tränen nieder, doch der Kloß in meiner Kehle wird immer dicker, und mein Kinn bebt. Ich will, dass er geht, aber auch, dass er bleibt, doch wenn ich etwas sage, wird der Damm brechen, und ich fange wirklich an zu weinen.

Er ist fertig, Schuhe zugebunden, Mantel an. Mit der Tüte in der Hand beugt er sich über mich und küsst mich auf die Stirn.

»Ich ruf dich an.«

Und dann ist er weg. Ein Schub kalte Luft trifft mich, als er die Eingangstür öffnet und wieder schließt. Ich bleibe stehen, wo ich bin. Als der Klumpen in meiner Kehle sich etwas aufgelöst hat, schenke ich mir Wein nach. Ich schalte unten alle Lichter aus und lasse mir ein Bad einlaufen. Meine Hände sind klamm, meine Füße kalt. Eine lange Zeit liege ich komplett eingetaucht im warmen Wasser, nur mein Gesicht schaut heraus, und ich höre nichts außer dem metallischen Klingen der Rohre, als sich die Zentralheizung abschaltet. Als ich mich schließlich aufsetze, ist das Wasser abgekühlt, und meine Finger sind schrumpelig. Unten klingelt mein Telefon unaufhörlich, doch ich krieche mit nassen Haaren ins Bett und mache mich ganz klein.

Ich hätte nicht gedacht, dass ich schlafen kann, aber es

geht ganz leicht. Das Telefon klingelt weiter und weiter, doch die Melodie lullt mich ein wie ein Schlaflied. Ich weiß nicht, wie oft es in der Nacht erneut einsetzt, denn ich bekomme nichts mehr davon mit, obwohl es der Soundtrack ist, zu dem Patrick und Carl meine Träume heimsuchen.

FÜNFZEHN

Carl und Matilda kommen am Sonntag nach Hause zurück. Matilda klebt an mir wie eine Klette und zeigt mir jedes Bild, das sie am Wochenende gemalt hat. Carl gibt sich gleichgültig, antwortet höchstens auf direkte Fragen, und selbst dann äußerst knapp. Das Haus ist blitzblank; ich habe in den zwei Tagen, die ich allein war, bis zum Umfallen geschrubbt, geputzt und gewienert und alle Fotos von Matilda wieder auf ihren rechtmäßigen Platz zurückgestellt. Es gibt Hähnchen und Makkaroni mit Käse, und sie macht mit beidem kurzen Prozess. Ich hüte mich, sie an ihren kurzen Flirt mit dem Vegetarismus zu erinnern; ich bin heilfroh, dass die Phase so kurz war. Carl isst ebenfalls, allerdings ohne hinzusehen und wahrscheinlich auch ohne etwas zu schmecken, aber wenigstens hat er nichts auszusetzen.

Nach dem Essen bade ich Matilda und lese ihr eine Geschichte vor. Sobald Carl mit dem Essen fertig ist, lässt er sich schwer auf die Couch im Wohnzimmer fallen und klappt seinen Laptop auf. Ich frage ihn, ob er Matilda mit ins Bett bringen will, aber er grunzt nur etwas Undefinierbares, ohne sich zu mir umzudrehen. Also wohl nicht. Sie kuschelt sich an mich, während ich ihr Haar bürste, und ist noch vor halb acht eingeschlafen. Angesichts der drohenden Stunden in angespanntem Schweigen würde ich am liebsten auch schon ins Bett gehen, doch dann stehe ich oben am Treppenabsatz und wappne mich innerlich.

»Dann war das Wochenende also nett?«, frage ich und setze mich im Wohnzimmer ihm gegenüber. Der braune Streifen auf dem Teppich ist nur noch ganz schwach zu sehen – ich habe verdammt viel Zeit investiert und den ganzen Samstag immer wieder Fleckenentferner aufgetragen, um jede Spur dessen, was am Freitagabend geschehen ist, zu beseitigen. Ich muss mich beherrschen, um nicht auf den verbleibenden Schatten im Teppich zu starren, obwohl es bei dem Maß an Aufmerksamkeit, das Carl mir widmet, auch egal wäre.

»Nettes Wochenende?«, frage ich erneut, da er noch nicht reagiert hat.

»Was? Oh. Ja. Es war gut, mal rauszukommen.« Er blickt noch immer auf seinen Bildschirm. Am liebsten würde ich ihm das Ding aus den Händen schlagen.

»Schöne Fotos, die du mir da geschickt hast.« Ich bin entschlossen, mich nicht abwimmeln zu lassen.

»Ja, ja.« Was immer da auf seinem Bildschirm geschieht, scheint wirklich spannend zu sein.

»Carl. Würdest du mich bitte ansehen?«

»Ich muss diverse Dinge für die Arbeit …«, beginnt er, doch ich unterbreche ihn, indem ich ihm den Laptop abnehme. Er will danach greifen, aber ich klappe den Rechner zu und lege ihn hinter mir auf das Regal.

»Gib mir meinen Computer zurück.« Wütend sieht er mich an, aber immerhin *sieht* er mich an.

»Nein. Wir müssen reden.«

»Wir müssen nicht reden. Ich will meinen Computer zurück.« Er steht auf und geht um die Couch herum zum Regal, aber ich bin schneller. Ich schnappe mir den Rechner und presse ihn an meine Brust. Er wird darum kämpfen müssen.

»Muss ich erst handgreiflich werden?« Anscheinend meint

er es ernst, denn er packt meine Arme und versucht, sie auseinanderzuziehen, um seinen Rechner zu befreien.

»Was zum Teufel machst du denn da?« Ich winde mich aus seinem Griff und wehre mich mit den Ellenbogen.

»Gib mir meinen Computer zurück«, brüllt er mich an.

»Na schön, da hast du deinen bescheuerten Computer.« Ich reiße mich los, stelle das Ding auf den Boden und versetze ihm einen Stoß. Es rutscht über den Teppich und stößt gegen die Wand. Carl setzt hinterher, rafft den Rechner besorgt an sich, lässt sich wieder auf die Couch nieder und klappt ihn auf.

Ich schiebe die Ärmel meines Pullis hoch und entdecke rote Druckstellen auf meinen Armen. »Du hast mir wehgetan«, sage ich. Er blickt nicht auf.

»Carl, du hast mir die Arme richtig gequetscht! Sieh mich verdammt noch mal an!« Ich bin so schockiert über die Grobheit, mit der er mich angefasst hat, dass es mich nicht kümmert, ob er wütend wird oder nicht.

Endlich schaut er auf. »Du hättest ihn mir nicht wegnehmen sollen.«

»Wir müssen reden. Du weigerst dich aber. Du hast mir noch nie wehgetan, und jetzt tust du so, als wäre es dir vollkommen egal.« Ich will nicht weinen, aber ich kann nicht anders, und meine Worte kommen als jämmerliches Heulen heraus.

»Ich sehe nicht, was es zu sagen gibt«, antwortet er.

»War es das? Willst du die Scheidung?«, bringe ich schluchzend hervor.

»Alison, ich …« Vielleicht wollte er gerade etwas wirklich Tiefgreifendes sagen, doch dazu kommt es nicht. Er starrt zur Tür. Mein Schluchzen ebbt ab, während ich auf seine Antwort warte, doch dann sehe ich, was ihn hat innehalten lassen. Die Tür bewegt sich, wenn auch minimal, und dahinter hört man ein schwaches Weinen. Carl steht auf und öffnet sie, und ich sehe Matilda, den rosa Elefanten im Arm, das Gesichtchen angstverzerrt. Carl hebt sie hoch, und sie lässt sich weinend an seine Schulter sinken.

»Lasst ihr euch scheiden?«, sagt sie, als sie sich genug beruhigt hat, um wieder sprechen zu können.

»Nein«, sagen wir beide gleichzeitig.

»Ich hab gehört, dass ihr euch streitet, und bin runtergekommen. Und dann hat Mummy ›Scheidung‹ gesagt. Bitte streitet euch doch nicht, bitte, bitte.«

Mir ist, als würde mir jemand in die Eingeweide greifen und langsam, ganz langsam die Hand umdrehen. Meine Brust schmerzt, und Kälte breitet sich in mir aus. Carl wirkt ebenfalls erschüttert; die Sorge um Matilda hat die Passivität vertrieben. Er setzt sich mit ihr auf dem Schoß auf die Couch und hält sie fest.

»Carl, wir müssen reden. Sieh doch nur, wie sich das alles auf Matilda auswirkt. Auf uns alle.« Ich bettele förmlich, aber das ist mir egal. Etwas muss geschehen.

Er setzt sich zurück und drückt Matilda behutsam an sich. Ich weiß nicht, wie ich seine Miene deuten soll. Er wirkt besiegt, aber vielleicht ist er auch nur erschöpft.

»Okay, wir reden«, sagt er. »Später.« Er rückt Matilda auf seinem Schoß herum, bis sie ihn ansieht. »Tilly, Schätzchen, ich wollte nicht, dass du uns streiten hörst, aber im Moment kommen Mummy und Daddy nicht besonders gut miteinander aus. Das heißt nicht, dass wir uns scheiden lassen, aber wir sind uns nicht immer einig. Das kennst du doch von dir und deiner Freundin Sophie auch, nicht wahr?«

Er redet weiter auf Matilda ein, aber ich kann im Moment nicht folgen. Die Worte ziehen an mir vorbei, bis sein Schlusssatz mich wieder ins Thema zurückholt.

»… aber wir werden unsere Probleme besprechen, denn wir sind deine Mummy und Daddy und lieben dich sehr.«

Ich nicke zustimmend, setze mich in Bewegung und knie mich neben sie. Obwohl ich versuche, meinen Arm um Matilda zu legen, ohne Carl zu berühren, gelingt es mir nicht, doch immerhin zuckt er nicht zusammen.

»Das stimmt, Schatz«, sage ich. »Wir lieben dich wirklich sehr.«

Schließlich beruhigt sie sich wieder, und wir bringen sie ins Bett und bleiben bei ihr, bis sie wieder einschläft und ihr Atem tief und regelmäßig geht. Carl verlässt ihr Zimmer als Erster, und ich folge ihm einen Moment später nach unten. Ich hoffe, dass er sich vielleicht jetzt auf eine Aussprache einlässt.

»Deswegen ist es so wichtig, Carl. Wegen Matilda. Hier geht es nicht nur um uns. Wir müssen uns für sie zusammenraufen. Oder denkst du nicht?«

Sein Blick ist feindselig. Oder vielleicht auch nur zurückhaltend. Er versucht abzuschätzen, ob ich aufrichtig bin. Das kann ich verstehen.

»Und was vergangenes Wochenende in Brighton passiert ist, tut mir furchtbar leid. Ich wollte mich bestimmt nicht so betrinken. Ich verstehe gar nicht, wie das passieren konnte.«

»Das tust du nie«, sagt er leise, aber ich kann ihn dennoch gut verstehen.

»Jetzt hör aber auf. Es tut mir wirklich leid. Und ich gebe mir doch allergrößte Mühe.«

»Aber das reicht nicht. Das hast du schon so oft gesagt.« Er lehnt sich zurück und schließt die Augen. Erschöpft.

»Gib mir noch eine Chance. Matilda zuliebe müssen wir wenigstens versuchen, wieder zusammenzufinden.«

Er seufzt, schlägt die Augen auf, und zum ersten Mal, seit die beiden zurückgekommen sind – ja, zum ersten Mal seit seiner Abreise in Brighton –, sieht er mich wirklich an. Einen Moment lang halten unsere Blicke einander fest, dann schlägt er die Augen nieder.

»Ich bin müde, Alison. Ich habe das ganze Theater so satt. Ich wünsche mir ein nettes, ruhiges Dasein. Ich möchte meine Arbeit machen, mich um unsere Tochter kümmern und nicht ständig dieses … dieses Drama um mich herum haben.«

»So geht es mir auch«, sage ich. »Ich habe auch nie etwas anderes gewollt.«

»Ich bin mir sicher, dass du das glaubst«, sagt er beinahe freundlich. »Nur stimmt das nicht. Du weißt nicht, was du willst. Und das macht unsere Familie kaputt.«

Es kann nicht bedeuten, was es bedeuten könnte, weil er nie und nimmer von Patrick wissen kann. Dennoch setzt mein Herz einen Schlag aus, und mein Mund ist plötzlich staubtrocken. Bis Adrenalin meine Adern flutet.

»Du bist auch nicht unschuldig daran, weißt du. Seit mindestens zwei Jahren willst du nichts mehr von mir wissen. Insbesondere seit letztem Sommer. Du bist derjenige, der nicht mehr vögeln will. Das hast du mir mehrmals sehr deutlich vermittelt.«

»Siehst du, Alison, genau das meine ich. Warum sagst du ›vögeln‹? Wir zwei sollten Liebe machen. Ich will meine Frau nicht ›vögeln‹.« Er neigt den Kopf, und sein Blick zeugt von seinem Kummer ob meiner simplen, ja, vulgären Sprache.

»Vögeln oder Liebe machen – nenn es, wie du willst. Jedenfalls zeigst du seit zwei Jahren kein Interesse mehr an mir, und damit hat es angefangen. Plötzlich warst du zu gestresst, und das war's dann. Daran kannst du doch nicht mir die Schuld geben.«

»Die Ehe besteht nicht nur aus Sex. Sie ist ein komplexes Konstrukt, und wir sind Partner auf einer Reise, Alison. Gemeinsam haben wir uns auf das Abenteuer eingelassen, unserer Tochter den besten Start ins Leben zu ermöglichen.« Er lächelt. Fast fürchte ich, dass er mir den Kopf tätschelt.

»Würdest. Du. Bitte. Aufhören. Mich. Alison. Zu. Nennen? Herrgott noch mal!« Mir reicht es langsam.

»Leise. Du weckst Matilda auf.«

Ich unterdrücke einen Aufschrei und schlage mit der geballten Faust auf die Armlehne des Sessels. Zu fest. Ich reibe mir die schmerzende Hand, und er fängt meinen Blick auf, und einen Moment lang glaube ich, dass wir zu lachen beginnen, weil es so absurd ist, wie wir jetzt und hier miteinander umgehen. Immerhin handelt es sich doch um uns, Carl und mich. Wir sind den größten Teil unseres Erwachsenenlebens zusammen, wir haben alles gemeinsam durchgemacht. Doch der Moment verstreicht, und seine Miene verhärtet sich.

»Gut, wir machen noch einen Versuch, diese Ehe zu retten, Alison. Wegen Matilda. Aber du wirst dich anstrengen müssen, dich weitaus erwachsener zu benehmen als zuvor. In guten wie in schlechten Zeiten, weißt du noch?«

Schlecht. Schlechter. Am schlechtesten. Noch immer spüre ich Gelächter in mir blubbern, aber ich beherrsche mich. Carl ist nicht in der Stimmung dafür. Ich erkenne den Gesichtsausdruck nicht, den er mir präsentiert, aber dann kapiere ich es: Er ist jetzt Carl der Therapeut, zugewandt, aufrichtig, die

Stirn in seriösen Falten. Ich bekomme den Gedanken zu fassen und zerquetsche ihn. Mag sein, dass Carl mit seinem Rückzug den Niedergang unserer Ehe initiiert hat, doch ich bin diejenige, die ihn beschleunigt, indem sie einen anderen vögelt (ja, *vögelt*!). Ich rufe mir wieder in Erinnerung, dass es hier um Matilda geht. Für sie will ich ein besserer Mensch sein, eine bessere Mutter und Ehefrau.

»Ja, ich weiß noch. In guten wie in schlechten Zeiten. Wir kriegen das hin, versprochen.«

Dieses Mal erhebt er keine Einwände mehr. Nach einem Augenblick hält er mir seine Hand hin, und ich nehme sie. Seine Finger sind kühl, und obwohl meine Hand dagegen warm und verschwitzt ist, zieht er seine nicht zurück. Zwar ist seine Berührung auch nicht herzlich, aber im Augenblick reicht es.

Ich schlafe nicht besonders gut; mir ist nur allzu bewusst, dass Carl auf der anderen Bettseite versucht, mich nicht zu berühren. Ein provisorischer Steg überbrückt den Abgrund zwischen uns, aber viel hält er nicht aus. Am Montag stehe ich um sechs Uhr auf und fahre früh in die Kanzlei; noch einen Streit verkrafte ich nicht. Auf dem Küchentisch habe ich eine Nachricht liegen lassen und sie spontan mit *Liebe dich* unterschrieben. Ob das *Dich* Matilda, Carl oder beide meint, weiß ich nicht, aber das können die zwei selbst entscheiden. Der Bus ist leer, die Straßen noch wie ausgestorben – in null Komma nichts bin ich in der Fleet Street. Ich sollte öfter so früh fahren. Der Temple-Komplex ist ebenfalls noch leer, und nur ein paar vereinzelte Lichter deuten darauf hin, dass hier besonders eifrige Rechtsanwälte bei der Arbeit sind.

Während ich an den dunklen Gebäuden vorbeigehe, denke ich an meine Referendarzeit zurück – und an den einen Ausbilder, der immer spätestens um sieben an seinem Schreibtisch saß und als letzter am Abend ging. Ein anderer lag öfter morgens schnarchend unter seinem Tisch, wo er den Rausch vom Vorabend ausschlief, und damals war ich naiv genug, über diese Gegensätze zu staunen. Heute weiß ich, dass sie sich gar nicht so sehr voneinander unterschieden, denn genau wie ich jetzt suchten sie bloß Ausreden, um nicht nach Hause zu müssen. Der eine Ausbilder überredete mich regelmäßig, mich mit den Rechtsberatern zu besaufen; der andere gab sich keine Mühe, seine Verachtung meiner Person und meiner Trinkgewohnheiten zu verschleiern, auch wenn er die Schreibarbeiten, die ich für ihn – natürlich unbezahlt – erledigte, fast wortwörtlich übernahm. Durch sie lernte ich die Kunst der Katerhandhabung und das Verfassen juristischer Texte, möglicherweise habe ich auch durch Osmose übernommen, wie man sich selbst das Leben schwer macht. Vielleicht erhält man mit Perücke und Robe automatisch die Fähigkeit, es im Gerichtssaal mit jedem Schwachsinn aufzunehmen, scheitert aber phänomenal, sobald man versucht, mit Ähnlichem in der Welt außerhalb des Strafrechts zurechtzukommen.

Als ich vor der Kanzlei ankomme, dränge ich die Gedanken resolut zurück. Wie viele äußere Einflüsse ich auch verantwortlich machen will, es ändert nichts an der Tatsache, dass meine Ehe auf Grund gelaufen ist. Carl kann mich anscheinend nicht mehr ertragen, und mir geht seine selbstgefällige Tugendhaftigkeit zunehmend auf die Nerven. Ja, er mag besser mit Matilda umgehen als ich, aber er hat auch mehr Übung. Er spielt den Hausmann und den aufopfernden Papa, während ich das Geld verdiene, um die ganze Veranstaltung zu bezahlen. Mein Ärger wächst, und meine Gedanken beginnen herumzuwirbeln. Ich stürme in die Kanzlei und in mein Zimmer, und Matilda lächelt mir von meinem Schreibtisch entgegen. Ich habe noch immer keinen neuen Bilderrahmen gekauft, und das schlechte Gewissen holt mich aus meiner Schleife aus Zorn und Schuldzuweisung heraus. Die Versagermutter hat wieder zugeschlagen. Ich lasse mich auf meinen Stuhl fallen und senke den Kopf in meine Hände.

Nach ein paar Augenblicken höre ich ein Hüsteln an der Tür. Ich hebe den Kopf und entdecke Mark.

»Sie sind aber früh dran«, bemerke ich.

»Ja, viel zu tun diese Woche. Wir richten ein neues Aktenablagesystem ein, daher wollte ich heute Morgen möglichst viel erledigen. Und Sie, Miss?«

»Konnte nicht schlafen, also hab ich beschlossen, ein bisschen Papierkram zu erledigen. Davon gibt es ja immer genug.«

»Wie wahr. Und hier kommt gleich noch etwas.« Er reicht mir den Stapel Blätter, den er im Arm hat. »Das kam am Freitag rein.«

»Da war ich nicht hier«, erwidere ich überflüssigerweise. Schließlich weiß er das genauso gut wie ich. Ich verstumme und werfe einen Blick auf die Unterlagen. Von der Staatsanwaltschaft. Die Aussage von James, Madeleines Sohn. Datiert vom letzten Freitag.

»Wann hat man uns das zur Verfügung gestellt?«

Mark zuckt die Achseln. »Keine Ahnung, Miss. Es kam mit der letzten Post so gegen sechs am Freitagabend, mehr weiß ich auch nicht. Hören Sie, ich müsste jetzt weitermachen.«

»Ja, klar. Vielen Dank.«

Ehe ich zu lesen anfange, rufe ich Patrick an, um zu hören, seit wann genau uns die Aussage vorliegt und was er von James als Zeugen hält. Im Grunde rechne ich gar nicht damit, dass er schon ans Telefon geht, da es noch nicht einmal acht ist, aber tatsächlich nimmt er nach dem dritten Klingeln ab.

»Alles in Ordnung?«

»Ja, alles prima. Hör mal, ich wollte dich fragen …«

»Wegen Freitag, meinst du?«, unterbricht er mich. »Verzeih mir, ich habe mich wie ein Arschloch benommen. Bei dir zu Hause zu sein hat mich wahrscheinlich vollkommen eingeschüchtert.«

Ich bin regelrecht verblüfft. Mit einer Entschuldigung hatte ich nicht gerechnet. Und schon gar nicht mit einem unumwundenen Schuldbekenntnis.

»Deswegen habe ich nicht angerufen, aber danke. Und dass du eingeschüchtert warst, tut mir leid.«

»Es war ein schöner Abend. Und das Essen war lecker. Ich habe mich danebenbenommen und entschuldige mich. Verzeihst du mir?«

»Ja, sicher. Ich verzeih dir.« Ja, er hat Mist gebaut und sich unmöglich benommen, aber letztlich hat er ja aufgehört, und ich selbst war ja auch nicht gerade entspannt. Wie er am Freitag schon richtig bemerkt hat, mag ich es normalerweise durchaus etwas ruppig. »Schon in Ordnung. Und eigentlich wollte ich mit dir über James' Aussage reden. Will die Anklage wirklich den Sohn aufrufen, damit er gegen die eigene Mutter aussagt?«

»Besonders begierig sind sie sicher nicht darauf. Ich habe mit dem Anwalt der Anklage gesprochen. Aber seine Aussage ist relevant, was die Beziehung seiner Eltern angeht.«

»Tja, davon muss man ausgehen. Hat sie ihn sprechen können?« Ich halte inne, klemme den Hörer zwischen Ohr und Schulter und suche in den Unterlagen nach der Kautionsvereinbarung. Natürlich hat sie ihn nicht sprechen können:

Kein Kontakt mit den Zeugen der Anklage. Um wen es sich auch handeln mag.

»Jedenfalls solltest du die Unterlagen lesen«, fährt er fort. »Sie könnten ganz nützlich sein. Ich bin noch immer der Ansicht, dass wir die Anklage mit der Aussage, die sie bei dir gemacht hat, auf Totschlag drücken können.«

»Okay. Warum hast du am Freitag eigentlich nichts davon gesagt?«

»Weil ich überhaupt nicht mehr daran gedacht habe. Ich hatte anderes im Kopf, wie du dich vielleicht erinnerst.«

Das tue ich. Und einiges davon war vom Ansatz her nicht schlecht. »Stimmt.«

Eine lange Pause entsteht. Ich will gerade etwas sagen, um das Schweigen zu beenden, als er mir zuvorkommt.

»Alison, ich weiß, ich hab es schon gesagt, aber es tut mir wirklich leid. Ich weiß nicht, was mich geritten hat. Ich hätte dein Nein schon beim ersten Mal akzeptieren müssen.«

Ich will etwas sagen, aber er fährt fort.

»Beim nächsten Mal passiert mir das nicht, versprochen.«

»Beim nächsten Mal?«

»Ja. Ich würde dich gerne öfter sehen, Alison. Viel öfter. Der Freitagabend hat mich wachgerüttelt. Ich habe am Wochenende viel nachgedacht. Die ganzen letzten Jahre über habe ich mich ausgetobt und jegliche Verpflichtung vermieden, aber ich kann nicht ewig die Flucht ergreifen. Ich denke nämlich die ganze Zeit an dich.«

»Aha?«

»Ja, wirklich. Ich glaube, aus uns zwei könnte etwas Besonderes werden. Hör mal, können wir später noch einmal ausgiebig darüber reden? Ich muss zum Gericht.« Und damit legt er auf.

Ich nehme das Telefon vom Ohr und blicke darauf, als könnte es mir mehr über Patricks Gedanken verraten, als er mir mit Worten mitgeteilt hat. Etwas Besonderes? Mir steigt das Blut in die Wangen, und ein warmes Glimmen breitet sich in meiner Brust aus, ehe die Realität mit Macht auf mich einstürzt. Ja, vielleicht, wenn es da nicht die Kleinigkeit einer bereits bestehenden Familie gäbe. Er verändert eigenmächtig die Regeln unseres Übereinkommens, indem er uns plötzlich eine Zukunft eröffnet, die nie angestrebt war. Immer vorausgesetzt, ich darf dem Glauben schenken, was er gesagt hat, und er hat nicht nur ein schlechtes Gewissen, weil er fast gewalttätig geworden ist. Mein Blick fällt wieder auf Matildas Foto, und mein Herz zieht sich zusammen. Es spielt keine Rolle, was Patrick empfindet – Carl und ich müssen uns zusammenraufen. Irgendwie.

Ich wende mich James' Aussage zu.

Ich heiße James Arthur Smith und bin vierzehn Jahre alt. Ich gehe in die 9. Klasse auf ein Internat in Kent, die Queens School. Ich bin da seit etwas über einem Jahr. Vorher bin ich auf eine Schule in Clapham gegangen, ziemlich nah bei meinem Zuhause. Bis ich ins Internat kam, habe ich bei meinen Eltern gewohnt, wobei mein Vater durch seine Arbeit oft verreist war.

In den Ferien fahre ich immer nach Hause, und zusätzlich zu der einen Woche nach dem ersten Halbjahr, dürfen wir uns im Schuljahr noch ein anderes Wochenende aussuchen, an dem wir nach Hause fahren. Obwohl das neue Schuljahr erst am 5. September angefangen hatte, wollte ich am 15. wieder nach Hause, weil ein Freund von mir aus der Grundschule an dem Wochenende eine Party feierte. Ich kam am Freitagabend spät an. Meine Mutter hatte gekocht, und wir aßen zusammen. Mein Vater war noch unterwegs und kam erst spät nach Hause, als ich bereits im Bett lag, aber ich konnte die beiden streiten hören. Mein Vater brüllte, und meine Mutter weinte. Irgendwann bin ich eingeschlafen. Ich bin nicht runtergegangen, um herauszufinden, was los war, weil mein Vater das nicht mag.

Am Samstag wachte ich ziemlich spät auf und frühstückte allein, weil meine Eltern beide weg waren. Auf der Arbeitsfläche in der Küche lag ein Scherbenhaufen; es könnte eine Flasche gewesen sein. Ich hatte aber am Abend zuvor kein Klirren gehört, daher weiß ich nicht, was geschehen war. Ich suchte nach möglichen Blutflecken, aber da war nichts, und so schob ich die Scherben auf eine Zeitung, wickelte sie ein und warf sie weg, weil ich dachte, sie würden sich vielleicht freuen, wenn sie sie bei ihrer Heimkehr nicht mehr sehen würden. Ich räumte die Frühstückssachen weg, ging hoch, um mich anzuziehen, und machte Hausaufgaben.

Meine Eltern kehrten gegen elf zurück. Ich weiß nicht, wo sie waren, und ich habe sie auch nicht danach gefragt. Besser man fragt nicht, wenn sie sich gestritten haben, aber ich ging auf jeden Fall runter. Meine Mutter wirkte nervös, und ich glaube, sie hatte wieder geweint. Mein Vater sagte nicht viel. Wir aßen aber trotzdem zusammen zu Mittag, und es war ganz in Ordnung. Meine Mutter hatte Käsetoasts gemacht, weil sie weiß, dass ich die gerne esse.

Samstagabend gingen wir in ein Steakhouse essen. Die beiden haben nicht miteinander gesprochen, mit mir allerdings schon. Ich wusste nicht, ob mein Vater sauer war, habe aber aufgepasst, nichts Falsches zu sagen. Ich trank Cola, meine Eltern zwei Flaschen Wein. Wahrscheinlich hat mein Vater sich auch einen Whisky bestellt, das macht er eigentlich immer.

Nach dem Essen ging ich auf die Party. Ich fuhr mit der U-Bahn hin, denn ich musste nur bis Balham, auf dem Rückweg rief ich mir ein Uber. Meine Mutter hat mir die App aufs Handy geladen. Die Party war ganz okay. Es gab auch Alkohol, aber ich trinke nie was – ich mag es nicht, wie man sich dabei fühlt, und mir kommt es vor, als ob die Leute davon nur aggressiv werden. Kurz vor elf war ich wieder zu Hause – das ist mein Limit. Meine Eltern waren noch auf. Ich glaube, mein Vater hatte noch mehr getrunken, weil er schwankte, als er aufstand, und sein Gesicht ziemlich rot war. Seine Augen waren auch rot, und sie tränten. Er hatte richtig miese Laune, obwohl ich nicht weiß, wieso. Sobald ich reinkam, stürmte er aus dem Wohnzimmer und brüllte mich an, ich käme zu spät, obwohl das nicht stimmte. Er schubste mich gegen die Tür, die zuknallte, und fing an auf mich einzuboxen. Meine Mutter kam hinter ihm her und schrie und zerrte an seinem Arm. Ich klappte zusammen, ließ mich zu Boden fallen und hielt mir die Arme über den Kopf, um mich selbst zu schützen.

Er trat mir noch zweimal gegen die Beine, dann hörte er auf. Ich glaube, das tat er nur, weil er erschöpft war, nicht weil er mir nicht weiter wehtun wollte. Sein Gesicht war jetzt noch roter, und er atmete pfeifend, klappte immer wieder den Mund auf und zu. Schließlich sagte er mir, ich solle ihm aus den Augen gehen, er wolle mich nicht mehr sehen. Ich rannte hoch und verbarrikadierte mich in meinem Zimmer, indem ich einen Stuhl unter die Klinke stellte. Ich wickelte mich in meine Decke ein, setzte mich auf den Boden und lauschte, ob er meiner Mutter etwas antat, aber ich hörte nichts, und irgendwann schlief ich ein.

Ich habe überlegt, die Polizei zu rufen, aber langfristig macht das immer alles noch schlimmer. Ich habe zweimal miterlebt, wie sie zu uns gekommen sind, als meine Eltern sich schlimm gestritten haben, aber sie haben Dad nie mitgenommen, und am Ende hat meine Mum noch mehr abgekriegt. Das eine Mal war ungefähr vor drei Jahren, das andere Mal Weihnachten letztes Jahr, weil meinem Vater nicht gefiel, dass sie sich mit meinen Geschenken mehr Mühe gemacht hatte als mit seinen.

Am nächsten Morgen weckte Mum mich sehr früh, indem sie an meine Tür klopfte. Ich war auf dem Boden eingeschlafen. Als ich ihr die Tür aufmachte, trug sie noch dieselben Sachen wie am Vorabend. Sie waren zerknittert, als hätte sie darin geschlafen, und sie roch ein bisschen komisch. Sie sagte nichts, sondern legte nur den Finger an die Lippen, kam rein und fing an, meine Sachen zusammenzupacken. Da sie nicht wissen konnte, was ich mitnehmen wollte, übernahm ich, und sie setzte sich aufs Bett. Als ich mich angezogen hatte, gingen wir runter, wobei ich Dad im Schlafzimmer schnarchen hörte. Mum öffnete die Tür, gab mir draußen fünfzig Pfund und flüsterte, mit ihr wäre alles okay und ich solle zurückfahren, sie würde mich heute Abend anrufen. Ich gab ihr einen Kuss zum Abschied, danach habe ich sie nicht mehr gesehen. Sie hat mich am Abend nicht angerufen, und als ich es versucht habe, ging sofort der Anrufbeantworter ran. Mein Hausvater hat mir am Montag nach der Schule gesagt, was passiert ist.

Ich habe meinen Vater geliebt, aber wenn er wütend war und meine Mutter und mich anbrüllte, war es schlimm. Ich weiß, dass er mit mir nicht zufrieden war, weil ich oft krank war und er lieber einen Sohn gehabt hätte, der auf Fußball und Rugby und Cricket steht. Mir machen diese Sportarten auch Spaß, aber nicht so sehr, und ich war nie in irgendeiner Mannschaft. Er meinte, ich sei jämmerlich und schlimmer als ein Mädchen. Und obwohl er mich am Samstag nicht zum ersten Mal geschlagen hat, war es vorher nie so schlimm gewesen.

Ich war damals froh, ins Internat gehen zu können, weil ich ihre Streitereien nicht mehr aushielt. Andererseits hatte ich Angst, Mum alleinzulassen, aber sie sagte, es wäre für sie schlimmer, wenn ich zu Hause bliebe und alles mitbekäme.

Seit mein Vater gestorben ist, habe ich meine Mutter nicht mehr gesehen. Ich weiß, dass sie nicht mit mir reden darf, und in der Schule geht es mir gut. Alle sind sehr nett zu mir.

Wenn es nach mir ginge, hätten sie sich schon vor Jahren trennen sollen. Ich hatte den Eindruck, dass sie sich nicht ausstehen konnten, und ich verstehe einfach nicht, warum man dann zusammenbleibt. Mit einer Scheidung wäre vielleicht alles besser geworden. Ich wollte *nicht, dass meine Eltern sich scheiden lassen, aber falls sie es getan hätten, wäre Dad vielleicht jetzt nicht tot und Mum nicht im Gefängnis.*

Die letzten Sätze kreisen durch meinen Verstand, als ich den Blätterstapel auf den Tisch zurücklege. Matildas Foto blickt mir entgegen. Carl und ich werden uns wohl kaum gegenseitig umbringen, aber dass die Atmosphäre zwischen uns vergiftet ist, lässt sich nicht leugnen. Eine dumpfe Furcht vor dem Abgrund aus Trennungsformalitäten, Sorgerechtsstreitereien und Gezänk um Geld packt mich, aber ich unterdrücke sie und versuche mir stattdessen zu überlegen, welche Schritte ich unternehmen könnte. Vielleicht ist es an der Zeit, mutig zu sein und die Initiative zu ergreifen. Unser Haus müsste inzwischen einiges wert sein, so wie die Preise in den vergangenen Jahren gestiegen sind. Wir könnten es verkaufen und den Gewinn teilen. Ich kann mir eine Wohnung weiter draußen kaufen oder eine mieten. Wenn es nur für mich und Matilda ist, muss sie nicht groß sein. Doch so, wie es zwischen Carl und mir läuft, kann es einfach nicht weitergehen. Der Gedanke an eine Zukunft mit Patrick schleicht sich in meine Gedanken, aber ich verwerfe ihn; erst muss ich die Situation mit Carl bereinigen.

Dann speichere ich diese Thematik für später ab, lese James' Aussage erneut und mache mir Notizen zu den für uns relevanten Punkten. Noch eine weitere Sitzung mit Madeleine, und ich habe die Einrede stehen.

SECHZEHN

Am nächsten Tag treffe ich um zwei Uhr bei Francine ein. Zum ersten Mal wirkt sie regelrecht froh, mich zu sehen, und scheint mich zur Begrüßung sogar küssen zu wollen, ehe ihr wieder einfällt, dass dies eine Geschäftsbeziehung ist, keine private. Madeleine kennt solch eine Zurückhaltung nicht; als ich eintrete, springt sie von der Couch auf und schließt mich in ihre Arme. Auf meinen Vorschlag hin gehen wir in die Küche, wo ich die Unterlagen besser ausbreiten kann.

»Hat man Ihnen eine Kopie von James' Aussage gegeben?«

»Ja.« Madeleines Stimme klingt plötzlich tonlos, der Überschwang von eben ist verpufft.

»Obwohl es sich um eine Aussage der Anklage handelt, unterstützt sie in meinen Augen Ihre Darstellung. Sie kann uns nur nützen. Falls die Anklage ihn nicht als Zeugen aufruft, können wir es tun.« Ich gebe meiner Stimme einen aufmunternden Klang.

»Sie unterstützt meine Darstellung, weil ich die Wahrheit sage«, entgegnet sie. Einen Moment lang scheint sie mich anblaffen zu wollen, weil ich offenbar eine Bestätigung für nötig halte, doch ihre Miene drückt keine Verärgerung aus.

»Selbstverständlich. Es ging mir hier nur um die Sichtweise der Anklage …«

»Oh, ich weiß, Alison, machen Sie sich keine Gedanken. Dennoch ist es schrecklich zu lesen, wie es James bei all dem ging.« Sie starrt eine Weile auf die Tischplatte, dann ringt sie sich ein Lächeln ab. »Aber dass es mir hilft, sehe ich durchaus.«

»Also haben wir jetzt einen psychiatrischen Bericht, der eher zu Ihren Gunsten gelesen werden kann, Aussagen von Ihrem Arzt und Ihrer Freundin und James' Erklärung. Die ärztlichen Unterlagen stützen Ihre Krankengeschichte natürlich auch. Das alles summiert sich«, schließe ich, noch immer mit aufmunterndem Tonfall.

»Aber niemand hat gesehen, was in der Nacht passiert ist, denn es war niemand da. Also hängt es davon ab, ob man mir glaubt, richtig?«

»Ja. Aber wie ich schon sagte, untermauert die Beweislage die Geschichte, die zu den Ereignissen geführt hat. Sie setzt Ihre Tat in einen Kontext.«

»Ja, das ist mir klar. Kann ich meine eigene Aussage noch einmal sehen?«

»Sicher.« Ich ziehe die Seiten aus dem Stapel und reiche sie ihr. Sie beugt sich darüber und liest sie, während ich dasselbe mit einer Kopie davon mache. Ich kenne den Bericht allerdings in- und auswendig; ich habe die Satzfragmente, die sie bei unserem Lunch bei Jasper's mit gebrochener Stimme von sich gegeben hat, in einen Fließtext verwandelt und so eingehend studiert, dass er sich in mein Bewusstsein eingestanzt hat. Die Anfänge, als sich die Gewalt langsam und heimtückisch in die Beziehung schlich. Die kleinen und größeren Verletzungen. Die Demütigungen und Herabwürdigungen – bespucken, kratzen, an den Haaren ziehen –, das bewusste Überschreiten ihrer empfindlichsten Schamgrenzen. Die Male, die sie ein blaues Auge überschminkte und behauptete, sie hätte sich an der Autotür gestoßen. Die Ausreden, die sie Freundinnen, Ärzten, anderen Elternteilen in

James' Schule auftischte. Wie sie über die Jahre versuchte, James vor Edwins Zorn zu bewahren und den größten Teil auf sich umzulenken.

Ich konnte James nicht mehr beschützen. Er wurde zu groß, reichte immer mehr an Edwin heran. Edwin konnte es nicht ertragen, einen anderen Mann im Haus zu haben. Einmal, Anfang Mai dieses Jahres, widersetzte sich James Edwin zum ersten Mal, aber ich kann mich nicht mehr erinnern, weswegen. Dann ging er weg, und Edwin wandte sich gegen mich, ohrfeigte mich und behauptete, ich würde James gegen ihn aufhetzen, der Junge sei langsam nicht mehr zu kontrollieren und man müsse ihm eine Lektion erteilen. Ich versuchte, Edwin zu beschwichtigen und davon zu überzeugen, dass James ihn durchaus respektierte, aber als er später wieder nach Hause kam, schlug Edwin ihn nieder und trat auf ihn ein. Ich zerrte ihn von ihm weg, wusste aber, dass es wieder passieren würde – es war nur eine Frage der Zeit. In den großen Ferien schickte ich ihn in ein Sportcamp, wo er fast den ganzen Sommer über blieb, und als er im Herbst wieder zur Schule ging, war ich überzeugt, dass die Dinge sich ein wenig beruhigt hatten. Wenigstens fürs Erste. Aber James wollte unbedingt zu der Party nach Hause kommen. Ich versuchte, es ihm auszureden, aber er wollte einfach nicht auf mich hören.

Edwin erzählte mir zu meiner Erleichterung, dass er an diesem Wochenende beruflich unterwegs sein würde, doch dann wurde die Reise abgesagt. Am Donnerstag erklärte ich ihm, dass James am Wochenende heimkommen würde, und er wurde ungeheuer wütend und brüllte, sein Haus sei doch kein verschissener Kindergarten und wieso bezahle er überhaupt das teure Internat, wenn James sowieso nie dort sei. Ich versuchte ihn zu beruhigen, aber es klappte nicht. Er würde morgen so oder so weg sein, sagte er noch.

James kam am Freitag gegen sieben nach Hause, und Edwin ging tatsächlich, was mich ungeheuer erleichterte. Ich machte Fish-Pie für James, und wir aßen zusammen und sahen danach fern. James ging schon um halb zehn ins Bett, aber ich blieb auf, um noch einen Film zu sehen. Edwin kam gegen zwölf nach Hause. Er war betrunken, und als er den Fisch roch, drehte er durch und wütete, ich hätte das Haus absichtlich mit dem Gestank eingeräuchert, um ihn zu ärgern. Wütend rannte er in die Küche, und vorsichtshalber folgte ich ihm. Er griff nach der Pieform auf der Arbeitsfläche und schleuderte sie mir entgegen. Ich wich aus, und die Form knallte gegen die Wand. Sie ging nicht kaputt, aber der Rest der Pastete klatschte auf den Boden. Edwin packte mich, zwang mich zu Boden und schleifte mich hin, dann drückte er mein Gesicht in das Essen. Ei, Soße und Fisch drangen mir in Mund und Nase, und ich konnte kaum noch atmen. Der Geruch war extrem, und ich hatte das Gefühl, ich müsste mich übergeben. Ich versuchte mich zu befreien, aber er lehnte sich einfach mit seinem ganzen Gewicht auf mich, und ich bekam kaum noch Luft. Hals und Schultern taten höllisch weh. Als ich glaubte, fast ersticken zu müssen, ließ er endlich locker. Ich wollte mich aufsetzen, aber er schrie mich an, ich solle das Zeug aufessen, ich müsse die Sauerei, die ich veranstaltet hatte, schließlich auch wieder beseitigen. Also tat ich es. Wenn Edwin in dem Zustand ist, hat es keinen Zweck, etwas einzuwenden. Man macht am besten, was er sagt.

Madeleine hält an dieser Stelle inne; ich erkenne es an der Seite, die sie in der Hand hält. Auch ich konnte kaum weiterschreiben, als sie mir in der Weinbar davon erzählte. Für mich ist Madeleine der Inbegriff von Haltung und Würde. Wann immer ich ihr begegnet bin, war sie tadellos zurechtgemacht, und Patrick hat mir erzählt, dass es ihr selbst im Gefängnis gelungen war, gepflegt und topfrisiert aufzutreten. Mir vorzustellen, wie sie auf Knien verschüttetes Essen vom

Boden isst, will mir kaum gelingen. Sie seufzt und liest weiter. Ich tue es ihr nach.

Ich aß so viel, wie ich konnte, aber es blieben Reste. Edwin trat mir in den Rücken und sagte, ich müsse es auflecken. Ich gehorchte, aber mir war schlecht, und ich fand die Position, in der ich mich befand, furchtbar demütigend. Außerdem hatte ich schreckliche Angst, dass James herunterkommen und sehen würde, was geschah. Edwin ließ von mir ab, und plötzlich klirrte es direkt hinter meinem Kopf gewaltig. Ein Splitter traf mich an der Wange, und es brannte. Dann schwappte eine Weinpfütze über den Boden. »Ich dachte, du wolltest zum Essen vielleicht einen Schluck Wein trinken«, sagte er und kicherte dabei. Ich traute mich nicht, aufzuhören und mich zu ihm umzudrehen, denn nun bekam ich Angst, dass er mein Gesicht vielleicht in die Scherben drücken würde. Er kicherte lauter, hysterischer, bis es sich fast wie Weinen anhörte, doch noch immer wagte ich nicht, mich zu ihm umzudrehen. Er trat mich noch einmal in den Rücken, dann verließ er die Küche und ging die Treppe hinauf. Oben fiel die Tür zu, dann war es still. Ich wartete ungefähr eine halbe Stunde auf dem Küchenboden, bis ich mir sicher war, dass er nicht zurückkam, dann räumte ich auf und fegte die Scherben zusammen. Durchs Geländer sah ich, dass unsere Schlafzimmertür geschlossen war, daher beschloss ich, mich lieber aufs Sofa zu legen.

Am nächsten Morgen weckte Edwin mich früh, schon gegen sieben. Er war ein anderer Mensch und fragte mich, ob er so laut geschnarcht habe, dass ich deswegen unten im Wohnzimmer geschlafen hätte. Dann schlug er vor, frühstücken zu gehen. Ich wusch mich und zog mich schnell an, bevor er es sich anders überlegte. Es gefiel mir nicht, James allein zu lassen, ohne ihm wenigstens Bescheid zu geben, aber ich hielt es für klüger, Edwin nicht daran zu erinnern, dass James zu Hause war. Mit dem Taxi fuhren wir zum Wolseley; Edwin ist gerne dort. Er bestellte für sich ein englisches Frühstück und für mich Rührei und Räucherlachs. Ich hatte keinen großen Hunger, mühte mich aber redlich, obwohl der Fischgeruch mir Übelkeit bereitete. Edwin war lieb und nett und scherzte viel, und ich entspannte mich langsam.

Wir fuhren mit dem Taxi zurück und waren gegen elf wieder zu Hause. James war anscheinend schon auf, denn die Scherben in der Küche waren fort, und es machte mich traurig, dass mein Sohn die Trümmer unserer Auseinandersetzungen aufräumen musste. Ich wusste, dass er es vor allem getan hatte, damit Edwin nicht erneut in Rage geraten würde, und mich plagte das schlechte Gewissen, weil es doch meine Aufgabe war, ihn zu beschützen, und nicht umgekehrt. Aber Edwin blieb ruhig, und James kam herunter, und wir plauderten über seinen Sport und wie es in der Schule lief. Ich machte ein paar Käsetoasts, und alles lief friedlich. Schließlich ließ meine Nervosität nach.

Am Nachmittag gingen wir alle unseren eigenen Angelegenheiten nach. James hatte Hausaufgaben zu erledigen, und ich musste für die anstehende Ausstellung in der Galerie etwas lesen. Edwin war in seinem Arbeitszimmer, und ich war darauf bedacht, ihn nicht zu stören. Ich reservierte für den Abend einen Tisch in einem Restaurant, das Edwin mag, und wir fuhren zum Abendessen hin, aßen Steak und tranken Wein. Edwin bestellte sich danach noch einen Whisky, und es kann sein, dass er auch vorher schon etwas getrunken hatte, aber ich weiß es nicht genau. Jedenfalls trank er weit mehr Wein als ich.

Anschließend fuhr James zu der Party in Balham, und Edwin und ich kehrten nach Hause zurück. Dort trank Edwin noch mehr Whisky und wurde irgendwann sauer, dass James weg war, während er doch eigentlich Zeit mit seinen Eltern verbringen sollte. Ich machte den Fehler, darauf hinzuweisen, dass er ihn gar nicht hier hatte haben wollen, daher ohrfeigte er mich ein paarmal, weil ich ihm Widerworte gab. Rastlos wanderte er auf und ab und wartete auf James' Heimkehr, und sobald die Haustür um elf aufging, stürzte Edwin hin, schlug James *nieder und trat auf ihn ein. Ich schrie und schaffte es, ihn wegzuzerren, sodass James hinaufrennen konnte, und Edwin brüllte: »Ich bring ihn um! Das lass ich mir nicht mehr gefallen!« Er stürmte ins Wohnzimmer zurück und schenkte sich Whisky nach. Ich setzte mich auf die Treppe und gab keinen Ton von mir, und irgendwann ließ Edwins Zorn nach, und er schlief auf dem Sofa ein.*

»Kann die Mordanklage gegen mich wirklich umgewandelt werden?«, fragt Madeleine und schaut von der Abschrift auf.

»Ich weiß es nicht. Das hängt von vielen Faktoren ab«, antworte ich. »Das Beste wäre es, wenn die Staatsanwaltschaft Ihre Darlegung der Dinge akzeptiert. Wir schicken ihr unseren psychiatrischen Bericht, und man wird Ihnen im Gegenzug einen ihrer Fachberater schicken. Und selbst wenn die Anklage unserem Vorschlag nicht nachkommt, können wir ihn immer noch den Geschworenen unterbreiten. Natürlich kann das so oder so ausgehen, aber angesichts der Ereignisse ist es auf jeden Fall einen Versuch wert.«

Sie steht auf, verlässt den Tisch und durchquert den Raum. »Es ist die Wahrheit. Ich wusste mir nicht anders zu helfen. Es war das Einzige, was ich tun konnte.« Sie schlägt die Hände vors Gesicht und lässt sich mit dem Rücken an der Wand hinunterrutschen, bis sie am Boden hockt. Vor meinem inneren Auge erscheint ein Abbild von ihr, wie sie sich vorbeugt und den Boden ableckt, während ein gestiefelter Fuß sie tritt. Sie beginnt leise zu schluchzen. Ich lese weiter.

Ich konnte nicht schlafen. Ich konnte das, was geschehen war, nicht aus dem Kopf drängen. Ich musste etwas unternehmen, aber ich wusste nicht, was. Sobald der Morgen anbrach, weckte ich James und schickte ihn in die Schule zurück. Ich durfte nicht zulassen, dass ihm noch mehr angetan wurde. Dann duschte ich und zog mich um. Edwin wachte erst spät auf und sprach den ganzen Tag nicht mit mir. Er schloss sich in seinem Arbeitszimmer ein, aber ich weiß nicht, was er da gemacht hat. Ich wagte nicht, das Haus zu verlassen, weil ich nicht wusste, was er von mir erwartete. Also blieb ich in der Küche und kochte eine Suppe, falls er Hunger haben würde. Gegen sechs kam er herunter und fing wieder an zu trinken. Ich trank auch ein Glas, um mich etwas zu beruhigen, denn in seiner Nähe fing ich vor Angst zu zittern an. Er fragte nach James, und ich sagte, dass er wieder ins Internat zurückgefahren sei. Dass James sich nicht von ihm verabschiedet hatte, machte ihn wütend. Er boxte mir ein paarmal in den Bauch, beließ es aber dabei. »Du hast ihn gegen mich aufgehetzt«, beschuldigte er mich wieder. »Wegen dir habe ich meinen Sohn verloren. Deshalb sorge ich jetzt dafür, dass du ihn auch verlierst.«

Bei diesem Satz ging etwas in mir kaputt. »Wag es ja nicht, meinen Sohn zu bedrohen«, sagte ich, und er fing an, laut zu lachen. »Oder was, Madeleine?« Dann schlug er mich gegen die Schläfe, sodass ich zu Boden ging, und trat mir in den Bauch. Ich könne ihn gar nicht aufhalten, höhnte er. Er könne uns beide jederzeit umbringen, wann immer es ihm beliebe. Ich sagte nichts. Er trank noch weiter, ging später jedoch hoch ins Schlafzimmer. Ich konnte hören, wie er oben herumging, dann war irgendwann Stille. Ich konnte es nicht mehr ertragen. Er hatte mich so oft misshandelt, und er würde nicht damit aufhören. Es wurde immer schlimmer. Nun drohte er auch noch, James umzubringen. Ich glaube wirklich, dass er versucht hätte, uns beide zu töten – ich hatte furchtbare Angst. In diesem Moment sah ich keinen anderen Ausweg mehr. Ich ging rauf, vergewisserte mich, dass er tief und fest schlief, holte das Tranchiermesser und stach zu. Immer und immer wieder. Ich weiß nicht, woher ich die Kraft nahm, aber ich wollte ganz sichergehen, dass er wirklich tot war, damit er uns nie wieder etwas tun konnte.

Also hieb ich auf ihn ein, und überall war Blut. Es tropfte von meinen Händen und klebte mir im Gesicht, aber ich konnte einfach nicht aufhören.

»Madeleine, alles in Ordnung?«, frage ich. Sie sitzt noch immer am Boden, doch ihr Schluchzen hat aufgehört.

»Ja, ich glaube schon«, erwidert sie.

»Ich kann nicht garantieren, dass die Geschworenen glauben werden, was Sie sagen. Aber meiner Meinung nach läuft das, was Sie erzählen, auf verminderte Schuldfähigkeit durch einen Kontrollverlust hinaus, und das ändert die Anklage von Mord auf Totschlag. Wir müssen glaubhaft darstellen, dass Sie allen Grund hatten, nicht nur um Ihre eigene Unversehrtheit zu fürchten, sondern auch um die Ihres Sohnes. Zumal Edwin Ihnen und James gedroht hat, Sie umzubringen. Ich bin davon überzeugt, dass wir genügend Beweise haben, um den Geschworenen klarzumachen, dass Sie aus Furcht vor weiteren Misshandlungen und aus Angst um das Leben Ihres Sohnes gehandelt haben. Wir haben den psychiatrischen Bericht – den richtigen, in dem Sie die Wahrheit sagen –, und darin steht, dass Sie Anzeichen einer posttraumatischen Belastungsstörung und depressive Tendenzen zeigen. Ärztliche Berichte belegen die Verletzungen durch Edwins Misshandlungen, und James' Aussage stützt Ihre. Wir sollten es unbedingt versuchen.«

»Ich weiß nicht, Alison. Ich weiß es wirklich nicht. Es bedeutet mir viel, dass Sie daran glauben, aber ich bin mir nicht sicher. Ich werde noch eine Weile darüber nachdenken, wenn das in Ordnung ist. Und ich möchte es auch mit Patrick durchsprechen. Ich werde nicht auf ›nicht schuldig‹ plädieren, wenn er damit nicht einverstanden ist.« Sie steht auf, kommt zu mir und umarmt mich. Ich drücke sie an mich und bin nun auch den Tränen nah. Ich darf mir gar nicht vorstellen, was sie durchgemacht hat, und sie hat mehr Stärke gezeigt, als ich je besitzen werde. Wir stehen da und halten einander einen Moment lang fest, dann lösen wir uns. Sie tritt ans Waschbecken und spült die Becher aus, und ich schiebe die Unterlagen zusammen. Schließlich werfe ich einen Blick auf mein Telefon.

Zehn verpasste Anrufe. Fünf Nachrichten. Was ist denn da los? Gott – Matilda! Es muss Matilda sein!

Es ist nicht Matilda.

Erste Nachricht, Patrick. *Ruf mich an.*

Zweite Nachricht, Patrick. *Bitte ruf mich an.*

Dritte, Patrick. *Das ist ein riesiges Missverständnis. Ruf mich an.*

Vierte, Patrick. *Bitte melde dich. Ich flehe dich an.*

Fünfte, Mark. *Miss, rufen Sie bitte umgehend in der Kanzlei an.*

Ich husche hinaus und rufe die Kanzlei an.

»Sagen Sie es niemandem«, sagt Mark. »Und vor allem nicht der Mandantin. Aber Patrick wird von der Polizei verhört.«

Stumm stehe ich da, ohne dass mir eine Entgegnung einfallen will.

»Er ist nicht angeklagt worden, sagt Chloe, wird aber formell vernommen.«

»Hat Chloe auch gesagt, worum es geht?« Unwillkürlich denke ich an Patricks SMS und das Wort »Missverständnis«, und ein kalter Klumpen bildet sich in meiner Magengrube.

»Sie hat sich sehr vage ausgedrückt. Jemand scheint Anzeige gegen ihn erstattet zu haben.«

»Was denn für eine Anzeige?«, frage ich.

»Es soll eine Frau gewesen sein. Mehr weiß ich auch nicht.«

Mark teilt mir außerdem mit, dass morgen nichts für mich ansteht, und wir kommen überein, dass ich mir den Tag freinehme.

»Ist alles in Ordnung?«, fragt Madeleine, als ich zurückkomme.

»Nein. Ich meine, doch, natürlich. Eine Nachricht von einem Kollegen, die sich nicht ganz so gut anhörte, das ist alles.« Ich bin selbst überrascht, wie klar die Worte, wie geordnet die Sätze klingen. Meine Gedanken rasen. »Tut mir leid, Madeleine, aber ich muss jetzt gehen.«

»Schon in Ordnung«, sagt sie. »Hoffentlich wird alles gut.«

»Das wird es bestimmt«, antworte ich und hoffe inständig, dass das der Wahrheit entspricht. Angst packt mich, und ich verabschiede mich von Madeleine, ohne ihr Gesicht wirklich zu sehen, ihre Stimme zu hören. Wie ferngesteuert marschiere ich durch die Straßen von Beaconsfield, ohne mich dazu durchringen zu können, mir ein Taxi zu rufen. Dann sitze ich am Bahnsteig und sehe die Züge ein- und wieder ausfahren. Irgendwann fängt es an zu regnen, und ich steige in den nächsten Zug, ohne nachzusehen, wohin er fährt. Es ist mir egal. Es ist dunkel, und die Nachrichten, die er mir geschickt hat und die ich zurückschicken könnte, laufen in meinen Gedanken zusammen. *Ruf mich an Du kannst mich mal Ich hab nicht Hast du Ich war's nicht Ruf mich an Fick dich doch Aber ich habe nicht Fick dich.* Schreiben, löschen, schreiben, doch keine geht raus. Ich weiß, dass ich mit ihm reden sollte, aber ich weiß nicht, was ich sagen soll. Ich versuche, ihn anzurufen, aber der Anruf wird sofort auf die Mailbox umgeleitet, und mein Akku ist leer, ehe mir eine Nachricht einfällt, die ich hinterlassen könnte.

Als ich zu Hause ankomme, gehe ich an Carl vorbei, an Matilda vorbei, direkt ins Badezimmer, wo ich unter der Dusche stehe, bis das Wasser kalt wird. Ich glaube, Carl spricht mit mir, aber die Worte werden mit dem Wasser in den Abfluss gespült, und dann gehe ich ins Bett und bete, dass ich einschlafen kann und nicht mehr aufwachen muss, was für Träume die Nacht mir auch bescheren mag.

SIEBZEHN

Aber ich wache auf, und es ist Mittwoch.

Matilda springt aufs Bett, auf mich drauf.

Ich ignoriere sie.

Carl rüttelt mich an der Schulter.

Ich ignoriere ihn.

Mein Telefon piept nicht, klingelt nicht.

Aber wenn, hätte ich es ignoriert.

Ich habe mich in die Decke eingewickelt und das Gesicht im Kissen vergraben. Der Morgen ist da, und nichts hat sich geändert. Nichts ist weggegangen. Bruchstücke der kurzen Unterhaltung mit Mark kommen mir in den Sinn. Keine Anklage. Nur eine Vernehmung. Es muss also nicht wahr sein.

Dann denke ich zurück an den Freitagabend bei mir zu Hause. »Hör auf«, habe ich gesagt. »Stopp!«

Aber er *hat* aufgehört. Letztlich. Er ist kein Vergewaltiger. Es ist Patrick.

Aber was, wenn er nicht aufgehört hätte?

Und wenn er es dieses eine Mal nicht getan hat?

Das kann nicht sein. Nicht Patrick.

Ich will es nicht glauben.

Ich weiß nicht, was ich glauben soll.

»Alison. Du musst den Anruf annehmen. Die Kanzlei«, sagt Carl und hält mir das Festnetztelefon in meinen Kokon. Am liebsten würde ich ihn anfauchen, er solle verschwinden, aber das geht nicht mehr. Ich löse mich aus meiner Embryohaltung und halte mir den Hörer ans Ohr.

»Hallo?« Meine Zunge ist unbeweglich und dick.

»Hallo, Miss.« Es ist Mark. »Tut mir leid, dass ich Sie störe. Ich weiß, wir haben gesagt, dass Sie heute freihaben, aber ich wollte Sie auf den neusten Stand bringen.«

»Auf den neusten Stand?«

»Ja, Miss. Wir haben eben mit Chloe von Saunders & Co. gesprochen. Sie hat bestätigt, dass Patrick um sieben Uhr heute Morgen gegen Kaution freigelassen wurde. Er muss in einer Woche wieder hin. Es geht um einen potenziellen Strafantrag wegen Vergewaltigung. Logischerweise kann er während des laufenden Verfahrens nicht praktizieren, daher muss Chloe seine Fälle verteilen. Sie möchte Sie bitten, im Laufe des Tages wegen des Mordfalls anzurufen.«

»Okay. Mach ich«, antworte ich, setze mich kerzengerade auf und blicke mich nach einem Stift um. Marks Stimme hat mich vorübergehend in meinen normalen Funktionsmodus versetzt, doch dieser dauert nur einen Moment lang an. Ich lasse mich wieder gegen das Kopfende sinken. »Vergewaltigung. Sind Sie sicher?«

»Leider ja, Miss.«

»Wissen Sie, um wen es geht?« Doch dann halte ich inne. Besinne mich. »Verzeihen Sie. Natürlich sollte ich nicht nachfragen.«

»Wir wissen nicht mehr, Miss. Chloe ist auf ihrem Handy erreichbar, aber Sie können es auch im Büro versuchen. Rufen Sie sie lieber bald an. Bei ihr geht es gerade ziemlich drunter und drüber.«

Mark legt auf. Ich starre auf den Hörer in meiner Hand

und frage mich, wie seine Worte es durch den Äther in mein Ohr schaffen konnten.

»Vergewaltigung?«, fragt Carl.

Ich fahre zusammen. Mir war nicht bewusst, dass er noch im Zimmer ist.

»Ein Fall«, antworte ich. »Ich muss mich nächste Woche darum kümmern.«

»Ach so.« Aber er geht noch nicht, sondern betrachtet mich eingehend. »Du siehst nicht besonders gut aus. Ziemlich blass. Bist du schon wieder verkatert?«

»Nein. Bin ich nicht. Ich habe gestern Abend gearbeitet. Keine Ahnung, mir ist ein paarmal schlecht gewesen. Ich gehe heute nicht in die Kanzlei.« Die Anstrengung, meiner Stimme einen normalen Klang zu geben, ist gewaltig; alles in mir bebt wie ein Vulkan, und ich habe Angst, mit der Eruption einen Tsunami an Tränen auszulösen, die ich vor Carl nicht vergießen will.

»Dir war schlecht? Oje, hoffentlich hast du dir nicht diesen Norovirus eingefangen. Ich muss Matilda von dir fernhalten.« Er tritt hastig den Rückzug an. »Ähm, brauchst du etwas?«

»Nein«, sage ich und meine doch. Meine, dass ich die Zeit zurückdrehen will, sodass nichts von alledem geschehen ist. Das ist ein Albtraum, aus dem ich nicht erwachen kann.

Ich schlinge die Decke wieder um mich und schließe die Augen.

Ich bleibe den Rest des Tages im Bett. Carl ist nett zu mir, kocht Suppe und bringt sie mir mit Toast ans Bett. Als ich fertig bin, nimmt er das Tablett mit, und ich mache wieder die Augen zu. Ein Weilchen später kehrt er zurück und setzt sich mit seinem Computer neben mich aufs Bett. Ich bin ihm dankbar, dass er nicht zu reden versucht, sondern mir den Freiraum gewährt. Den ganzen Abend über lauert Patricks aschgraues Gesicht in meinem Bewusstsein. Ich versuche noch einmal anzurufen, obwohl meine Hände so sehr zittern, dass ich die Nummer fast nicht eingeben kann, doch sein Telefon ist noch immer abgeschaltet.

Um acht schreibt er mir endlich. Ich zucke zusammen, als das Handy piept, aber Carl bemerkt es gar nicht. Was immer er an seinem Rechner tut, vereinnahmt ihn ganz und gar.

Sie lügt, Alison. Es ist nicht wahr.

Ich lösche die Nachricht. Und antworte.

Ich weiß nicht, was ich denken soll.

Er antwortet sofort.

Bitte glaub mir. Du kennst mich. So was tue ich nicht. Gib mir wenigstens eine Chance, es dir zu erklären.

Auch diese Nachricht lösche ich. Eine Weile überlege ich, was ich antworten soll.

Ich höre mir an, was du zu sagen hast, aber ich kann dir nichts versprechen. Lass uns morgen reden.

Eine lange Pause, dann kommt ein *Danke*.

Ich schalte das Telefon aus und wickele mich wieder fest in die Decke ein, damit kein Teil von mir der Außenwelt ausgesetzt ist.

Matilda kommt herein, da Carl sich inzwischen vergewissern konnte, dass ich mich zumindest nicht übergeben muss, was auch immer mit mir nicht stimmt. Ich wickle mich aus, und sie legt sich neben mich aufs Bett und lässt zu, dass ich sie in die Arme ziehe und einfach nur halte. Ihr Atem ist warm an meinem Hals, und ihre Haare duften sauber. Der dumpfe Schmerz in meiner Brust lässt etwas nach, der stählerne Ring um meine Rippen lockert sich. Ich fange Carls Blick über Matildas Kopf hinweg auf, und er lächelt, echt und unverkrampft, das erste Mal seit Monaten. Er setzt sich neben uns und legt mir einen Moment lang die Hand auf den Arm. Meine Beklemmung lässt noch ein wenig nach.

»Ich muss noch mal rasch weg, Alison. Ist mit dir so weit alles in Ordnung?«

»Ja. Ich glaube, es lässt nach, was immer es gewesen ist.«

»Gut. Ich bringe vorher noch Matilda ins Bett – und du machst Mummy keinen Ärger, okay?«

Matilda nickt; man sieht ihr an, wie müde sie ist. Carl hebt sie hoch.

»Ich fahre zu diesem Patienten – der mit den Selbstmordtendenzen«, sagt er. »Es geht ihm immer noch nicht besonders gut. Aber es wird nicht lange dauern.«

Es ist nicht so, dass es mir egal ist, aber ich bin zu müde, um mich damit auseinanderzusetzen. Solange es Matilda gut geht. »Geh nur. Wir kommen zurecht.«

Er bringt sie in ihr Zimmer, und während er ihr etwas vorsingt, wickele ich mich erneut in meine Decke ein.

Am nächsten Morgen mache ich mich nach dem Frühstück auf den Weg in die Kanzlei. Den ersten Teil des Wegs gehe ich mit Carl und Matilda, bis ich meinen Bus kommen sehe, mich mit einem Winken von den beiden verabschiede und auf die Haltestelle zueile. Als ich in der Kanzlei ankomme, teilt mir Mark ganz geschäftsmäßig ein paar neue Unterlagen aus. Sie beziehen sich nicht nur auf Madeleines Fall, sondern auch auf meinen bevorstehenden Vergewaltigungsprozess und auf einen Betrug, der sich seit Monaten hinzieht. Die Termine für die Verhandlungen rücken näher, und als ich in die Akten schaue, fällt mir auf, wie viel einfacher alles wird, wenn sie erst einmal im Gang sind – drei Monate drüben in Chichester Rents, nahe der Fleet Street, fast ein ganz normaler Nine-to-five-Job. Ich könnte Matilda morgens hinbringen und abends sogar wieder abholen. Ich denke einen Moment darüber nach, dann rufe ich Mark an.

»Wäre es möglich, mir mehr Betrugsfälle zuzuschieben? Oder eine Ermittlung? Ich könnte etwas mehr Berechenbarkeit gebrauchen.«

Er verspricht zu schauen, was sich machen lässt. Ich lächele vor mich hin. Das ist die Lösung. Vielleicht sollte ich sogar überlegen, zur Staatsanwaltschaft zu wechseln. Wenn meine Arbeit planbarer wäre, könnte auch ich vielleicht innerlich ruhiger werden. Und wenn ich ruhig wäre und alles unter Kontrolle hätte, könnte ich mich auf Matilda und Carl konzentrieren, und er wäre nicht ständig sauer auf mich.

Patrick ruft in der Mittagspause an. Ich blicke einen Moment lang auf das Telefon, ehe ich abnehme.

»Patrick?«, sage ich. »Ich habe schon versucht, dich zu erreichen.«

»Ich weiß«, antwortet er. »Tut mir leid. Es war … schwierig. Können wir uns treffen?«

Ich lasse mir Zeit mit einer Antwort. Einerseits möchte ich

ihn sehen und mich vergewissern, dass er nicht das Monster ist, als das ihn jemand bezeichnet. Andererseits möchte ich weglaufen und mich vor ihm verstecken. Aber nach allem, was zwischen uns war …

»Na gut. Wo?«

Er nennt mir ein Café am Bahnhof Waterloo auf dem Cut, und ich willige ein, insgeheim erleichtert, dass er sich nichts ausgesucht hat, was direkt hier in der Nähe liegt. Ich marschiere los und überquere den Fluss, doch je näher ich meinem Ziel komme, desto langsamer werden meine Schritte.

Er sitzt ganz hinten und umklammert seinen Becher mit beiden Händen. Er nickt mir zur Begrüßung zu, erhebt sich, als ich bei ihm bin, und streckt mir die Hände entgegen. Ich halte einen Moment inne, lasse mich dann aber in seine Arme ziehen. Ihn zu spüren ruft mir in Erinnerung, dass er es ist – Patrick, mein Freund, Kollege, Liebhaber, und ich schlinge ebenfalls meine Arme um ihn und drücke ihn fest an mich. Ich spüre, wie er scharf die Luft einzieht, dann schluchzt er, einmal, zweimal, und ich spüre Nässe an meiner Wange. Ich tätschele ihm sanft den Rücken. Sein Körper bebt vor Anspannung. Schließlich lässt er mich los, und wir setzen uns einander gegenüber. Er nimmt wieder seinen Becher mit beiden Händen, trinkt jedoch nicht, sondern starrt nur hinein. Das Schweigen dehnt sich ins Unerträgliche.

»Patrick, sprich mit mir«, sage ich im selben Moment, als er zu reden beginnt.

»Hör zu. Ich möchte es dir erklären. Es ist nicht das, was es zu sein scheint. Sie versucht mich reinzulegen, um ihre eigene Haut zu retten.«

Ich mache den Mund auf, um etwas zu erwidern, aber es kommt nichts.

»Ich meine es ernst, Alison. Du musst das verstehen.«

»Wieso muss ich das verstehen?« Ich bringe den Satz nur mit Mühe heraus.

»Weil mir wichtig ist, was du denkst. Die anderen Leute sind mir egal, du aber nicht.«

Ich sitze einen Moment lang stumm da und versuche, zu einem Schluss zu kommen. Am besten fange ich damit an, einzelne Pünktchen zu verbinden.

»Du bist auf Kaution draußen«, sage ich.

»Ja.«

»Aber es gibt noch keine Anklage?«

»Ich muss in einer Woche wieder auf das Polizeirevier. Nächsten Montag. Wahrscheinlich werden im Moment die Beweise gesichtet. Es hieß, das Verfahren würde beschleunigt.«

»Und wieso wird es beschleunigt?« Die Punkte, die ich verbinden will, tanzen um mich herum. Ich weiß, dass meine Fragen keinerlei System haben, aber anscheinend kann ich nur nachplappern, was er sagt.

»Wegen der beteiligten Person«, antwortet er.

»Was soll das heißen? Um wen handelt es sich denn?«

Er lässt den Kopf in die Hände sinken.

»Sag mir, was passiert ist«, verlange ich.

»Das ist schwer. Verdammt schwer.« Er schaut auf, sieht aber nicht mich an. Sein Gesicht ist fahl, die Augen sind geschwollen. Der Mann, der jede Party belebt, hat sein Feuer verloren.

»Patrick, du musst es mir erklären. Du machst mir Angst.«

Er holt tief Luft. »Okay. Es war am Montag.«

»Wann am Montag?«

»Am frühen Abend«, sagt er. »Da wurde ich verhaftet.«

Ich versuche eine zeitliche Einordnung vorzunehmen. Wir haben uns am Montagmorgen wegen Madeleine gesprochen, am Nachmittag erneut.

»Aber wir haben gegen halb vier, vier miteinander telefoniert. Wie passt das zusammen?«, frage ich.

»Ich war mit jemandem beim Lunch gewesen. Ich war betrunken. Hast du das nicht gemerkt?«

Ich schüttele kaum merklich den Kopf. Patrick konnte es schon immer gut verbergen.

»Na ja, jedenfalls haben wir anschließend noch mehr getrunken, mehr als wir hätten tun sollen.«

»Mit wem warst du zum Essen?«, frage ich und spreche die Worte betont und mit Bedacht aus.

Er gibt keine Antwort.

»Mit wem warst du essen, Patrick? Ich gehe davon aus, dass es dieselbe Person ist, die Anzeige erstattet hat.«

Er sackt förmlich in sich zusammen und sieht plötzlich aus, wie er vermutlich erst mit sechzig aussehen sollte. Müde. Grau. Ausgelaugt. Er spreizt die Finger auf dem Tisch vor sich, ein Fächer zwischen Teepfützen.

»Bitte«, sage ich.

»Schwöre mir, dass du niemandem davon erzählst. Bisher weiß es nur Chloe.«

»Ja, versprochen. Jetzt sag schon.«

»Caroline Napier. Mit ihr war ich zum Lunch. Caroline Napier. Und, ja, sie ist diejenige, die Anzeige gegen mich erstattet hat.«

Ich lehne mich mit einem Ruck zurück. Dann hole ich tief Atem, halte ihn an, stoße ihn kontrolliert wieder aus. Verdammt.

»Die Kronanwältin.«

»Die Kronanwältin«, bestätigt er.

»Aber sie ist doch verheiratet. Mit diesem Journalisten …« Caroline Napier ist eine echte Legende – eine der jüngsten Juristinnen, die je Kronanwältin geworden sind, und das mit Mann und drei Kindern!

»Er hat sie für eine Praktikantin verlassen … sie ist ziemlich von der Rolle. Wir haben uns betrunken, okay? Wir waren beide am gleichen Gericht – Luton. Am späten Vormittag sind wir mit demselben Zug nach Hause gefahren, und ich habe vorgeschlagen, zusammen zum Lunch zu gehen. Sie hat eingewilligt. Wir haben getrunken, und das nicht zu knapp. Ihre Ehe geht gerade den Bach runter, und sie ist total durch den Wind. Schließlich sind wir zu Fuß nach Clerkenwell spaziert und über den Zaun in einen dieser Gärten geklettert. Wir waren auch mal dort, weißt du noch? Jedenfalls bin ich nie davon ausgegangen, dass es jemand sieht.«

»Dass jemand was sieht?« Meine Hände sind kalt, als ich seinen Versuch, meine Erinnerung heraufzubeschwören, resolut abwehre. Etwas Besonderes, hat er gesagt. Und ich hätte ihm fast geglaubt.

»Uns. Und was wir getan haben.«

»Und was habt ihr getan?«, frage ich ruhig, meine Stimme so kalt wie meine Hände.

»Willst du wirklich, dass ich das ausspreche?« Sein Kinn bebt, und er wirkt, als breche er gleich in Tränen aus.

»Ja, das will ich.«

»Die Stelle schien gut geschützt. Und es war dunkel. Wir hatten uns schon im Restaurant geküsst. Und im Pub weitergeknutscht. Dann sind wir über den Zaun geklettert, und sie fand alles ungeheuer lustig und abenteuerlich, und es war herrlich still, und sie wollte es genauso sehr wie ich …«

»Wollte was?«

»Komm schon, Alison. Wir haben auf der Parkbank gevögelt. Was hast du davon, wenn ich es ausspreche?«

»Warum hast du ein Problem damit, es auszusprechen?«

»Weil du dann wieder eifersüchtig wirst, und das ist das Letzte, womit ich jetzt umgehen kann.«

Seine Worte setzen sich auf mich wie Schmeißfliegen, die ich nicht abschütteln kann. »Ich glaube kaum, dass das im Augenblick Priorität hat«, sage ich gezwungen ruhig.

»Verzeih mir, das war nicht so gemeint. Ich kann nicht geradeaus denken.« Er sinkt auf seinen Platz zurück. »Wir wurden verhaftet. Jemand hat gesehen, was wir getan haben, und die Polizei gerufen.«

Er schweigt, und ich glaube, etwas sagen zu müssen, aber mir will kein Wort über die Lippen kommen.

»Man hat uns in den nächstbesten Knast gebracht und in Ausnüchterungszellen gesteckt. Am Dienstagmorgen bot man uns an, uns mit einer Verwarnung wegen Erregung öffentlichen Ärgernisses gehen zu lassen. Ich nahm an, sie nicht. Im nüchternen Zustand behauptete sie, sie sei zu betrunken gewesen, als dass es sich noch um Einvernehmen gehandelt haben könne. Sie habe mich zwar geküsst, hätte die Sache aber im Innenhof nicht mehr lustig gefunden, doch ich hätte sie gezwungen. Angeblich habe sie versucht, mich abzuwehren, sei aber zu betrunken gewesen. Und was immer passiert – ihr hat man Anonymität zugesagt. Mein Name könnte sehr bald auf jeder Titelseite stehen, aber sie ist fein raus.«

Mir fehlen die Worte. Ich kann alles fühlen – wie er zupackt, zerrt, festhält, fummelt. Und ich war da, ich kenne den Innenhof, den Rhododendron, die Bank, den Geruch der toten Blätter in der Luft. Ich beugte mich über die Lehne und umklammerte das raue Holz, während Patrick sich in mich rammte, bis es innerhalb von Sekunden vorbei war.

»Willst du denn gar nichts sagen, Alison?«

»Ich weiß nicht, was ich denken soll. Das ist eine so ernste Anschuldigung, die erfindet man doch nicht einfach.«

»Aber ich bin ein Lügner? Danke, Alison«, fährt er mich in einem Anfall von Zorn an. Einen Moment darauf versucht er es erneut. »Hör zu, mir ist klar, wie schwierig das ist. Aber siehst du nicht, dass sie nur an sich selbst denkt?« Er blickt mich eindringlich an. »Wenn man es objektiv betrachtet, ist es sogar ziemlich clever. Ich könnte mir vorstellen, dass es gar keine Anklage gegen mich gibt – nie und nimmer kriegen die genug Beweise zusammen, um vor Gericht eine Chance zu haben. Vielleicht zieht sie die Anzeige bei der Polizei auch ganz zurück, sodass sie sogar ein reines Gewissen haben kann. Aber als Klägerin bei einer solchen Anschuldigung wird ihr lebenslang Anonymität gewährt – das wird niemals rauskommen, jedenfalls nicht, was sie betrifft. Für sie ist das nur von Vorteil.«

Mir fällt die Kinnlade herab. Ich erinnere mich nur allzu gut an den Abend bei mir zu Hause, als er sich zunächst nicht um mein Nein gekümmert hat. Ich muss anerkennen, dass er fähig ist, jemanden zu vergewaltigen. Dennoch zögere ich. Was er sagt, ist vollkommen absurd, entbehrt jedoch nicht einer gewissen Logik. Eine Logik, die vielleicht aus Verzweiflung entstanden ist, aber immerhin.

»Und du meinst wirklich …«, beginne ich.

»Ich meine wirklich, Alison. Absolut meine ich das.« Er beugt sich vor. Seine Miene wirkt jetzt wieder belebter, angeregter, und endlich kehrt auch wieder etwas Farbe in seine Wangen zurück. »Alles passt. Hier geht es eindeutig um sie, nicht um mich. Sie rechnet nicht damit, dass ich angeklagt werde. Du kennst die Statistik: Eine solche vermeintliche Vergewaltigung kann man vor Gericht unmöglich beweisen. Sie hatte den ganzen Tag schon getrunken, es gibt keine Anzeichen für Gewaltanwendung, und die Augenzeugen können nichts gesehen haben, was auf nicht einvernehmlichen Sex hindeutet …«

»Okay, okay, schon kapiert. Ich verstehe, was du meinst. Aber sie geht ein Risiko ein. Die Polizei könnte sie wegen Verschwendung von Zeit und Ressourcen belangen. Oder Schlimmeres.«

»Caroline Napier, die Kronanwältin? Wer wird ihr so etwas unterstellen? Niemand würde ihre Aussage anzweifeln. Ich kann nur darauf hoffen, dass man zu dem Schluss kommt, dass es nicht genügend Beweise gibt, und sie daraufhin die Aussage zurückzieht, und es vorbei ist, ehe noch etwas in Gang gesetzt wird. Ich bin fast sicher, dass genau das passieren wird. Aber jeder, der von der Geschichte hört, wird sich seinen Teil denken … Kein Rauch ohne Feuer.« Wieder hält er inne, dann: »Glaubst du mir?«

Meine Gedanken rasen.

Ich kenne Patrick, ich weiß, wie er ist. Ich habe genug über Caroline Napier gehört.

Sie würde so etwas nicht einfach behaupten – nicht wenn es nicht der Wahrheit entspricht. Wieso sollte sie sich dieser Geschichte aussetzen? Ich habe als Verteidigerin zwei Vergewaltigungsfälle vertreten, bei denen sie die Anklägerin war. Caroline weiß ganz genau, was geschieht, wenn jemand so etwas zur Anzeige bringt. Das Misstrauen, die Übergriffe, die unangenehmen Untersuchungen, die Abstriche. Eine Woge aus Mitgefühl überkommt mich, als ich mir vorstelle, was sie durchgemacht hat. So etwas denkt sich doch niemand aus!

»Bitte, Alison, sag was. Irgendwas.«

Aber andererseits … Im Augenblick ist sie nicht sie selbst. Und man macht schon verdammt dumme Sachen, wenn man sich im Ausnahmezustand befindet. Eine gescheiterte Ehe, zu viel Alkohol, die Hitze des Augenblicks, die Gefahr, erwischt zu werden …

»Ich sehe ein, dass der Fall nicht eindeutig ist«, sage ich. »Aber du hast dich dennoch in eine ungeheuer dumme Situation gebracht.« Ich mache mir nicht einmal die Mühe, ihm vorzuwerfen, dass er eine andere gevögelt hat; ich schätze, über das Thema sind wir hinaus.

»Es hätte niemals passieren dürfen«, sagt er. »Auch ohne diesen Mist nicht. Du kannst es nicht ertragen, und ich will dir nicht wehtun. Ich hasse es, dir wehzutun. Du bist doch das Beste in meinem Leben.«

Prompt macht mein Herz einen Hüpfer, ehe die Realität dessen, was er gesagt hat, in meinen Verstand einsickert. Ich bin mit einem anderen verheiratet. Ich habe eine Tochter. Patrick und ich führen nicht gerade das, was ich eine Beziehung mit Tiefgang nennen würde, trotz Drama und ewigem Hin und Her. Er ist darauf abgefahren und ich auch, wenn auch auf andere Art und Weise. Für mich war es Trost und Zuflucht; das gute Gefühl, begehrt statt abgelehnt zu werden. Aber das Beste in meinem Leben? Das ist ganz sicher nicht er, nicht einmal ansatzweise. Das ist Matilda, Matilda allein. Ich sehe ihn an. Es kommt mir vor, als hätte sich zwischen uns ein Abgrund aufgetan, der nicht zu überbrücken ist. Ich erkenne ihn kaum wieder. Unrasiert, zusammengesunken und graugesichtig sieht er sich dem drohenden Verlust seines Rufs gegenüber, und wenn es richtig schlecht läuft, verliert er nicht nur seine Zulassung als Anwalt, sondern auch seine Freiheit.

Ich würde gerne Mitleid für ihn empfinden, aber der Gedanke an das, was Caroline vielleicht erlitten hat, verdrängt alles andere.

»Alison, bitte. Du hältst doch zu mir, oder? Ich brauche dringend jemanden an meiner Seite.«

Nur kurz halte ich inne, strecke meine Hand aus und nehme seine, obwohl mir die Berührung seiner Finger nicht behagt. Dann stehe ich auf und gehe.

Auf dem Rückweg in die Kanzlei kaufe ich mir eine Packung Zigaretten und rauche in einem Hauseingang eine. Der Stress, sage ich mir. Falls ich je Grund gehabt haben sollte, mir selbst Zigaretten zu kaufen, dann jetzt. Doch der Qualm steigt mir in die Nase und lässt meine Augen tränen, und plötzlich finde ich den Geschmack, den Geruch, alles abstoßend. Ich knülle das Päckchen zusammen und werfe es in den nächsten Papierkorb.

Zurück in der Kanzlei arbeite ich ein paar Stunden an den Akten. Um drei melde ich mich bei Mark ab. Ich schreibe Carl, dass ich Matilda abholen werde, und er antwortet erfreut, dass er nun noch einen weiteren Patienten annehmen kann. Danach schalte ich mein Telefon ab. Ich will keine Nachricht von anonymen Absendern. Ich fahre mit der Bahn bis Holloway und schlage mich wieder durch den Supermarkt, doch diesmal bin ich gewiefter und düse wie ein Profi durch die Gänge. Diesmal keine Steaks, kein Gemüse, das verführen soll. Ein ganz normales Familienessen steht an, also kaufe ich die Zutaten für Fish-Pie und Lasagne und eine Backmischung für Schokoladenkuchen, den Matilda und ich später zusammen backen können – wobei wir mindestens genauso viel Spaß haben werden, wie sie mit ihrer Oma hatte.

Matilda freut sich, als ich sie abhole. Ich plaudere mit den anderen Müttern, die am Tor warten, und die Atmosphäre ist freundlich und entspannt. Ich kann mich gar nicht mehr erinnern, warum ich ihnen gegenüber bisher so negativ eingestellt war, denn alle sind ausgesprochen nett. Eine Frau mit Brille und voluminösem Pulli erzählt mir, dass ihre Salma gerne mit Matilda spielt, und ob wir nicht vielleicht für die beiden einen Nachmittag zum Spielen ausmachen könnten? Wir stellen fest, dass wir dieselbe Abneigung gegen den Schwimmverein haben, und sie lacht über meine Parodie von Mrs. Anderson, der gruseligen Lehrerin aus der Nachmittagsbetreuung.

Irgendwann legt sie mir eine Hand auf den Arm. »Ich weiß nicht, wie Sie das machen«, sagt sie. »Arbeiten und sich um das Kind kümmern.« Und sie klingt so aufrichtig und ohne Arg, dass ich bei diesem Klischee ausnahmsweise nicht zusammenzucke.

Dafür bildet sich prompt ein Kloß in meiner Kehle, und ich räuspere mich ein paarmal, ehe ich antworte. »Es ist nicht leicht, aber Carl ist großartig.«

»Und Matilda ist so ein nettes Mädchen«, fügt sie hinzu.

»Danke«, sage ich und meine es auch so.

Die ersten Kinder strömen aus dem Schulgebäude, und sie und ich driften auf der Suche nach dem jeweils eigenen auseinander, aber ehe sie geht, sagt sie: »Ich bin übrigens Rania. Hat mich gefreut.«

»Alison. Mich auch.«

»Ein paar von uns Eltern wollen in zwei Wochen essen gehen. Kommst du mit?«

Im ersten Impuls will ich ablehnen, aber plötzlich ist mir, als dringe ein grüner Spross aus der gefrorenen Erde. Lang ist es her.

»Gerne, ja. Ich bin nicht besonders oft hier, ich weiß …«

»Ein Grund mehr, mitzukommen. Wir würden uns wirklich freuen, dich kennenzulernen. Ich glaube, ich habe deine E-Mail-Adresse noch. Ich schicke dir die Einladung.«

»Danke, das ist lieb.« Und wirklich breitet sich eine wunderbare Wärme in mir aus. Ihre Offenheit tut mir ungeheuer gut.

»Wir haben eine WhatsApp-Klassengruppe, wie du vielleicht weißt. Bist du bei WhatsApp?«

Ich schüttele lächelnd den Kopf, während mein Inneres erneut einzufrieren beginnt. Ich hatte die App nach nur wenigen Tagen wieder gelöscht, weil mir das ständige Jammern über verschwundene Socken und Hausaufgaben den letzten Nerv geraubt hatte.

»Kann ich dir nicht verübeln, das kann extrem lästig sein«, sagt sie, und wieder verschwindet der Frost.

»Es kamen mir einfach zu viele Nachrichten«, sage ich, und sie lacht.

»Ich habe die Funktion ›Benachrichtigungen anzeigen‹ abgestellt, aber verrat mich nicht.«

Ich möchte sie küssen. Das hier fühlt sich an wie die erste normale Unterhaltung seit Monaten. Wieso habe ich nur so viel Zeit damit verschwendet, dummen Männern hinterherzuweinen und mir Sorgen über Schultorklatsch zu machen?

Damit ist es jetzt vorbei.

Matilda und ich gehen Hand in Hand nach Hause, und ich bereite die Fish-Pie zu, während Matilda Hunde malt und als Hausaufgabe eine Geschichte über einen Elefanten schreibt. Als sie fertig ist, erlaube ich ihr, ans iPad zu gehen. Ich habe Eier für den Auflauf gekocht und schäle sie unter fließendem

Wasser im Spülbecken. Ich habe vor, sie in Viertel zu teilen, doch dann fällt mir der Eierschneider ein, den Carls Mutter mir vor drei Jahren zu Weihnachten geschenkt hat, als Matilda noch im Kindergarten war und jeden Tag etwas zum Mittagessen mitnehmen musste. Die Botschaft des Pakets, aus dem ich Eierschneider, Toastausstecher in Dinogestalt und niedliche kleine Plastikdosen für Obst herausholte, war so laut, dass es in den Ohren wehtat. Ich rang mir ein Lächeln ab und verstaute den ganzen Karton auf einem hinteren Regalbrett in der Abstellkammer.

Dort suche ich nun hinter Reinigungsmitteln und diversen Plastiktüten. Ich ziehe alles aus den Regalen, und da steht sie tatsächlich noch, die wohlverpackte Häuslichkeit, der ich die ganze Zeit über aus dem Weg zu gehen versucht habe. Eine Staubschicht bedeckt den Karton, doch die Utensilien im Inneren sind so gut wie neu. Ich hole den Eierschneider heraus, befreie ihn aus der Verpackung und nehme das Ding mit in die Küche.

Matilda schaut vom iPad auf. »Was machst du da, Mum?«, fragt sie.

»Ich habe einen Eierschneider geholt«, erkläre ich ihr. »Ich wollte harte Eier in den Auflauf geben.«

»Lecker. Das mag ich. Darf ich helfen?«

»Darfst du. Sobald ich weiß, wie das funktioniert.«

Wir stehen nebeneinander vor dem Hackbrett, das kleine weiße Gerät vor uns. Ich nehme ein hartgekochtes Ei, lege es in die Mulde des Schneiders und drücke das obere Stück mit den Drähten herunter. Einen Moment lang sieht es aus, als sei gar nichts geschehen – das Ei ist noch genauso eiförmig wie zuvor –, doch als ich es aufnehmen will, zerfällt es in dünne, gleichmäßige Scheiben.

»Das ist ja cool«, sagt Matilda, und ich nicke. Warum habe ich mich eigentlich drei Jahre lang dagegen gesträubt?

»Kann ich die anderen machen?«, fragt sie, und ich nicke wieder und mache ihr Platz. Sie schneidet drei weitere Eier und staunt jedes Mal wieder über die Illusion der Unversehrtheit, ehe das Ei in Scheiben zerfällt. Wir geben die restlichen Zutaten in den Auflauf, schieben ihn in den Ofen und backen ihn, bis die Kartoffelpüreeschicht golden ist, die weiße Soße blubbert und der Duft von geräuchertem Fisch durch die Küche zieht.

Als die Pie fertig ist, hole ich sie zum Abkühlen heraus. Dann greife ich nach meinem Telefon und schalte es ein, um herauszufinden, ob Carl bald nach Hause kommt. Er kann zufrieden mit uns sein, finde ich: Hausaufgaben erledigt, das Essen fertig. Ich lasse Matilda mit dem iPad in der Küche zurück und gehe ins Wohnzimmer, während ich mich innerlich gegen eingehende Nachrichten wappne. Gegen anonyme, bedrohliche und gegen welche von Patrick. Aber tatsächlich kommt nichts. Erleichterung durchströmt mich, und meine Schultern lockern sich. Ich setze mich aufs Sofa und checke meinen E-Mail-Account. Auch hier nichts Besonderes. Nichts Beängstigendes. Nur die üblichen Arbeitsmails, das war's. Ich schließe die Augen und lehne mich zurück. Ich bin so froh, dass der Abend ruhig und normal bleiben darf. Mein Handy meldet mir eine Sprachnachricht, und ich blicke, sofort wieder angespannt, aufs Display. Doch es ist nur Carl, der sagt, dass er erst um acht zu Hause sein wird und wir mit dem Essen nicht auf ihn warten sollen.

Ich kehre in die Küche zurück und koche Tiefkühlerbsen. Matilda und ich essen unsere Fisch-Pie am Tisch, und ich decke den Rest für Carl mit Frischhaltefolie ab. Matilda erzählt mir von einem neuen Spiel und ihren Freundinnen, und ich erzähle ihr, dass ich bald mit anderen Müttern essen gehe. Sie freut sich, und wir plaudern und lachen, und ich bin stolz auf mich, weil man mir nichts anmerkt und meine Stimme lustig und unbeschwert klingt, und doch ändert es nichts: Patricks Situation lauert stets am Rand meines Bewusstseins und will sich nicht verdrängen lassen.

Nachdem ich Matilda ins Bett gebracht habe, lege auch ich mich hin. Es ist zwar noch früh, aber mir ist kalt, und ich bin müde. Der Schock ebbt ab und mit ihm das Gefühl der Unwirklichkeit, das mich auch hier zu Hause, in Matildas Gesellschaft und beim Kochen, nicht verlassen hat. Doch jetzt weiß ich wieder, wo ich bin: in meinem Bett, in meinem Haus, mit meiner Tochter nebenan, und mein Mann wird jeden Moment zu mir nach Hause zurückkehren. Als ich seinen Schlüssel unten im Schloss höre, empfinde ich Erleichterung. Wir sind alle unter einem Dach.

»Tut mir leid, ich wurde aufgehalten«, sagt Carl und setzt sich auf die Bettkante neben mich. »Die Fish-Pie riecht gut.«

Ich schenke ihm ein Lächeln, und er geht hinunter in die Küche, um sich etwas zu essen zu holen, und während er fort ist, schaue ich noch einmal auf mein Handy. Nichts. Er kommt mit einem gefüllten Teller wieder herauf, und ich stelle mein Handy auf stumm.

»Sollen wir fernsehen?«, fragt er. »Eine neue Serie?«

Ich bin überrascht – und erfreut. Das letzte Mal, als wir zusammen eine Serie gesehen haben, verstanden wir uns noch gut. »Gerne. Hast du einen Vorschlag?«

»Vielleicht einen von den düsteren Schwedenkrimis? Ich hole meinen Laptop.«

Im Lichtschein von Carls Rechner sitzen wir nebeneinander

ans Kopfende gelehnt im Bett. Die Serie hat Untertitel, daher muss ich mich konzentrieren, und schon bald hat es mich gepackt. Am Ende der ersten Folge gehen wir im stummen Einverständnis direkt zur nächsten über. Nach der zweiten ist es fast Mitternacht, und ich bin zu müde für eine dritte, aber das macht ihm nichts, und so liegen wir friedlich beieinander und lassen wenigstens heute Abend alle Streitigkeiten sein.

»So mag ich das«, sagt er. »Einfach nur wir zwei in Ruhe.« Statt einer Antwort schlinge ich meine Arme um ihn.

Der Freitag kommt und geht; zwei Kautionsverhandlungen und ein Vorverfahrenstermin am Crown Court beim Belmarsh-Gefängnis. Keine Drinks nach der Arbeit. Ich habe um vier Feierabend und fahre nach Hause, nachdem ich rasch in der Kanzlei vorbeigeschaut und die Akten für Montag abgeholt habe. Chloe und ich besprechen telefonisch Madeleines Fall. Fast hätte ich nach Patrick gefragt, beherrsche mich aber, ehe die Wörter meinen Mund verlassen können, und Chloe selbst sagt nichts dazu.

Wir verbringen einen weiteren ruhigen Abend zu Hause. Matilda geht früh ins Bett, wir schauen die Serie weiter. Vielleicht wird mit uns doch wieder alles gut. Und obwohl ich spüre, wie sich tief im Inneren Zweifel regen, erlaube ich mir nicht, sie in mein Bewusstsein vordringen zu lassen.

ACHTZEHN

Carl arbeitet den größten Teil des Wochenendes, daher fahre ich mit Matilda am Samstag zum Schwimmen, was nicht annähernd so schrecklich ist, wie ich es mir vorgestellt habe. Es gibt genug Stühle zum Sitzen und Zuschauen, und alle Anwesenden sind freundlich. Da Sonntagmorgen schönes Wetter ist, fahren wir wieder nach Hampstead Heath, und Matilda klettert vergnügt auf die Bäume. Ich fotografiere, wie sie wie ein Äffchen an den unteren Ästen hängt. Die Blätter sind inzwischen alle abgefallen, und sie stapft durch die Laubhaufen, die sich unter den Bäumen gesammelt haben. »Mit dir ist Klettern viel schöner«, sagt sie. »Daddy erlaubt mir nie, so weit raufzusteigen.«

Einen Moment lang überlege ich, ob ich es ihr verbieten soll, aber sie hat so viel Spaß, dass ich es nicht übers Herz bringe.

»Na, dann sieh bloß zu, dass du nicht runterplumpst«, sage ich. »Wir wollen Daddy doch nicht ärgern.«

Sie kichert, und ich unterdrücke einen Anflug von schlechtem Gewissen. Wir schlendern den Hügel hinauf zur Kaffeebude, die ausnahmsweise geöffnet hat. Ich nehme einen simplen Kaffee mit Milch. Matilda versucht derweil, sich zwischen Eis und heißer Schokolade zu entscheiden.

»Es ist doch zu kalt für Eis«, sage ich, und sie denkt einen Moment darüber nach.

»Es ist nie zu kalt für Eis«, kontert sie, und die Frau, die den Stand bedient, lacht und gibt zwei Kugeln Schokolade in das Hörnchen. Wir kehren zurück, und als wir wieder bei den Eichen sind, ist das Eis vertilgt und ihr Gesicht vollkommen verschmiert, und ich spucke lachend auf ein Taschentuch und wische das Gröbste ab. Sie rennt im Kreis um mich herum, fasst meine Hände und dreht sich mit mir, dann greift sie ins Laub und schmeißt es hoch. Ich tue es ihr nach, und sie rennt hierhin und dorthin, um die Blätter zu fangen.

»Mach die Augen zu«, sagt sie.

»Warum?«

»Ich will Verstecken spielen. Du musst suchen.«

»Okay.« Ich schlage die Hände vors Gesicht und verdecke meine Augen.

»Du darfst aber nicht gucken. Du musst bis hundert zählen.«

»Hundert ist lang, Schätzchen. Sagen wir fünfzig.«

»Das macht Daddy immer, aber das ist gemein«, sagt sie. »Fünfzig ist zu wenig zum Verstecken.«

Ich überlege. Ich möchte unser Bündnis nur ungern stören.

»Wie wär's mit fünfundsiebzig?«

»Hundert. Bitte, Mummy.« Sie legt so viel Inbrunst in die drei Wörter, dass ich einfach nicht mehr Nein sagen kann.

»Na gut. Hundert. Aber geh nicht so weit.«

»Mach ich nicht. Du darfst nicht gucken, versprochen?«

»Versprochen. Eins, zwei, drei …«

Ich zähle weiter. Matilda kichert wieder und umklammert mein Bein als Umarmung, dann ist sie weg. Ich höre ihre Schritte im Laub.

Dreiundzwanzig, vierundzwanzig ….

»Zählst du noch, Mummy? Ich hör dich nicht«, ruft sie fröhlich irgendwo hinter mir. So lange wird die Suche nach ihr wohl nicht dauern.

»Einunddreißig, zweiunddreißig«, rufe ich.

Ihre Schritte erklingen weiter weg, das Rascheln wird schwächer. Ich höre sie nicht mehr atmen.

Achtundvierzig, neunundvierzig. Ich sehe mich verstohlen um.

»Mummy! Du guckst ja!« Ich höre sie, sehe sie aber nicht und schlage die Hände wieder vor die Augen.

Andere Schritte kommen an mir vorbei. Kinder, Erwachsene, ein Hund. Gelächter.

Sechsundfünfzig, siebenundfünfzig.

Ich fange an, mich zu langweilen. Ich habe eine Ewigkeit nicht mehr bis hundert gezählt, und es dauert weit länger, als ich dachte. Ich habe keine Lust mehr, mit geschlossenen Augen herumzustehen und weder die Sonne noch den blauen Himmel noch Matildas Gesicht zu sehen.

Aber ich hab's versprochen.

Siebenundsechzig, achtundsechzig.

Stimmen, erst nah, dann entfernen sie sich. Die einzigen Wörter, die ich verstehe, sind *Fußball* und *Pastete*. Weiter weg ein Murmeln, mehr Gelächter. Plötzlich ein Ruf in der Ferne, das Knacken von Ästen über meinem Kopf.

Einundachtzig, zweiundachtzig.

All meine Sinne sind geschärft. Ich bin von Herbst umgeben. Der schwache Geruch eines Feuers, der modrige Verfall des Laubs. Über mir ein Flugzeug, das einen der Flughäfen im Londoner Norden ansteuert. Im Inneren wird es muffig riechen, nach Schweiß und Füßen und einem Hauch Ammoniak aus den Klos. Die Passagiere spähen aus dem Fenster und haken die Landmarken ab – Wembley, Kenwood House, die ausgedehnte Grünfläche von Hampstead Heath –, sind jedoch noch zu hoch oben, um die Menschen und Hunde zu erkennen, die als winzige Pünktchen über den Parliament Hill laufen.

Neunundneunzig, hundert.

»Ich komme«, rufe ich.

Dann schlage ich die Augen auf und blicke mich um. Keine Spur von ihr. Ich merke mir, wo ich gestanden und gezählt habe, und fange an, die Bäume zu umkreisen. Ich blicke hinter Stämme und Büsche, suche nach einem Aufblitzen ihres grünsilbernen Parkas und lache kopfschüttelnd. Sie ist gut.

»Du hast dich zu gründlich versteckt, Matilda«, rufe ich. »Ich kann dich nicht finden.« Der Wind antwortet und rauscht in den Bäumen. Mein Puls steigt, mein Adrenalinspiegel auch. Ein Baum, dann der nächste, noch einer, oder war ich da schon? Äste, die sich mir entgegenstrecken, spöttisches Rascheln. *Vielleicht hab ich sie ja*, sagt einer. *Nein, ich*, ein anderer. Ein Gesicht aus knorriger Rinde blickt mir höhnisch entgegen, und ich höre auf zu laufen, ringe um Atem und sehe mich um. Die Bäume sind nicht lebendig, nicht so jedenfalls. Es sind keine bösen Wesen, die mir Matilda vorenthalten.

Und doch finde ich sie nicht.

»Matilda, Matilda«, rufe ich. »Komm raus, du hast gewonnen.«

Keine Antwort. Kein kleines blondes Mädchen, das hinter einem Busch hervorspringt und fröhlich auf mich zurennt. Ich drehe mich um die eigene Achse, wieder und wieder, und meine Atmung beschleunigt sich, während sich meine Kehle zuzieht.

»Matilda. Matilda!«

Ein Mann in Joggingsachen kommt zu mir.

»Suchen Sie Ihren Hund? Da oben läuft ein Spaniel rum.« Er zeigt in die Richtung. »Ist das vielleicht Ihrer?«

»Nein. Ich suche nach meiner Tochter. Wir haben Verstecken gespielt.« Es fällt mir schwer, die Sätze zu formulieren. Panik hat mich gepackt, und die Angst breitet sich wie Säure in mir aus.

»Wie sieht sie aus?«

»Sie ist ungefähr so groß«, sage ich und halte die Hand auf Taillenhöhe. »Dunkelblondes Haar. Sie muss hier irgendwo sein. Ich hab' doch bloß bis hundert gezählt!«

Der Mann fängt an, um die Bäume zu laufen und Matildas Namen zu rufen. Ein anderer Jogger gesellt sich zu ihm. Zwei Frauen, die ihre Hunde spazieren führen, bleiben stehen und fragen, was los ist. Ich versuche es ihnen zu erklären.

»Es waren keine zwei Minuten. Ich hatte meine Augen keine zwei Minuten lang zu. Sie wollte so unbedingt, dass wir es richtig machen – ich hätte mich nie darauf einlassen dürfen.«

»Machen Sie sich keine Sorgen, meine Liebe«, sagt eine der Frauen. »Wir finden sie schon. Wahrscheinlich ist sie ins Kenwood House gegangen. Matilda, richtig?« Die beiden gehen durch das schmiedeeiserne Tor auf das Herrenhaus zu, und ich höre sie ihren Namen rufen. Der Jogger ruft zu meiner Linken. Immer mehr Leute beteiligen sich, Läufer, Hundebesitzer, zwei Nonnen und ein Mädchen mit Plateausneakers und dickem Lidstrich. Sie schwärmen aus, ziehen Büsche auseinander und rufen in jede Richtung, und ich stehe wie angenagelt und hilflos in der Mitte an jener Stelle, an der ich sie zuletzt gesehen habe, ehe sie mich umarmt hat und davongerannt ist. Ich hole mein Telefon hervor und schreibe Carl.

Ich finde Matilda nicht.

Ich starre auf die Wörter und schlucke die bittere Galle

herunter, die in meiner Kehle aufsteigt. Dann lösche ich die Nachricht wieder. Matilda wird gleich wieder auftauchen. Es besteht kein Grund, ihn zu beunruhigen.

Ein Fahrzeug der Parkaufsicht nähert sich und hält bei einem Grüppchen, das sich der Suche angeschlossen hat, und eine Frau deutet auf mich. Ich renne erleichtert auf sie zu und fange angesichts der tröstlichen grünen Uniform beinahe an zu weinen. Sie hören meiner Geschichte zu und sprechen in ein Mikrofon. Ich drehe mich erneut um die eigene Achse, um nach einer Spur von ihr zu suchen, doch dann legt mir einer der Männer die Hand auf den Arm, um mich anzuhalten, und fast hätte ich nach ihm geschlagen.

»Lassen Sie mich los. Ich muss nach ihr suchen.«

Doch der Mann lässt sich nicht beirren. »Bitte sagen Sie uns genau, was sie anhat.« Seine Stimme soll vermutlich beruhigend auf mich wirken, aber er steht mir im Weg und versperrt mir die Sicht.

»Das habe ich Ihnen doch schon gesagt. Jeans, rosa Turnschuhe, grünsilberner Parka.«

»Grünsilber auf welche Art?«

»Was meinen Sie? Oh, okay, natürlich, tut mir leid, Sie müssen ja fragen. Untere Hälfte grün, obere Hälfte silbern. Die Kapuze ist auch silbern.« Die nackte Angst um meine Tochter, das Grauen, sie auf eine Liste von Kleidern reduziert zu wissen, raubt mir schier den Atem.

Minuten vergehen. Ich weiß nicht, ob ich hier warten oder mich durch die Büsche am Zaun des Anwesens schlagen soll. Ich wäre froh, wenn die Büsche mich zerkratzten und mir die Zweige ins Gesicht schlügen, aber wenn ich gehe, wird sie mich bei ihrer Rückkehr nicht finden. Hier haben wir uns beide zum letzten Mal gesehen. Vielleicht ist sie zwischen den

Büschen umhergelaufen, hat den Pfad nicht mehr gefunden, war verwirrt und ist in die falsche Richtung gerannt, bis sie von dichtem Unterholz umgeben war. Ich habe mich hier schon selbst verlaufen, als ich einmal nach dem alten Duellierplatz und dem Eishaus suchte.

Das Eishaus!

»Könnte sie vielleicht im Eishaus sein? Vielleicht ist sie irgendwo versehentlich gefangen?« Der Ranger neben mir spricht ins Funkgerät, wendet sich mir aber zu, um mir zuzuhören.

»Die Polizei ist auf dem Weg. Wir sehen überall nach.«

Polizei. Das Wort ist wie ein Schlag in die Magengrube. Niemand sagt mir mehr, ich solle mich nicht aufregen und bloß keine Welle machen, weil sie jeden Moment wieder auftauchen wird. Man hat die Polizei gerufen und organisiert Suchtrupps. Der Kaffee von eben droht wieder hochzukommen, die Säure brennt mir in der Kehle.

Dann ist die Polizei da, zwei jüngere Männer und eine Beamtin mit kurzem grauem Haar. Sie tritt auf mich zu. Obwohl ihr rundes Gesicht Gutmütigkeit ausstrahlt, verrät ihr scharfer Blick, dass ihr wenig entgeht.

»Ich bin DC Murray vom Hampstead Constabulary. Ihre Tochter wird vermisst, sagen Sie. Wie alt ist sie?« Die beiden jüngeren Officer treten links und rechts neben sie.

»Sechs. Wir haben Verstecken gespielt. Ich hatte die Augen zu.«

»Wie lange genau?«

»Ich habe bis hundert gezählt. Und zwar weder schnell noch langsam. Also weniger als zwei Minuten.«

»Sie hatten also Ihre Augen für ungefähr zwei Minuten geschlossen?«

»Ungefähr.«

»Und Sie wissen nicht, wohin sie gelaufen sein könnte?«

»Wir haben Verstecken gespielt. Ich habe versprochen, nicht zu schummeln. Es war ihr so wichtig, genug Zeit zu haben, um sich ein gutes Versteck zu suchen. Einmal habe ich mich verstohlen umsehen wollen, aber sie hat mich erwischt.« Ich versuche mit aller Kraft, mich zu beherrschen, doch meine Stimme klingt immer weinerlicher. Am liebsten würde ich heulen und schluchzen und jammern, bis Matilda wieder da ist und ich sie in die Arme schließen kann.

»Kennt sie diesen Park gut?« Die Stimme der Polizistin dringt wieder zu mir durch. Ich wische mir mit dem Ärmel über das Gesicht.

»Wir sind schon ein paarmal hier gewesen, aber nicht regelmäßig. Ich kann mir nicht vorstellen, dass sie sich zurechtfindet.«

DC Murray macht sich auf einem Block Notizen.

»Und Sie haben Ihre Tochter zum letzten Mal wann gesehen?«, fragt sie.

»Ich weiß nicht. Ich hab nicht auf die Uhr gesehen. Ich habe bis hundert gezählt und anschließend gesucht, und als ich sie nicht finden konnte, habe ich angefangen zu rufen, und dann hat dieser Mann da auch angefangen zu rufen, dann kamen all die anderen Leute …« Ich spreche so schnell, dass die Wörter übereinander purzeln, aber ich muss zum Ende kommen, denn es ist eine solche Zeitverschwendung, wir müssen endlich in den Wald und hinter jeden Baum und jeden Busch blicken und …

»Wir müssen eine Vorstellung davon bekommen, wie lange sie schon weg ist«, sagt die Polizistin freundlich, aber bestimmt. »Was schätzen Sie?«

»Vielleicht eine Viertelstunde?«, sage ich, obwohl ich wirklich keine Ahnung habe.

Sie und ihre beiden Kollegen gehen zu ihrem Wagen zurück, einer setzt sich auf den Fahrersitz und benutzt das Funkgerät. Als ich mich gerade auf sie zubewegen will, schließen sie die Wagentüren. Einer der Polizisten geht in Richtung Kenwood Estate und ruft Matildas Namen, der andere in die andere Richtung den Hang hinab. Auch in die Gruppe Freiwilliger kommt wieder Bewegung, und sie wächst stetig an; jeder, der vorbeikommt, wird davon angezogen wie Eisenspäne von einem Magneten. Die Dringlichkeit der Stimmen steigert sich, und all die Aktivität wirbelt um mich herum, die ich wie erstarrt im Zentrum stehe, bis mir so schwindelig ist, dass ich zu Boden gehen möchte.

DC Murray kehrt zurück. Sie legt einen Arm um mich und drückt mich behutsam auf die Knie.

»Sie sind sehr blass. Atmen Sie ein paarmal tief durch.«

Ich versuche es, aber es geht nicht, meine Brust ist zu eng.

»Wir haben alles in die Wege geleitet. Ich bin sicher, dass sie nur ein bisschen herumgelaufen ist. Kinder in dem Alter tun vieles, ohne nachzudenken.«

»Aber so was hat sie noch nie gemacht«, sage ich.

»Und sie tut es auch garantiert nie wieder, wenn sie sieht, was für eine Aufregung sie ausgelöst hat.«

Ich weiß, dass die Frau mich beruhigen will, aber sie blickt über meine Schulter hinweg hierhin und dorthin und scheint permanent die Lage einzuschätzen.

»Wer wohnt in Matildas Haushalt?«, fragt sie.

»Ihr Vater und ich. Wir sind zu dritt.«

»Und ist alles in Ordnung? Oder gibt es Probleme?«

»Nein, gibt es nicht. Was hat das denn damit zu tun?«

»Ich wollte nur wissen, ob der Kindsvater vielleicht Schwierigkeiten machen könnte«, sagt sie, aber es klingt eher nach einer Frage.

»Aber wieso sollte … Oh, Sie meinen, er könnte sie entführt haben? Nein. Nein, garantiert nicht.« Ich stutze. Dann: »Haben Sie nicht gerade gesagt, sie sei bestimmt nur ein bisschen spazieren gegangen?«

»Wir gehen allen Möglichkeiten nach«, sagt sie. »Und wo ist der Vater jetzt?«

»Er ist Therapeut und arbeitet den ganzen Tag in der Klinik.«

»Wenn Sie mir sagen, wo genau, schicken wir jemanden, der ihn abholt«, sagt sie beiläufig. Je ruhiger sie klingt, umso mehr Angst bekomme ich. Ihre Fragen haben eine Bedeutungstiefe, die ich im Augenblick nicht ergründen will. »Haben Sie eine Adresse?«

Ich nenne sie ihr; die Zahlen und Buchstaben kommen automatisch aus meinem Mund. Überall um mich herum hallt Matildas Name wider, und ich spitze die Ohren, ob ich von irgendwoher eine Antwort vernehmen kann oder wenigstens etwas, das mir neue Hoffnung gibt. Vor uns läuft ein kleines Mädchen mit ihrer Mutter über den Rasen, und am liebsten würde ich hinlaufen, es packen und mich vergewissern, dass es nicht Matilda ist, obwohl die Kleine dunkles Haar und geflochtene Zöpfe hat und einen rosa Mantel trägt.

Die Rufe kommen näher – vielleicht haben sie ja etwas gefunden. Mein Herz hüpft mir in die Kehle, als ein Officer mit etwas auf dem Arm aus dem Kenwood Estate gerannt kommt. Einen Moment lang denke ich, sie ist es, Matilda, meine Tochter, mein Liebling, aber etwas stimmt damit nicht, sie ist ganz schlaff und baumelt herab, und dann die gigantische Erleichterung, als ich sehe, dass es nur ihr Mantel ist, den er hält, und ich renne auf ihn zu, und die Erleichterung schwindet, und dann ist es Panik pur, keine Luft mehr, und ein Kreischen, vielleicht von mir, als der Polizist mir den leeren Mantel hinhält, halb grün, halb silbern, und ich drücke ihn an meine Brust, während die Polizisten grimmige Blicke austauschen, die ich nur allzu leicht interpretieren kann.

Die Polizistin nimmt mir den Mantel wieder ab. Ich will ihn mir zurückholen, aber sie hält eisern fest. »Wir brauchen ihn für die Suche«, sagt sie. »Sie bekommen ihn bald zurück.«

»Das verstehe ich nicht. Sie hatte ihn an.« Ich wende mich an den Polizisten, der ihn mir gebracht hat. »Wo haben Sie ihn denn gefunden?«

Er zögert, als suche er nach den richtigen Worten.

»Dort hinten, unter einem Busch«, sagt er und deutet zum Herrenhaus.

»Aber warum sollte sie den Mantel ausziehen?«, frage ich. »Es ist doch kalt heute.«

»Vielleicht ist sie auf der Suche nach Ihnen so viel gerannt, dass ihr zu warm wurde«, sagt er. »Und er ist ziemlich auffällig.«

Mir wird eiskalt. Die Uhr tickt, und ich weiß genau, was er damit sagen will. Ich kenne die Großstadtlegenden von den Kindern, die aus Kauf- oder Möbelhäusern verschwinden und kurz darauf mit anderen Kleidern und rasiertem Schädel weggebracht werden. Nichts wäre leichter, als den Mantel loszuwerden und ihr etwas anderes überzuziehen, um sie ohne Aufsehen zu erregen aus dem Park zu schaffen. Ich hatte meine Augen so lange geschlossen, dass ich den Entführern meine Tochter praktisch auf dem Silbertablett serviert habe.

Das Adrenalin erfährt ein neues Hoch, und mein Herz schlägt so schnell, dass es aus meinem Brustkorb zu bersten droht, während meine Hände noch immer Tillys Mantel umkrampfen. Und unter allem wird das Grabgeläut der Schuld immer lauter. Ich habe das zu verantworten. Ich allein. Ich habe gesündigt, und sie bezahlt dafür. Weil ich als Mutter eine Versagerin bin, ist sie weg und kommt vielleicht nie wieder. Ich sinke herab auf die Knie, weil mir schlecht wird bei dem Gedanken an alles, was ich getan habe, und alles, was ich hätte tun können, und nun ist es zu spät, nie wieder werde ich sie lachen hören oder ihr die Haare bürsten oder sie zur Schule bringen oder mit ihr zum Schwimmen fahren. Gott, Schwimmen. Der Teich auf dem Anwesen. Ich will meinen Gedanken herausbrüllen, lasse es dann doch. Ich weiß, dass sie bereits dort suchen werden. Obwohl ich nie bete und keine göttliche oder nicht-göttliche Intervention verdiene, fange ich an, in Gedanken zu feilschen. *Ich höre mit allem auf, ich schwöre es. Ich werde für sie da sein, mich um sie kümmern, ich werde alles für sie tun. Wenn ich sie nur noch einmal sehen, in die Arme schließen, sie an mich drücken kann, dann will ich nie wieder so eine egoistische dumme Kuh sein. Ich werde jeden Augenblick mit ihr genießen, wie ich es von Anfang an hätte tun müssen, anstatt immer nur an mich und meine Bedürfnisse zu denken.*

Die Suche wird fortgesetzt. Ich hocke noch immer an der Stelle, wo ich sie das letzte Mal gesehen habe. Ich habe keine Ahnung, wie lange das her ist. Mein Zeitgefühl hat vorübergehend ausgesetzt, und Minuten und Stunden wirbeln sinnlos in meinem Bewusstsein herum.

»Alison. Alison. Was ist passiert?«

Carl ist hier. Sie haben ihn aus der Klinik abgeholt und hergefahren.

»Matilda ist weg. Wir haben Verstecken gespielt, und plötzlich war sie nicht mehr da.« Ich breche wieder in Tränen aus und will mich erheben, um zu ihm zu gehen, um seine Wärme zu suchen, mich von ihm in die Arme schließen zu lassen, um zu hören, dass schon alles in Ordnung kommen und sie jeden Moment wieder bei uns sein wird.

Doch Carl stößt mich mit beiden Händen gegen die Schultern zurück. »Ich hab dir doch gesagt, dass du aufpassen sollst. Kann man dir eigentlich nichts anvertrauen?« Er ist außer sich vor Zorn, wie ich jetzt erkenne. »Hast du der Polizei gesagt, als was du arbeitest? Vielleicht war das ein Mandant von dir!«

DC Murray wendet sich mir zu. »Als was arbeiten Sie?«

»Ich bin Prozessanwältin«, sage ich. »Hauptsächlich Verteidigung. Ich kann mir nicht vorstellen …«

»Und Sie sind Therapeut«, sagt sie, an Carl gewandt. »Könnte es sein, dass einer Ihrer Patienten …?«

»Ganz sicher nicht«, erwidert er. »Meine Patienten tun so was nicht.« Der Blick, mit dem er mich bedenkt, ist voller Verachtung.

DC Murray mustert mich eingehend, dann wieder Carl. Eine ihrer Officer winkt ihr, und beide besprechen sich etwas abseits. Anschließend setzt sie sich in den Streifenwagen und benutzt das Funkgerät.

»Wir holen den Hubschrauber her«, sagt sie. »Manchmal hilft das.«

Vor Entsetzen drohen mir die Sinne zu schwinden.

»Könnte es sein, dass Sie in letzter Zeit einen Mandanten verärgert haben?«, fragt sie mich.

»Das glaube ich nicht. Nicht so.«

»Und Sie, Sir?«, wendet sie sich erneut an Carl.

»Natürlich nicht. Es ist unfassbar, dass Sie mit so einem Unsinn Ihre Zeit verschwenden. Sie sollten meine Tochter suchen und nicht alberne Anschuldigungen vorbringen.« Carl ist nicht mehr zu bremsen. Sein Zorn ist übermächtig. Ich konzentriere mich aufs Atmen. Ich wage nicht, wieder aufzustehen, weil ich fürchte, dass meine Beine mich nicht tragen.

Carl beugt sich zu mir herab. »Wie konntest du das nur zulassen?«, brüllt er mir ins Gesicht. Ich lege den Kopf in meine Hände und beginne mich zu wiegen.

»Das ist nur deine Schuld, du verdammtes Miststück. Du hast unsere Ehe ruiniert und jetzt auch noch unsere Tochter verloren. Mein Gott!« Er richtet sich auf, stampft davon, dreht plötzlich wieder um und kommt zurück. Dicht vor DC Murray bleibt er stehen.

»Wo ist meine Tochter?«, schreit er sie an. »Wo zum Henker ist sie?«

»Sie werden sich jetzt beruhigen, Sir«, sagt sie. Statt zurückzuweichen, richtet sie sich kerzengerade auf. »Ich verstehe, dass das ein emotionaler Moment für Sie ist, aber …«

»Ein *emotionaler Moment*? Meine Tochter ist verschwunden, weil meine Frau unfähig und verantwortungslos ist, und Sie denken, hier ginge es nur um Emotionen?« Er baut sich vor Murray auf, als wolle er zuschlagen. Ich halte den Atem an. Wenn ich etwas sage, wenn er mich jetzt bemerkt, geschieht es garantiert, und dann wird er wegen tätlichen Angriffs auf eine Polizistin auch noch verhaftet.

Murray steht unbeirrt vor ihm und blickt ihn ruhig an, und schließlich lässt Carl seine Hände sinken und fällt sichtlich in sich zusammen.

»Tut mir leid. Es tut mir leid«, sagt er, wendet sich ab und geht, nur um plötzlich kehrtzumachen und in meine Richtung zu treten. »Du Schlampe!«, kreischt er.

Ich fahre zurück, und sein Fuß verfehlt mich. Er verliert das Gleichgewicht, taumelt, fängt sich aber wieder. Schockiert starre ich ihn an. Sein Gesicht ist dunkelrot vor Zorn, und wahrscheinlich sollte ich Angst vor ihm haben, aber das habe ich nicht. In mir ist kein Raum für eine solche Angst. Ich hätte seinen Tritt verdient. Ich würde mich besser fühlen, wenn er zutreten würde. Aber im Moment spielt es keine Rolle. Das Einzige, was zählt, ist Matilda und das Loch in meinem Herzen, das ihre Abwesenheit hinterlassen hat. Ich begreife nicht, wie Carl sich über etwas anderes aufregen kann.

»Schau mich nicht an«, sagt er. »Hör verdammt noch mal auf, mich anzuglotzen.« Er steht über mir, packt meine Schultern und beginnt mich zu schütteln. »Du nutzlose Schlampe!«, bringt er hervor, und plötzlich steht DC Murray dicht neben ihm, doch ehe sie eingreifen kann, lässt er mich los, sinkt auf die Knie und setzt sich auf die Fersen. »Wo ist sie, Alison?«, schluchzt er. »Wo ist sie?«

»Ich weiß es nicht«, flüstere ich.

Nebeneinander sitzen wir auf dem Boden, in unserer Angst vereint. Er weint nun hemmungslos mit Rotz und Tränen und verzweifelten Schluchzern, und ich möchte ihn in den Arm nehmen und ihm sagen, dass alles wieder gut wird, aber das kann ich nicht. Ich strecke meine Hand nach ihm aus, doch er fährt so heftig zurück, dass er fast das Gleichgewicht verliert. Ich wünschte, ich könnte etwas sagen, das es nicht noch schlimmer macht, aber da ist nichts.

Von rechts laute Rufe und schnelle Schritte. Zuerst ignoriere ich den Lärm, doch er wird lauter, kommt näher. Ich blicke mich um und sehe den Polizisten, der eben mit ihrem

Mantel kam, doch diesmal trägt er etwas Lebendiges, Zappelndes, und ein Licht der Hoffnung glimmt im Dunkeln auf.

»Mummy!«, schreit Matilda, und ich springe auf, renne hin, reiße sie in meine Arme und halte sie fest an mich gepresst.

»Mummy«, sagt sie wieder, und ich war nie glücklicher, ihre Stimme zu hören, ihr Haar zu riechen. Sie schmiegt sich an mich, den Kopf unter meinem Kinn, und der Schmerz in meiner Brust lässt nach, die Leere füllt sich.

Und jetzt ist Carl bei uns und nimmt sie mir weg, und ich will sie nicht loslassen, aber ich muss. Er drückt sie an sich und hält sie umklammert, doch nach einer Weile fängt sie in seinen Armen an zu zappeln. Sobald er sie absetzt, läuft sie zu mir zurück, und ich setze mich wieder auf den Boden und ziehe sie auf meinen Schoß.

»Du frierst ja«, sage ich.

»Ich hab den Mantel ausgezogen. Mir war so warm, als ich nach dir gesucht hab, und jetzt weiß ich nicht mehr, wo er ist.«

»Keine Sorge, Schätzchen, wir haben ihn gefunden.« Ich blicke mich um und sehe DC Murray in einiger Entfernung mit dem Mantel in der Hand stehen und uns aufmerksam beobachten. Ich winke ihr zu und zeige darauf, und sie setzt sich in Bewegung. Als sie bei uns ist, geht auch sie in die Hocke.

»Sie war beim Kenwood House«, erklärt Murray. »Sie wirkte etwas ängstlich und schien zu frieren, und ein Parkbesucher wandte sich an einen unserer Officer. Man hat offensichtlich unsere Rufe gehört.«

»O Gott, ich bin so froh, sie wiederzuhaben«, sage ich. »Vielen Dank.«

»Und ich bin froh, dass es gut ausgegangen ist.« Murray setzt sich auf ihre Fersen. »Matilda, kannst du mir sagen, was passiert ist? Wie hast du dich verirrt?«

»Wir haben Verstecken gespielt. Ich bin da hoch in den Wald gelaufen. Aber dann wusste ich nicht mehr, wo ich war. Ich bin losgerannt, aber mir war so warm, deswegen hab ich den Mantel ausgezogen. Und dann war ich bei dem großen Haus, und der Polizist kam.«

»Und du hast im Wald mit keinem Erwachsenen gesprochen?«

»Nein, mit keinem. Meine Mummy sagt, ich soll nicht mit Fremden reden.«

»Das ist sehr klug«, antwortet Murray. »Du bist ein liebes Mädchen.«

Obwohl ich Matilda den Mantel angezogen habe, zittert sie immer noch, und ich schlinge die Arme fester um sie.

»Müssen Sie noch mit ihr reden?«, frage ich. »Weil ich wirklich furchtbar gerne mit ihr nach Hause gehen würde.«

DC Murray nickt. »Machen Sie das. Wir haben Ihre Personalien ja. Es kann sein, dass wir in ein paar Tagen noch einmal mit Ihnen reden müssen, und wenn Sie uns Ihre Telefonnummer geben, dann rufe ich Sie vorher kurz an.«

Ich gebe ihr die Nummer und rappele mich mit Matilda auf. Carl steht unschlüssig etwas abseits, weigert sich aber, mich anzusehen.

»Lass uns nach Hause gehen«, sage ich zu ihm.

Er zuckt die Achseln, kommt aber mit. Wir steigen ins Auto und fahren nach Hause. Er schweigt die ganze Fahrt über.

Zu Hause angekommen, lasse ich Matilda ein Bad einlaufen. Es ist erst vier Uhr, aber es fühlt sich an, als sei ich Jahre fort gewesen. Carl bleibt unten, aber ich habe keine Muße, mich darum zu kümmern; ich will Matilda keine Sekunde aus den Augen lassen. Sie ist fröhlich, planscht und macht sich mit dem Badeschaum, den ich ins Wasser gegeben habe, einen Bart und eine Perücke, und nichts deutet darauf hin, dass ihre Erzählung von den Ereignissen im Park nicht der Wahrheit entsprechen könnten.

»Und du hast wirklich mit niemandem gesprochen?«, frage ich.

»Nein. Hab ich dir doch schon gesagt.« Sie taucht unter, und ich will sie nicht weiter drängen.

Nach dem Bad zieht sie Schlafanzughose und Kapuzenpulli an, und wir gehen zusammen hinunter. Carl sitzt am Küchentisch und starrt ins Leere. Matilda klettert auf seinen Schoß, und er drückt sie kurz, schiebt sie dann aber wieder von sich. »Geh mit deiner Mutter kuscheln«, sagt er.

Das verstehe ich nicht. Normalerweise macht er immer ein ungeheures Gewese um sie, ohne dass ich eine Rolle spielen darf – und jetzt? Wahrscheinlich steht er noch unter Schock, aber seltsam ist es doch.

»Matilda«, sage ich. »Dein Vater und ich müssen etwas besprechen. Willst du nicht ins Wohnzimmer gehen und ein bisschen fernsehen?«

»Okay«, sagt sie und läuft aus der Küche. Kurz darauf hören wir die typischen überzogen-schrillen Stimmen von Trickserien im Hintergrund.

»Carl«, beginne ich. »Kannst du nicht aufhören, so wütend zu sein? Sie ist wieder bei uns – ist das nicht das Einzige, was zählt?«

Er sieht mich ausdruckslos an. Nach einem Moment räuspert er sich.

»Ich kann die ganze Zeit nur daran denken, wie leicht es anders hätte kommen können«, antwortet er. »Alles hätte vorbei sein können. Nur durch ein winziges bisschen Glück ist nichts passiert. Dennoch habe ich jetzt ein für alle Mal genug.« Er stößt sich vom Tisch ab und steht auf. »Ich habe deine Trinkerei ertragen, deine Arbeitszeiten, die Tatsache, dass dir meine Arbeit scheißegal ist und du mich in keiner Weise je unterstützt hast. Mit all dem kann ich umgehen. Sogar mit dem, was in Brighton passiert ist.«

Unwillkürlich senke ich unter der Wucht des Angriffs den Kopf.

»Aber dass du eine derart miese Mutter bist, die sorglos mit dem Leben ihrer Tochter umgeht … das mache ich nicht mehr mit.«

Er schreit nicht. Das muss er auch nicht. Seine Worte häuten mich wie Säure.

Plötzlich schüttelt er den Kopf. »Und weißt du, was am gemeinsten ist? Als sie zurückkam, ist sie zu dir gerannt. Obwohl du so ein nutzloses Miststück bist, liebt sie dich mehr. Und das kann ich nicht ertragen. Du hast sie gegen mich aufgebracht, dessen bin ich mir sicher. Und das macht mich so wütend, dass ich sie im Moment nicht einmal ansehen kann.«

»Es ist doch nicht ihre Schuld, Carl. Sei nicht unfair.«

»Ich bin unfair? Nichts hiervon ist fair, Alison. Nichts.« Er verlässt die Küche und stampft die Treppe hinauf. Ich höre ihn Schubladen öffnen und schließen, dann kommt er wieder heruntergepoltert.

Ich gehe in den Flur, wo er gerade mit einer Reisetasche über der Schulter und einem Schlafsack in der anderen Hand durch die Haustür ins Freie tritt.

»Wo gehst du hin?«

»Ich schlafe heute in meinem Therapieraum. Ich will nicht im selben Haus sein wie du. Ich möchte dir Matilda eigentlich nicht anvertrauen, aber mir bleibt keine Wahl. Heute Nacht jedenfalls nicht. Aber ich schwöre bei Gott, wenn irgendwas mit Matilda geschieht, wenn sie auch nur einen Kratzer am kleinen Finger hat, dann bringe ich dich um.«

Und damit geht er und drückt die Tür leise hinter sich zu. Einen Moment lang stehe ich fassungslos da. Ich bin erschüttert vom Ausmaß seiner Wut und der Erkenntnis, dass etwas zwischen uns unwiederbringlich zerstört ist. Unsere Ehe ist kaputt. Und daran bin ich schuld.

Matilda kommt aus dem Wohnzimmer. »Wo ist Daddy?«, fragt sie, und ich schlucke hart, ehe ich antworten kann.

»Er musste noch etwas arbeiten, Püppchen«, bringe ich hervor. »Er kommt bald wieder.« Und vielleicht stimmt das sogar.

Ich setze mich neben sie aufs Sofa, und wir sehen gemeinsam fern. Später mache ich uns etwas zu essen und bringe sie bei uns zu Bett – nicht weil sie es nötig hätte, sondern ich. In der Nacht kann ich nicht einschlafen, weil mir die entsetzliche Angst des Nachmittags noch in den Knochen steckt, aber ihre Atmung beruhigt mich, und ich lege meine Hand behutsam über ihre.

NEUNZEHN

Matilda schläft tief und fest. Weder wacht sie von der Autoalarmanlage auf, die regelmäßig draußen auf unserer Straße losplärrt, noch vom Heulen der Füchse in den Gärten, das mich um fünf aus dem Schlaf reißt. Mein Herz hämmert heftig, und ich bin verschwitzt. Danach kann ich nicht mehr einschlafen.

Als der Wecker klingelt, mache ich uns Frühstück. Zum Glück ist meine Anhörung erst um halb elf. Ich muss wegen der laufenden Fälle unbedingt mit den Assistenten reden; solange ich nicht weiß, was mit Carl ist, brauche ich mehr Zeit für Matilda. Aber bestimmt kommt er bald wieder zurück. Bestimmt. Ich blicke Matilda an, die sich über ihr Rührei hermacht. Sie hat eindeutig mein Kinn, dafür Carls Stirn. Sie schaut auf.

»Warum guckst du mich so an, Mummy?«

»Entschuldige, Schätzchen. Ich habe gerade nur daran gedacht, dass ich dich schrecklich lieb hab.«

Ich beuge mich zu ihr herunter und drücke sie fest an mich.

»Kommt Daddy nachher?«

»Ich weiß es nicht.«

Als ihre Zähne geputzt sind und ich mich angezogen habe, gehen wir zur Schule. Fröhlich rennt sie durchs Tor, und ich winke den Eltern, die ich kenne, ehe ich mich auf den Weg zur U-Bahn mache und in den Zug steige. Im Wagen lehne ich mich ans Fenster und schließe die Augen. Ich habe mich um Matildas willen zusammengerissen, aber es hat mich enorme Kraft gekostet. Nun, da sie in der Schule ist, besteht kein Grund mehr, fröhlich zu tun, und ich lasse mich in meine Schwermut sinken. Ich gehe mit jeder Bewegung der Bahn mit, schaukele im Rhythmus der stählernen Räder und tariere jede Bodenwelle mittels Gleichgewicht aus.

Ich gehe den Weg bis zur Belmarsh Road mit gesenktem Kopf, schaue niemanden an, meide alle Blicke. Unverzüglich ziehe ich meine Robe an und gehe jeglichen Gesprächen aus dem Weg. Ein Antrag auf Kaution im Auftrag von Robert aus der Kanzlei, eine Urteilsverkündung zu einem Prozess, der schon vor Monaten beendet worden ist. Der Bericht der Gerichtshilfe hat sich dreimal verzögert, kein einziges Mal verschuldet durch meine Mandantin.

»Wird das wohl lange dauern?«, fragt sie. »Er ist bei meiner Mutter, aber sie muss gleich weg.« Sie spielt mit einer billigen E-Zigarette, an der sie verstohlen zu ziehen versucht, ohne die Sicherheitsbeamten auf sich aufmerksam zu machen.

Ich schaue sie ratlos an. »Wer ist bei Ihrer Mutter?«

»Mein Sohn natürlich. Wer denn sonst?«

Ihre Gereiztheit dringt durch den Dunst in mein Bewusstsein. »Tut mir leid, natürlich. Verzeihen Sie, aber ich bin heute Morgen etwas müde.«

»Sind wir das nicht alle, meine Liebe?«, bemerkt sie, halbwegs beschwichtigt.

»Es dürfte nicht allzu lange dauern«, antworte ich. »So viele Fälle sind nicht vor Ihrem dran. Und immerhin haben wir Ihren Bericht endlich.«

»Und Sie glauben, dass er mir nützt?«

»Sollte er. Er deckt alles ab. Sie haben den Job in Aussicht, sind wieder zu Ihrer Mutter gezogen. Es sieht gut aus.«

Und zum Glück geht es auch gut aus. Der Richter akzeptiert die Empfehlungen im Bericht, ohne dass ich mehr als das Nötigste sagen muss. Vierundzwanzig Monate gemeinnützige Arbeit – meine Mandantin hat Glück gehabt, aber ihre alkoholbedingte Aggressivität war ohnehin untypisch für sie. Ihr Opfer, ein junges Ding im Pub, das ein wenig zu viel Interesse am damaligen Freund meiner Mandantin zeigte, wird die Narben ihrer Attacke zwar länger als zwei Jahre tragen, ist aber glücklicherweise nicht hier, um Einspruch zu erheben. Heute hätte ich damit auch nicht umgehen können.

Ich fahre so bald wie möglich zurück in die Stadt. Da ich die Anhörungen hinter mir habe, kann ich überlegen, was ich als Nächstes tun soll. Vielleicht hat sich Carl über Nacht etwas beruhigt. Allerdings bezweifle ich das. Die Unsicherheit brennt in meinen Eingeweiden. Ich hole mein Handy hervor und schalte es an, weil ich hoffe, dass Carl angerufen oder etwas geschrieben hat. *Lass uns reden* vielleicht. Etwas, das den Schwebezustand aufhebt, die Uhr zu einem Zeitpunkt zurückdreht, da wir noch nicht so unglücklich waren. Nichts. Ich rufe ihn an, aber er geht nicht dran. Ich rufe wieder an. Lege nach zweimaligem Klingeln wieder auf. Ich weiß, dass er jetzt auf sein Handy blickt. Also schreibe ich ihm eine Nachricht.

Es tut mir so leid, Carl. Lass uns bitte reden. Xx

Die Nachricht wird zugestellt, und mein Herz macht einen Satz, als die Blase mit den blinkenden Punkten erscheint, die verrät, dass er eine Antwort verfasst. Aber es kommt nichts. Keine Nachricht, kein Piepen. Ich versuche es erneut.

Bitte ruf mich an. Bitte.

Diesmal nicht einmal die blinkenden Punkte. Ich stecke mein Telefon wieder in die Tasche, lehne mich zurück und mache die Augen zu. Der Gedanke an die vor mir liegenden Veränderungen erschöpft mich.

In der Kanzlei gebe ich Mark die Schriften. Seinem mitfühlenden Blick kann ich ansehen, dass er mit mir sprechen will, und ich versuche hastig, den Rückzug anzutreten, aber es ist zu spät.

»Haben Sie schon mit ihm geredet, Miss?«

»Das ist alles nicht ganz so einfach«, sage ich ausweichend.

»Er scheint Sie unbedingt sprechen zu wollen. Er hat schon ein paarmal angerufen und nach Ihnen gefragt.«

»Wirklich?« Mein Herz macht einen Satz. »Aber warum hat er es denn nicht auf dem Handy versucht?«

»Er hat es wohl versucht, ist aber nicht durchgekommen.«

Ich hole mein Handy aus der Tasche und rufe Carl erneut an. Wieder klingelt es, bis der Anruf auf die Mailbox umgeleitet wird.

»Er nimmt nicht ab«, sage ich, den Tränen nah.

»Nun, er hat drei Nachrichten hinterlassen. Bestimmt erreichen Sie ihn gleich.«

Mark reicht mir einen Packen Post-its, und ich blicke darauf. *Nachricht an Alison. Anruf von Patrick um 10.37 Uhr. Bitte um Rückruf.* Ich zerknülle die Zettel und werfe sie in den Papierkorb an der Tür. Patrick, nicht Carl. Wen sollte Mark auch sonst meinen? Das kleine Aufkeimen frischer Hoffnung erstirbt, und die Last der Ereignisse lässt sich wieder auf meinen Schultern herab.

»Ja, bestimmt«, sage ich, ziehe mich in mein Büro zurück und mache die Tür vor der Außenwelt zu. Obwohl ich gestern Nacht geschlafen habe und die Erleichterung, Matilda wiederzuhaben, Carls Weggang überlagert hat, kann ich der Realität heute nicht mehr ausweichen. Er ist weg, und ich muss mich damit auseinandersetzen.

Um halb drei verlasse ich die Kanzlei. Ich habe Mark gesagt, dass ich im Augenblick in London arbeiten muss, bis Carl und ich uns verlässlich geeinigt haben, wie wir uns die Zeit mit Matilda aufteilen. Der Terminkalender ist entspannt, daher kann ich die nächsten beiden Tage zu Hause bleiben, falls nicht plötzlich doch etwas Dringendes anfällt. Doch das bisschen an Optimismus, das sich daraus ergeben hat, ist inzwischen schon wieder abgeebbt, und ich kann nur noch hoffen, dass Carl sich auf ein Gespräch einlässt, sobald sein Zorn etwas nachgelassen hat. Nach allem, was ich gelesen habe, scheint mir Mediation der Schlüssel zu sein. Wir sind schließlich beide Matildas Eltern, wir haben viele Jahre zusammengelebt; ich kann mir einfach nicht vorstellen, dass er sich einem vernünftigen Gespräch verweigert.

Ich stehe pünktlich am Schultor und plaudere mit den anderen wartenden Müttern und Vätern. Als es klingelt, strömen die Kinder heraus und werden von ihren jeweiligen Elternteilen in Empfang genommen. Matilda ist nicht im ersten Schub, auch nicht im zweiten. Sie kommt nicht einmal mit dem üblichen Nachzügler, der seine Bücher in einer fleckigen Plastiktüte mit sich schleppt, während sein Pulli halb über den Boden schleift. Alle sind weg, der Schulhof ist wie ausgestorben. Es ist wie eine Wiederholung des gestrigen Tages, und einen Moment lang überkommt mich dasselbe Entsetzen: Jemand hat mir Matilda gestohlen und gibt sie mir nicht zurück. Energisch mache ich mir bewusst, dass eine Schule ein ganz anderes Sicherheitskonzept hat als ein offenes Gelände. Sie kann nicht einfach verloren gehen oder sich verirren. Doch dann tritt anstelle jener namenlosen Furcht eine andere, die sehr viel konturierter, sehr viel begründeter ist.

Ich betrete das Foyer und gehe zum Empfang. Im Zimmer dahinter sitzt eine junge Frau, die offenbar Akten einordnet, und ich muss mehrmals »Entschuldigen Sie« sagen, ehe sie mich bemerkt.

»Ja, bitte? Was kann ich für Sie tun?«, fragt sie.

»Ich wollte meine Tochter abholen. Matilda Bailey, zweite Klasse.«

»Ist sie noch nicht rausgekommen?«

»Bisher nicht. Ich wollte nur rasch nachsehen, ob sie noch in ihrer Klasse ist. Kann ich durch?«

»Lassen Sie mich eben anrufen.« Sie greift nach einer Liste mit Namen, fährt mit dem Finger daran herab und stoppt nach ungefähr drei Vierteln. Dann wählt sie eine Nummer. »Ich suche Matilda Bailey; ihre Mum ist hier. Ist sie noch bei euch?«

Sie lauscht. Ich höre eine Stimme durch den Hörer, kann aber keine Wörter aufschnappen.

»Wunderbar, danke, ich gebe es weiter.« Sie legt den Hörer auf und wendet sich wieder mir zu. »Ihr Vater hat sie ein bisschen früher abgeholt. War das nicht abgesprochen?«

»Ich … ich muss es vergessen haben. Verzeihen Sie.« Es

fühlt sich an, als hätte man mir gegen die Brust getreten, aber ich zwinge mich, meiner Stimme nichts anmerken zu lassen. »Dann gehe ich am besten mal nach Hause.« Ich unterstreiche meine Worte mit einem Lächeln, aber sie hat sich bereits wieder ihrer Arbeit zugewandt.

Ich gehe schnell, mein Herz pocht in meinen Ohren. Carl ist einfach nur effizient gewesen, das ist alles. Es ist irrational zu glauben, er habe sie nur deshalb früher abgeholt, um sicherzustellen, dass er es tut und nicht ich. Ich beschleunige meine Schritte noch mehr, denn ich will jetzt nur noch nach Hause und das Gedankenkarussell anhalten.

Als ich die Tür öffne und eintrete, ist im ersten Moment alles ganz normal. Matilda rennt auf mich zu und umarmt mich, und wir setzen uns auf die untere Treppenstufe, damit sie mir erzählen kann, was sie den ganzen Tag gemacht hat und wie alle sie bewundert haben, weil sie gestern mit einer Polizistin gesprochen hat. Schließlich erheben wir uns und steuern auf die Küche zu, wo ich Matilda Obst zubereiten will, doch in diesem Augenblick taucht Carl auf.

»Matilda, geh in dein Zimmer«, sagt er.

»Mummy will mir gerade was zu essen machen.«

»Ich schäle dir eine Orange, dann gehst du bitte nach oben in dein Zimmer.« Ich bleibe mit Matilda im Flur und warte, während er in der Küche verschwindet und kurz darauf zurückkehrt. Er reicht Matilda einen Teller.

»Was ist das?«, fragt sie. »Das sieht aber komisch aus.«

»Das ist eine Orange«, erwidert er. »Könntest du jetzt bitte hochgehen?« Mit der Sonne im Rücken, die durch das Fenster über der Tür hereinströmt, wirkt er größer, als er ist, eindrucksvoller.

»Aber die ist ja ganz rot.«

»Man nennt das Blutorange, Matilda. Sie ist aus biologischem Anbau und gut für dich. Geh jetzt endlich rauf und iss sie da.« Er deutet die Treppe hinauf.

Mit einem bockigen Seufzen rutscht sie von meinem Schoß und stampft die Treppe hinauf, um ihren Unwillen zu unterstreichen.

»Alison, würdest du bitte reinkommen? Es gibt ein paar Dinge, die wir besprechen müssen.«

Am liebsten würde ich ihm sagen, er solle aufhören zu reden wie ein aufgeblasenes Arschloch, aber mein Anflug von Trotz ist kurzlebig. Ich stehe auf, schiebe meine Hände in die Hosentaschen, um das Beben zu verstecken, und folge ihm ins Wohnzimmer. Ich lasse mich auf dem Sofa nieder, aber anstatt sich zu mir zu setzen, durchquert er den Raum und bleibt vor dem Kamin stehen. Ich warte darauf, dass er zu reden beginnt, aber er tut es nicht, und das Schweigen wiegt schwer. Mein Herz hämmert so laut, dass er es in der Stille hören muss.

»Carl, ich …«, beginne ich, weil ich es nicht mehr ertragen kann, aber er setzt gleichzeitig ein und übertönt meine zögerlichen Worte.

»Ich habe die ganze Nacht nachgedacht, Alison, und den heutigen Tag auch. Ich habe mir viel von dir gefallen lassen, aber damit ist jetzt Schluss.«

»Was meinst du damit?« Meine Stimme klingt blechern.

»Nein, sag nichts. Das Ganze ist so schon schwer genug. Ich will endlich aussprechen, was ich denke. Ich nehme nichts mehr stillschweigend hin.«

Ich nicke stumm. Erst jetzt merke ich, dass ich meine Finger auf meine Lippen presse; mir war die Geste nicht bewusst.

»Ich reiche die Scheidung ein, Alison. Es gibt keinen Weg zurück. Ich habe heute mit einem Anwalt gesprochen, und die Sachlage ist erdrückend. Dein rücksichtsloses Verhalten als Grund ist mehr als ausreichend. Du weißt ja selbst, was du mir vor allem im vergangenen Jahr alles zugemutet hast.«

»Ich …«

»Nein, unterbrich mich nicht! Das hier fällt mir sehr, sehr schwer, und mich ausreden zu lassen ist ja wohl das Mindeste, was ich von dir erwarten kann.«

Ich habe das Gefühl, dass ich jeden Moment explodieren muss, je mehr Worte sich in mir anstauen; ich will mich verteidigen, ihn anklagen, mich entschuldigen und einfach nur schreien, und dass ich nicht darf, erzeugt einen enormen Druck, den ich bis unter die Schädeldecke spüre. Und doch halte ich den Mund und nicke. Es ist das Mindeste, was ich tun kann.

»Du wirst ausziehen. Heute noch. Natürlich wirst du den größten Teil deiner Sachen erst später holen können, aber für heute reicht es ja, wenn du eine Tasche packst und gehst. So, wie du dich in den vergangenen Monaten verhalten hast, werde ich keinerlei Schwierigkeiten haben, das Sorgerecht für Matilda zu bekommen, und in Anbetracht der Tatsache, dass wir die Anzahlung für das Haus mit meiner Abfindung bezahlt haben, habe ich mehr Anrecht darauf, hier zu bleiben, als du.«

Ich bin wie vom Donner gerührt. Die Worte, die eben noch aus mir herauszuquellen drohten, sind verschwunden. In meinem Verstand hat ein brodelndes Rauschen eingesetzt, und ich verstehe nichts mehr.

»Dir steht natürlich ein Anteil vom Wert des Hauses zu, und den sollst du bekommen. Schließlich musst du auch irgendwo wohnen. Aber da das hier Matildas Zuhause ist und ich derjenige bin, der für sie sorgt, ist es nur gerecht, dass es mir gehört. Hast du verstanden, was ich dir gesagt habe?«

Anscheinend sieht man mir die Verwirrung an. Ich schlucke, atme ein und aus. Er blickt mich an, als warte er auf eine Antwort von mir.

»Du willst, dass ich ausziehe?«, frage ich schließlich.

»Wie ich schon sagte, ja.«

»Und du kriegst das Sorgerecht für Matilda?«

»So ist es. Oder willst du etwa behaupten, dass du für sie sorgen kannst? Ich bitte dich – du kannst nicht einmal für dich selbst sorgen.« Er klingt nicht einmal mehr wütend, nur noch verächtlich.

»Aber … aber sie liebt mich doch. Und sie braucht mich.« Ich habe angefangen zu weinen; Tränen rinnen mir über die Wangen.

»Okay, Alison, du musst es anscheinend ganz deutlich hören.« Carl setzt sich auf die Kante des Sessels und beugt sich über den Couchtisch. Im ersten Moment glaube ich, dass es eine Erleichterung sein muss, wenn er sich auf Augenhöhe befindet, doch tatsächlich hat seine Nähe eine einschüchternde Wirkung auf mich. »Also schön, wo soll ich anfangen?« Er holt tief Luft und legt los.

Erstens. Meine Trinkerei.

Zweitens. Die vielen Stunden, die ich nicht für sie da war.

Drittens. Das Rauchen.

Viertens. Mein Egoismus, auch noch abends und am Wochenende zu Hause zu arbeiten.

Fünftens. Meine emotionale Egozentrik.

Die Liste meiner Verfehlungen erdrückt mich. Ich will

mich verteidigen: Ich musste wieder in meinen Beruf zurück, als er arbeitslos wurde; es gehört zum Beruf eines Prozessanwalts, in letzter Minute Fälle anzunehmen und sie bis spät in die Nacht vorzubereiten; der Druck, den die Mandanten und die Fallstricke unseres Strafrechts erzeugen, lässt sich oft besser mit Kollegen nach Feierabend wegtrinken, als dass man das, was oft mit Gewalt und Schmutz verbunden ist, mit nach Hause bringt. Aber er lässt mich gar nicht zu Wort kommen.

»Du würdest wahrscheinlich argumentieren, dass all das für deine Karriere notwendig war, Alison, aber du hättest ebenso gut zur Staatsanwaltschaft gehen oder als Unternehmensjuristin arbeiten können. Es hätte Möglichkeiten gegeben, Familie und Arbeit unter einen Hut zu bringen, aber nein – du bist süchtig nach der Aufmerksamkeit, die du kriegst, wenn du mit Perücke und Robe vor den Geschworenen herumstolzierst. Du liebst es doch, im Rampenlicht zu stehen. Du musst nur einmal darauf achten, wie du mit deinen Fällen stets die Unterhaltung an dich reißt. Und was du für ein Gewese um deinen ersten Mordfall gemacht hast!« Die Wörter kommen schneller und schneller aus Carls Mund, als sich der Zorn und der Hass, der sich viele Jahre aufgestaut hat, endlich Bahn bricht.

»Carl, hör mal …«

»Halt doch endlich mal die Klappe«, brüllt er. »Musst du immer reden? Jetzt bin ich dran.«

Ich halte abwehrend die Hände hoch und sinke auf meinem Platz in mich zusammen, ziehe sogar die Füße unter, um mich möglichst klein zu machen.

»Und nichts davon hätte irgendeine Bedeutung, wenn es nicht darum ginge, wie es sich auf Matilda auswirkt. Du bist eine furchtbare Mutter, total unfähig. Du gibst ihr nie den Vorrang, bringst sie nie zum Schwimmen, vergewisserst dich nie, dass sie alles hat, was sie braucht. Du kriegst es nicht einmal hin, sie ein einziges Mal pünktlich von der Schule abzuholen. Und gestern hättest du sie fast verloren!«

»Aber ich liebe sie«, flüstere ich. »Ich liebe sie. Zählt das denn gar nicht?«

»Nicht wenn du dich so erbärmlich schlecht um sie kümmerst. Du schadest ihr, Alison, dessen bin ich mir sicher. Und das lasse ich nicht länger zu. Ich hätte von Anfang an erkennen müssen, dass du als Mutter nichts taugst. Immerhin konnte ich verhindern, dass wir noch ein Zweites kriegen.«

Einen Moment lang bin ich still, während seine Worte nachklingen. »Was soll das heißen?«, bringe ich schließlich hervor. »Dass du das verhindern konntest? Was denn verhindern? Ich meine, wie denn?«

»Ich habe mich sterilisieren lassen, was denkst du denn? Ich denke ja nicht daran, ein zweites Kind zu riskieren. Und dass ich mich wohl kaum auf dich und die Pille verlassen wollte, dürfte klar sein.« Er schaut mich an, als hätte ich nicht alle Tassen im Schrank, sollte ich etwas anderes denken.

»Du … du hast dich sterilisieren lassen? Wann hast du dich sterilisieren lassen? Und warum hast du mir das nicht gesagt? Du hast mich im Glauben gelassen …« Ich weiß nicht weiter. Ich stolpere über meine eigenen Worte.

»Kurz nachdem Matilda geboren worden war«, antwortet er. »Und ich würde es jederzeit wieder tun, Alison. Es war schnell ersichtlich, dass du als Mutter ein hoffnungsloser Fall warst. Mit zweien wärest du nie und nimmer fertiggeworden. Aber nun wirst du einmal das Richtige tun und ohne

Streit gehen. Du kannst sie an den Wochenenden haben, aber ich werde dafür sorgen, dass du dich anständig um sie kümmerst.«

Fassungslos starre ich ihn an, und zum ersten Mal, seit er angefangen hat zu reden, regt sich Widerstand in mir. »Das kannst du nicht machen, Carl«, sage ich. »Das lasse ich nicht zu.«

»Du hast keine Wahl, Alison. Ich sitze am längeren Hebel. Jede Tat hat Konsequenzen, weißt du, jede einzelne Tat.« Ich habe ihn noch nie so erlebt, so ruhig und gleichzeitig voll kalter Wut. Im Takt zu seinen Worten nickt er mit dem Kopf, und mir wird klar, dass ich im Moment hier nicht weiterkommen werde.

»Was soll ich also machen?«, frage ich.

Zufrieden lehnt er sich im Sessel zurück. »Ich gehe mit Matilda essen. Sobald wir weg sind, packst du ein paar Sachen und gehst. Ich sage ihr nachher, dass du wegen der Arbeit wegfahren musstest.«

»Kann ich mich von ihr verabschieden?«

»Ich glaube nicht, dass das eine gute Idee ist. Du bist momentan zu emotional, das könnte ihr Angst machen. Du kannst sie nächstes Wochenende sehen, wir werden das in den nächsten Tagen besprechen.«

»Und was ist mit all meinen Sachen?«, frage ich, obwohl mich das nicht weniger kümmern könnte.

»Uns wird schon etwas einfallen. Und du kannst ja schon nächstes Wochenende einen weiteren Teil holen. Jede Tat hat Konsequenzen, vergiss das nicht. All das hier hast du dir selbst zuzuschreiben.«

Er hat schon alles ausgearbeitet. Ich gehe hinauf, hole einen Koffer heraus und werfe wahllos Kleidungsstücke hinein. Dann zwinge ich mich, mich darauf zu konzentrieren, was ich für die Arbeit brauche, und greife nach weißen Hemden und sauberen Kragen. Zum Glück muss ich nicht auch die Roben mitschleppen – sie hängen bereits in der Kanzlei. Ich höre, wie die Haustür geöffnet und geschlossen wird, dann Matildas Stimme, die sich entfernt. Ich blicke mich im Schlafzimmer um, als mir plötzlich bewusst ist, dass ich es wohl zum letzten Mal als »unser« Schlafzimmer sehen werde. Carl drängt mich im Schlaf immer gerne an den Rand und streckt sich in der Mitte aus, und ab jetzt kann er das ungestraft tun – nun gehört das Bett ihm allein. Einen Moment lang drückt mich das ungeheure Ausmaß dessen, was hier geschieht, regelrecht nieder, und ich muss mich setzen und um Atem ringen. Nie wieder werde ich hier schlafen, nie wieder Carls Wärme neben mir spüren. Aber ich reiße mich zusammen und konzentriere mich wieder aufs Packen.

Ich rufe ein Taxi und warte mit meinem Koffer unten. In Covent Garden gibt es ein Travelodge, dorthin werde ich fahren. Ehe ich versucht habe, Matilda und Arbeit und Carl und Patrick unter einen Hut zu bekommen, hatte ich Freunde, aber es kommt mir vor, als hätte ich seit Monaten mit keinem mehr gesprochen, der nicht mit der Kanzlei oder Matildas Schule zu tun hat. Flüchtig überlege ich, Rania anzurufen, aber das wäre voreilig. Wir haben uns erst vor zwei Wochen miteinander bekannt gemacht; ich kann schlecht mit Sack und Pack bei ihr aufkreuzen und einziehen.

Das Taxi kommt, und ich steige ein. Als es anfährt, blicke ich aus dem Fenster. Irgendwie ist mir alles durch die Finger geronnen – Haus, Tochter, Mann. Liebhaber, obwohl das im Augenblick kaum eine Rolle spielt. Ich komme im Motel an, checke ein und hieve meinen Koffer polternd drei Etagen hinauf, da der Fahrstuhl außer Betrieb ist. Der Geruch nach Frittierfett liegt in der Luft, und am Kopfteil des Bettes befindet sich ein klebriger Fleck. Ohne mir die Mühe zu machen, mich auszuziehen, rolle ich mich in die Tagesdecke ein und starre an die Wand, und als ich nach langer, langer Zeit endlich einschlafe, träume ich von Matilda, die vor mir herläuft, ohne dass ich sie je zu fassen kriege.

ZWANZIG

Ich wache um drei Uhr nachts auf, mir ist kalt. Die Klimaanlage läuft auf vollen Touren, und ich habe mir die Decke abgestrampelt. Ich gehe auf die Toilette, ziehe Anzughose und Bluse aus und schalte die Klimaanlage aus, ehe ich mich richtig ins Bett lege. Ich möchte wieder einschlafen, aber es funktioniert nicht. Zu viele Gedanken trudeln durch meinen Verstand. Ich hole mein Telefon aus meiner Tasche und schalte es ein. Ich wünschte, ich hätte mich nicht so vehement gegen soziale Medien gewehrt. Vielleicht würde Facebook mir jetzt guttun. Ich könnte etwas posten, das unbestimmt unglücklich klingt, und bekäme prompt viele kleine Trosteinheiten meiner Freunde auf der ganzen Welt. Ich rufe die Startseite auf und melde mich beinahe an, als mir bewusst wird, wie sinnlos es ist. Die Kontakte meiner Vergangenheit zu reanimieren, wenn meine Gegenwart so leer ist, ist wenig reizvoll.

Eine Reihe von Nachrichten ist eingetroffen, während ich mich mit Facebook beschäftigt habe. Ich unterdrücke das Bedürfnis, alle auf einmal zu löschen, weil ich unterschwellig hoffe, dass Carl mir eine Nachricht schickt, in der er mich um Verzeihung bittet, weil alles ein riesiges Missverständnis war. *Bitte komm nach Hause, Liebling, wir vermissen dich.*

Aber ich weiß, dass es nicht passieren wird. Dazu ist es zu spät. Unsere Ehe ist kaputt, und im Grunde genommen bin ich schuld. Ich liege kerzengerade im Bett und starre an die Decke. Der Rauchmelder in der Ecke leuchtet rot, und das trostlose Licht des »Exit«-Schildes im Flur dringt durch den Türspalt. Ich muss mich endlich der Wahrheit stellen. Ich liebe Matilda, und ich habe sie immer geliebt, aber das Mutterdasein hat mir zu Anfang Probleme bereitet. Ich bin zu schnell wieder in die Arbeit zurückgekehrt – vielleicht hätte ich mir mehr Zeit lassen sollen. Okay, ja, Carl hatte seine Arbeit verloren, und wir brauchten das Geld, aber irgendwie wäre es bestimmt schon gegangen. Und wenn ich zu Hause geblieben wäre und mich mehr mit ihm beschäftigt hätte, hätte er sich vielleicht nicht von mir abgewandt und ich wäre nicht so ausgehungert nach Zuneigung und menschlichem Kontakt gewesen, dass ich jemanden wie Patrick in mein Bett und manchmal sogar in mein Herz gelassen hätte …

Wenn das Wörtchen wenn nicht wär. Zu viele Unbekannte, die doch alle nur auf das eine Fazit hinauslaufen: Wäre ich nicht ausschließlich auf mich selbst konzentriert gewesen, sondern mehr auf meine Tochter, hätte das alles vielleicht vermieden werden können.

Meine Füße sind inzwischen wieder wärmer geworden, doch die Kälte in meinem Inneren ist geblieben, und mich hat das dumpfe Gefühl gepackt, dass es noch schlimmer kommen wird. Ich umklammere ein Kissen, verdränge so gut es geht jeden Gedanken aus meinem Kopf und schlafe endlich wieder ein, nur um in meinen Träumen erneut Matilda hinterherzujagen.

Das Klingeln des Telefons reißt mich aus dem Tiefschlaf, und ich brauche eine Weile, um mich zu orientieren. Meine Hand tastet nach dem Festnetzapparat, greift aber ins Leere, und endlich wird mir wieder bewusst, dass ich nicht zu Hause bin. Das Klingeln hört auf und setzt wieder ein, und schließlich finde ich mein Handy unter dem Kissen. Ich setze mich auf und blicke aufs Display.

Patrick.

»Alison, da bist du ja«, sagt er.

Einen Moment lang bekomme ich kein Wort heraus.

»Alison? Bist du da? Kannst du mich hören?«

»Ja. Ich kann dich hören.«

Eine lange Pause. Dann: »Es ist etwas passiert.«

»Was soll das heißen? Was ist passiert?«

»Ich bin angeklagt worden. Man hat mich gestern Abend abgeholt und offiziell der Vergewaltigung beschuldigt. Ich durfte auf Kaution gehen, aber vor meinem Haus wartete schon ein Fotograf. Jetzt wird es in der Zeitung erscheinen.«

»Mein Gott, Patrick. Du hast doch gesagt, das wird nicht passieren.« Vor Anspannung presse ich die Kiefer zusammen.

»Davon bin ich auch ausgegangen. Können wir uns bitte treffen? Ich könnte wirklich ein bisschen Zuspruch gebrauchen.«

Am liebsten würde ich Nein sagen. Eigentlich müsste ich Nein sagen. Ich sollte die Beine in die Hand nehmen und so schnell wie möglich die Flucht ergreifen, ehe ich in irgendeiner Hinsicht in diese Geschichte hineingezogen werde.

»Okay«, sage ich. »Treffen wir uns. Wo bist du?«

»In diesem Pub bei dir um die Ecke. Der mit dem Restaurant«, antwortet er. »Ich bin rausgefahren, weil ich gehofft habe, mit dir reden zu können.«

Vor meinem geistigen Auge sehe ich ihn ziellos an den Geschäften in Archway vorbeigehen, sich einen Kaffee in einem schmierigen Imbiss besorgen und vor der Taverne herumlungern, bis der Laden endlich aufmacht. Ich verdränge das Bild.

»Die Lage ist ein bisschen kompliziert, ich bin nicht zu Hause. Komm nach Covent Garden. Wir können uns in einer Dreiviertelstunde im Delauney treffen.«

»Nicht da, Alison. Das ist zu … Na ja, ich würde lieber irgendwo hin, wo man etwas diskreter reden kann.«

Er hat ja recht. Keine Ahnung, warum ich es vorgeschlagen habe. Wahrscheinlich bloß, weil es der erste Laden war, der mir in den Sinn gekommen ist.

»Treffen wir uns am Wetherspoons auf der High Holborn«, sagt er. »Du weißt, welchen Laden ich meine? Ich gehe jetzt zur U-Bahn.«

Ich weiß, welchen er meint, willige ein und lege auf. Irgendwie kommt es mir passend vor. Wir haben unsere Affäre im Wetherspoons auf dem Kingsway begonnen, dann können wir sie auch in einer Filiale derselben Kette beenden. Der Kreis schließt sich, und das hat beinahe etwas Schönes. Beinahe.

Ich bürste meine Haare, ziehe eine Jeans und einen weiten Pulli aus meiner Tasche und wickle mir einen Schal um den Hals, sodass meine untere Gesichtshälfte verborgen ist. Auf dem Weg zum Pub rutschen die Ärmel über meine Hände, und ich stecke sie unter meine Achseln, um sie warm zu halten. Patrick steht am Hintereingang. Er ist unrasiert. Er kommt auf mich zu, als wolle er mich küssen, aber ich weiche ihm aus und bleibe reglos stehen, als er seine Hände ausstreckt und wieder sinken lässt. Wir stehen voreinander, aber ich mag ihm nicht ins Gesicht sehen.

»Sollen wir reingehen?«, fragt er. »Es sind Unmengen an Tischen frei.«

Ich zucke die Achseln und folge ihm.

»Lass uns den hier nehmen«, sage ich und deute auf einen Tisch in der Ecke.

»Was willst du trinken?«, fragt er, und es wirkt viel zu normal.

»Mir egal. Wasser. Irgendwas.« Ich warte, während er uns etwas besorgt, und zupfe an dem ausgefransten Ärmelsaum meines Pullis.

»Was sind die Kautionsbedingungen?«, frage ich, als er sich wieder setzt.

»Keinen Kontakt mit den Zeugen der Anklage, nicht den Wohnort wechseln, wöchentliche Meldung. Und ich habe fünfzigtausend Pfund hinterlegt.«

»Wow. Die machen keine halben Sachen.«

»Nein, tun sie nicht.« Er hat sich ein Pint bestellt und trinkt ein Drittel davon in einem Zug.

»Gibt es denn neue Beweise?«, frage ich.

»Wenn ich das wüsste. Ich hab dir ja erzählt, was passiert ist. Aber diesmal sind sie anders mit mir umgegangen. Allein, dass sie mich zu Hause verhaftet haben, anstatt zu warten, bis ich mich wie vereinbart selbst auf dem Revier melde. Alles ziemlich merkwürdig. Keine Ahnung, was sich getan hat.« Während er mit mir spricht, blickt er immer wieder auf sein Display.

»Wartest du auf etwas?«

»Ich will sehen, ob es schon irgendwo erschienen ist.«

»Oh. Stimmt.« Ich hole auch mein Telefon hervor. Es sind ein paar SMS von der Arbeit eingegangen und eine Sprachnachricht von Pauline aus der Kanzlei.

Patrick will etwas sagen, aber ich halte ihm mein Handy hin. »Ich muss mich rasch hierum kümmern. Sie ruft normalerweise nicht an, das könnte wichtig sein.« Er sinkt über seinem Pint zusammen.

Ich mache mir nicht erst die Mühe, die Nachricht abzuhören, sondern rufe sie direkt zurück. Sie nimmt ab.

»Alison, hi, danke, dass du dich meldest. Ich …«

»Ich habe deine Nachricht noch nicht abgehört, tut mir leid, ich wollte lieber sofort mit dir reden. Ist alles in Ordnung?«

»Nein, leider gar nicht. Und ich fürchte, was ich zu sagen habe, hat es in sich.«

»Du elender, mieser Hurensohn«, spucke ich Patrick ein paar Minuten später über den Tisch entgegen.

»Was? Was redest du denn da?«

»Du mieses Schwein.«

»Alison, beruhig dich. Was ist los?« Er trinkt noch einen großen Schluck aus seinem Glas. Es ist fast leer. Kein Wunder, dass er sich Mut antrinken muss. Er wird ihn verdammt noch mal nötig haben.

»Genau«, beginne ich. »Caroline Napier hat sich alles ausgedacht. Du bist missverstanden worden und sollst zugunsten der Kronanwältin geopfert werden. Das ist deine Version der Ereignisse, richtig?«

»Ja, natürlich. Das habe ich dir doch schon erzählt.«

»Ach, und wie erklärst du dir dann, dass am Wochenende eine andere zur Polizei gegangen ist und dich wegen Vergewaltigung angezeigt hat?«

Alle Farbe weicht aus seinem Gesicht. »Das … das kann ich erklären, Alison. Das ist alles ein Missverständnis.«

»Ich habe gerade aber etwas ganz anderes gehört. Hast du wirklich geglaubt, dass ich das nicht rausfinde?«

Sein Kinn zittert, seine Augen füllen sich mit Tränen. »Ich dachte nicht, dass es zur Anzeige kommt.«

»Bei wem? Der Kronanwältin? Oder der Referendarin?«

Er lässt seinen Kopf in die Hände sinken, und seine Schultern beben. »Das war doch nur ein Missverständnis. Ich war sicher, dass sie es wollte. Wir hatten den ganzen Abend Spaß miteinander, und sie machte wirklich den Eindruck.«

Ich blicke ihn angewidert an. Er macht nicht einmal den Versuch, es zu leugnen. Ich könnte ihm eine reinhauen. Ich könnte mir eine reinhauen. Unbändiger Zorn erfüllt mich, aber auch Reue. Wie oft habe ich insgeheim Alexia, die Referendarin, schlechtgemacht, weil sie zu laut über Patricks Witze lachte und immer ein bisschen zu dicht bei ihm saß. Vor lauter Eifersucht habe ich nicht erkannt, dass ein Schema dahintersteckte und sein Geltungsbedürfnis es ihm unmöglich machte, die Aufmerksamkeit, die ihm entgegengebracht wurde, nicht auszunutzen. Er hätte die Finger von Alexia lassen müssen, vor allem aber hätte er niemals tun dürfen, was Alexia Pauline vergangene Woche erzählte, nachdem sie erfuhr, dass er wegen der Sache mit Caroline Napier von der Polizei befragt worden war.

Laut Alexia waren sie vor zwei Monaten zusammen aus gewesen und hatten ziemlich viel getrunken. Irgendwann landeten sie in ihrem winzigen WG-Zimmer und küssten sich. Alexia erkannte, dass es ihr zu viel wurde, und wollte aufhören, er jedoch nicht. Also machte er weiter. Sie traute sich nicht, es jemanden zu sagen, weil sie wusste, wie wichtig er für die Kanzlei war; dass ich in der Woche darauf den Mordfall bekam, bestätigte es ihr noch einmal. Sie wollte keinen Ärger machen und war der Ansicht, dass ihr ohnehin niemand glauben würde. Doch Pauline glaubte ihr, und am Ende, so Pauline, hätten sie beide dagesessen und geweint, ehe Alexia schließlich zur Polizei ging.

Ich glaube ihr auch. Ich habe am eigenen Leib erlebt, wie

Patrick vom Liebhaber zum potenziellen Vergewaltiger wurde, und das nicht nur das eine Mal bei mir zu Hause, sondern im Grunde auch immer dann, wenn er dieses eine Quäntchen zu weit ging. Doch ich war nur allzu willig, die Augen vor dem zu verschließen, was wirklich geschah. *Du magst es doch grob* war sein Mantra, und ich, eine feige Version von Anastasia, widersprach diesem jämmerlichen Abklatsch von Christian Grey nicht. Mir wird plötzlich übel, und ich will nur noch weg. Ich renne zur Toilette, flüchte in eine Kabine und verriegele die Tür. Der Drang, mich zu übergeben, ebbt ab, aber ich habe den Geschmack von Magensäure im Mund und spucke aus, wische mir die Lippen mit Klopapier ab, spucke wieder und wieder aus, bis der Geschmack endlich nachgelassen hat und ich die Augen schließe und den Kopf an die Kloschüssel lege. Am liebsten würde ich einfach hier sitzen bleiben, aber ich muss ihm gegenübertreten, wenn auch nur noch dieses eine Mal.

Als ich an den Tisch zurückkehre, weint er noch immer. Er macht sich nicht einmal die Mühe, den Rotz wegzuwischen, der auf seine Oberlippe läuft.

Ich bleibe vor ihm stehen. »Ich kenne dich«, sage ich in selbstgerechtem Zorn. »Ich kenne dich gut, und ich mache das nicht mehr mit.«

»Wenn du mich kennst, dann musst du doch wissen, dass ich zu so was gar nicht fähig bin«, bringt er schluchzend hervor. »Bitte lass es mich erklären.«

»Wozu?«, sage ich. »Das Dumme ist doch, Patrick, dass ich tatsächlich weiß, wozu du fähig bist.«

Er weint nun lauter und herzergreifender, und Rotz und Tränen fließen ungehemmt. Der Pub ist noch immer so gut wie leer, doch der Barkeeper hinter der Theke, der ein Glas poliert, wirft uns immer wieder Blicke zu.

»Ich gehe jetzt besser«, sage ich.

»Ja, klar, geh nur. Geh nach Hause zu deiner reizenden Familie und deinem reizenden Ehemann.« Seine Stimme wird lauter, teils weinerlich, teils wütend, und als er den Kopf in seine Hände senkt, glaube ich, dass die Traurigkeit gewonnen hat, doch dann schaut er wieder auf, und seine blutunterlaufenen Augen starren mich hasserfüllt an. »Verpiss dich doch einfach nach Hause.«

Eigentlich sollte ich wortlos gehen, aber in mir zerreißt etwas. Ich stemme die Hände auf den Tisch und beuge mich vor.

»Ich habe kein Zuhause mehr, ich kann nicht mehr einfach zu meiner Tochter, und mein Mann reicht die Scheidung ein. Und weißt du was? Was du machst, interessiert mich nicht mehr. Das hier hast du dir selbst zuzuschreiben. Ich hätte mich niemals auf dich einlassen dürfen.«

Ich hätte nicht gedacht, dass er noch grauer im Gesicht werden kann, doch es geschieht tatsächlich. »O Gott, Alison, das tut mir leid. Wirklich. Was ist denn passiert?«

»Als ich gestern auf Matilda aufpassen sollte, war sie plötzlich weg, und Carl ist ausgerastet. Und er hat recht – ich war eine absolut miese Mutter, immer abgelenkt, nie wirklich bei ihr. Und das hier – unsere *Beziehung* – hat es nicht besser gemacht. Nie hätte ich etwas mit dir anfangen dürfen. Ich hätte besser auf mich aufpassen müssen. Und auf Alexia ebenfalls.« Die Empörung lässt meine Stimme immer weiter ansteigen. Ich bin wütend auf ihn, aber vor allem auf mich selbst. Wie konnte ich mich nur derart blenden lassen? Wie konnte ich übersehen, wie er wirklich ist?

»Ach, Alison, es tut mir so leid. Bitte setz dich doch wieder, dann können wir darüber reden.«

»Es gibt nichts mehr zu bereden.« Ich habe genug. »Ich gehe jetzt, und ruf mich nicht wieder an. Lass mich in Frieden.«

Patrick blickt mich einen Moment lang stumm an, dann steht er ebenfalls auf. »Alison, bitte. Wir beide passen gut zusammen. Im Moment ist alles ziemlich konfus, aber das kriegen wir wieder hin.«

»Du bist wegen Vergewaltigung in zwei Fällen angeklagt.«

»So war das doch nicht«, sagt er flehend.

»O doch, Patrick. Ich kenne dich.«

Ich will nicht weinen, aber ich kann die Tränen nicht mehr zurückhalten. Patrick steht dicht bei mir, zu dicht, und ich weiche zurück, aber er kommt mir nach, und nun bin ich zwischen Tisch und Stuhl eingesperrt, und ich will nicht, dass er mich berührt, aber er rückt näher und näher.

»Alles in Ordnung bei Ihnen?«, fragt der Barkeeper.

Patrick sieht ihn an, nimmt sein Glas, hebt es an die Lippen und stellt fest, dass es leer ist. Er schaut es an, dann mich, dann den Barkeeper, dann holt er aus und schmettert das Glas auf den Tisch. Ein Splitter prallt ab und trifft mich an der Wange. Der Barmann macht einen Satz auf uns zu, als wolle er mich vor Patrick schützen, aber der sackt wieder auf seinen Stuhl zurück und lässt den Kopf in die Hände sinken.

»Sir, Sie sollten jetzt gehen. Oder ich rufe die Polizei«, sagt der Barkeeper, und Patrick schaut auf und beginnt zu lachen. Ich würde furchtbar gerne gehen, aber ich befürchte, dass er mir nachkommt. Wieder blickt er mich an, steht auf, kommt auf mich zu. Der Barkeeper stellt sich ihm in den Weg, aber er schiebt sich an ihm vorbei, legt mir die Hand unters Kinn, beugt sich vor und küsst mich.

»Jetzt habe ich alles verloren«, sagt er. »Alles.«

Ich weiche zurück, aber er lässt los, schubst mich aus dem Weg und geht.

Schweigend stehen wir da, der Barkeeper und ich. Mir wird bewusst, dass mein Gesicht nass ist, und ich wische weg, was ich für Tränen halte. Der Mann geht zur Theke und kommt mit einem Stapel Servietten zurück, und ich reibe mir über die Wangen, die Augen und die Lippen, um Patricks Kuss loszuwerden.

»Alles in Ordnung?«, fragt der Barkeeper, und ich nicke. »Ihr Gesicht meine ich. Sie bluten.«

Ich schaue auf die Servietten in meinen Händen. Tatsächlich – Blut. Und nun, da das Adrenalin abebbt, spüre ich auch den Schnitt brennen. Ich presse eine frische Serviette dagegen. »Das wird schon wieder«, sage ich. »Ich gehe jetzt besser.«

»Soll ich vielleicht ein Stück mit Ihnen kommen? Nicht dass er draußen auf Sie wartet.«

Ich überlege einen Moment lang, sein Angebot anzunehmen, aber tief in meinem Inneren weiß ich, dass Patrick nicht mehr da ist, wenn ich den Pub verlasse, daher schüttele ich den Kopf und verabschiede mich.

Mit gesenktem Kopf gehe ich zurück zum Motel. Ich möchte niemandem begegnen, den ich vielleicht kenne. Als ich an der U-Bahn-Station vorbeikomme, sehe ich gegenüber einen Zeitungsaufsteller.

TOP-ANWALT WEGEN VERGEWALTIGUNG ANGEKLAGT schreit mir die Titelseite entgegen. Ich nehme mir eine Zeitung und betrachte das körnige Foto Patricks, der mit einer Hand sein Gesicht zu verbergen versucht. Ich beginne zu lesen, werfe die Ausgabe aber kurzerhand in den nächsten Mülleimer. Ich weiß genug.

Zurück im Hotel versuche ich für den Rest des Tages, Carl anzurufen, aber sein Handy ist ausgeschaltet. Gegen fünf komme ich durch und höre das Tuten, und als Matilda abnimmt und viel zu nah am Mikrofon »Hallo?« sagt, jubelt mein Herz, doch dann nimmt Carl es ihr ab und schaltet es wieder aus, und mir bleibt nur der Nachhall ihrer Stimme.

EINUNDZWANZIG

Früh am Mittwochmorgen ruft Mark an und fragt mich, ob ich einen Diebstahl am Strafgerichtshof in Inner London übernehmen könnte. Es ist Sankars Fall, aber ein anderer Prozess, an dem er beteiligt ist, zieht sich in die Länge. Ich habe mein Motel satt, und obwohl Inner London für meinen Geschmack ein bisschen zu nah bei Patrick ist, sage ich dennoch zu. Schließlich kann ich nicht ständig Arbeit ablehnen. Ich dusche und ziehe mich an, und obwohl mein Telefon die ganze Zeit hartnäckig klingelt, ignoriere ich es, bis ich zum Gehen bereit bin. Ich betrete den Aufzug, und während ich warte, dass er sich in Bewegung setzt, blicke ich auf mein Display, um zu sehen, wer sich gemeldet hat.

Chloe, dreimal hintereinander. Erschöpft ziehe ich meinen Rollkoffer aus dem Lift. Es nimmt kein Ende. Ich habe mit den Folgen von Carls Entscheidung, mit meiner Sehnsucht nach Matilda und dem Entsetzen über Patricks Taten so viel im Kopf, dass kein Platz für anderes ist.

»Ja, ich bin's«, sage ich, während ich die Hotellobby durchquere und auf die Straße hinaustrete. Ich bin so früh unterwegs, dass ich auch zu Fuß gehen könnte.

»Etwas Schreckliches ist passiert«, sagt Chloe.

»Was ist denn?«, frage ich in Gedanken noch bei der Strecke, die ich nehmen müsste, wenn ich wirklich zu Fuß gehen würde.

»Mit Patrick.« Ihre Stimme droht zu versagen.

O nein, nicht jetzt! »Ich will nicht darüber reden«, fahre ich sie an. »Ich habe überhaupt nichts damit zu tun.«

»Jetzt hör mir doch zu, Alison! Er ist tot. Patrick ist tot. Er hat sich gestern Nachmittag in der U-Bahn-Station Holborn vor einen Zug geworfen.«

Ich bleibe stehen. Jemand, der hinter mir gegangen ist, prallt gegen mich, flucht und umrundet mich. Ein Mann tritt versehentlich gegen meinen Trolley. Ich stehe erstarrt mitten auf dem Gehweg und versuche zu begreifen, was sie mir sagt.

»Patrick ist tot, Alison. Er hat mir eine SMS geschrieben, in der er sich entschuldigt hat, aber ich wusste nicht, warum.«

»Bist du sicher?«

»Ja, absolut. Seine Schwester hat ihn gestern Abend anhand seiner persönlichen Gegenstände, Brieftasche und Ring, identifiziert. Es war nicht mehr viel von ihm übrig. Bald steht es in jeder Zeitung.« Sie spricht zu schnell, ich kann ihre Worte nicht erfassen. »Alison. Alison? Bist du noch da?«

Ich nehme das Handy vom Ohr und schalte es aus. Ich begreife nicht, was hier los ist. Wieder rempelt mich jemand an, diesmal so heftig, dass ich gegen die Mauer taumele.

»Alles in Ordnung?«, fragt eine Frau.

Zunächst bringe ich kein Wort hervor, meine Kehle ist nahezu verstopft. Sie berührt mich an der Schulter und macht Anstalten, meinen Arm zu ergreifen, aber ich löse mich von ihr. »Alles in Ordnung, danke. Mir geht's gut.« Ich setze mich wieder in Bewegung und ziehe den Trolley hinter mir her.

»Sind Sie sicher?«, ruft sie mir hinterher, doch ihre Stimme geht unter im Klacken meiner Absätze auf dem Straßenpflaster, und meine Gedanken formulieren im Takt *auf zum Gericht, auf zum Gericht*, und ich ziehe die Nase hoch und wische mir meine Trauer mit dem Jackenärmel ab.

Die Zeit wird knapp, und zum Gehen fehlt mir plötzlich die Energie – ich muss die Bahn nehmen. Ich mache kehrt, begebe mich zur nächsten Station und fahre die Rolltreppe herab, um auf die Northern Line zu warten. Als der Zug einfährt, zieht das Gleis mich an, und ich gehe auf die Bahnsteigkante zu, trete näher und näher, bis jemand brüllt und meinen Arm packt. Ich mache mich los und fahre zurück, als Bilder von Patrick, von Gleisen und stählernen Rädern, die Knochen und Fleisch durchtrennen, durch meinen Verstand trudeln. Ob man wohl alles aufgesammelt hat? Oder kleben noch Klümpchen und Reste von ihm in der Haltestelle Holborn, um den Ratten ein mit Abstand köstlicheres Festmahl zu bieten als den üblichen Bodensatz aus McDonald's- und KFC-Kartons? Ich schüttele den Kopf, um die Bilder loszuwerden, doch nicht mehr rechtzeitig, um einzusteigen, also trete ich hastig zurück, als der Zug anfährt.

Der nächste kommt nach wenigen Minuten, und diesmal bin ich besser vorbereitet. Ich steige ein, lehne mich an die Innenwand und starre die ganze Fahrt über bis Elephant and Castle auf die einzelnen Haltestellen auf dem Streckenplan der Northern Line gegenüber. London Bridge. Ich werde jetzt nicht an London Bridge oder an den Abend neulich denken, als Patrick für mich kochte und wir uns so gut verstanden. Ich reiße mich zusammen und mache mich auf den Weg zum Gerichtshof.

Im Umkleideraum ist es voll. Mir kommt es vor, als würde der Geräuschpegel sinken, als ich eintrete, aber vielleicht sind es nur meine Nerven, die in mir ein solches Tosen erzeugen, dass ich nicht mehr viel höre. Robert aus der Kanzlei steuert sofort auf mich zu und legt mir die Hände auf die Schultern.

»Schreckliche Nachrichten, Alison. Ich nehme an, du weißt schon davon?«

Ich nicke.

»Du hast viel für ihn gearbeitet …«

Ich bin so darauf bedacht, mir nichts anmerken zu lassen, dass ich mich vollkommen versteife. Ich mustere Robert verstohlen, aber weder sein Gesicht noch seine Stimme lassen darauf schließen, dass er auf irgendetwas hinauswill. Er wirkt nur bedrückt und erschöpft.

»Ich kann es einfach nicht glauben«, sage ich schließlich.

»Ich weiß. Ich habe vorhin mit ein paar Leuten gesprochen. Sankar, andere aus der Kanzlei und von Patricks Team … wir wollten uns heute Abend im Pub treffen. Um seiner zu gedenken. Klar, da ist noch das, was im *Standard* stand, aber …«

Ich nicke wieder. »Wo?«

»Im Dock, dachten wir. Meinst du, du schaffst es?«

»Ich werde mein Bestes versuchen.«

Eine Anwältin einer anderen Kanzlei gesellt sich zu uns. »Entschuldigen Sie, dass ich störe, aber gehe ich recht in der Annahme, dass Sie über Patrick reden? Patrick Saunders?«

Robert nimmt sie zur Seite und erklärt ihr, was er und die Kollegen heute Abend vorhaben, und ich nutze die Gelegenheit, um meine Tasche auszupacken, mich mit Perücke und Robe auszustatten und meiner Miene im Spiegel etwas mehr Professionalität zu verleihen. Ich hole die Unterlagen der Anklage und bin mir bewusst, dass der Fall extrem schlecht vorbereitet ist. Ich habe in die Akte geblickt, aber es ist nichts hängen geblieben. Ich präge mir den Namen ein, begebe mich zu Kammer 7 und versuche mich zu konzentrieren.

Immerhin handelt es sich um eine Anklageschrift und eine Erstanhörung, und als der Angeklagte sich schuldig bekennt, holt mich das in die Gegenwart zurück, und ich lese die staatsanwaltschaftliche Zusammenfassung der Fakten vor und hoffe inständig, dass niemand weitere Informationen verlangt. Der Verteidiger ist jung und ernst und bringt alles vor, was er hat, obwohl der Richter den Antrag, von der Gerichtshilfe einen Bericht zur Strafmaßmilderung erstellen zu lassen, bereits bewilligt hat – »wenn ich auch darauf hinweisen muss, Mr. Ketteridge, dass ich geneigt bin, *alle* Optionen in Betracht zu ziehen« –, und er hält erst den Mund und setzt sich, als der Richter droht, er habe eigentlich schon genug gehört, um ein Urteil zu verkünden.

Ich notiere das Datum der Urteilsverkündung auf den Unterlagen und bestätige es. Als ich meine Robe ausziehe, kehrt auch Robert zurück, und wir gehen gemeinsam zum Bus. Er kann einfach nicht aufhören, über Patrick zu reden, und irgendwann möchte ich mich einfach nur hinlegen, mir die Ohren zuhalten, mit den Beinen strampeln und schreien.

»Ich kann nur hoffen, dass die Anschuldigungen der Wahrheit entsprechen«, sagt Robert. »Natürlich nicht wegen der Vergewaltigungen, das versteht sich ja von selbst, aber wenn die Frauen gelogen haben und er sich deswegen umgebracht hat …« Und ich weiß plötzlich mit absoluter Gewissheit, dass ich jetzt sofort aus diesem Bus aussteigen und auf Abstand zu ihm gehen muss, wenn ich ihm nicht entweder meine Faust in den Magen rammen oder ihm vor die Füße kotzen will. Ich murmele, ich bräuchte dringend frische Luft, und steige am Ende der Waterloo Bridge aus.

Ich gehe zurück über die Brücke bis zur Mitte und blicke hinunter ins Wasser und hinüber nach Westminster zum

London Eye. Der beste Ausblick von ganz London, hat Patrick einmal gesagt. Ich wende mich um und blicke über die Blackfriars Bridge zur London Bridge und zur Tower Bridge dahinter. Etwas weiter nach rechts sollte Patrick nun in seiner Wohnung sein und blass und niedergeschmettert seine Unschuld beteuern. Stattdessen liegt er in blutigen Einzelteilen im Leichenschauhaus.

Ich drehe mich wieder um, blicke hinunter in den Fluss und frage mich, warum hier nicht wie auf anderen Brücken eine verschraubte Bronzeplakette mit der Nummer der Telefonseelsorge zu finden ist. Wahrscheinlich wäre sie genauso hilfreich gewesen wie ich, die ich mich geweigert habe, ihm auch nur eine Minute länger zuzuhören.

Ein Mann bleibt neben mir stehen, und mir wird bewusst, dass er mich beobachtet. Einen Moment lang erwidere ich zornig seinen Blick, bis ich begreife, dass er besorgt ist. Ich habe vermutlich zu lange hier am Geländer in die Tiefe gestarrt.

»Nein, so ist es nicht«, sage ich und gehe schnell davon. Er hat einer Fremden mit einem Blick mehr Fürsorge zukommen lassen, als ich in den letzten Tagen für Patrick übrig hatte, und dieses Wissen lastet schwer auf meinen Schultern, als ich mich auf den Weg in die Kanzlei mache.

Auf dem Weg hinein begegnet mir Pauline.

»Ich habe Alexia gesagt, sie soll sich ein paar Tage freinehmen«, erklärt sie mir. »Es ist natürlich in keinerlei Hinsicht ihre Schuld, aber sie ist am Boden zerstört. Wir müssen ein Auge auf sie haben und dafür sorgen, dass sie mit einem Psychologen spricht.«

»Furchtbar, das alles. Hoffentlich erholt sie sich bald davon.

Wenn du meinst, dass es angemessen ist, würdest du ihr bitte meine Grüße ausrichten und ihr sagen, dass ich sie unterstütze, wo ich kann?«

Pauline nickt. »Mach ich. Sie hatte Sorge, was du wohl davon halten würdest. Ich habe ihr versichert, dass du in jedem Fall auf ihrer Seite bist, aber sie war sich nicht sicher. Sie scheint dir gegenüber etwas feindselig, wenn ich ehrlich sein soll, aber für sie ist es ja auch eine schlimme Zeit.«

Das ist ein Tritt in die Magengrube. Ich habe mich immer als Verbündete gesehen, aber nun wird mir langsam die Tiefe meiner Ignoranz bewusst. Wer weiß, welchen Schaden meine Dummheit angerichtet hat. Plötzlich jedoch kommt mir ein ganz anderer Gedanke.

»Ich verstehe, warum sie mir gegenüber gewisse Vorbehalte hat, aber ich habe in den vergangenen Tagen vieles begriffen. Bitte versichere ihr, dass sie auf mich zählen kann, was auch immer sie braucht. Aber, hör mal, Pauline, eine Sache muss ich fragen. Ich bekomme in letzter Zeit anonyme Nachrichten. Keine schönen. Glaubst du, dass sie vielleicht …?«

Pauline schweigt eine lange Weile. »Ich weiß nicht«, antwortet sie schließlich. »Bei den Äußerungen, die sie gemacht hat, würde ich es nicht ausschließen. Wenn ich kann, spreche ich sie darauf an. Aber im Augenblick ist sie wirklich in ziemlich übler Verfassung.«

»Klar, das verstehe ich. Und es eilt ja nicht. Es wäre nur schön, wenn das aufhören würde.«

»Natürlich.«

»Danke, Pauline. Und noch mal: Sag ihr bitte, dass sie jede Unterstützung von mir bekommt, die sie braucht.«

»Das freut mich. Meiner Meinung nach sollten wir uns ein

paar Gedanken dazu machen, wie wir in der Kanzlei in Zukunft mit Referendaren umgehen. Wärest du dabei? Ich könnte eine Besprechung anberaumen.«

»Definitiv. Da besteht Handlungsbedarf.«

Nachdem ich mich von Pauline verabschiedet habe, verkrieche ich mich in meinem Büro; ich kann keine Leute mehr um mich herum vertragen. Säure brennt in meiner Magengrube, und meine Hände wollen nicht aufhören zu zittern. Ich nehme mein Telefon, um Patricks Sprachnachrichten erneut abzuhören: Hat schon etwas in seiner Stimme auf seinen seelischen Zustand hingedeutet? Doch dann fällt mir ein, dass ich die Nachricht genau wie sämtliche SMS aus Gewohnheit gelöscht habe – sogar jene, die in unserem schmalen Zeitfenster zwischen Lust und Tod inhaltlich haarscharf an Liebesschwüren vorbeigeschrammt waren. Ich erinnere mich an seine beharrliche Kraft im Bett und wie wund ich manchmal war; noch Stunden später konnte ich spüren, dass wir gevögelt hatten. Der Gedanke, dass er tot ist, kommt mir absurd vor, doch auf meinem Handy existiert keine Spur von ihm. Keine gemeinsamen Fotos, keine gemeinsamen Erinnerungen. Uns bleibt nicht einmal Paris. Wir hatten Paris aber auch nicht verdient.

Man hämmert an meine Tür. Robert. Ja, ich gehe mit in den Pub, ja, ich komme jetzt. Nein, ich weiß auch nicht mehr, es hat sich nichts Neues ergeben. Er hält mich an der Tür auf und umarmt mich.

»Ich weiß, dass ihr euch nahestandet.«

Ich mache mich von ihm los und sehe ihn stirnrunzelnd an.

»Nein, nicht so«, sagt er hastig. »Ich wollte damit nicht andeuten, dass … Na ja. Er hat dir jedenfalls ein paar gute Aufträge gegeben.«

Ich nicke. Das hat er. Mehr ist nicht geblieben.

Wir sind die Ersten im Pub und setzen uns in die Ecke der Kellerbar, die Robert reserviert hat. Es ist derselbe Tisch, an dem wir auch an jenem Abend saßen, als ich Madeleines Fall bekommen hatte, wir später ins Büro gingen und der Bilderrahmen mit Matildas Foto zu Bruch ging. Verdammt, es war doch nur Glas, kein Spiegel. Das alles hätte nicht geschehen dürfen.

Ich besorge uns eine Flasche Roten vom Hauswein, und wir trinken ihn zügig. Roberts Miene ist grimmig, meine vermutlich auch. Langsam trudeln die Leute aus der Kanzlei ein, Rechtsberater, Gehilfen, Anwälte, und einer nach dem anderen bestellt den Hauswein. Dies ist nicht der Zeitpunkt, um auf Jahrgänge zu bestehen – wir kippen die billige Plörre herunter. Eine Flasche habe ich hinter mir, doch ich fühle mich klar und spreche noch deutlich. Ein paar von den Leuten haben Zeitung gelesen, Kommentare machen die Runde. Der arme Zugführer. Die armen Frauen. Armer Patrick …

Der Raum schimmert, ein diesiges Licht umspielt die Köpfe. Es ist wie damals, als man drinnen noch rauchen durfte und das Licht der Glühbirnen den Qualm durchdrang. Ich dränge mich mit Robert die Treppe hinauf nach draußen und schnorre eine seiner Zigaretten, doch keiner von uns weiß etwas zu sagen. Als wir zurückkehren, hat jemand eine Flasche Whisky spendiert – Famous Grouse, Mittelmaß wie der Wein. Ich nehme zwei Fingerbreit, schenke mir nach und fühle mich noch immer stabil. Ich schaue mich am Tisch um; quallenartig pulsiert das Licht um die Köpfe der Kneipengäste. Sankar wendet sich mir zu und will mir etwas wirklich Wichtiges sagen, verharrt jedoch mit halb geöffnetem Mund im Zwielicht der Bar. Chloe geht an ihm vorbei, und ich hebe meine

Hand, und sie winkt und setzt sich ans andere Ende des Tischs. Ich wende mich wieder Sankar zu, doch sein Mund ist bereits wieder geschlossen, und Robert hat mir Whisky nachgeschenkt, also trinke ich und höre auf, mir über das Reden Gedanken zu machen.

Noch immer liegt ein Schimmer über allem, eine Ruhe, die dem Anlass nicht angemessen ist. Durch den Selbstmord sind Patricks Sünden vorübergehend gesühnt, und die ersten Anekdoten tauchen auf. Ja, er hatte seine Schwächen, aber haben wir ihn nicht alle geliebt? Wir wiegen uns im Rhythmus unseres Gemeinschaftsgefühls und erzählen uns Geschichten von Patrick vor Gericht oder mit Mandanten, und all die kleinen individuellen Episoden verschmelzen zu einer großen.

»… die Gang, wisst ihr noch? Die hatten alle diese eine Visitenkarte, und darauf konnte er aufbauen …«

»… und dann hat er Richter Connor gesagt, er könne ihn mal – ihr hättet Connors Gesicht sehen sollen …«

»… und der Mandant bedroht ihn mit dem Messer, und er, was macht er? Er lacht bloß, bis der Kerl erkennt, was für ein Vollidiot er ist, und das Messer wieder weglegt …«

Eine weitere Whiskyflasche erscheint auf dem Tisch, aber diesmal ist es ein Lagavulin, und die Torfnote kratzt im Hals. Weitere Geschichten machen die Runde, die Stimmung wird immer rührseliger, je länger der Abend sich hinzieht. Ich muss aufs Klo, und überzeugt davon, dass ich noch immer praktisch nüchtern bin, erhebe ich mich, aber meine Beine geben nach, und ich lande halb auf Roberts Schoß. Er lacht, hält mich und hilft mir hoch, und ich dränge mich am Tisch vorbei. Langsam gehe ich zu den Toiletten, aber der Weg kommt mir länger vor als gewohnt, und die Wände kippen mir immer wieder entgegen. Nachdem ich gepinkelt habe, bleibe ich noch eine Weile sitzen, die Strumpfhose um meine Knöchel, den Kopf in den Händen, und hoffe, dass der Schwindel wieder nachlässt.

»Alison? Alison, bist du hier?«

Chloe. Ich richte mich auf, ziehe die Strumpfhose hoch und mache mich bemerkbar. »Ja, bin ich. Moment.« Die Pause vom Lärm im Schankraum hat meinen Kopf ein wenig geklärt, aber meine Augen schmerzen, also nehme ich die Linsen heraus. So ist es besser, auch wenn ich jetzt nur noch verschwommen sehe.

Chloe wartet am Waschbecken. Sie kommt auf mich zu, um mich in die Arme zu nehmen, und ich drücke sie linkisch. Das Parfum, das sie aufgelegt hat, raubt mir fast den Atem; es ist schwer und unangenehm süßlich, doch sobald ich mich daran gewöhnt habe, nehme ich ihren Körpergeruch darunter wahr – schaler, alter Schweiß, als habe sie sich seit Tagen nicht mehr gewaschen. Behutsam löse ich mich von ihr. Ich möchte nicht wissen, wie ich gerade rieche. Ich wühle in meiner Handtasche, finde meine Brille und setze sie auf.

»Schrecklich. Einfach schrecklich«, sagt sie.

Ich nicke.

»Aber wenigstens hat er nicht gelitten«, fährt sie fort. »Es muss ganz schnell gegangen sein. Gott, der arme Fahrer …«

Ich strenge mich an, es mir nicht noch einmal bildlich vorzustellen.

»Dennoch müssen wir tapfer sein und weitermachen. Das hätte er auch gewollt.«

Auf dieser Ebene komme ich weit besser mit dem Thema zurecht.

»Hast du es schon Madeleine gesagt?«, frage ich und bin selbst überrascht, wie klar die Wörter herauskommen.

»Ja. Sie war zutiefst erschüttert.« Chloe blickt in den Spiegel, zieht ihre Lippen nach und dreht sich wieder zu mir um. Das Lächeln, das sie aufzusetzen versucht, sieht eher nach Grimasse aus, und es kostet sie sichtlich Kraft. Der Lippenstift hat auf ihre Zähne abgefärbt, doch ich lasse es unerwähnt. »Sie will so bald wie möglich mit uns reden.«

»Vernünftig«, sage ich.

»Ich bestelle sie ins Büro. Vielleicht können wir beide uns vorher noch abstimmen.« Wieder tupft sie ihre Nase ab. »Gott, ich sehe furchtbar aus.« Sie entdeckt den Lippenstift auf den Zähnen und reibt ihn mit dem Finger ab.

»Wem sagst du das …« Nun stelle auch ich mich vor den Spiegel, schiebe meine Brille auf die Stirn und reibe mir die verlaufene Wimperntusche weg. Meine Augen sind dick und blutunterlaufen, und meine Haare kleben schlaff an der Stirn. Ich beuge mich übers Waschbecken und schöpfe mir kaltes Wasser ins Gesicht. Ich muss unbedingt wieder klarer werden, vielleicht lässt dann auch der dumpfe Schmerz zwischen meinen Augen nach.

»Es ist so traurig … Er hatte so viel zu geben, so viel, wofür er leben konnte. Wenn er sich bloß besser im Griff gehabt hätte. Eine fatale Schwäche. Und er war wirklich ein guter Chef; ich wäre demnächst vollwertiger Partner geworden.«

Chloes Trauer, mein Schuldgefühl – beides drückt mich nieder, und ich kann nicht mehr. Ich will nach Hause, mir den Whisky und die Zigaretten abduschen, Matilda auf den Schoß nehmen, ihr eine Geschichte vorlesen und ihren warmen, sauberen Duft einatmen, der noch keine Spur von Kummer, Lügen und Verrat enthält. Aber genau das kann ich gerade nicht tun. Ich schlucke hart, nehme Chloe erneut in die Arme und atme flach, um nicht zu viel ihres Parfums zu inhalieren.

»Noch kennen wir nicht die ganze Geschichte«, sage ich.

»Komm schon, Alison.« Mehr muss sie nicht sagen.

Ich habe genug. »Ich denke, ich gehe jetzt«, sage ich. »Es war ein langer Tag.«

Sie legt einen Arm um mich, zieht mich an ihre Seite und dreht uns beide zum Spiegel.

»Ich sehe wirklich gruselig aus«, sagt sie. »Besonders neben dir. Trotz allem bist du immer noch das blühende Leben.«

Ich schneide ein Gesicht. Wir blicken eindeutig nicht auf dasselbe Spiegelbild. »Ich sehe fix und fertig aus. Erstaunlich, dass wir beide überhaupt noch stehen.«

»Nein, Alison, ich meine es ernst. Du bist einfach eine natürliche Schönheit. Patrick hat immer von dir geschwärmt.« Sie zieht mich noch einmal fest an sich, ehe sie mich loslässt. »Tja, spielt ja nun auch keine Rolle mehr … Wir sehen uns morgen im Büro.«

Ich verlasse die Toilette und hole meinen Trolley. Von unserer Gruppe sind nur noch einzelne Gestalten da: Robert und Sankar stützen sich gegenseitig, Mark neben ihnen wirkt beträchtlich nüchterner. Ich winke ihnen zum Abschied zu und steige vorsichtig die Treppe hinauf, um nicht versehentlich zu stolpern. Ich trete in den orangenen Lichtschimmer der Straßenlaternen und blicke überrascht auf mein Handy; mir war nicht klar, dass es schon beinahe acht Uhr ist.

Einen Schritt nach dem anderen schleppe ich mich den Hügel hinauf und ziehe den schweren Trolley hinter mir her. Ich versuche, geradeaus zu gehen, doch ich bin betrunken, viel betrunkener, als ich es sein dürfte. Das Gespräch mit

Chloe hat mir die letzte Kraft geraubt. Ich blicke auf die Spiegelung der Straßenlaternen auf dem feuchten Pflaster vor mir. Es muss vorhin geregnet haben.

Ich kehre ins Hotel zurück und krieche noch im Kostüm ins Bett. Kurz bevor ich wegdämmere, fällt mir ein, dass ich heute nicht einmal versucht habe, Carl zu erreichen.

ZWEIUNDZWANZIG

Am nächsten Morgen komme ich um zehn in Chloes Büro an. Sie führt mich in den Raum, der bisher Patricks Arbeitszimmer war.

Chloe kommt direkt zum Punkt. »Meinst du, sie sollte sich schuldig bekennen?«, fragt sie.

»Meiner Meinung nach hieße das, vorschnell aufzugeben. Auf Totschlag zu plädieren halte ich für günstiger, obwohl die Staatsanwaltschaft nicht allzu begierig darauf zu sein scheint. Dennoch sollten wir den Vorschlag mit der Verteidigungsschrift einreichen. Ich weiß, dass Madeleine gewisse Vorbehalte hat, ihren Sohn als Zeugen zu sehen.«

»Kein Wunder.« Chloe blättert durch die Papiere vor ihr, findet, was sie sucht, liest es. Sie sitzt an Patricks Schreibtisch, der von dem üblichen Krempel bereinigt und entstaubt worden ist. Patrick hatte die Jalousien an Fenster und Tür immer geschlossen, doch nun sind sie offen, und so hell und luftig habe ich das Zimmer noch nie gesehen.

»Glaubst du, was sie über ihren Mann erzählt?«

»Ja. Sie hat die Narben, die dazu passen. Und was der Arzt aussagt, unterstützt ihre Version.«

»Sie muss wegen Patrick furchtbar durch den Wind sein«, sagt Chloe und reibt sich die Augen, die von dunklen Ringen eingerahmt sind. Mir liegt auf der Zunge, wie müde sie aussieht, aber ich spare es mir; ich sehe keinen Deut frischer aus, dessen bin ich mir sicher.

»Wenigstens hat er Vorsorge getroffen«, fährt sie fort.

»Vorsorge?«

»Patrick hat mich als Ersatz ernannt, damit ich mich um seine Fälle kümmere, sollte irgendetwas passieren, und zwar schon vor etwas über einem Jahr. Es war eine reine Formsache, er wollte es einfach nur geregelt wissen. Dass so was passieren würde, konnte ja niemand ahnen.« Sie senkt den Kopf und atmet kontrolliert, dann reibt sie sich erneut die Augen.

»Nein. Es ist schlimm«, sage ich und bin mir bewusst, wie plump meine Bemerkung klingt.

»Die ganze vergangene Woche …« Wieder atmet sie kontrolliert ein, und als sie aufblickt, ist ihr Blick plötzlich messerscharf. »Glaubst du, dass die Anschuldigungen wahr sind? Dass er es getan hat?«

Ich zögere. Was ist die richtige Antwort? Ich weiß nicht, was sie von mir hören will. Andererseits …

»Tja, das ist so eine Sache. Man weiß nie …«

Chloe schüttelt den Kopf. »Komm schon, Alison. Das kannst du besser. Wir beide kannten Patrick.«

Ich bin immer noch nicht sicher, was sie von mir will. Hilflos zucke ich die Achseln.

»Ich kann mir nicht vorstellen, dass das alles erfunden ist«, fährt Chloe fort. »Gestern Abend wollte ich so tun, als würden wir nur einen verstorbenen Freund betrauern, aber als ich heute Morgen aufwachte, wusste ich wieder, dass es so einfach nicht ist.«

Ich weiß, was sie meint. Der gestrige Abend war voll von wechselseitigen Dynamiken, voller guter Erinnerungen und Gelächter mit den Kollegen, aber auch durchzogen von Momenten, in denen ich mir wieder bewusst machte, was er getan haben soll.

»Du kennst Carolines Ruf«, sage ich. »Wieso sollte sie sich so etwas ausdenken? Welchen Sinn hätte es für sie, sich dem Ganzen auszusetzen?« Während ich rede, blicke ich auf meine Hände, die ich im Schoß gefaltet habe. Ich will Chloe nicht den Glauben an Patrick nehmen, falls sie daran festhält, aber das ist nun einmal meine Meinung. Als ich geendet habe, schaue ich zu ihr auf.

»Ich bin derselben Ansicht«, sagt sie. »Ich will nicht, dass es wahr ist, aber … Tja. Außerdem hat er am Dienstagnachmittag noch etwas zu mir gesagt.«

Ich habe nicht einmal daran gedacht zu fragen, ob sie ihn noch einmal gesehen hat, ehe er sich vor den Zug geworfen hat.

»Verzeih mir. Ich war ziemlich von der Rolle. Ich habe ganz vergessen zu fragen, ob du ihn noch einmal gesprochen hast.«

»Dienstagmorgen konnte ich ihn nicht erreichen«, sagt sie. »Keine Ahnung, wo er gewesen ist oder was er gemacht hat.«

Mich getroffen. Sich eine Abfuhr von mir abgeholt. Nichts, was ich in Worte packen möchte. Ich schweige.

»Ich war ziemlich verärgert, weil es einige Dinge gab, die ich mit ihm besprechen musste, aber am späten Vormittag kam er endlich. Wir gingen jeden seiner Fälle durch, und er brachte mich auf den neuesten Stand.« Sie beginnt zu schluchzen und wischt sich die Tränen von den Wangen.

»Es muss wirklich schwer für dich sein«, murmele ich.

»Ach, das ist doch albern. Ich dachte nur gerade daran, wie rücksichtsvoll er war, wie organisiert …«

»Organisiert?«

»Er wollte nicht, dass einer seiner Mandanten darunter zu

leiden hätte. Daher erklärte er mir jeden Fall ganz genau, ehe er sich verabschiedete. Er bedankte sich bei mir für meine Unterstützung, für alles, was ich tat, um ihm zu helfen, umarmte mich und ging schließlich. Doch bevor er das Büro verließ, sagte er noch, dass er allein an allem schuld wäre. Er selbst hätte immer gewusst, was für ein Arschloch er sei, und nun wüsste der Rest der Welt es eben auch.« Die Anstrengung, die Sätze auszusprechen, ohne zu schluchzen, hat Chloe den letzten Rest Selbstbeherrschung gekostet. Sie weint nun richtig. Ich denke an das letzte Mal, das ich Patrick gesehen habe. Wie schlecht er aussah. Und ich habe mich von ihm abgewandt.

»Und weißt du, was das Schlimmste ist, Alison? Das Allerschlimmste?«, bringt sie zwischen einzelnen Schluchzern hervor.

Ich schüttele den Kopf.

»Ich wollte Caroline Napier nicht glauben. Natürlich nicht. Ich habe jahrelang mit Patrick gearbeitet, mir gegenüber hat er sich immer tadellos benommen. Aber nach dem, was sie ihm vorwarf, da … da sah ich ihn in einem anderen Licht. Und das konnte er spüren. Denn als er mich umarmte, habe ich nur steif dagestanden und es über mich ergehen lassen. Ich bin der letzte Mensch, mit dem er gesprochen hat, und ich mochte ihn nicht einmal in den Arm nehmen.«

Ich senke den Kopf. Ich kann ihr die Absolution, die sie sich von mir wünscht, nicht erteilen. Ich habe ihn schließlich auch nicht mehr umarmen wollen und seinen letzten Kuss passiv hingenommen. Aber er stand allein auf dem Bahnsteig und hat auch allein beschlossen, seinem Leben ein Ende zu setzen. Genau wie er allein beschlossen hat, sich an Alexia zu vergreifen, die kaum halb so alt war wie er, und Caroline

Napiers Nein zu ignorieren. Stattdessen hat er immer getan, wozu er Lust hatte.

»Er hat sich das alles selbst zuzuschreiben, Chloe«, sage ich. »Er ist derjenige, der das alles getan hat, und er hat es auch verspielt. Nicht du, Chloe, und auch nicht Caroline Napier.«

»Es sei denn …«, beginnt Chloe, wird aber unterbrochen.

»Was hat er sich selbst zuzuschreiben?«

Madeleine steht in der Tür. Chloe und ich fahren erschrocken herum und reißen uns hastig zusammen.

»Hi«, sage ich, erhebe mich, gehe auf Madeleine zu und strecke ihr die Hand entgegen. Während Chloe zur Begrüßung etwas murmelt und sich wieder setzt, führe ich Madeleine in den Konferenzraum und bitte sie, Platz zu nehmen.

»Es ist ein großer Schock für uns alle«, beginne ich. »Patricks T…«

»Sprechen Sie es nicht aus«, fällt sie mir ins Wort. »Ich kann es kaum ertragen. Ich weiß, was in der Zeitung über ihn steht, aber zu mir war er immer so freundlich und gut.« Erst jetzt fällt mir auf, dass ihr Gesicht sogar noch hagerer aussieht als üblicherweise, und auch ihre Augen sind gerötet. Ihre, meine, Chloes – Patricks treue Schar an Frauen, die sein Ableben beweinen. Oder so ähnlich.

»Ich weiß. Es ist furchtbar.«

»War es denn wirklich Selbstmord?«

»Davon geht man aus, aber bisher hat es keine Untersuchung gegeben, soweit ich weiß.«

»Ich habe den *Evening Standard* gelesen, aber was ihm vorgeworfen wird, kann doch nicht stimmen, oder?« Ihre Stimme bebt, aber ich glaube einen seltsamen Unterton herauszuhören, der mir nicht gefällt.

»Im Augenblick weiß ich auch nicht mehr«, sage ich.

Sie lässt nicht locker. »Aber Sie haben doch bestimmt eine Ahnung.«

»Wirklich nicht, Madeleine. Ich bin genauso schockiert über die Ereignisse wie jeder andere auch.«

Sie öffnet den Mund, klappt ihn aber wieder zu. Mir reicht es jetzt mit ihren Fragen.

»Wir müssen uns auf Ihren Fall konzentrieren.«

»Wozu? Das spielt doch keine Rolle mehr.«

»Selbstverständlich spielt es eine Rolle, und das wissen Sie sehr gut«, sage ich ungeduldig. »Im Übrigen hat Patrick sehr viel Arbeit und Energie hineingesteckt. Er würde es gar nicht gutheißen, wenn Sie jetzt einfach aufgeben.« Wenn wir anderen halbwegs in der Lage sind, zur Tagesordnung zurückzukehren, wieso sollte ausgerechnet Madeleine mehr Schwierigkeiten damit haben? Sie kannte ihn doch erst seit einigen Wochen – zumal von *kennen* eigentlich keine Rede sein kann.

»Nein, das stimmt. Aber ohne seine Unterstützung kann ich die Sache bestimmt nicht durchstehen.« Fairerweise muss ich zugeben, dass sie wirklich mitgenommen aussieht, wie sie so dasteht und die Hände ringt. Zum ersten Mal trägt sie eine Bluse, die Falten aufweist, und am Kragen ist ein kleiner Fleck zu sehen.

»Ich stehe Ihnen zur Seite und Chloe auch«, sage ich.

»Ich mag sie nicht. Sie versteht nichts. Und sie ist auch nicht von Anfang an dabei gewesen. Patrick hat mich im Gefängnis gesehen, als es mir wirklich schlecht ging.«

Ärger wallt in mir auf. Ich bekomme nicht genug Geld, um mich mit Befindlichkeiten auseinanderzusetzen. Sie hat noch immer dieselbe Anwältin, und auch wenn die Rechtsberaterin nicht von Anfang an dabei war, so ist sie doch in den Fall eingeweiht und kompetent.

»Hören Sie, Madeleine. Mir ist klar, dass es günstigere Bedingungen gibt, aber wir müssen pragmatisch denken. Ende der Woche muss die Verteidigungsschrift stehen. Ich bin die Person, die hauptsächlich an Ihrem Fall arbeitet. Patricks Tod ist tragisch, betrifft aber nicht, was mit Ihnen geschieht.«

Doch sie scheint wild entschlossen, aus der Situation ein Maximum an Drama herauszuholen. »Wie können Sie so herzlos sein«, entfährt es ihr. »Gerade von Ihnen hätte ich Verständnis erwartet.« Ihr Gesicht verzerrt sich, und sie bricht in Tränen aus, und anstelle meiner Verärgerung tritt Scham. Ja, ich hätte mitfühlender sein sollen.

»Verzeihen Sie mir. Ich versuche auch nur, den Schein der Normalität aufrechtzuerhalten. Es war ein schlimmer Schock für uns alle.«

Sie setzt sich wieder richtig hin und nimmt die Schultern zurück. »Mir tut es auch leid. Ich weiß, ich mache es Ihnen nicht leicht. Ich will nur nicht alles vor Gericht ausbreiten müssen. Vor allem nichts, was James betrifft. Ich würde alles tun, um ihn zu beschützen, wirklich alles.«

»Vielleicht muss er gar nicht aussagen. Es besteht die schmale Chance, dass die Anklage unseren Vorschlag, den Fall auf Totschlag herunterzustufen, akzeptiert. Sie werden dann auch mit deren Psychiater sprechen müssen, aber wenn der zu demselben Schluss kommt wie wir … Und falls nicht, gibt es in seiner Aussage nichts Strittiges, das ein Kreuzverhör nötig machen könnte.«

»Er soll überhaupt nicht befragt werden«, sagt sie. »Weder von uns noch von anderen. Ich will nicht, dass er aussagen muss.«

Ich nehme mein Notizbuch zur Hand und blättere es durch, um mir Zeit zu verschaffen, und wähle meine nächsten Worte mit Bedacht.

»Er ist zwar ein Zeuge der Anklage, aber seine Aussage wird uns nützen, denn sie untermauert den Bericht der häuslichen Gewalt, auf dessen Grundlage wir auf Totschlag plädieren wollen. Und natürlich ist Edwins Angriff auf ihn an jenem letzten Tag ausschlaggebend ...«

»Das gefällt mir wirklich überhaupt nicht«, wendet sie ein. »Gegen seine Mutter aussagen zu müssen wird ihn zugrunde richten.« Sie schüttelt den Kopf. »Nein, das geht nicht. Ich will das nicht. Ich will nicht, dass er lügen muss.«

Ich setze mich auf. Das verstehe ich nicht. »Wieso lügen? Er sagt doch die Wahrheit, oder?« Abwartend sehe ich sie an, und sie begegnet kurz meinem Blick, senkt dann aber wieder die Augen. Etwas verändert sich in ihrer Miene.

»Madeleine«, sage ich.

Sie holt tief Luft. »Ich will nicht, dass James als Zeuge vor Gericht erscheint. Ich muss ihn schützen. Ich sollte mich besser schuldig bekennen.«

»Okay«, antworte ich. »Ich verstehe das. Aber Sie sollten dennoch über eine Sache nachdenken. Sie wollen James schützen, das ist verständlich. Vor Gericht auftreten zu müssen ist beängstigend, insbesondere für ein Kind. Aber ...«

»Es reicht. Es reicht! Ich habe mich entschieden!« Sie stemmt sich hoch, wendet mir den Rücken zu und blickt aus dem Fenster. Chloe betritt den Raum und blickt mich fragend an, doch Madeleine macht sich nicht die Mühe, ihre Anwesenheit zur Kenntnis zu nehmen.

Stille senkt sich auf uns herab, und ich fange an, die Geräusche der Straße wahrzunehmen, Sirenen, Hupen, das Grollen eines Flugzeugs in der Luft. Madeleine blickt immer noch aus dem Fenster, vorbei an dem Schmutz, der sich auf dem Rahmen abgesetzt hat, auf die Dächer und Höfe unter uns.

»Es tut mir leid, dass ich Ihnen so zusetzen muss«, sage ich. »Aber in Anbetracht der Tatsache, dass wir darauf hingearbeitet haben, bei der Mordanklage auf ›nicht schuldig‹ zu plädieren, und Ihre Verteidigung auf dieser Basis vorbereiten, ist es wichtig, dass wir uns die Auswirkungen im Einzelnen ansehen. Ich muss mich vergewissern, dass Sie alles genau verstehen.«

Sie fährt zu mir herum, ihr Gesicht ist gerötet. Sie bewegt sich so schnell, dass ich zusammenzucke, weil ich instinktiv einen Schlag erwarte. Stattdessen setzt sie sich wieder. Als sie schließlich wieder spricht, ist ihre Stimme so verächtlich wie Carls am Sonntag.

»Ich verstehe sogar sehr genau«, sagt sie. »Und Patrick hat das auch getan. Aber er ist nicht mehr da.«

Chloe und ich sehen uns verwirrt an.

»Patrick war der einzige Mensch, der diesen Fall unter Kontrolle hatte. Ohne ihn ist es hoffnungslos. Also reden Sie mit mir, erzählen Sie mir, was sich wie auswirkt, und dann bekenne ich mich schuldig, okay?«

Also tue ich es. Ich erkläre ihr, dass ich nicht in der Lage sein werde, alle mildernden Umstände anzubringen, wenn sie sich des Mordes schuldig bekennt, dass sich unter diesen Umständen nur begrenzt Reue geltend machen lässt und dass wir die Tat nicht mehr in den Kontext der häuslichen Gewalt stellen können, wie wir es gerne getan hätten, weil wir in dem, was wir dem Gericht vorlegen können, stark eingeschränkt sein werden. Während ich die verklausulierten Begriffe zitiere und anschließend erkläre, schweifen meine Gedanken ab. Der genaue Wortlaut ihrer Einwände, die Vehemenz, mit der sie den Schutz ihres Sohnes in den Vordergrund stellt, Patricks Rolle in dem Verfahren und seine Entscheidung, den Fall an mich zu übertragen statt an einen erfahreneren Anwalt … Eine Erkenntnis lauert am Rande meines Bewusstseins, ohne dass ich sie im vollen Umfang erfassen kann, und in gewisser Hinsicht will ich es auch nicht, will es nicht wissen, will sie nicht fragen. Im Augenblick möchte ich von ihr nur ein Nicken, dass sie meine Erklärung verstanden hat, und ihre Unterschrift, mit der sie bestätigt, dass sie sich der Konsequenzen bewusst ist: Bekennt sie sich trotz des Wissens um unsere Verteidigungsstrategie schuldig, sind uns die Hände gebunden. Die andere Verteidigungsstrategie, die womöglich existiert, ist in ihrem Ausmaß zu gewaltig und zu erschreckend, um sie mir vorzustellen.

Als Mutter kann ich nur hoffen, niemals mit einer solchen Situation konfrontiert zu werden. Und als Mutter weiß ich, dass ich Madeleine eigentlich in Frieden lassen sollte, damit sie ihr mütterliches Opfer bringen kann. Aber als Anwältin kann ich das nicht tun. Ich spüre, dass da etwas nicht stimmt, obwohl es sich mir hartnäckig entzieht. Ich breche meinen Monolog über die Einschränkungen für mildernde Umstände ab und wappne mich.

»Madeleine, wovor genau wollen Sie Ihren Sohn schützen?«, frage ich. Sie blickt verdutzt auf. »Wollen Sie wirklich nur verhindern, dass er als Zeuge aussagen muss, oder steckt mehr dahinter?«

Auch Chloe, die hinter ihr steht, blickt mich verblüfft an und hebt die Hand, als wolle sie mich aufhalten. Aber ich rede weiter.

»Worin genau bestand Patricks Rolle? Weil ich ehrlich

gesagt das Gefühl habe, dass etwas an mir vorübergeht, und ich würde gern verstehen, was genau wir hier eigentlich machen.«

Madeleines Miene wird vollkommen reglos. Doch der Zorn, der in ihren Augen aufblitzt, hätte mich unter anderen Umständen zweifellos versteinern lassen. Stattdessen erwidere ich ihren Blick ungerührt. Ich habe schon Schlimmeres überstanden – Carl, Patrick, das ganze Programm. Ich werde mich jetzt nicht von meiner Mandantin zu Boden ringen lassen, auch wenn man mich von Anfang an bewusst getäuscht hat.

»Ich werde Ihnen noch eine Frage stellen, und es ist die letzte Antwort, die ich Ihnen abverlange«, sage ich kühl. »Danach gehen wir genau so vor, wie Sie es möchten. Und ich bitte Sie, sehr genau darüber nachzudenken, welche Folgen Ihre Antwort haben wird.«

Einen Moment lang blickt sie mich stumm an. Dann schlägt sie die Augen nieder und nickt.

»Haben Sie Edwin erstochen«, frage ich, »oder war es James?«

Das Schweigen im Konferenzraum dehnt sich ins Unermessliche. Wieder höre ich die Geräusche der Straße, Chloes Atem, das Scharren meiner eigenen Füße auf dem Boden und das weiche Reiben, als ich meine Beine überschlage, öffne und wieder überschlage. Chloe kratzt sich am Arm, und das Schaben ist laut wie das Motorrad unten auf der Straße. Nur Madeleine sitzt vollkommen reglos da und ist so still, dass das Fehlen von Lauten und Bewegung fast zu greifen ist. Ich wende den Kopf, und das Knacken in meiner Halswirbelsäule klingt für mich wie ein Gewehrschuss. Ich zähle die Sekunden: Eins, zwei, drei – noch immer nichts.

Ich möchte etwas sagen und gleichzeitig zurücknehmen, was ich gesagt habe, doch es ist zu spät. Chloe tritt von einem Fuß auf den anderen, und der Stoff ihres Kostüms raschelt, als würde sie einen Klettverschluss aufreißen. Ich halte den Atem an.

Und als ich gerade sicher bin, in der Stille ersticken zu müssen, hebt Madeleine den Kopf und sieht mich erneut an. Und dieses Mal bin ich es, die dem Blick nicht standhalten kann; mir bricht der Schweiß aus, als der Wunsch, das Büro zu verlassen, wegzulaufen und so zu tun, als wäre ich ihr nie begegnet, übermächtig wird. Tief holt sie Luft, und mein Puls beschleunigt sich. Meine Nägel bohren sich in die Innenflächen meiner Hände.

»Ja«, sagt sie. »James hat Edwin erstochen. Seinen Vater. Edwin hat mich einmal zu oft geschlagen und James zum letzten Mal angegriffen. Es war James, der der Sache ein Ende gemacht hat, nicht ich. *Und was würden Sie als Mutter mir nun raten?*« Der letzte Satz ist nur ein Zischen, doch er durchtrennt die Luft wie ein Peitschenschlag.

Der Bann der Stille ist aufgehoben. Chloe tritt an den Tisch und setzt sich, und ich lehne mich zurück und hole tief Luft. Mit dieser Antwort habe ich gerechnet; es ist die einzige, die alles erklärt.

»Ich habe es Patrick sofort gesagt«, fährt Madeleine fort. »Noch bei der Polizei. Er wusste es von Anfang an. Deshalb sollte ich beim Verhör schweigen. Wir wollten es noch ausarbeiten.«

»Patrick war gewillt, das Gericht in die Irre zu führen?«, hakt Chloe nach.

»Er hat es nicht so gesehen. Er wollte mir helfen.«

Chloe und ich sehen uns an. Uns beiden wird gerade

bewusst, dass Patrick in mehr als einer Hinsicht fragwürdig gewesen ist.

»Dennoch ist das keine Vorgehensweise, auf die ich mich einlassen werde«, sage ich. »Und da Sie es uns nun gesagt haben, ist es nicht mehr rückgängig zu machen. Wir werden Ihnen jetzt also Ihre Optionen erklären müssen.«

»Na los, dann tun Sie das. Dabei weiß ich längst, dass alle Optionen beschissen sind.«

Einen Augenblick lang bin ich regelrecht schockiert; ich glaube, ich habe sie noch nie fluchen hören.

Ich zwinge mich zur Konzentration und beginne. »Sie können sich des Mordes schuldig bekennen, wie ich zuvor schon erklärt habe. Die Möglichkeiten zur Strafmilderung sind stark eingeschränkt, und Sie werden lebenslänglich bekommen. Sie können auf nicht schuldig plädieren, und obwohl wir keine alternative Verteidigungsstrategie vorbereitet haben, können wir von der Anklage einen förmlichen Nachweis verlangen. Dann muss die Gegenseite anhand ihrer Beweise einen überzeugenden Fall zusammenstellen, wobei meine Rolle sich darauf beschränkt, auf mögliche faktische Fehler hinzuweisen: Ich kann weder alternative Szenarien entwerfen, noch zu Ihren Gunsten eine Einrede vorbringen. Falls die Beweise der Anklage also nicht ausreichen, ist es möglich – aber nur möglich! –, dass es zum Freispruch kommt. Oder aber Sie plädieren auf nicht schuldig und lassen es zu einem Verfahren auf der Grundlage dessen kommen, was wir besprochen haben, nur werden Chloe und ich Sie nicht mehr vertreten können. *Oder* Sie geben uns die Erlaubnis, diesen neuen Beweis anzuführen, wodurch die Verteidigungsschrift sich darauf beruft, dass es Ihr Sohn war, nicht Sie, der das Verbrechen begangen hat. Es wird zum Kreuzverhör kommen. Die Geschworenen glauben Ihnen vielleicht nicht, aber es ist eine zulässige Einrede.«

Ich spreche ruhig und deutlich und bin erleichtert, dass ich mir meine Professionalität bewahren kann, denn die Ausweglosigkeit von Madeleines Lage lastet mir wie ein Mühlstein auf der Brust.

»Was würden Sie tun, Alison?«, fragt sie schließlich leise. »Was würden Sie tun?«

Ich schüttele den Kopf. »Das weiß ich nicht. Es tut mir leid, aber ich kann Ihnen keinen Rat geben. Ich weiß nicht, was ich tun würde.«

»Chloe?«

Aber auch Chloe schüttelt den Kopf.

Wieder dehnt sich das Schweigen schier unendlich, bis Madeleine erneut das Wort ergreift. »Sie haben davon gesprochen, auf Totschlag zu plädieren. Was würde das mit sich bringen?«

Wieder eine Pause. Chloe und ich sehen uns an, und es ist die längste wortlose Konversation, die ich je geführt habe.

»Dann würden Sie dem Gericht erzählen, was Sie uns zuvor erzählt haben – uns und der Psychiaterin. Aber was Sie uns eben gesagt haben, dürfen Sie nie wieder aussprechen.« Schweiß sammelt sich in meinen Achseln, und der Raum ist mir plötzlich zu heiß, zu stickig.

»Wenn ich mich darauf einließe, würden Sie mich vertreten?«, fragt sie. »Ich meine, obwohl …«

Und ich weiß, wie die richtige Antwort lautet, ich weiß, welche professionelle Verpflichtung mir obliegt. Ich weiß, dass ich eine elementare Regel im Verhaltenskodex für Prozessanwälte breche, wenn ich mich auf ihre Bitte einlasse. Es ist nicht meine Aufgabe, mich auf diese Art in unser Rechtssystem einzumischen. Aber der Gedanke an die Gewalt, an die Angst, den heillosen Zorn und die Demütigungen, die sie und ihr Sohn erleiden mussten, der Gedanke an all die vielen Täter aller Bevölkerungsschichten, die immer wieder aufs Neue straffrei ausgehen …

»Wir können es versuchen«, sagt Chloe. »Wir können schauen, ob die Staatsanwaltschaft es ohne ein Verfahren akzeptiert. Aber falls nicht und Sie unbedingt verhindern wollen, dass James vor Gericht aussagen muss, dann sollten Sie sich des Mordes schuldig bekennen. Und die Konsequenzen tragen.«

Chloe scheint die Sache genauso zu sehen wie ich. Wenigstens können wir das gemeinsam durchstehen.

»Es wird ziemlich schwierig werden«, sage ich. »Aber wir werden es versuchen.«

Kurz danach geht Madeleine. Sie wirkt erschöpft, scheint aber nicht mehr so ungeheuer nervös wie noch zuvor. Kein Wunder, hat sie den Druck doch auf Chloe und mich abgewälzt; sie verlässt sich darauf, dass wir uns schon die beste Strategie einfallen lassen werden.

»Was für ein Albtraum«, sage ich zu Chloe.

»Ja. Du hast sie direkt darauf angesprochen. Manchmal denke ich, dass das Patricks größte Stärke war.«

»Was?«

»Das Wissen, wann man seine Neugier besser zügelt. Du weißt schon: Stell niemals eine Frage, deren Antwort du nicht weißt.«

»Oder nicht wissen willst«, ergänze ich.

»Oder so.«

Ich packe Notizblock und Stift zurück in meine Tasche

und stehe auf. Nun, da ich mich nicht mehr auf Madeleines Fall konzentriere, spüre auch ich meine Erschöpfung. Die Realität meiner eigenen Lage dringt langsam wieder zu mir durch.

Chloe schiebt die Papiere zu einem Stapel zusammen, knotet das rosa Band darum und hält inne, um einen Moment lang ins Leere zu starren. Dann nimmt sie den Packen und lässt ihn schwer auf einen anderen Stapel am Tischrand fallen. Sie nimmt eine andere Akte und blättert sie auf, ehe sie sie plötzlich so vehement von sich stößt, dass sie und der andere Stapel klatschend zu Boden fallen.

Sie greift nach Patricks Abschlussfoto, das im Regal hinter ihr steht, und deutet darauf. »Sieh ihn dir an, sieh ihn dir nur an. Es lief doch alles bei ihm, Job, Praxis – aber nein, es reichte anscheinend nicht. Er musste ständig flirten, vögeln, zu weit gehen. Er hätte alles haben können und war doch nur ein elender Vergewaltiger.« Sie schleudert das Bild an die Wand, wo es abprallt, ein zweites Mal von der Tischkante abprallt und schließlich auf den Stapel Akten am Boden plumpst.

Ich bin so verblüfft, das ausgerechnet von ihr zu hören, dass ich auflache, ehe ich mich zusammenreißen kann. Hastig presse ich mir die Hand auf die Lippen, aber sie hat es natürlich schon gehört.

»Nein, schon gut, lach ruhig. Denn es ist ja zum Lachen. Ich bin Rechtsberaterin, du Prozessanwältin, und wir beide sind auf dem Weg nach oben – und dennoch müssen wir uns mit so einem Mist rumschlagen. Weil *er* entschieden hat, sich dieses Falls anzunehmen, setzen wir jetzt unsere gesamte berufliche Zukunft aufs Spiel. Das macht mich rasend!«

Sie steht auf, geht um den Tisch herum, hebt die Unterlagen auf, schiebt sie wieder säuberlich zusammen und schichtet sie auf. Dann nimmt sie das Foto. Halb erwarte ich, dass sie es in den Müll wirft, doch sie betrachtet es einen Moment lang mit zusammengepressten Lippen, zieht eine Schublade auf und räumt es weg. Ich stehe noch immer reglos an der Tür und beobachtet sie unschlüssig.

»Also … was jetzt?«, frage ich schließlich.

»Wir machen weiter. Ich muss einen Haufen Mandanten informieren, dass ihr Rechtsberater verstorben ist, und wir zwei müssen zusehen, wie wir diesen Fall über die Bühne kriegen, nun da Madeleine die Katze aus dem Sack gelassen hat.«

»Das wird verdammt schwer«, sage ich. »Ich wünschte bloß …«

Chloe seufzt. »Du hast das Richtige getan. Es waren einige Unstimmigkeiten in ihrer Aussage, und über kurz oder lang wäre ihr Konstrukt zusammengebrochen. Wir mussten wissen, mit was wir es zu tun haben, wie auch immer wir damit umgehen. Vor allem ohne Patrick, der das Ganze zusammenhält. Allerdings fange ich an, mir Gedanken zu machen, ob er auch bei anderen Fällen hinter den Kulissen Fäden gezogen hat.«

»Die Frage habe ich mir auch schon gestellt«, antworte ich. »Es gibt viel zu tun.«

Sie nickt und zuckt die Achseln. Ich tue es ihr nach. Doch trotz allem liegt das Gefühl von Seelenverwandtschaft in der Luft, die spannende Aussicht, dass wir uns zu einem Team entwickeln. Wir scheinen gut miteinander zu können, und wir haben eine ganze Praxis voller Fälle, die bearbeitet werden müssen.

»Ich denke, wir schaffen das«, sage ich. »Irgendwie kriegen wir das hin. Aber falls es klappt, falls wir das Gericht in einem solchen Ausmaß täuschen, weiß ich nicht, ob ich noch weiterhin als Prozessanwältin praktizieren kann.«

Chloe denkt eine Weile über meine Worte nach. »Ich schätze, das machen mehr Leute, als man denkt.«

Ich schüttele den Kopf. »Mag sein, aber ich nicht. Wir leisten keinen hippokratischen Eid, klar, aber eine gewisse Berufsethik ist dennoch wichtig. Wenn es um weniger ginge, vielleicht, doch in diesem Fall … Jedenfalls möchte ich keine Prozessanwältin mehr sein, wenn ich mich hierauf einlasse – gewissermaßen als Ausgleich. Kannst du das verstehen?«

Sie wirkt, als müsse sie ein Lachen unterdrücken. »Welch edle Gesinnung.«

»Ja, ja, ich weiß«, wehre ich ab. »Aber ich meine es ernst. Ich will keine Versprechen mehr brechen. Ich weiß noch nicht, was ich machen werde, aber es wird sich schon etwas ergeben. Ich kann nicht vor Gericht lügen und am nächsten Tag wieder erscheinen, als sei nichts gewesen.«

Ihr Lächeln schwindet. »Ich verstehe. Du könntest mich zum Beispiel als Rechtsberaterin unterstützen.«

Nun ist es an mir zu lachen. »Gott, ich wusste gar nicht, dass du so praktisch denkst.«

»Ich mag eben nicht, wenn Talent verschwendet wird. Ich werde jemanden brauchen, der mir bei der Bearbeitung der Fälle hilft. Und wenn du keine Prozesse mehr führen willst, dann tue ich es. Ich darf – ich habe die Zusatzqualifikation vor höheren Gerichten aufzutreten, ich mache nur nicht oft davon Gebrauch. Und wir können uns immer noch an die Kanzlei wenden.«

Ich bleibe einen Moment lang reglos stehen. Der Gedanke hat was. Regelmäßige Arbeitszeiten, ein Büro in Londons Innenstadt. Planbarkeit.

»Weißt du was? Das ist eigentlich keine schlechte Idee. Gar keine schlechte Idee.«

Wir geben uns die Hand, und sie zieht mich zu sich und umarmt mich.

»Wir reden bald«, sage ich, als ich gehe und meinen Trolley aus dem Konferenzraum ziehe. »Sag Bescheid, was du von mir brauchst.«

DREIUNDZWANZIG

Ich gehe zu Fuß zur Kanzlei und bemerke auf der Hälfte des Kingsway, dass mein Trolley hakt und irgendwie nicht richtig läuft. Ich kann ihn zwar ziehen, aber er fühlt sich starr und unbeweglich an, was mir zunehmend auf die Nerven geht. Ich dränge die Passanten zur Seite und stelle mich in einen Hauseingang neben einem Pub. Hier drehe ich den Rollkoffer um, um ihn genauer zu betrachten. Eines der Räder ist durch einen dicken Klumpen Kaugummi blockiert, der sich um das Radlager gewickelt und dabei Haare, Straßendreck und Zigarettenasche mitgenommen hat. Ekelhaft. Selbst Hundescheiße wäre einfacher zu beseitigen – die könnte ich wenigstens abspülen –, aber was soll ich hiermit machen? Ich habe gelesen, dass man Kaugummi in Kleidung am besten erst einfriert und dann ablöst, aber bei einem Rollkoffer sieht die Sache anders aus. Verflixt, das ist ärgerlich. Er ist nicht mehr neu, der Koffer, aber ansonsten in einem guten Zustand. Ich ziehe leise fluchend die Reißverschlüsse zu und mache mich wieder auf den Weg. Bald gebe ich es auf, ihn ziehen zu wollen, und trage ihn stattdessen.

In der Kanzlei angekommen, gehe ich in mein Büro, schubse den Trolley zu Boden und fange an, ihn auszupacken, wie ich es schon seit Wochen hätte tun sollen. Im Inneren herrscht ein einziges Chaos. Ich schleppe uralte Unterlagen mit mir herum, vertrauliche Berichte, leere Zigarettenschachteln, sogar Butterbrotpapier, an dem noch ein bräunlicher Salatrest klebt. Ich stopfe die Papiere in den Schredder und versuche, das graue Kaugummi mit einem Schraubendreher zu lösen, den ich ganz hinten in meiner Schreibtischschublade entdecke. Es geht nicht, und voller Ungeduld ramme ich das Werkzeug hinein, um das verhärtete Ding durch Hebelkraft herauszubrechen. Ich drücke gegen den Widerstand an, und plötzlich gibt etwas nach. Der Schraubendreher fliegt mir aus der Hand, und das gesamte Rad löst sich.

Ich richte die Tasche auf und ziehe sie probeweise; sie rollt uneben, aber es geht. Das muss reichen. Nur weil etwas nicht perfekt ist, muss man es noch lange nicht wegwerfen. Ich stelle den Trolley zur Seite, setze mich an meinen Tisch und gehe die Notizen durch, die ich mir zu Madeleines Fall gemacht habe. Chloe hatte recht: Es ist wirklich ein heilloses Durcheinander. Madeleines Erzählungen stimmen nicht immer überein, die Sitzungen waren anstrengend und immer zu emotional. Aber hätte ich mich an ihrer Stelle anders verhalten? Ich glaube ihr, was die Misshandlungen angeht, und ich verstehe das grundlegende Bedürfnis, das eigene Kind zu beschützen. Möglicherweise ist das jedoch nicht genug. James steckt in jedem Fall in Schwierigkeiten, wie auch immer die Sache ausgeht. Entweder wird seine Mutter als Mörderin seines Vaters lebenslänglich ins Gefängnis gehen, oder er muss selbst vor Gericht aussagen und sich Polizei, Sozialamt und Gericht stellen, auch wenn er erst vierzehn Jahre alt ist. Ich male mir aus, wie ich ihn ins Kreuzverhör nehme und ihm unterstelle, dass er es war, der wiederholt auf seinen Vater eingestochen hat, und meine Eingeweide ziehen sich zusammen. Und selbst wenn Madeleine sich wegen Totschlags schuldig bekennt und wir damit durchkommen, wandert sie in den Knast, wenn auch für eine kürzere Zeitspanne. In dieser Geschichte gibt es kein Happy End.

Madeleine hat mehrmals die Formulierung *als Mutter* benutzt, die selten eine neutrale Konnotation hat, sondern vielmehr häufig als moralische Keule eingesetzt wird, um eine besonders konservative oder herrische Haltung zu rechtfertigen. Ich habe immer versucht zu vermeiden, mich selbst als Mutter zu betrachten, doch nun versetze ich mich bewusst in diese Rolle hinein. Ich hoffe, dass ich an Madeleines Stelle ebenfalls bei meiner Story geblieben wäre und eine lebenslange Gefängnisstrafe riskiert hätte. Dann wird mir bewusst, dass ich wütend auf Madeleine bin, weil sie nicht mehr getan hat, um ihren Sohn vor seinem Vater zu beschützen.

Ich versuche meinen Zorn zu analysieren. Tja, vielleicht hat sie in vielerlei Hinsicht versagt – aber was ist mit mir? Ich habe *als Mutter* auf ganzer Linie versagt, zumindest ist das Carls Meinung. Und wenn ich ehrlich zu mir bin, auch meine eigene. Aber eins steht fest, und das lasse ich mir auch nicht ausreden: Ich habe Matilda immer aus ganzem Herzen geliebt, auch wenn ich ihr keine besonders gute Mutter gewesen bin. Und ich kann mich ändern. Ich hatte ja bereits damit angefangen, öfter da zu sein, zu kochen und sie von der Schule abzuholen, statt nach Feierabend meine Unzufriedenheit in Alkohol zu ertränken. Ja, vielleicht habe ich den Karren mit Wucht vor die Wand gefahren, aber es muss noch nicht zu spät sein. Matilda jedenfalls scheint mich auch zu lieben, und dass ich nicht zu ihr kann, ist ein tiefer, bohrender Schmerz, der mich unterschwellig bei allem begleitet.

Und was ist eigentlich mit Carl und seiner Rolle als Vater? Ist sein Verhalten wirklich so tadellos, wie er es selbst darstellt? Mich vor die Tür zu setzen ist wohl kaum das Beste für

Matilda; er will sie einfach für sich allein. Statt wie bisher die Gedanken an die beiden zu verdrängen, zwinge ich mich, mir in Erinnerung zu rufen, was Carl mir im Hinblick auf unsere Tochter vorgeworfen und wie oft er versucht hat, meine Beziehung zu ihr zu untergraben. Er hat mir sogar die Chance genommen, ihr ein Geschwisterchen zu schenken, und mir mit seiner einsamen Entscheidung Monat für Monat Trauer und Enttäuschung zugemutet. Zorn kocht in mir hoch. Eine der ersten Geschichten, die Madeleine uns über ihren gewalttätigen Mann erzählt hat, war die von der Antibabypille, die er ihr ohne ihr Wissen verabreicht hat. Aber was Carl getan hat, ist davon gar nicht so weit entfernt. Madeleine und ich haben uns von unseren Männern kleinmachen lassen, bis wir uns selbst für unzulänglich hielten und die Schuld für Fehler auf uns nahmen, an denen sie ebenfalls ihren Anteil hatten.

Ich werde Carl nicht erlauben, mich aus Matildas Leben zu drängen. Mag sein, dass ich bislang eine jämmerliche Mutter war, aber das wird sich ändern. Ich werde dafür sorgen, dass Tilly auch ohne Konflikte und Zermürbungskriege die Liebe und Fürsorge erhält, die ihr zustehen. Ich werde mich Carl entgegenstellen und für das kämpfen, was für meine Tochter das Beste ist.

Ich verlasse die Kanzlei und laufe los, um den Bus zu erwischen; meinen Trolley lasse ich da. Carl hat mittwochs meistens keine Patienten, also dürfte er zu Hause sein. Da Matilda noch in der Schule ist, werden wir in Ruhe reden und unsere Schwierigkeiten miteinander bereinigen. Der Bus bleibt in Angel im Stau stecken, und ich springe hinaus und laufe zur U-Bahn. Nun, da ich beschlossen habe, für meine Tochter zu kämpfen, fühle ich mich wieder lebendig, und die Unentschlossenheit, die mich gelähmt hat, ist wie weggeblasen.

In Archway steige ich aus und laufe die Straße bis zu unserem Haus, meinem Haus, hinunter. Ich will gerade aufschließen und eintreten, als ich innehalte. Die Höflichkeit gebietet es, Carl vorher über meine Ankunft zu informieren; das gehört sich so. Ich will das hier ruhig über die Bühne kriegen. Ich drücke auf die Klingel und warte. Nichts. Ich klingele noch einmal, und endlich höre ich schwere Schritte auf der Treppe. Carl öffnet die Tür und blickt mich schweigend an.

»Carl. Ich wollte mit dir reden. Hast du Zeit?«, frage ich.

Noch immer nichts.

»Ich weiß, dass du sauer bist, aber es muss einen Weg geben, uns zusammenzuraufen. Ich räume nicht einfach das Feld.«

Wieder Stille, doch schließlich macht er den Mund auf. »Das kannst du nicht ernst meinen.«

»Doch, das meine ich ernst. Ich bin vielleicht nicht das, was du dir unter der idealen Mutter vorstellst, aber ich schaffe das schon. Matilda liebt mich, das weißt du.« Meine Stimme wird lauter und lauter. Carl bedeutet mir mit einer Geste, leiser zu sprechen, aber ich rede weiter. »Du kannst mich nicht einfach so ausmustern. Ich habe mich neulich nicht gewehrt, aber jetzt tue ich es. Ich werde nicht zulassen, dass du die Familie nach Gutdünken auseinanderreißt. Wir müssen darüber reden und uns überlegen, wie wir es in Zukunft handhaben.«

Er schaut sich um. Ich kenne ihn; es ist ihm unangenehm, etwas derart Privates in aller Öffentlichkeit zu besprechen. Was sollen denn die Leute denken! Er macht Anstalten, die Tür zu schließen, doch ich stelle rasch meinen Fuß dazwischen.

»Wenn du keinen Krach vor der Tür willst, dann lass mich rein, Carl. Ich gehe hier nicht einfach weg.« Ich trete vor und quetsche mich durch den Spalt, und als ich mich mit der Schulter gegen die Tür stemme, lässt er sie los, und ich plumpse vornüber ins Haus, stolpere und gehe zu Boden. Anstatt mir aufzuhelfen, blickt er mit einem Ausdruck purer Verachtung auf mich herab. Der alte Carl ist vollkommen verschwunden. Ich rappele mich auf und reibe mir die Schulter. Wenigstens bin ich im Haus.

Er mustert mich einen Moment lang stumm. »Dann komm mal rein«, sagt er schließlich und deutet mit einer Geste ins Wohnzimmer, als sei ich eine Fremde, als sei dies nicht das Haus, in dem wir uns all die Jahre über gezankt und geliebt haben. Ich gehe hinter ihm her, fahre mit der Hand an der Wand entlang und fühle die vertraute Struktur der Tapete, das Loch, das ich im Putz hinterlassen habe, als wir eine Kommode ins Haus geschleppt haben, die dicken Nasen am Geländer, das ich ziemlich stümperhaft lackiert habe. Carl deutet ohne ein Wort auf das Sofa vor dem Fernseher, und während ich mich setze, verschwindet er, nur um kurz darauf mit seinem Laptop zurückzukehren. Er verbindet es mit dem Fernseher.

»Möchtest du vielleicht einen Tee?«, fragt er. »Ein Glas Wasser, ehe wir beginnen?«

»Nein, danke, ich brauche nichts.«

»Sicher? Komm schon, ich hol dir ein Glas Wasser.« Wieder geht er und kommt einen Moment später mit einem Glas Wasser zurück. Ich nippe daran, als der Fernseher zum Leben erwacht.

»Was machst du?«, frage ich. »Was soll das jetzt?«

Mit trauriger Miene wendet er sich mir zu. »Eigentlich

wollte ich das nicht machen, Alison, aber du hast mir keine Wahl gelassen. Genau wie mit der Sterilisation.«

»Was wolltest du nicht machen?«, frage ich.

»Sieh einfach zu«, antwortet er.

Das tue ich. Aber ich begreife nicht, was ich da sehe. Der Fernsehbildschirm gibt wieder, was sich auf seinem Laptop-Monitor abspielt. Es ist ein MacBook, diverse Fenster sind geöffnet, das Hintergrundbild zeigt Matilda, die im Garten spielt. So weit alles klar. Doch das, was im vordersten Fenster zu sehen ist, will mir nicht in den Kopf.

»Carl, was ist das?«, frage ich, und Panik schleicht sich in meine Stimme.

»Komm schon, was denkst du denn? Du weißt ganz genau, was das ist.«

Er hat recht. Ich weiß es. Ich kann es nur nicht glauben. Es ist ein Video unseres Korridors, den ich ein paar Minuten zuvor betreten habe, aus der Perspektive der Eingangstür.

»Ich spule es gerne für dich zurück, falls dir etwas entgangen ist.«

Ich blicke auf. Carl grinst mich höhnisch an.

»Wie wär's, wenn du mir beschreibst, was wir hier sehen? Ich würde gerne deine Meinung dazu hören.«

»Ich … nein. Du weißt genau, was da läuft«, bringe ich schließlich hervor.

»Komm schon, Alison, beschreib es mir.« Seine Stimme ist so boshaft, dass ich ihr nichts entgegenzusetzen habe. Er drückt auf Pause und setzt sich neben mich aufs Sofa. Dann packt er mein Kinn und spielt das Video erneut ab. Zwei Leute, die aufeinander zu gehen, sich küssen, wieder trennen.

»Wer ist das, Alison? Wem sehen wir da zu, hm?« Seine

Finger bohren sich so fest in mein Kinn, dass ich kaum antworten kann. Er tut mir weh.

»Mir. Und … und Patrick.«

»Wer ist Patrick?«

»Mein Rechtsberater.«

»Und sieht er nicht rechtschaffen aus! Ist das der, der gerade gestorben ist?«

»Ja. Woher weißt du das?«

»Das wirst du schon noch sehen. Tja, schade. Aber man munkelt, er wäre ein Vergewaltiger gewesen. Weißt du was darüber?«

Ich will den Kopf schütteln, aber sein Griff ist zu fest.

»Komisch«, fährt er fort. »Es stand ganz groß im *Evening Standard*. Na, egal. Beschreib mir, was du siehst. Zum Beispiel, was du anhast.«

Ich will nicht mehr sehen, was auf dem Bildschirm passiert, aber Carl erlaubt mir nicht, den Kopf wegzudrehen. Er hat die Aufnahme wieder angehalten, und ich betrachte mein Standbild.

»Eine Jogginghose und ein T-Shirt«, sage ich.

»Da haben wir uns aber keine große Mühe gegeben, was? Der Vorteil liegt natürlich im schnellen Zugriff, wie wir gleich sehen werden.« Die Grausamkeit in seiner Stimme verschlägt mir den Atem. So habe ich ihn noch nie erlebt. »Und was geschieht jetzt?«

»Patrick … er… er zerreißt mein T-Shirt.«

»Ah, ja, wie wir gut sehen können. Erzähl mir doch mal, was du darunter trägst.«

Ich versuch erneut, meinen Kopf wegzudrehen, aber er hält eisern fest. Mit der anderen Hand greift er mir an die Kehle und drückt zu. Das wachsende Entsetzen hatte mir das Atmen bereits schwer gemacht, doch nun bekomme ich gar keine Luft mehr. Ich spüre, wie mir das Blut in den Kopf steigt, und umklammere seine Hände, um mir Erleichterung zu verschaffen, aber er hält noch ein paar Sekunden fest, ehe er endlich lockerlässt.

»Das nächste Mal drücke ich länger zu«, sagt er. »Sag mir, was du drunter trägst.«

Ich hole Luft und versuche meine Stimme zu finden.

»Oh, das klingt nach einem Frosch im Hals. Hier, trink einen Schluck.« Er reicht mir das Glas, und ich trinke hastig.

»Versuchen wir es noch mal«, sagt er. »Was trägst du drunter?«

Es hat keinen Sinn, mich noch länger zu weigern. »Nichts«, antworte ich. »Ich trage nichts drunter.«

»Wie praktisch für den Herrenbesuch. Und was macht er jetzt?«

»Er zieht mir die Hose runter.«

»Nein, das meine ich nicht. Davor. Sagen wir so: Was macht er mit deiner oberen Hälfte?«

Am liebsten würde ich mich ganz klein machen, in mich zusammenfallen und irgendwo in einem Loch verschwinden. Ich bin gekommen, um für meine Tochter zu kämpfen, und in einem Albtraum gelandet. Carl legt mir erneut die Hand an den Hals.

»Er spielt mit meinen Brüsten«, bringe ich hervor.

»Ganz genau«, sagt er. »Braves Mädchen. Das bringt mich auf eine Idee.« Er drückt mich aufs Sofa zurück, ohne die Hand von meinem Kinn zu nehmen, und tut so, als wolle er mit der anderen mein T-Shirt hochziehen. Ich starre ihn an und suche verzweifelt eine Spur von dem Carl, den ich kenne, aber er ist ein vollkommen anderer Mensch. Blaubart hat seine Maske abgenommen.

Er lässt von mir ab und richtet sich wieder auf. »Aber eigentlich habe ich absolut keine Lust dazu. Kenne ich zur Genüge.«

Er zerrt mich wieder in eine aufrechte Sitzposition, damit ich mir den Rest ansehen kann, und ich sitze angespannt da und formuliere im Geist, was sich auf dem Bildschirm abspielt. Jetzt zieht Patrick mich aus, jetzt dreht er mich um, jetzt dringt er von hinten in mich ein. Doch Carl fragt nicht mehr. Als das Video vorbei ist, lässt er mich los, steht auf und setzt sich auf den Sessel. Ich reibe mir mein Kinn.

»Wie hast du das aufgenommen?«, frage ich.

»Spielt keine Rolle. Aber keine schlechte Qualität, nicht wahr?«

Ich schließe die Augen und versuche die Bilder meiner Brüste, meines Hinterns und Patricks grapschender Hände zu verdrängen.

»Es war nur das eine Mal«, sage ich schließlich.

Carl nickt, als hätte ich eine beiläufige Bemerkung zur Lage der Nation gemacht. Er klickt sich durch seine Dateien.

»Es war sicherlich das einzige Mal, das ich etwas auf Film gefunden habe«, sagt er. »Doch das hier lässt vermuten, dass es durchaus öfter vorgekommen ist.«

Auf dem Bildschirm erscheinen gespeicherte Handydaten, Anrufe und SMS von mir an Patrick, von Patrick an mich. Carl klickt auf eine und zeigt mir den Text, in dem wir uns nach einem Gerichtstermin verabreden.

»Scheint schlüssig, was denkst du?«

»Woher … woher hast du das alles?«

»Ah, nun, das hat mir richtig Spaß gemacht. Weißt du

noch, als du so sturzbesoffen warst, dass du in deinem Büro geschlafen hast?«

Ich nicke. Ich weiß es noch.

»Dein Display war kaputt, falls du dich erinnerst.«

Wieder nicke ich.

»Die Leute in diesen Telefonläden können wirklich sehr hilfsbereit sein, vor allem, wenn Dad sich wegen seiner rebellischen Teenietochter sorgt. Sie haben mir genau gezeigt, was ich tun muss, um deine Handyaktivitäten nachzuverfolgen. Jeden Anruf, jede Mail, jede Nachricht. Alles.«

Ich wühle in meiner Tasche und hole mein Telefon hervor. Es sieht aus wie immer. Wie Carl auch wieder aussieht wie immer. Ich drücke das Handy aus der Schutzhülle und blicke auf die Rückseite.

»Man kann sich nicht in ein iPhone hacken«, sage ich.

»Das ist die landläufige Meinung«, antwortet er. »Aber wie du siehst, kann man.«

Ich drehe das Telefon in meinen Händen. »Das ist illegal, Carl. Du kannst dich nicht einfach in fremde Telefone hacken. Als Beweis ist das unzulässig.«

»Wer redet denn von Beweisen? Ich habe nicht vor, das vor Gericht zu verwenden.«

»Was willst du dann damit erreichen?« Meine Finger sind inzwischen so kalt, dass ich das Telefon kaum noch halten kann. Ich lege es auf den Couchtisch und reibe mir die Hände.

»Wenn du nicht verschwindest und Matilda und mich in Ruhe lässt, schicke ich dieses Video an jeden Kontakt in deinem Adressbuch«, sagt er. »Ein Video von deinen nackten Titten, deinen Schamhaaren und deinem Rechtsberater, der dich in den Arsch vögelt, sobald Mann und Kind nicht im

Haus sind. Das wird für eine gewisse Aufregung sorgen, denkst du nicht?«

»Das ist Erpressung«, bringe ich hervor. »Du erpresst mich.« Ich greife nach seinem Laptop, aber er schnappt es sich und hält es lachend über seinen Kopf.

»Ja, das tue ich wohl. Aber willst du wirklich zur Polizei gehen? Jede Tat hat Konsequenzen, wie du weißt. Ich kann dich vernichten, Alison.«

Wieder greife ich nach dem Laptop, aber natürlich ist es sinnlos. Erschlagen setzte ich mich aufs Sofa zurück.

»Wie lange weißt du das schon?«, frage ich und mache mich unwillkürlich ganz klein.

»Seitdem ich mich in dein Handy gehackt habe«, antwortet er, und die Beiläufigkeit, mit der er sein Tun kommentiert, bringt mir deutlicher als alles andere zu Bewusstsein, dass das hier wirklich geschieht. »Da hatte ich zumindest die Bestätigung. Geahnt habe ich es schon lange. Inzwischen weiß ich ja auch, wann es angefangen hat. Ihr habt ein ziemlich nervtötendes Gespräch darüber geführt.« Er klickt sich in die Telefonaufzeichnung. Der Mauszeiger wandert über die Anrufliste. »Ah, hier. Das ist es.«

Er doppelklickt auf das Datum, und meine und Patricks Stimmen erklingen. Ich schlage mir die Hände auf die Ohren. Er lacht.

»Ich dachte mir schon, dass du die Wahrheit nicht ertragen kannst.«

Ich schüttele den Kopf, wieder und wieder, und wünsche mir inständig, dass ich das alles nur träume.

»Das würdest du nicht tun … Das kannst du nicht«, sage ich. »Ich bin noch immer Matildas Mutter.«

»Tatsächlich habe ich darüber nachgedacht, aber ganz ehrlich: Ich bin zu dem Schluss gekommen, dass es nicht wichtig ist. Dir war es auch nicht wichtig genug. Sie wird die Peinlichkeit schon überwinden. Jedenfalls wird ihr das weniger schaden als dein Einfluss.«

»Ich kann einfach nicht verstehen, wie du mir so was antun kannst. Wir haben uns einmal geliebt.«

»Ja, das haben wir, aber das ist vorbei. Dafür hast du ja in aller Gründlichkeit gesorgt. Ich glaube, dass du ein unguter, destruktiver Mensch bist. Extrem selbstbezogen. Fast schon narzisstisch. Für Matildas Wohlergehen ist es unabdinglich, dass du aus ihrem Leben verschwindest, und ich tue alles in meiner Macht Stehende, damit das geschieht.«

Langsam lässt der anfängliche Schock dieser ganzen Inszenierung nach. Ich kann mir nicht die Augen reiben und aufwachen. Ich wusste, dass ich Carl verärgert habe, aber bis jetzt war mir nicht klar, dass er mich tatsächlich hasst. Ich starre auf den Fernsehschirm, auf dem all meine Anrufe, meine Nachrichten dokumentiert sind, und erst jetzt dämmert mir, was das alles wirklich bedeutet.

»Warum hast du mir das alles nicht schon am Sonntag gesagt?«, frage ich. »Warum hast du dir das aufgespart?«

»Ich dachte, es sei nicht nötig. Ich war der Ansicht, dass du schon kapiert hättest, was für eine Versagerin du bist. Du hättest fast Matilda verloren. Die Botschaft hätte zu dir durchdringen müssen.«

»Mag sein, dass ich sie fast verloren hätte«, sage ich und erhebe mich. »Aber ich war es, zu der sie gelaufen ist. Sie will immer vor allem zu mir. Ich bin vielleicht kein besonders toller Mensch, aber ich liebe sie. Und du nimmst sie mir nicht weg.«

»Es ist nur zu ihrem Besten, Alison, nur zu ihrem Besten.«

Er zieht das Verbindungskabel zwischen Laptop und Fernseher ab. Ich will mich erneut auf den Rechner stürzen, aber er schüttelt den Kopf und lacht.

»Ich habe Sicherheitskopien gemacht, wie du dir denken kannst. Selbst wenn du meinen Laptop in die Finger bekommst, kannst du die Dateien nicht löschen. Außerdem ist alles zum Absenden bereit. Wenn irgendwas geschieht – tataaa! –, sind sie unterwegs. Unterwegs zu jedem, den du kennst und dem du je begegnet bist. Und daran bist du selbst schuld.«

»Carl, bitte …« Aber es ist zu spät. Mit seinem Laptop unterm Arm wendet er sich zum Gehen.

»Ich muss jetzt Matilda von der Schule abholen«, sagt er. »Ich möchte, dass du gehst.«

Ich blicke ihn an, aber seine Augen sind ausdruckslos und spiegeln nur das Licht vom Fenster über der Tür. Nichts kann ich darin erkennen, keine Spur mehr von Liebe oder Zuneigung oder irgendetwas von dem, was wir einst füreinander empfunden haben. Ich taumele zur Haustür, öffne sie, trete hinaus. Es ist hell, viel heller als im Haus, und meine Augen beginnen zu tränen.

Ich bin schon durch das Tor hinausgetreten, als Carl mir etwas wegen des Schlüssels hinterherruft, aber ich laufe los, renne davon, und die abgasschwere Luft brennt mir in der Kehle. Ein Taxi fährt vorbei, und ich halte es an und mache mich auf dem Rücksitz klein. Doch Carl folgt mir anscheinend nicht, und ich komme ohne weitere Störung im Hotel an.

In meinem Zimmer greife ich automatisch nach meinem Telefon, doch der Gedanke, dass Carl mich überwacht, lässt mich innehalten. Ich schalte es aus und stopfe es unter einen Stapel Kleidung. Der Tag fordert nun seinen Tribut, und plötzlich bin ich zu Tode erschöpft und möchte nur noch ins Bett kriechen, mir die Decke über den Kopf ziehen und von der Bildfläche verschwinden. Ich streife mir die Schuhe ab und wickele mich in die Decke ein, und dieses Mal erlöst mich der Schlaf gnädigerweise rasch von den Schrecken dieses Tages.

VIERUNDZWANZIG

Ich erwache nur zögernd, mein Schädel ist schwer und pocht. An den Seiten der Jalousien dringt Licht ins Zimmer, die Straße ist wach. Ich taste nach meinem Telefon, und als ich ins Leere greife, fällt mir alles wieder mit niederschmetternder Klarheit ein. Ich bin versucht, zurück unter die Decke zu schlüpfen, um weiterzuschlafen, aber das wird mich nicht weiterbringen. Ich finde meine Armbanduhr und bin überrascht, wie spät es schon ist – fast neun. Ich stehe auf und gehe unter die Dusche, wo ich versuche, den gestrigen Tag aufzuarbeiten.

Ich hätte nie gedacht, dass Carl in der Lage wäre, so mit mir umzugehen, aber nun, da ich es weiß, ist mir bewusst, dass er seine Drohungen wahr machen wird. Ich habe schon erlebt, wie entschlossen er sein kann: Damals, als er sich im Park einem knurrenden Hund in den Weg stellte, der Matilda bedrohte, ein andermal, als er mich in der U-Bahn vor einer Gruppe Jugendlicher beschützte. Er ist damals nicht zurückgewichen, und er wird es jetzt nicht tun. Aber Spyware …? Ziemlich hinterhältig, selbst wenn er Matildas Wohlergehen als Rechtfertigung anbringt und ich mich mit der Affäre ins Unrecht gesetzt habe. Ich trete aus der Dusche, trockne mich an und ziehe eine Jeans an.

Das Video, das Carl mir gestern vorgespielt hat, läuft vor meinem geistigen Auge in Dauerschleife ab. Ich versuche den Inhalt zu verdrängen und auf sachlicher Ebene darüber nachzudenken. Er muss im Korridor eine Kamera versteckt haben, aber wo? Ich versuche mich an den genauen Blickwinkel zu erinnern. Jedenfalls irgendwo in Bodennähe. Unwillkürlich blicke ich mich im Hotelzimmer um. Auch hier kann eine Kamera versteckt sein. Oder mehrere. Mein Kopf pocht.

Sobald ich fertig bin, verlasse ich das Hotel und gehe durch Covent Garden zum Apple Store. Ich habe mein Telefon in eine Socke gestopft, weil ich nicht weiß, ob Carl auch Zugriff auf die Kamera hat. Irgendwie hat er im Haus gefilmt, wenn ich im Moment auch noch nicht weiß, wie. Ich betrete den Laden, dränge mich durch die Menge ausländischer Studenten und schaue mich nach jemandem im Apple-T-Shirt um. Eine Frau Mitte zwanzig kommt auf mich zu. Sie trägt drei Ohrringe im rechten, fünf im linken Ohr. Das Zählen beruhigt mich, und als sie mich artig gefragt hat, wie sie mir helfen könne, bin ich bereit, mein Anliegen vorzubringen. Ich hoffe bloß, dass ich mich nicht allzu paranoid anhöre.

»Ich glaube, dass ich Spyware auf dem Handy habe«, sage ich und halte ihr die Socke hin.

»Wie kommen Sie darauf? Besteht ein Problem mit der Funktionsweise?«, fragt sie, ohne die Socke zu nehmen. Mir wird bewusst, wie merkwürdig es aussehen muss, und ich hole das Handy heraus. Sie nimmt es und betrachtet es von allen Seiten.

»Kann man herausfinden, ob jemand daran herumgepfuscht hat?«, frage ich.

»Schwierig«, erwidert sie. »Sieht ganz normal aus.«

»Mir hat jemand gesagt, es sei gehackt worden.«

»Wer hat das gesagt?«, fragt sie und sieht mich und das Handy genauer an.

»Spielt keine Rolle. Kann man was machen?«

»Das ist nicht unbedingt mein Bereich«, sagt sie. »Aber wenn Sie etwas warten, kann Ihnen vielleicht jemand an der Genius Bar helfen. Soll ich Ihnen einen Termin machen?«

»Dazu habe ich keine Zeit.«

Wieder mustert sie das Telefon. »Nun, ich habe ein bisschen zu diesem Thema gelesen. Ich kann Ihnen zwar nichts garantieren, aber es könnte hilfreich sein, das Handy auf Werkseinstellung zurückzusetzen.«

»Könnten Sie mir dabei helfen?«

Sie nickt und deutet auf einen Hocker. Dann führt sie ein paar Vorgänge durch und gibt mir das Telefon zurück, leer, als hätte ich es gerade erst gekauft.

»Wissen Sie, wie Sie es sich wieder einrichten können?«, fragt sie.

Ich nicke. »Hätten Sie vielleicht einen Laptop für mich, den ich benutzen kann?«, frage ich sie, und sie entsperrt den Rechner direkt vor mir.

»Nehmen Sie den. Wenn ich Sie wäre, würde ich alle Passwörter erneuern. Vor allem das Ihres Handys.«

»Genau das habe ich vor.« Als Code habe ich immer unseren Hochzeitstag genommen. Kein Wunder, dass Carl ihn hat knacken können.

Während die Apps heruntergeladen werden, logge ich mich in meinen E-Mail-Account ein und ändere mein Passwort. Sobald das getan ist, rufe ich meinen Telefonprovider an und frage, ob ich auch eine neue Telefonnummer bekommen kann. Während ich auf eine Antwort warte, trifft eine SMS ein. Ich schalte auf Lautsprecher.

Auch wenn du mich aussperrst – das Video habe ich noch immer.

Die Nachricht ist nicht unterschrieben, aber das ist auch nicht nötig. Ich blicke auf den Text und begreife plötzlich etwas, das ich schon gestern Abend begriffen hätte, wenn ich nicht so schockiert gewesen wäre. Ich denke einen Moment lang darüber nach, dann schreibe ich zurück.

Warst du das?

Was?

Ich kenne die Antwort schon, will sie aber bestätigt wissen.

Du hast mir die anonymen Nachrichten geschickt. Warum?

Ich klicke auf Senden, als sich der Kontakt im Callcenter wegen meiner Telefonnummer meldet. Ich erkläre, dass alles in Ordnung sei und ich mich anders entschieden hätte. Ich weiß nun, wer das Problem ist. Carl antwortet.

Du hast es verdient.

Ich bedanke mich bei der Frau im Apple Store und gehe. Ich überlege, Carls Nummer zu blockieren, aber wozu? Der Schaden ist schließlich schon getan.

Ich gehe durch Covent Garden, am Swish, dem Nachtklub, vorbei und an der Gasse, in der ich mich vor vielen Wochen an die mit Scheiße beschmierte Wand gestützt habe. Ich überquere den Kingsway. Die Menschen um mich herum tragen Bürokleidung, Aktentaschen und Einwegbecher mit Kaffee. Der Verkehr staut sich in Richtung Aldwych, und ich husche zwischen den Bussen hindurch. Vor mir Holborn, wo Patrick sein Leben beendet hat. Weiß ich, wie er sich gefühlt hat? Ich hoffe, dass ich es nie herausfinde. Ich habe Carl verloren, Patrick ebenfalls, und mein Ruf hängt am seidenen Faden, aber der Gedanke an Matilda treibt mich an.

Nun bin ich in den Lincoln's Inn Fields, wo der Verkehrslärm von den Bäumen geschluckt wird. Ich betrete das Café, bestelle mir einen Kaffee und setze mich auf die Terrasse. Es ist kalt, aber der Himmel ist klar, und ich brauche die Ruhe. Ich blicke hinüber zu den Dächern der Anwaltskammer Lincoln's Inn und erinnere mich an ein Dinner dort, an die ehrwürdige Tradition inklusive Latein, Kerzen und Port, an die Kapelle, in der schon der Dichter John Donne predigte. *Einst erschien mein Angesicht in Carls Auge und in meinem seins, die reinen Herzen zeigend* – dachte ich zumindest –, doch was nun darin zu sehen ist, wirkt wie das Abbild aus einem Zerrspiegel. Ich fange an, nach Familien- und Sorgerecht zu googeln, höre aber wieder auf und lege mein Telefon auf den Tisch. Ich weiß, dass Carl sich irrt und kein Richter der Welt mir das geteilte Sorgerecht verweigern würde, aber ich weiß auch, dass er seine Drohung wahr macht, sobald ich ihm in die Quere zu kommen versuche. Ich reibe mir das Gesicht; von all den widerstreitenden Gedanken schmerzt mir der Kopf.

»Alison.«

Der Klang meines Namens lässt mich aufmerken. Ich blicke mich um.

»Alison.«

Im ersten Moment sehe ich nicht, wer es ist. Ein leichter Wind pustet mir eine Haarsträhne ins Gesicht.

Sie tritt vor mich und berührt meinen Arm. Ich schiebe mir das Haar aus dem Gesicht und erkenne sie. Caroline

Napier. Ein Abgrund tut sich vor mir auf, und ich stürze über die Kante hinein. Doch dann fange ich mich. Sie weiß nicht, dass ich es weiß. Alles in Ordnung.

»Caroline. Hi. Tut mir leid, ich war gerade ganz weit weg.«

»Ich wollte gerade gehen, als ich Sie sah. Ich muss unbedingt mit Ihnen reden.«

Ich betrachte sie genauer. Sie sieht nicht besonders gut aus. Ihre Haare wirken fettig, ihre Haut ist fleckig, am Kinn sprießen Pickel. Als blickte ich in einen Spiegel.

»Ist alles in Ordnung?«, frage ich und hoffe, dass ich geschäftsmäßiger und gelassener klinge, als ich mich fühle.

»Ja, sicher«, sagt sie, hält dann aber inne. »Nein, ist es nicht. Ganz und gar nicht. Darf ich mich zu Ihnen setzen?«

Am liebsten würde ich Nein sagen, aber ich bringe es nicht über mich.

»Klar«, sage ich. »Ich bin nur auf einen Kaffee hier.«

Sie setzt sich mir gegenüber. Sie trägt einen dicken Schal um den Hals und fingerlose Handschuhe und fährt mit dem Zeigefinger durch die kleine Wasserpfütze auf dem Tisch vor ihr.

»Sie wundern sich wahrscheinlich, warum ich mit Ihnen reden will«, beginnt sie.

»Na ja, ich … ja.« Ich blicke mich im Park um und fixiere einen Jungen mit einem Luftballon, um sie nicht ansehen zu müssen.

»Die Sache ist die, Alison … Gott, ich weiß nicht, wie ich es formulieren soll, aber … ich weiß Bescheid. Und ich weiß, dass Sie Bescheid wissen. Er muss es Ihnen gesagt haben.«

Erneut tut sich der Abgrund vor mir auf, aber ich sehe ihr direkt ins Gesicht. »Ich habe absolut keine Ahnung, wovon Sie reden.« Eis knistert in meiner Stimme.

»Ach, kommen Sie, über das Stadium sind wir doch längst hinaus. Das sollte Patrick mit seinem Sprung auf die Gleise eigentlich klargemacht haben.«

Unwillkürlich zucke ich zusammen. »Was hat er Ihnen erzählt?« Es hat keinen Sinn, weiterhin zu leugnen.

»Dass Sie und er eine Affäre hätten. Und die Beziehung zu Ihnen die wichtigste in seinem Leben sei.« Sie schüttelt den Kopf, als sei ihr allein die Vorstellung unverständlich. »Er hatte etwas sehr Einsames an sich, obwohl ich das anfangs nicht erkannt habe. Zu betrunken.«

»Herrgott …«, murmele ich.

»Ich nehme an, er hat Ihnen erzählt, dass alles ganz anders war? Und er es nicht getan hat?«

Ich antworte nicht, neige aber zustimmend den Kopf.

»Ich habe die Wahrheit gesagt«, fährt sie fort. »Aber mir war nicht klar, dass es Patrick so mitnehmen würde. Wenn ich das geahnt hätte …«

»Hätten Sie ihn dann immer noch angezeigt?«

Sie zupft an dem Handschuh, unter dem ein Ehering zum Vorschein kommt, ein schlichtes silbernes Band.

»Ja. Das hätte ich wohl.« Sie seufzt. »Sicher, was geschehen ist, ist vermutlich interpretationsfähig. Aber es kam mir richtig vor, es der Polizei zu erzählen, und als ich es nachher mit meinem Therapeuten durchgesprochen habe, waren wir uns einig, dass es eine Vergewaltigung war, wenn ich es als solche empfunden habe. Jede Tat hat Konsequenzen – Patrick wusste genau, wie labil ich wegen der Probleme mit meinem Mann war.«

Ich deute auf ihre Hand. »Aber Sie tragen Ihren Ehering.«

»Mein Mann war sehr verständnisvoll. Er hat inzwischen begriffen, was er angerichtet hat. Dass ich getrunken habe und überhaupt erst mit Patrick losgezogen bin – das alles war sehr untypisch für mich und eigentlich ein Hilfeschrei. Jedenfalls hat er ein schlechtes Gewissen und ist wieder eingezogen.«

»Sie trennen sich also nicht?«

»Keine Ahnung. Wir probieren es mit einer Paartherapie.«

»Gut«, sage ich. »Das ist gut.« Ich bin hin- und hergerissen, ob ich sie fragen soll, aber ich kann nicht anders, also hole ich tief Luft. »Wollen Sie darüber reden? Was mit Patrick war?«

Sie senkt den Kopf. »In vieler Hinsicht war ich genauso schuld wie er«, sagt sie. »Ich habe mich regelrecht betrunken. Niemand hat mich dazu gezwungen, niemand hat mich in diesen Garten gedrängt. Ich wollte ihn ja küssen, ich wollte mehr. Aber dann eben nicht mehr. Und er wollte einfach nicht aufhören. Ich sagte Nein, aber er hörte nicht auf, und irgendwann hatte ich keine Wahl mehr.«

Ich strecke meine Hand nach ihrer aus, und nach einem kurzen Moment nimmt sie sie. Ihre Finger sind kalt. Sie redet weiter.

»Und dann wurden wir verhaftet. Abgeführt und auf die Wache gebracht zu werden, das war der peinlichste Augenblick in meinem ganzen Leben. Ich schlief meinen Rausch aus, und als ich wieder aufwachte, wusste ich, was ich zu tun hatte. Ich zeigte ihn wegen Vergewaltigung an.«

Ihre Hand kühlt auch meine herunter, und ich löse sie sanft aus ihrer.

»Beinahe hätte ich die Anzeige sofort wieder zurückgezogen. Aber dann hatte ich einen Termin bei meinem Therapeuten. Ich war wirklich nicht sicher, ob ich das Richtige getan hatte, aber er unterstützte mich voll. Wenn es in meinen Augen eine Vergewaltigung war, dann *war* es eine. Und jede Tat zieht Konsequenzen nach sich. Mir ist klar, dass ich mich wiederhole, aber es ist ein Lieblingssatz meines Therapeuten, und ich finde, dass er kein schlechtes Motto ist.«

Die Kälte aus meinen Händen wandert meine Arme aufwärts und breitet sich in meinem Körper aus. Meine Füße scheinen mit dem Boden verwachsen. In meinen Ohren hat es zu klingeln begonnen, und das Gefühl, dass mir hier etwas Wesentliches entgeht, setzt sich in mir fest.

»Das klingt schrecklich«, sage ich. Mir fällt ein, was Patrick über die ihr zugesicherte Anonymität gesagt hat, aber ich möchte es ihr gegenüber jetzt nicht erwähnen. Es wäre nicht fair. Vielleicht war tatsächlich etwas dran, aber ich glaube, dass sie die Wahrheit sagt.

»Ja, das war es auch. Und als ich dann erfuhr, dass Patrick sich umgebracht hat … Aber natürlich hatte sich auch schon die andere Frau gemeldet. Und es stand in der Zeitung. Seine Karriere war vorbei.« Sie presst sich die Faust auf den Mund und senkt den Kopf. Ich schiebe die Hände in die Taschen und sage nichts.

»Gott, Alison, es tut mir leid. Sie müssen mir nicht länger zuhören.« Sie schaut auf. »Sie sehen auch nicht besonders toll aus. Es muss furchtbar sein für Sie.«

Sicher, es mag sein, dass sie lügt, aber ich weiß schließlich nur allzu gut, wie Patrick war. Und ich glaube auch nicht, dass Alexia gelogen hat. Er bewegte sich immer in einer Grauzone, immer hart am Rand dessen, was noch akzeptabel war, selbst bei mir. Bei ihm waren die Grenzen fließend. Ich atme kontrolliert aus.

»Ja, ist es auch. Aber ich stimme Ihrem Therapeuten zu. Sie haben das Richtige getan. Jede Tat hat Konsequenzen.« Und noch während ich die Wörter ausspreche, begreife ich, was mir eben entgangen ist.

Ich kenne den Satz nur allzu gut. Ich habe ihn gestern noch gehört. Mein Verstand beginnt zu rasen, doch sie spricht schon weiter.

»Wenn es irgend möglich ist, möchte ich meine Ehe retten, verstehen Sie? Ich habe keine Lust, mich mit all dem Theater auseinanderzusetzen.«

»Tja, ich habe wahrscheinlich gar keine Wahl«, sage ich. »Meine Ehe ist so gut wie am Ende.«

»Das tut mir leid«, entgegnet sie.

Und plötzlich weiß ich, was ich tun muss. »Eigentlich könnte ich momentan auch eine Therapie gebrauchen. Nicht nur ich – wir, als Paar. Würden Sie mir vielleicht den Namen Ihres Therapeuten verraten? Er scheint sein Geld wert zu sein.«

»Ich habe eine Karte bei mir«, sagt sie. Sie nimmt ihre Tasche, wühlt darin herum und holt ihr Portemonnaie heraus. »Er ist wirklich gut. Bestimmt kann er Ihnen ein paar Denkanstöße geben.«

Ich nehme das Kärtchen und stecke es in meine Manteltasche, ohne einen Blick darauf zu werfen. »Danke«, sage ich. »Ich werde definitiv darüber nachdenken.«

Sie wirft einen Blick auf ihr Telefon. »Ich sollte jetzt besser los. Ich muss gleich in Southwark sein. Sehen wir uns noch einmal? Vielleicht zum Lunch?«

Ich nicke. Vielleicht tun wir das ja tatsächlich, obwohl ich es bezweifle. Sie berührt mich im Vorbeigehen kurz an der Schulter, und ich lausche ihren sich entfernenden Schritten.

Ich sitze noch eine Weile am Tisch, ehe ich langsam in die Kanzlei zurückkehre. Ich befinde mich im Schwebezustand zwischen Verdacht und Wissen. Die Antwort steht auf einem kleinen Stück Pappe in meiner Manteltasche. Ich würde es am liebsten ignorieren und so tun, als sei alles normal, aber ich bin mir nicht sicher, ob normal überhaupt noch für mich gilt. Sobald ich in meinem Arbeitszimmer angekommen bin, setze ich mich an meinen Tisch und atme tief durch.

Ich werde meine Tochter verlieren. In gewisser Hinsicht habe ich das schon. Es sei denn, ich fange an, ein wenig Rückgrat zu zeigen. Ich weiß, dass das, was ich Carl angetan habe, nicht gut ist, aber mich anzulügen, mir nachzuspionieren und mich mit anonymen Nachrichten zu traktieren, ist keinen Deut besser. Will ich einem solchen Mann die Erziehung meines Kindes überlassen? Vielleicht sollte ich sie nach der Schule abpassen und mit ihr verschwinden. Wenn wir nach Schottland gehen, in den Norden, dann findet er uns nie. Wir könnten sogar nach Neuseeland oder Australien auswandern; ich habe mich einmal erkundigt, als Anwältin hat man gute Chancen. Aber was Carl gegen mich in der Hand hat, würde meine Karriere beenden.

Noch einmal tief einatmen, dann ist es so weit. Ich ziehe die Visitenkarte aus der Tasche und lese sie. Lese sie erneut. Platziere sie auf dem Tisch und richte sie parallel zur Tischkante aus. Dann lege ich beide Hände links und rechts daneben flach auf die Tischplatte, ehe ich sie so fest zu Fäusten balle, dass die Knöchel weiß hervortreten.

Jetzt wird gekämpft.

FÜNFUNDZWANZIG

Die Buchstaben auf der Karte tanzen vor meinen Augen.

Carl Bailey – Psychotherapeut
Paartherapie/Hilfe bei Sexsucht

Er ist Carolines Therapeut. Er ist Caroline Napiers Therapeut, und laut ihrer eigenen Aussage hat er sie darin bestärkt, Patrick anzuzeigen. Er wusste ganz genau, wer Patrick war, als sie ihm erzählte, was geschehen war, und anstatt sie wegen Befangenheit als Patientin abzulehnen, nutzte er seine Chance und unterstützte sie, jedoch keinesfalls, weil es das Beste für seine Patientin war, sondern um Patrick zu schaden. Ich fröstele, als mir klar zu werden beginnt, wie viel er weiß und wie weit sein Einfluss tatsächlich reicht.

Ich packe meinen kaputten Trolley, der an der Wand steht, und schleudere ihn zu Boden. Ich zerre ihn auf und betrachte das Innenfutter auf der Suche nach Rissen oder Löchern oder schadhaften Nähten, aber ich finde nichts. Hektisch drehe ich ihn um und untersuche das Äußere. Da ist es – genau das, was ich gesucht habe. Ein Loch, klein genug, um es zu übersehen, aber groß genug für seinen Zweck. Ich lege den Trolley wieder auf den Boden und reiße den Stoff mit beiden Händen auf. Dann erkenne ich sie, klein, schwarz, ein rotes Licht wie ein Auge. Eine Minikamera. Ich pule sie aus der Öffnung, die dafür gemacht wurde, springe auf und renne hinaus.

Ich stürme aus der Kanzlei, dränge mich an Robert vorbei und werfe Mark die Tür vor der Nase zu. Fußgänger weichen mir aus, als ich auf den Bus zusprinte. Jemand ruft mir etwas hinterher, aber ich höre nicht hin. Kein Bus weit und breit, aber ein Taxi.

»Archway, bitte«, bringe ich atemlos hervor, und der Fahrer fährt an.

Ich trete fest gegen den Boden im Fußraum, um den Wagen mit purer Willenskraft zu beschleunigen.

Es interessiert mich nicht mehr, was er gegen mich in der Hand hat. Ein paar schmutzige Bilder, ein Video – na und? Wen interessiert's? Patrick war mein Kollege, mein Auftraggeber, nicht mein Gegner. Was wir getan haben, geschah im gegenseitigen Einvernehmen. Heutzutage postet jeder Depp seine intimsten Fotos – ich werde es überstehen. Aber nie und nimmer werde ich zulassen, dass Carl meine Tochter großzieht. Ich bin schwierig und selbstbezogen. Ich habe gelogen und betrogen, getrunken und geraucht, statt bei meiner Tochter zu sein, mit ihr zu spielen, ihr vorzulesen und mich um sie zu kümmern, wie eine Mutter es tun sollte. Aber ich bin nicht pervers. Es ist doch krank, schon so lange von meiner Affäre zu wissen und nichts zu sagen, sondern mich stattdessen zu bespitzeln und die Gelegenheit zu ergreifen, sich an dem Mann zu rächen, der mit seiner Frau gevögelt hat.

Was muss Carl sich gefreut haben, als Caroline ihm von ihr und Patrick erzählte. Ich kann mir lebhaft vorstellen, wie er sich väterlich besorgt vorbeugt und nachfragt: »Wie war der Name noch mal? Ja. Ja, eine schlimme Situation. Definitiv Vergewaltigung. Ja, definitiv.« Wie er sich ins Fäustchen gelacht haben muss, als er sich ausmalte, was für einen Schaden er anrichten konnte. Nicht dass er falsch lag mit dem, was er damit ins Rollen gebracht hat. Doch er konnte nicht wissen, dass noch jemand Anzeige erstatten würde, und es wäre ihm ohnehin egal gewesen. Carl hatte keinesfalls vor, für Gerechtigkeit zu sorgen; es ging ihm einzig und allein darum, in mein Leben einzugreifen, mir eins auszuwischen.

Am Highbury Corner bleiben wir im Verkehr stecken, und ich kann meine Ungeduld kaum zähmen. Er weiß nicht, dass ich komme. Vielleicht ist er nicht einmal zu Hause. Aber falls nicht, werde ich auf ihn warten, und sobald er kommt, werde ich ihm sagen, dass er seine E-Mails ruhig schicken soll, weil ich im Haus bleibe und Matilda eine Mutter sein werde und er mich weder daran hindern noch hinauswerfen kann. Ich werde ihm außerdem erklären, dass ich ihn bei seinem Fachverband wegen unethischen Verhaltens melden werde und bei der Polizei, weil er mein Telefon gehackt, mich ohne Erlaubnis gefilmt und mich zu erpressen versucht hat. Er hat eine Kamera in meinem Trolley versteckt. In dem verfluchten Trolley, von dem er wusste, dass ich ihn immer und überall mit mir herumschleppen musste. Und Gott weiß, wie viele Kameras im Haus versteckt sein mögen.

Das Taxi hält in unserer Straße. Ich drücke dem Fahrer durch das Fenster Geldscheine in die Hand, danke ihm und haste davon. Er ruft mir etwas hinterher, aber ich winke ab und hantiere bereits mit dem Schlüssel zur Haustür. Irgendwie will die Tür sich nicht öffnen lassen, aber okay, dann eben nicht, dann warte ich, davon lasse ich mich nicht entmutigen, ich setze mich auf die Schwelle und warte, dass er mit Matilda nach Hause kommt, und dann ziehe ich sie in meine Arme und dränge mich ins Haus und gehe nie wieder weg, aber es ist in Ordnung, der Schlüssel geht ins Schloss und lässt sich drehen, und die Tür öffnet sich, und ich bin drin. Ich werfe die Tür hinter mir zu.

Ich bin drin. Ich höre einen schweren, dumpfen Laut, dann ist es still, der Geruch nach Zigarettenqualm liegt in der Luft. Aus dem Wohnzimmer dringt Musik.

Ich blicke vorsichtig um den Türrahmen, sehe Carl aber nicht.

Die Vorhänge sind zugezogen, der Raum ist dunkel. Die einzige Lichtquelle ist der Fernsehschirm, der einmal mehr mit Carls Laptop verbunden ist. Vage kann ich das Gerät auf dem Couchtisch erkennen. Langsam passen sich meine Augen an das Dunkel an, und ich konzentriere mich auf den Bildschirm und versuche zu begreifen, was ich da sehe.

Die Frau auf dem Bildschirm sieht aus wie tot. Ein Mann bewegt sie zuerst hierhin, dann dorthin, dann platziert er sie bäuchlings auf dem Bett. Sie ist fast nackt, trägt nur BH und Strumpfhalter. Kein Höschen. Die Kamera filmt sie von hinten und zoomt heran, bis sie den Bildschirm ausfüllt. Im Hintergrund läuft Musik, und er fällt in den rhythmischen Beat ein, indem er die Frau auf den Hintern schlägt, erst sanft, dann immer härter. Dabei lacht er. Ich kenne das Lachen. Es ist Carl.

Seine Hand erscheint vor der Kamera, die Finger gespreizt. Dann beginnt die Penetration, und die Kamera zoomt heran, kommt näher und näher.

Ich presse die Kiefer zusammen. Bilder erscheinen vor meinem inneren Auge und rauschen vorbei wie das Blut in meinen Ohren. Ich schlage mir die Hände vor die Augen, nehme sie aber wieder weg. Ich muss es sehen.

Befriedigt hievt Carl die Frau vom Bett und drapiert ihre Arme um seine Schultern. Er beginnt mit ihr zu tanzen, Walzer, schwenkt sie hin und her, und ihr Kopf kippt zur Seite. Sie ist tot, und er singt dabei *bada-bada-bada*-ba *bada bada-bada-ba-da*-ba *bada* …

Ich kann nicht wegsehen.

Das Lied ist zu Ende, und er legt sie wieder ab, ihre Beine sind gespreizt, der Kopf hängt über dem Bett. Sie ist tot. Sie muss tot sein.

Sie kann nicht tot sein.

Sie kann nicht tot sein, weil ich es bin, nur kann ich es nicht sein, weil ich ja hier stehe und nicht dort auf dem Bildschirm liege, und ich kann nicht die dort auf dem Bildschirm sein, weil er da eben Dinge getan hat, die ich niemals zugelassen hätte, und obwohl es das Hotelzimmer in Brighton ist, kann ich mich an nichts davon erinnern, und warum konnte ich nicht einmal meinen Kopf heben oder weinen, wie ich jetzt weine, und ich ziehe mir die Hände durchs Gesicht, ehe ich die Arme fest um mich schlinge und mich wiege und wiege und wiege, bis ich wieder in mich zurückgefunden habe, körperlich zumindest, obwohl mein Verstand noch trudelt und meine Gedanken rasen.

Die Musik kommt aus der Anlage, nicht aus dem Fernseher, und sie ist laut, zu laut, und plötzlich kann ich sie nicht ertragen. Ich gehe weiter ins Wohnzimmer hinein, um sie abzudrehen, damit ich mich sammeln kann. Und in diesem Moment sehe ich ihn.

Carl.

Er ist hier.

Ich atme ein, aus, ein, beruhige mich. Ich bin nicht tot, ich lebe. Ich bin Zeugin. Ich kann bezeugen, was er dem Ich auf dem Bildschirm, das nicht ich bin, angetan hat, dieser leblosen Marionette, mit der er nach Belieben spielt.

Ich schalte das Licht an. Und erkenne, dass etwas schiefgegangen ist. Wie oft es zuvor auch funktioniert haben mag, diesmal nicht.

Nun ist er die Marionette, eine halb nackte, vom Sofa gerutschte Marionette, deren Kopf in einem grotesken Winkel seitlich in einer Schlinge baumelt, die am Regal hinter ihm befestigt ist. Sein Mund ist verzerrt, etwas steckt zwischen seinen Lippen. Ich trete einen Schritt näher. Sein Gesicht ist lila angelaufen, die Augen treten hervor, und ein Flackern darin ist das einzige Anzeichen dafür, dass er noch am Leben ist. Seine Arme strecken sich nach dem Couchtisch aus, als suchten sie nach Halt, aber er kommt nicht nah genug, um den Strangulationsprozess aufzuhalten.

Ich bin nicht tot, denke ich. Ich lebe, und es ist *mein* Leben. Der Puppenspieler hat ausgedient.

Er stöhnt, es klingt nach Verzweiflung. Ich blicke auf den Bildschirm.

Falls er den Blick von mir abwendet, nur einen kurzen Moment …

Ich packe den Couchtisch und ziehe ihn zu mir, weg von ihm. Er versucht erneut, ihn zu erreichen, aber seine Kraft lässt nach. Die Schwerkraft siegt, und er sackt in die Schlinge. Auf dem Boden liegt ein ausgekippter Aschenbecher, und es riecht nach Zigaretten, über allem jedoch ein Hauch von Zitrus: auf dem Couchtisch der Teller mit den rotfleischigen Orangenschnitzen, von denen eins in seinem Mund steckt.

Das Video läuft in Endlosschleife, seine Trophäe. Ich überlege, wie oft es geschehen sein mag, wie viele Nächte ich geglaubt habe, ich sei bewusstlos gewesen, weil ich zu viel getrunken hatte.

Plötzlich liegt der Geruch menschlicher Exkremente in der Luft. Carls Gesicht ist nicht mehr lila, sondern blau.

Die Zeit verstreicht. Ich setze mich auf die Fersen zurück und warte. Lange wird es nicht mehr dauern. Dann rufe ich den Krankenwagen und die Polizei.

Nur noch einen kleinen Moment.

FÜNF MONATE SPÄTER

»Ich hab von Daddy geträumt«, sagt Matilda, die am Frühstückstisch sitzt.

»Ja?«, frage ich. »Was genau hast du denn geträumt?«

»Was Schönes«, antwortet sie. »Wir sind am Strand gewesen und haben eine Sandburg gebaut. Dann hat er gesagt, dass er jetzt gehen muss, aber er kommt wieder.«

Ich gehe um den Tisch herum und lege die Arme um sie. Sie dreht sich auf ihrem Stuhl zu mir und drückt mich an sich.

»Er fehlt mir«, sagt sie, die Stimme gedämpft. »Ich möchte ihn gerne in echt wiedersehen.«

»Ich weiß, Spätzchen, ich weiß.«

Ich halte sie noch einen Moment, bis sie unruhig zu werden beginnt, dann lasse ich los, damit sie sich wieder ihrem Frühstück widmen kann. Dieses Verhalten war, wie man mir versichert hat, zu erwarten: Ausbrüche von Trauer im Wechsel mit Phasen der Normalität. Wenn sie nicht in der Schule ist, bin ich so gut wie immer in ihrer Nähe, und sie wird es schaffen.

Gemeinsam machen wir uns auf den Weg zur Schule.

»Du gehst heute Nachmittag mit Salma nach Hause, und ich hole dich dann um sechs ab, okay?«

»Ich bin gern bei Salma«, antwortet sie. »Sie hat so süße Katzen. Können wir auch eine Katze haben?«

Ich will instinktiv Nein sagen, wie wir es bisher immer

getan haben. Aber dann fällt mir ein, dass Carl stets dagegen war. Ich bleibe stehen und gehe neben ihr in die Hocke.

»Das wäre bestimmt schön. Lass mich erst ein bisschen über Katzen in Erfahrung bringen, dann schauen wir mal. Vielleicht wäre es sogar besser, zwei zu haben, damit sie sich gegenseitig Gesellschaft leisten können.«

Vor Freude erstrahlt ihr ganzes Gesicht, und sie drückt mich. »Ehrlich?«

»Ja, ehrlich. Ich könnte mir vorstellen, dass sich die Kätzchen bei uns wohlfühlen werden.«

Nachdem ich Tilly abgesetzt habe, fahre ich nach Holborn. Chloe ist schon im Büro und geht diverse Unterlagen durch.

»Bereit?«, fragt sie.

»Bereit. Und ich meine es ernst. Das ist das letzte Mal, dass ich vor Gericht meinen Mund aufmache.«

»Ja, ja, ich weiß. Du sagtest es bereits.«

»Aber ich meine es wirklich ernst«, sage ich mit Nachdruck. »Ich mach das hier nie wieder.« Wir sehen einander in die Augen, bis sie wie kapitulierend lachend die Hände hebt.

»Okay, okay. Ich liebe dich sowieso nur wegen deiner Schreibarbeit.«

Ich weiß, dass es für sie kein Problem darstellt. Dafür tritt sie viel zu gerne als Prozessanwältin vor Gericht auf, und ich bin zufrieden damit, den Bürokram zu erledigen und die Fälle vorbereiten zu können. Ich arbeite inzwischen oft von zu Hause aus, und tatsächlich ist dieses Arrangement ein echtes Geschenk Gottes. Ich kann bei Tilly sein und mich um sie kümmern, gleichzeitig aber dafür sorgen, dass wir ein Dach über dem Kopf haben. Gerade so jedenfalls.

»Dein Kostüm schlabbert«, sagt Chloe.

Ich zupfe an meinem Rockbund. Sie hat recht. Ich habe fast zehn Kilo abgenommen, seit ich Carl gefunden habe. Seit ich Carl habe sterben lassen.

Er verfolgt mich nicht nur im Schlaf, sondern schnürt mir auch am Tag die Kehle zu. So viele Nächte habe ich inzwischen an Matildas Bett gesessen, über ihren Schlaf gewacht und die vergangenen zwei Jahre gedanklich Revue passieren lassen. Hätte ich etwas tun können, um den Lauf der Ereignisse zu ändern? Hätte mir nicht etwas auffallen müssen? Ich wusste nichts von seiner finsteren Seite, bis es zu spät war, und ich werde niemals wissen, wie lange sie schon in ihm lauerte, ehe sie Gestalt anzunehmen begann. So viele Jahre war ich davon überzeugt, dass er mich liebte, und jetzt kann ich ihn nicht mehr fragen, ob dieser Hass nicht schon viel länger in ihm existierte und nur auf den richtigen Moment wartete, um endgültig hervorzubrechen.

Madeleines Ankunft holt mich aus meinen Gedanken. Ich biete ihr einen Kaffee an, aber sie schüttelt den Kopf. Sie steht an der Tür, einen Rollkoffer neben sich.

»Sie haben alles mitgebracht«, bemerke ich.

Sie deutet auf den Koffer. »Ja. Ich bin bereit.«

Sie umarmt Chloe, dann gehen wir beide gemeinsam zum Old Bailey hinüber. Als wir uns dem Gebäude nähern, lege ich den Kopf in den Nacken, um zu Justitia auf der Kuppel hinaufzublicken. Häufig wird die Göttin der Gerechtigkeit mit verbundenen Augen dargestellt, hier jedoch nicht. Unparteiisch wägt sie die Fakten ab. Und schwingt ihr Schwert.

»Auf geht's«, sagt Madeleine, als wir das Gebäude betreten.

»Alles in Ordnung? Und Sie können mit dem, was geschieht, leben?«

»Ja, das kann ich. Und Alison, danke. Für alles, was Sie getan haben.«

Wir gehen direkt zu den Arrestzellen, wo sie sich in die Hände der Vollzugsbeamten begibt.

»Wir sehen uns in der Kammer«, sage ich und hebe die Hand zum Abschied.

Chloe rief mich vor einem Monat an. Ich war gerade mit Matilda im Schwimmkurs, huschte jedoch aus der Halle und rief rasch zurück.

»Sie akzeptieren«, platzte sie ohne Einleitungsfloskel heraus. Ihre Stimme vibrierte vor Aufregung.

»Wer akzeptiert was?«

»Die Anklage. Madeleines Bekenntnis.«

»Ist nicht wahr. Ernsthaft?«

»Ernsthaft. Dieser Mistkerl Flynn, der Vertreter der Staatsanwaltschaft, ist wegen Trunkenheit am Steuer suspendiert worden. Seine Fälle wurden verteilt, und unserer ging an Alexandra Sisley. Kennst du sie?«

Erleichterung durchströmt mich. »Allerdings«, antworte ich. Das Schicksal ist doch ein Schweinehund.

»Sie ist äußerst vernünftig, ich habe ihr in der Vergangenheit schon mehrere Fälle übertragen. Nun, sie hat sich alles genau angesehen. Hab ich dir nicht gesagt, dass deren psychologischer Bericht günstig ausgefallen ist?«

»Hast du«, antworte ich.

»Tja, es hat jedenfalls geklappt. Alles läuft, wie wir es uns erhofft haben.«

Sisley eröffnet den Fall. Sie legt die Fakten dar, auf die wir uns geeinigt haben, und fügt am Schluss hinzu: »Die Anklage sieht es als erwiesen an, dass die Angeklagte Opfer einer Missbrauchsbeziehung war.«

Ich werfe Madeleine einen Blick zu. Sie weint, wie ich am leichten Beben ihrer Schultern erkennen kann, macht aber einen gefassten Eindruck. Obwohl sie einer Haftstrafe entgegenblickt, sieht sie besser aus, als ich sie je gesehen habe. Ihr Gesicht ist voller, ihr Hals weniger verspannt. Sie weiß, dass James in Sicherheit ist, und das hat den seelischen Druck vermutlich stark verringert.

Nun bin ich an der Reihe, und erhebe mich. Madeleines »Schuldig«-Bekenntnis, als die Anklage wegen Totschlags verlesen wurde, hallt in meinem Kopf nach. Der Richter nickt zu meinen Bemerkungen, bis ich zum Schlusswort gelange. »Wie Ihre Lordschaft selbstverständlich weiß, ist die Verteidigung aufgrund von Kontrollverlust eine vergleichsweise neue Kategorie in der Rechtsprechung, und zwar eine, für die meine Mandantin überaus dankbar ist. Sie versteht, genau wie ich es tue, dass Ihrer Lordschaft bis vor nicht allzu langer Zeit noch die Hände gebunden wären und sie zwingend zu einer lebenslangen Haftstrafe verurteilt worden wäre. Doch die Entwicklung unseres Rechts erlaubt zunehmend gnädigere Sichtweisen. Meine Mandantin weiß, dass es zur Haftstrafe keine Alternativen gibt, und sie ist in diesem Wissen heute hier vor das Gericht getreten. Ich bitte Eure Lordschaft jedoch bei Ihren Überlegungen nicht nur die hier zu richtende Straftat an sich zu sehen, sondern all die Ereignisse zu berücksichtigen, die zu ihr geführt haben, und das Strafmaß übereinstimmend mit größtmöglicher Milde festzusetzen.«

Madeleine weint hemmungslos, als ich nach der Urteilsverkündung in ihre Zelle gelassen werde. Sie wirft sich in meine Arme und verteilt Tränen und Rotz auf die Schulter meiner Robe, aber das macht mir nichts.

»Fünf Jahre«, schluchzt sie. »Fünf Jahre, obwohl lebenslang im Raum stand.«

»Sie sind also zufrieden«, sage ich.

»Absolut. Ich habe gestern mit James gesprochen.«

»Wie geht's ihm?«

»Ganz gut so weit. Er sagte, dass er manchmal seinen Vater vermisst, manchmal aber auch froh ist …«

»Wird er in den Ferien bei Ihrer Schwester wohnen?«

»Hin und wieder. Aber er hat im Internat einen Freund, dessen Eltern angeboten haben, James dürfe kommen, wann immer er will. Ich habe sie einmal kennengelernt, die Mutter ist ganz reizend. Sie haben Hunde, Katzen, Pferde und rund ums Haus viel Wald und Wiesen. Ein Zuhause, wie wir es auch hätten haben können …«

»Sie werden sich ein neues Zuhause aufbauen«, sage ich. »Sie und James. Sie werden in weniger als drei Jahren wieder draußen sein, wenn Sie sich in der Haft nichts zuschulden kommen lassen.«

»Ja. Und Sie? Wie läuft es bei Ihnen und Ihrer Tochter?«

»Gut. Auch bei uns läuft es gut.«

Natürlich weiß Madeleine Bescheid. Jeder, der mich kennt oder schon von mir gehört hat, weiß Bescheid. Die Nachricht von Carls Tod verbreitete sich wie ein Lauffeuer. *Ein neuer Stephen Milligan* titelten die Zeitungen reißerisch, in Anlehnung an den Politiker, der vermutlich ebenfalls bei einer Selbststrangulation umgekommen war, obwohl die Polizei nicht alle Einzelheiten preisgab.

Mindestens tausendmal bin ich jenen Tag in meinem Kopf durchgegangen, um wenigstens ansatzweise zu verstehen, was er gedacht haben muss, als er die Schlinge knüpfte, seine Orange schälte und die Zigarette anzündete. Ich habe recherchiert und jeden Artikel gelesen, den ich habe finden können.

Autoerotische Asphyxie. Eine Methode zur sexuellen Luststeigerung durch Einschränkung der Luftzufuhr. Ist gängiger, als man erwartet.

Ist tödlicher, als man glaubt.

Es klingt vielleicht albern, aber es ist vor allem die Erkenntnis, was es alles dazu bedurfte, die mir zu schaffen macht. Dass er das Bücherregal verstärkt und mit der Wand verschraubt hat. Die exakte Länge des Stricks, sodass die Schlinge ihn gerade genug, aber nicht zu viel würgen würde, so lange er an der richtigen Stelle auf dem Sofa blieb. Und selbst die Orange – Carl wird seine Hausaufgaben gemacht und dieselben Artikel gelesen haben wie ich. Er wäre nie ein Risiko eingegangen. Der beißende Geschmack beim Biss auf den Orangenschnitz sollte seine Sinne wachrütteln, ehe etwas schiefgehen konnte.

Und es hat offenbar funktioniert. Immer wieder. Bis ich die Tür zugeworfen habe und er zusammengefahren und gestürzt ist.

Der Gehenkte.

Wie mag es angefangen haben? Ab wann war ihm normaler Sex nicht mehr genug? Ich habe über Sexsucht gelesen; vielleicht litt er darunter und musste sich in immer extremere

Situationen bringen, weil die übliche Zweisamkeit zu langweilig war, um ihn zu befriedigen.

Mag sein.

Andererseits weiß ich, dass er es hasste, finanziell von mir abhängig zu sein. Ich war erfolgreich, er hatte seinen Job verloren. Er wollte seine Macht zurück.

Die Polizei hat seinen Laptop mitgenommen. Man hat mich gefragt, ob ich mir die anderen Videos ansehen wolle, die Carl von mir gemacht hat, aber ich lehnte ab und bat sie, sie zu vernichten. Im Übrigen gab es auch Aufnahmen von anderen Frauen, und die Polizei hat seine Männergruppe unter die Lupe genommen. Es hat Verhaftungen gegeben. So genau möchte ich das alles gar nicht wissen.

Es ist ein schwacher Trost, aber der älteste Clip, in dem er mich vergewaltigt, ist ein Jahr vor dem Beginn meiner Affäre mit Patrick aufgenommen worden. Was ich getan habe, war nicht richtig. Was er getan hat, war sehr, sehr viel schlimmer.

Und ich gebe alles, um wiedergutzumachen, was ich bei Tilly versäumt habe. Ich will die Mutter sein, die ich immer schon hätte sein müssen.

»Und genau so haben Sie ihn gefunden?«, fragte man mich, als ich die Polizei ins Haus ließ.

»Ja«, antwortete ich.

»Haben Sie von den ganzen Kameras gewusst?«, fragte man mich ein paar Tage später und deutete auf die vielen Verstecke in den Wänden, hinter Büchern und Fotos. Sogar in dem Thermosbecher, der in der Küche immer auf der Arbeitsfläche stand, war eine Kamera versteckt.

»Nein. Davon wusste ich nichts.«

Das war die Wahrheit.

Vielleicht hat die Polizei sich die Aufzeichnungen all dieser Kameras angesehen und Datum und Uhrzeit verglichen. Vielleicht wissen sie, dass ich einen kurzen Moment vorher gekommen bin, wirklich nur einen kurzen. Vielleicht haben sie sogar die kleine Delle im Teppich gesehen, als der Couchtisch noch nicht wieder in seine ursprüngliche Position zurückgeschoben war.

Mag sein.

Aber man hat mich nicht gefragt. Und ich habe nichts gesagt.

»Mummy, Mummy!« Matilda rennt auf mich zu, als ich bei Rania eintreffe, um sie abzuholen.

»Habt ihr Spaß gehabt?«

»Ja!«

»Danke, dass sie herkommen darf«, sage ich Rania. »Sie spielt so gerne mit Salma.«

»Und ich freue mich, wenn sie hier ist. Sie hat mir erzählt, dass ihr euch eine Katze zulegen wollt?«

»Ja, sobald sich alles eingespielt hat. Aber lange wird es nicht mehr dauern. Und dann müsst ihr natürlich kommen und sie besuchen.«

»Sehr gerne.«

Sie winken uns zum Abschied, als wir ihr Haus verlassen und zu uns gehen.

»Hast du Hunger?«, frage ich, als wir angekommen sind.

»Ein bisschen schon«, sagt sie. »Darf ich eine Orange?«

»Darfst du.«

Ich hole ihr eine, lege sie auf einen Teller und gebe ihr ein normales Tafelmesser zum Schälen.

Ich sehe zu, wie sie die Frucht oben kreisförmig einschneidet und von dort aus zwei weitere Ringe zieht, die sich kreuzen. Sie macht es ruhig und geschickt, denn sie weiß inzwischen, wie es geht.

Heute fließt kein Blut.

DANKSAGUNGEN

Ich schulde vielen Leuten Dank: meiner Agentin Veronique Baxter, die von Anfang an und kontinuierlich an das Buch geglaubt hat, und Henry Sutton für seine hellwache Projektaufsicht und seinen unerschütterlichen Beistand. Ein riesiges Dankeschön an meine hervorragenden Lektorinnen, Kate Stephenson von Wildfire und Lindsey Rose von Grand Central Publishing, sowie ihren Mitarbeitern, und an Alex Clarke und Ella Gordon. Jason Bartholomew, Nathaniel Alcarez-Stapleton und der Abteilung für Nebenrechte bei Hachette gebührt ebenfalls großer Dank dafür, dass sie mein Buch auf internationaler Ebene verkauft haben. Sie alle haben mir die Chance gegeben, mir einen Lebenstraum zu erfüllen, und dafür kann ich ihnen gar nicht genug danken.

Danke auch an den Studiengang MA Creative Writing der University of East Anglia, Crime Fiction, an Laura Joyce und Tom Benn und die Truppe von 2015: Caroline Jennett, Trevor Wood, Kate Simants, Geoff Smith, Suzanne Mustacich, Merle Nygate, Marie Ogée, Jenny Stone, Steven Collier und Shane Horsell.

Dan Brown und Helen Hawkins möchte ich für ihre einfallsreichen Titelvorschläge danken. Daniel Murray und Richard Job waren so freundlich und großzügig, mir immer wieder meine vielen Fragen zu Rechtsthemen zu beantworten. Potenzielle Fehler gehen auf meine Kappe – als Anwältin war ich nie besonders gut …

Viel Unterstützung habe ich auch durch Freunde und Vorableser erfahren: Sarah Hughes, Pinda Bryars, Louise Hare, Maxine Mei-Fung Chung, Anya Waddington und Petra Nederfors. Katie Grayson, Sandra Labinjoh, Norma Gaunt, Susan Chynoweth-Smith, Russell McLean und Neil Mackay haben mich mit Wein und aufmunternden Worten, Amanda Little und Liz Barker regelmäßig mit frischer Luft und sportlichen Aktivitäten und Jaynee San Juan und Viktoria Sinko mit praktischer Hilfe versorgt, und ich danke euch allen von Herzen.

Dank gilt auch meiner Familie. Meinen Eltern, die mir die Liebe zum Lesen und die Faszination für Krimis und Strafrecht mitgegeben haben, und meinem Bruder, der mich zuverlässig zu motivieren weiß. Meinen Schwiegereltern, weil sie lieb sind und nie meinen Dekokram umräumen. Und vor allem meinem Mann und meinen Kindern, ohne die gar nichts ginge, weil sie eine lebenswichtige Erholung von dem Elend und der Gemeinheit meiner fiktionalen Welt darstellen. Und vielen Dank an Damien Nicol und Matt Martys, die dafür sorgen, dass ich immer weitermache. Ohne euch wäre das hier nichts geworden.

Schenk mir dein Herz, damit ich dich töten kann

Julia Corbin, *Nadelherz*
ISBN 978-3-453-35988-8 · Auch als E-Book
Erscheint im Juli 2019

Tessa und Jasmin sind aufgeschlossene junge Frauen, die gern Rucksackreisen unternehmen. Bis sie an einem kalten Wintertag spurlos verschwinden. Ein Jahr später wird Tessa aus den Fängen ihres Entführers befreit, der bei der Rettungsaktion stirbt. Doch für die Freundin Jasmin kommt jede Hilfe zu spät. Und der Albtraum ist noch nicht vorbei: Als Tessa ein mit Nadeln gespicktes menschliches Herz per Post erhält, ahnt sie, dass ihr Peiniger einen Nachfolger bestimmt hat …
Der dritte Fall für Kommissarin Alexis Hall und Kriminalbiologin Karen Hellstern

Leseprobe unter diana-verlag.de

DIANA